LINN ULLMANN

Die Unruhigen

Sehen, sich erinnern, verstehen. Alles hängt davon ab, wo du stehst. Als sie zum ersten Mal nach Hammars kam, war sie ein knappes Jahr alt und wusste nichts von der großen und umwälzenden Liebe, die sie dorthin geführt hatte. Im Grunde waren es drei Lieben. Vater und Tochter sitzen mit einem Aufnahmegerät zwischen sich zusammen. Ihr Plan lautet, das Altern in einem Buch zu dokumentieren, das sie gemeinsam schreiben wollen. Als sie ihn endlich in die Tat umsetzen wollen, hat das Alter ihn in einer Weise eingeholt, die ihre Gespräche unvorhersehbar und unzusammenhängend macht. »Die Unruhigen« ist ein zarter, kraftvoller Roman über ein Kind, das es nicht erwarten kann, erwachsen zu werden, und Eltern, die am liebsten Kinder sein wollen, über Erinnerungen und Vergessen und die vielen Geschichten, die ein Leben ausmachen.

Linn Ullmann ist eine der bedeutendsten Autorinnen Skandinaviens. Ihre Romane sind vielfach preisgekrönt und in 30 Sprachen übersetzt, 2017 erhielt sie von der Schwedischen Akademie den *Doubloug*-Preis für ihr Gesamtwerk. Mit ihrem Roman »Das Verschwiegene« (»The Cold Song«) stand sie auf der Jahresbestenliste der *New York Times*. Für »Die Unruhigen« erhielt sie den *Hörerpreis des Norwegischen Rundfunks*, der Roman war für den *Kritikerpreis* und den *Nordischen Literaturpreis* nominiert. Eine Bühnenfassung davon hatte im Herbst 2018 am Königlichen Dramatischen Theater Stockholm unter der Regie von Pernilla August ihre Uraufführung.

Linn Ullmann

Die Unruhigen

Roman

Aus dem Norwegischen von Paul Berf

btb

Für Hanna

I // **Das Hammarspräludium**
eine Karte der Insel

Die einzigen Karten und Tafeln,
an die er sich halten konnte, waren
jene, an die er sich erinnerte oder
die er sich vorstellte, doch diese
waren deutlich genug.

JOHN CHEEVER: »Der Schwimmer«

Sehen, sich erinnern, verstehen. Alles hängt davon ab, wo du stehst. Als ich das erste Mal nach Hammars kam, war ich ein knappes Jahr alt und ahnte nichts von der großen und umwälzenden Liebe, die mich dorthin geführt hatte.

Im Grunde waren es drei Lieben.

Gäbe es ein Teleskop, das man auf die vergangene Zeit richten könnte, würde ich sagen können: Sieh her, da sind wir, so hat es sich abgespielt. Und jedes Mal, wenn wir uns unsicher gewesen wären, ob das, woran ich mich erinnere, wahr ist, oder ob das, woran du dich erinnerst, wahr ist, oder ob das, was geschah, auch wirklich geschah, oder ob wir überhaupt existieren, wären wir in der Lage gewesen, uns nebeneinanderzustellen und zu schauen.

Ich nummeriere, ordne und katalogisiere. Ich sage: Es waren drei Lieben. Ich bin heute genauso alt wie mein Vater, als ich geboren wurde. Achtundvierzig. Meine Mutter war siebenundzwanzig, sie sah damals bedeutend älter und zugleich bedeutend jünger aus, als sie tatsächlich war.

Ich weiß nicht, welche der drei Lieben als Erste da war. Aber ich beginne mit der, die 1965 zwischen meiner Mutter und meinem Vater entstand und die endete, ehe ich alt genug war, mich an irgendetwas von ihr zu erinnern.

Ich habe Bilder gesehen und Briefe gelesen und gehört, wie sie von der Zeit erzählten, die sie zusammen waren, und ich habe gehört, was andere erzählen, aber in Wahrheit kann man nicht sonderlich viel über das Leben anderer Menschen wissen, vor allem nicht über das seiner Eltern, und erst recht nicht, wenn diese Eltern es darauf angelegt haben, ihr Leben in Geschichten zu verwandeln, die sie anschließend mit einer begnadeten Fähigkeit dafür erzählen, sich nicht im Geringsten darum zu scheren, was wahr ist und was nicht.

Die zweite Liebe ist eine Verlängerung der ersten und handelt von dem Liebespaar, das zu Eltern wurde, und von dem Mädchen, das ihre Tochter war. Ich liebte meine Mutter und meinen Vater vorbehaltlos, ich nahm sie als gegeben hin, wie man eine ganze Weile die Jahreszeiten als gegeben hinnimmt, oder den Tagesverlauf, oder die Stunden, die eine war Nacht und der andere war Tag, die eine endete, wo der andere begann, ich war ihr Kind und sein Kind, aber angesichts dessen, dass auch *sie* Kinder sein wollten, wurde es zuweilen ein wenig schwierig. Und dann ist da noch etwas. Ich war sein Kind und ihr Kind, aber nicht *beider* Kind, es gab niemals uns drei; wenn ich in dem Bilderstapel blättere, der vor mir auf dem Tisch liegt, gibt es kein einziges Foto von uns drei zusammen. Sie und er und ich.

Diese Konstellation existiert nicht.

Ich wollte möglichst schnell erwachsen werden, es gefiel mir nicht, ein Kind zu sein, ich fürchtete mich vor anderen Kindern, vor ihrem Einfallsreichtum, ihrer Unvorhersehbarkeit, ihren Spielen, und um meine eigene Kindlichkeit zu kompensieren, stellte ich mir häufig vor, ich könnte mich aufteilen und viele werden, mich in eine Liliputanerarmee verwandeln, und dass Kraft in *uns* wäre – wir waren klein, aber wir waren viele; ich teilte mich auf und marschierte vom einen zur anderen, vom Vater zur Mutter und von der Mutter zum Vater, ich hatte viele Augen und Ohren, viele schmächtige Körper, hohe Stimmen und noch mehr Choreographien.

Die dritte Liebe. *Der Ort*. Hammars, oder *Djaupadal*, wie er in früheren Zeiten hieß. Es war sein Ort, nicht ihrer, nicht der Ort der anderen Frauen, nicht der Kinder, nicht der Enkelkinder. Eine Zeitlang fühlte es sich so an, als gehörten wir dorthin, als sei es unser Ort. Wenn es wahr ist, dass jeder *einen* Ort hat, und das ist ja nicht wahr, aber wenn es denn wahr wäre, dann wäre dies mein Ort, jedenfalls mehr mein als der Name, den ich bekam, es war nicht so beklemmend, in Hammars umherzustreifen, wie es beklemmend ist, in seinem Namen umherzustreifen. Ich erkannte den Geruch von Luft und Meer und Stein wieder, und wie die Kiefern sich im Wind krümmten.

Benennen. Namen zu geben und zu nehmen, zu haben und mit ihnen zu leben und zu sterben. Ich hätte gern ein Buch ohne Namen geschrieben. Oder ein Buch mit sehr vielen Namen. Oder ein Buch, in dem alle Namen so alltäglich sind, dass man sie auf der Stelle vergisst, oder so gleichlautend, dass man sie unmöglich auseinanderhalten kann. Meine Eltern gaben mir (nach reichlichem Hin und Her) einen Namen, doch ich habe diesen Namen nie gemocht. Ich erkenne mich in ihm nicht wieder. Wenn jemand meinen Namen ruft, zucke ich zusammen, als hätte ich vergessen, mich anzuziehen, und würde es erst bemerken, sobald ich unter Leuten bin.

Im Herbst 2006 ereignete sich etwas, woran ich später als an eine Eklipse gedacht habe – eine Verdunkelung.

Die Astronomin Aglaonike, oder Aganike von Thessalien, wie sie auch genannt wird, lebte lange vor der Zeit des Teleskops, konnte jedoch mit bloßem Auge den genauen Zeitpunkt für eine Mondfinsternis berechnen.

Ich kann den Mond zu mir herabziehen, sagte sie.

Sie wusste, wo sie gehen und stehen musste. Sie wusste, was passieren würde, und wann. Sie streckte ihre Arme dem Himmel entgegen, und der Himmel wurde schwarz.

In »Ratschläge für Braut und Bräutigam« warnt Plutarch seine Leser vor solchen, von ihm Zauberinnen genannten Frauen wie Aglaonike, und ermahnt frisch gebackene Ehefrauen, *zu lesen, zu lernen und sich zu bilden.* Eine Frau, die Geometrie beherrscht, so schreibt er, wird kein Bedürfnis verspüren zu tanzen. Eine belesene Frau lässt sich nicht zur Torheit verleiten. Eine vernünftige, in Astronomie geschulte Frau lacht jedes Mal schallend, wenn eine andere Frau ihr weiszumachen versucht, es sei möglich, den Mond zu sich *herabzuziehen.*

Niemand weiß genau, wann Aglaonike lebte. Dagegen wissen wir, und das erkannte selbst Plutarch an, so herablassend er in seinem Verweis auf sie ist, dass sie den genauen Zeitpunkt und Ort von Mondfinsternissen vorhersagen konnte.

Ich erinnere mich genau, wo ich stand, aber mir fehlte die Fähigkeit, irgendetwas vorherzusehen. Mein Vater war ein pünktlicher Mann. Als ich ein Kind war, öffnete er die alte Standuhr im Wohnzimmer und zeigte mir ihr Innenleben. Das Pendel. Die Messinggewichte. Er verlangte Pünktlichkeit von sich selbst und allen anderen.

Im Herbst 2006 hatte er noch ein knappes Jahr zu leben, aber das wusste ich damals nicht. Er auch nicht. Ich stand vor der weißen Kalksteinscheune mit der rostroten Tür und wartete auf ihn. Die Scheune war zu einem Kino umgebaut worden und war umgeben von Feldern, Steinmauern und wenigen Häusern. Ein Stück hinter ihr lag der See Dämbaträsk mit seinem reichen Vogelleben – Rohrdommeln, Kraniche, Graureiher, Große Brachvögel.

Wir wollten uns gemeinsam einen Film ansehen. Jeder Tag mit meinem Vater, außer Sonntag, war ein Tag mit Film. Ich versuche mich zu erinnern, welchen Film wir an jenem Tag sehen wollten. Vielleicht Cocteaus *Orphée* mit seinen schweren Traumbildern. Ich weiß es nicht.

»Wenn ich einen Film drehe«, schrieb Jean Cocteau, »ist es ein Schlaf, und im Schlaf träume ich. Nur die Menschen und Orte im Traum sind von Bedeutung.«

Immer wieder habe ich überlegt, welcher Film es war, aber es fällt mir einfach nicht ein. Die Augen brauchen ein paar Minuten, um sich an die Dunkelheit zu gewöhnen, sagte mein Vater immer. Ein paar Minuten. Deshalb hatten wir verabredet, uns um zehn Minuten vor drei zu treffen.

An diesem Tag kam er erst sieben Minuten *nach* drei, also siebzehn Minuten zu spät.

Es war kein Zeichen. Der Himmel verfinsterte sich nicht. Der Wind fuhr nicht in die Bäume und zerrte an ihnen. Es zog kein Sturm auf, und die Blätter wirbelten nicht im Wind. Ein Kleiber flog über die grauen Felder zum Sumpf hinaus, ansonsten war es still und bewölkt. Die Schafe – die auf der Insel, unabhängig von ihrem Alter, *Lämmer* genannt werden – grasten ein wenig entfernt, wie sie es immer taten. Wenn ich mich drehe und umschaue, ist alles wie immer.

Papa war so pünktlich, dass seine Pünktlichkeit in mir lebte. Wenn du in einem Haus an den Eisenbahngleisen aufwächst und jeden Morgen von dem Zug geweckt wirst, der am Fenster vorbeidonnert, davon, dass die Wände, Bettpfosten und Fensterrahmen erzittern, dann wirst du, selbst wenn du nicht mehr in dem Haus an den Gleisen lebst, jeden Morgen von dem Zug aufwachen, der durch dich hindurchdonnert.

Es war nicht Cocteaus *Orphée*. Möglicherweise ein Stummfilm. Wir saßen in der Regel jeder in einem grünen Sessel und ließen die Bilder, ohne Klavierbegleitung, über die große Leinwand flackern. Er sagte, als der Stummfilm verschwand, ging eine ganze Sprache verloren. Könnte es Victor Sjöströms *Der Fuhrmann des Todes* gewesen sein? Das war sein Lieblingsfilm. *Für ihn ist ein einziger Tag so lang wie Jahrhunderte auf Erden. Tag und Nacht muss er in den Geschäften seines Herrn umherfahren.* Ich hätte mich daran erinnert, wenn es *Der Fuhrmann des Todes* gewesen wäre. Das Einzige, was mir von jenem Tag in Dämba in Erinnerung geblieben ist, abgesehen von dem Kleiber über dem Feld, ist der Umstand, dass mein Vater zu spät kam. Dies war für mich ebenso unbegreiflich, wie es für die Anhänger Aglaonikes unbegreiflich war, dass der Mond verschwand. Die Frauen, die Plutarch zufolge nicht in Astronomie geschult waren und sich deshalb täuschen ließen. Aglaonike sagte: *Ich ziehe den Mond zu mir herab, und der Himmel wird dunkel.* Mein Vater kam siebzehn Minuten zu spät, und alles war wie immer und nichts mehr wie zuvor. Er zog den Mond zu sich herab, und die Zeit geriet aus den Fugen. Wir wollten uns um zehn vor drei treffen, es war sieben nach drei, als er vor die Scheune fuhr. Er hatte einen roten Jeep. Er liebte es, schnell zu fahren und eine Menge Lärm zu machen. Er trug eine große, schwarze Fledermaussonnenbrille. Er lieferte keine Erklärung. Es war ihm nicht bewusst, dass er zu spät kam. Wir sahen den Film, als wäre nichts passiert. Es war das letzte Mal, dass wir uns gemeinsam einen Film anschauten.

* * *

Er kam 1965, mit siebenundvierzig Jahren, nach Hammars, und beschloss, dort ein Haus zu bauen. Der Ort, in den er sich verliebte, war ein verlassener Steinstrand, ein paar gekrümmte Kiefern. Er fühlte sich sofort daheim, er wusste, dies war sein Ort, er entsprach seinen innersten Vorstellungen von Formen, Proportionen, Farben, Licht und Horizonten. Und dann war da noch etwas mit den Geräuschen. Viele glauben, sie sehen ein Bild, aber in Wahrheit hören sie es, schrieb Albert Schweitzer in seinem zweibändigen Werk über Bach. Was mein Vater an jenem Tag am Strand sah und hörte, ist schwer zu sagen, aber damals begann alles, das heißt, es begann natürlich nicht da, denn fünf Jahre zuvor war er schon einmal auf der Insel gewesen, und vielleicht fing es zu der Zeit an, wer weiß schon, wann etwas anfängt und endet, aber einer äußeren Ordnung zuliebe sage ich: Hier begann das Ganze.

Sie drehten einen Film auf der Insel, es waren seine zweiten Dreharbeiten dort, und sie, die meine Mutter werden sollte, hatte eine der beiden weiblichen Hauptrollen. Im Film heißt sie Elisabet. Im Laufe der zehn Filme, die sie gemeinsam machen, gibt er ihr viele Namen. Elisabet, Eva, Alma, Anna, Maria, Marianne, Jenny, Manuela (*Manuela* – das war, als sie gemeinsam in Deutschland drehten), und danach wieder Eva, und danach wieder Marianne.

Doch dies sind die ersten gemeinsamen Dreharbeiten meiner Eltern, und sie verlieben sich praktisch sofort ineinander.

Elisabet ist, im Gegensatz zu meiner Mutter, eine Frau, die aufhört zu reden. Nach zwölf Minuten Film liegt sie im Bett und ist, auf Grund ihres unerklärlichen Schweigens, in der Obhut Schwester Almas. Ihr Bett steht mitten in einem Krankenhauszimmer. Der Raum ist sparsam möbliert. Ein Fenster, ein Bett, ein Nachttisch. Es ist Abend, und Schwester

Alma ist bei ihr und schaltet das Radio ein, Bachs Violinkonzert in E-Dur, sie geht hinaus, und Elisabet bleibt alleine zurück.

Mitten im zweiten Satz des Violinkonzerts fängt die Kamera Elisabets Gesicht ein und verweilt fast anderthalb Minuten darauf. Das Bild wird dunkler und dunkler, aber es verdüstert sich so langsam, dass du es kaum merkst, jedenfalls nicht, bis es so dunkel geworden ist, dass ihr Gesicht auf der Leinwand kaum noch zu erkennen ist, aber da hast du es so lange angesehen, dass es sich schon in deine Netzhaut eingebrannt hat. Es ist dein Gesicht. Erst dann, nach anderthalb Minuten, dreht sie sich von dir weg, holt tief Luft und legt sich die Hände auf die Stirn.

Am Anfang ist es der Mund, der mir auffällt, das gesamte Nervenzentrum in den Lippen und in der Partie um ihn herum, und daraufhin lege ich, weil sie liegt, den Kopf so schief, dass ich ihr ganzes Gesicht sehen kann. Und wenn ich den Kopf schieflege, ist es, als würde ich mich an ihrer Seite auf das Kissen legen. Sie ist sehr jung und sehr schön. Ich stelle mir vor, dass ich mein Vater bin, der sie ansieht. Ich stelle mir vor, dass ich meine Mutter bin, die angesehen wird. Und obwohl es nach und nach dunkler wird, ist es, als würde ihr Gesicht leuchten, brennen, sich direkt vor meinen Augen auflösen. Wenn sie sich endlich fortdreht und die Hände auf die Stirn legt, ist es eine Erleichterung.

Mamas Hände sind lang und kühl.

* * *

Eines Abends nahm mein Vater seinen Kameramann zu einem Ort mit, den er sich ausgeguckt hatte. Hier könnte ich vielleicht ein Haus bauen, sagte er, oder etwas Ähnliches in dieser Art. Ja, aber warte mal, sagte der Kameramann, lass uns noch ein bisschen weitergehen, dann zeige ich dir eine noch schönere Stelle. Wenn man am Ufer entlanggeht, wie sie es damals, 1965, taten, ist es nicht etwa so, dass man zum Ende des Wegs gelangt, es gibt keine Landzunge, Anhöhe, Lichtung oder Felskante, die anzeigt, dass dort eine Veränderung in der Landschaft eintritt; es ist ein Steinstrand, so weit das Auge reicht, nichts beginnt oder endet dort. Es geht einfach immer weiter. Läge der Ort in einem Wald und nicht an einem Ufer, hätte man gesagt, dass mein Vater zu einem Ort mitten im Wald gekommen wäre, und dass er sich entschlossen hätte, dort, genau dort zu bauen. Die beiden Männer blieben für einen Moment stehen. Wie lange? Lange genug, dass mein Vater, so die Legende, sich *entschied*.

Wenn man feierlich sein will, könnte man sagen, dass ich heimgefunden hatte, hat er gesagt, *und wenn man scherzhaft sein will, könnte man von Liebe auf den ersten Blick sprechen.*

Ich habe mein ganzes Leben mit dieser Geschichte von Heim und Liebe gelebt.

Er kam zu einem Ort und erhob Anspruch auf ihn, nannte ihn sein eigen.

Doch wenn er erklären wollte, warum es so kam, stand ihm jedes Mal die Sprache im Weg, und am Ende sagte er: *Wenn man feierlich sein will, könnte man sagen, dass ich heimgefunden hatte, und wenn man scherzhaft sein will, könnte man von Liebe auf den ersten Blick sprechen.*

Aber was ist, wenn man mit normaler Stimme sprechen will? Nicht zu laut, nicht zu leise, nicht, um zu überzeugen, nicht, um zu verführen, nicht, um es ins Lächerliche zu ziehen, nicht, um zu berühren? Welche Worte hätte er dann gewählt?

Und wie lange stand er nun dort? Zwischen dem Feierlichen und dem Scherzhaften, zwischen Heim und Liebe? Wenn er zu lange stehen geblieben und ihm die eigene Andacht bewusst geworden wäre, wenn ihm bewusst geworden wäre, dass er dem Ganzen einen Namen gab – Heim, Liebe – hätte sich mit Sicherheit der Drang gemeldet, den Kopf zu schütteln und weiterzugehen. *Ich verabscheue Gefühlsausbrüche und schlechtes Theater*. Wenn er zu kurz stehen geblieben wäre, hätten die Chancen gutgestanden, dass er den Ort nicht an sich herangelassen und annektiert hätte. Ein paar Minuten, vielleicht. Lange genug, um den Wind in den bereits windschiefen Kiefern zu hören, Wind in den Gehörgängen, Wind in den Hosenbeinen, die Steine unter den Schuhen, die Hand, die mit den Münzen in der Tasche seiner Lederjacke spielte, das hohe, an Morsezeichen erinnernde bik-bik-bik-bik der Austernfischer. Ich denke mir, dass mein Vater sich zu dem Kameramann umdreht und sagt: Hör mal, wie still es hier ist.

Erst Liebe. Eine intuitive Gewissheit. Dann ein Plan. Es soll *nicht* improvisiert werden. Nein. Es wird niemals improvisiert. Es wird bis ins kleinste Detail geplant. Sie, die meine Mutter werden sollte, ist ein Teil des Plans. Er baut ein Haus, und sie wird mit ihm in dem Haus wohnen. Er nimmt sie zu dem Ort mit, führt sie herum und zeigt. Sie setzen sich auf einen Stein. Übrigens glaube ich, dass sie es ist, die sagt, *hör mal, wie still es hier ist*. Er hätte das nicht gesagt, nicht zu ihr, nicht zu dem Kameramann. Es waren tausend Geräusche auf der Insel. Dagegen wendet er sich ihr zu und sagt: *Wir sind schmerzhaft verbunden*. Sie findet, dass dies hübsch klingt. Und ein bisschen merkwürdig. Und verwirrend. Und wahr. Und vielleicht etwas corny. Er war siebenundvierzig, und sie war gut zwanzig Jahre jünger. Später wird sie schwanger. Die Dreharbeiten sind längst vorbei. Der Hausbau ist im Gange. In den Briefen, die er ihr schreibt, macht er sich Sorgen, weil der Altersunterschied zwischen ihnen so groß ist.

Ich wurde außerehelich geboren, und 1966 rümpfte man über so etwas noch die Nase. Uneheliches Kind. Bastard. Hurenkind. Illegitim. Das machte nichts. Mir nicht. Ich war ein Bündel in Mamas Armen. Meinem Vater machte es auch nichts aus. Ein Kind mehr oder weniger. Er hatte acht aus früheren Beziehungen und war als dämonischer Regisseur (was immer das bedeuten soll) und als Schürzenjäger bekannt (ziemlich eindeutig, was das bedeutet). Ich war das neunte. Wir waren neun. Mein ältester Bruder starb viele Jahre später an Leukämie, aber damals waren wir neun.

Es war Mama, über die sie die Nase rümpften. Das taten sie, weil sie eine Frau war. Sie machte sich ziemlich viel daraus, was die Leute sagten. Sie liebte ihr Kind. Das ist es, was Mütter tun. Sie schwoll an und trug es aus. *Das uneheliche Kind.* Aber sie schämte sich auch. Sie bekam Briefe von Fremden. *Dein Kind soll in der Hölle schmoren.*

Mamas erster Ehemann war dabei, als ich geboren wurde. Er war Arzt und hatte seinen Kollegen zufolge ein *geistreiches, ansteckendes und heiteres Wesen.* Meine Mutter hat erzählt, dass sie es nicht schmerzhaft fand zu gebären, aber trotzdem zum Schein schrie, und dass er, also der Arzt, sich über sie beugte und ihr über das Haar strich und *ja, ja, ja* sagte. Er wusste, dass es nicht sein Kind war, sowohl er als auch meine Mutter hatten andere Geliebte gefunden, waren aber noch nicht dazu gekommen, sich scheiden zu lassen. Damit war ich nach norwegischem Recht *seine* Tochter. Ich – 2,8 Kilo schwer, 50 Zentimeter groß und an einem Dienstag geboren – war Arzttochter, und mehrere Monate lang hieß ich – oder sie – Lund mit Nachnamen. Auf Fotos hat sie runde Pausbacken. Ich weiß nicht sonderlich viel über sie. Sie sieht zufrieden aus in den Armen ihrer Mutter. Einen Vornamen hatte sie noch nicht bekommen. Sie wohnte mit ihrer Mutter in Oslo, in der kleinen Wohnung im Drammensveien 91, die ihre Mutter sich mit dem Ehemann geteilt hatte und die ein paar Jahre später ihre Großmutter übernehmen würde. Viele Briefe des Vaters sind an den Drammensveien 91 adressiert, in einem von ihnen, geschrieben auf gelbem Papier aus dem Stadthotel in Växjö, steht:

> DIENSTAGABEND
> *Ein grau-schwarzer Brief*
> *Das Hotel ist gut und alle sind nett und ich empfinde eine kosmische Einsamkeit …*

> MITTWOCHMORGEN
> *Jetzt ist es Morgen, und es steht ein herbstlicher Baum vor dem Fenster und heute ist alles besser … Die Lähmung ist gewichen. Wenn wir über all unsere Gedanken schreiben wollen, muss ich von einem sehr schwarzen Gedanken diese Nacht berichten. Es geht vor allem um meine physische Person. Irgendwie ist der Mensch an sich reichlich abgenutzt. Ich habe in meinem Berufsleben so hart gearbeitet, dass sich jetzt die Konsequenzen zeigen. Es gibt nicht viele Tage am Stück, an denen ich körperliches Wohlbefinden verspüre. Was mich am meisten erschreckt und ängstigt, sind die Schwindelgefühle, die Schwächezustände, ein Kreislauf aus Gefühlen von Unwohlsein, die in Fieber und Depressionen gipfeln. Vermutlich spielt auch meine streng im Zaum gehaltene Hysterie eine Rolle … auf eine lächerliche Weise schäme ich mich auf Grund dieser Plagen, gegen die ich wohl kaum etwas tun*

kann, zutiefst vor dir. Ich glaube, es hat mit dem Problem älterer Herr – junge Frau zu tun.

Eines Tages mussten sich die Mutter, der Vater und der Arzt gemeinsam vor einem norwegischen Gericht einfinden und Rechenschaft über die Vaterschaft ablegen. Die Stimmung war so gut, dass man die Sitzung in dem Gerichtssaal beinahe mit einem kleinen Fest hätte verwechseln können. Der Einzige, der sich, dem Vater zufolge, querstellte, war der norwegische Richter mit dem langen Gesicht und dem schmalen Mund, der darauf bestand, sich immer wieder die genauen Umstände darlegen zu lassen. Wer hatte jetzt eigentlich Geschlechtsverkehr mit der Mutter gehabt, und wann? Und nach einem langen Tag vor Gericht fand die Mutter es angebracht, ein Glas Champagner zu trinken. Nicht doch, nein. Der Vater des Kindes musste zum Theater in Stockholm zurückeilen, und Ehemann Nummer eins hatte Nachtdienst im Krankenhaus. Dann ein Glas Wein? Hatten sie sich das nicht verdient? *Sie* hatte es sich jedenfalls verdient. Auf den Abend warten und hoffen, dass das Kind die ganze Nacht durchschläft. Neben dem Mädchen im Bett in der Wohnung im Drammensveien 91 liegen und hoffen, dass es nicht aufwacht und schreit. Manchmal weint das Kind die ganze Nacht, und dann weiß sie nicht, was sie tun soll, was nicht stimmt. Hat das Baby Schmerzen? Ist es krank? Wird es sterben? Wen kann sie anrufen? Wer wird aufstehen und in Schnee und Dunkelheit hinausgehen und zu ihr eilen? Am Morgen kommt das Kindermädchen, es trägt eine Schürze und eine Art Schwesternhaube und hat einen leicht urteilenden Blick, findet die Mutter, die Angst hat, zu spät zur Arbeit zu kommen, und Angst, das Kindermädchen zu verletzen, das mit ihr über ein paar Dinge sprechen möchte. *Ich bin so müde. Ich komme zu spät. Kannst du nicht einfach still sein und mich gehen lassen.* Weitere zwei Jahre werden verstreichen, bis das Kind getauft wird, aber an jenem Tag vor Gericht erhält es den Familiennamen der Mutter, und wenn die Mutter und der Vater sich treffen, oder telefonieren, nennen sie es *das Baby* und *unser Kind der Liebe*, und benutzen Worte im Schwedischen und Norwegischen, die weiche Dinge beschreiben – *Sahne, Ahornblatt, Leinen, samten.*

Die Mutter und der Vater waren fünf Jahre lang ein Paar, einen Großteil dieser Zeit verbrachten sie in Hammars. Das Haus war mittlerweile fertig. Zwei Frauen passten auf die Tochter auf, die eine hieß Rosa, und die andere hieß Siri. Die eine war rundlich, die andere war schlank. Die eine hatte einen Garten mit Apfelbäumen, die andere einen Mann, der auf alle viere hinabging und das Mädchen auf seinem Rücken reiten ließ, wobei es *hej faderi faderullan dej* und *hoppla!* sang. 1969 verließ die Mutter Hammars und nahm die Tochter mit. Vier Jahre später, an einem Sommertag Ende Juni, kehrte das Mädchen zurück. Sie sollte den Vater besuchen. Sie wollte nicht von der Mutter wegfahren, aber die Mutter versprach ihr, jeden Tag anzurufen.

Nichts hatte sich verändert, abgesehen davon, dass dort jetzt Ingrid wohnte. Alles stand noch da, wo es gestanden hatte, als die Mutter und das Mädchen abreisten. Die alte Standuhr tickte und schlug jede halbe und volle Stunde, goldenes Licht beschien die Kiefernholzwände und warf Streifen auf den Fußboden. Der Vater ging vor dem Mädchen in die Hocke und sagte behutsam: *Eigentlich darf dich wohl nur deine Mama anfassen.*

Sie war klein und dünn und kam jeden Sommer mit zwei großen Koffern nach Hammars, die auf dem Hof stehenblieben, bis irgendjemand sie ins Haus trug. Sie lief aus dem Auto und auf dem Hof herum und in ihr Zimmer und wieder auf den Hof hinaus. Sie trug ein blaues Sommerkleid, das knapp bis auf die Oberschenkel hinabreichte. Der Vater fragt: Was hast du in deinen Koffern? Wie ist es nur möglich, dass ein so kleines Mädchen zwei so große Koffer hat?

Sein Haus war fünfzig Meter lang und wurde immer länger, man brauchte einige Zeit, um vom einen Ende zum anderen zu gehen. Im Haus zu laufen war nicht gestattet. Er richtete ein und baute an, jedes Jahr ein bisschen mehr, das Haus wuchs in die Länge, niemals in die Höhe. Kein Keller, kein Dachboden, keine Treppen. Sie würde den ganzen Juli dort verbringen.

Ihm graut davor, dass sie kommt, *guten Tag, guten Tag*, hier läuft ein Mädchen auf dem Hof herum, mit Streichholzbeinen und knochigen Knien, oder tanzt einen Tanz, dieses Mädchen steckt fast immer mitten in einer komplizierten Choreographie, man kann ein Gespräch mit ihr führen, und statt darauf zu antworten, wonach sie gefragt wird, beginnt sie zu tanzen, oder sie stellt sich direkt vor ihn und fordert ihn irgendwie heraus, und dann lächelt er, *was jetzt? Was sagt man? Was tut man?* Dem Mädchen graut es davor, von der Mutter getrennt zu sein, aber es freut sich darauf, den Vater zu besuchen, auf alles, was dieser Ort ist, das Haus, die Insel, ihr Zimmer mit der geblümten Tapete, Ingrids Mahlzeiten, die weiten Heideflächen und der Steinstrand und das Meer, das Grün und Grau, das zwischen der Insel des Vaters und der Sowjetunion liegt (wenn man sich dorthin verirrt, kehrt man nie wieder heim), und dass alles haargenau so ist, wie es immer gewesen ist, und wie es immer sein wird. Der Vater hat Regeln. Sie versteht diese Regeln. Sie sind ein Alphabet, A ist A und B ist B, sie muss nicht fragen, Z ist, wo Z immer gewesen ist, sie weiß, wo Z ist, ihr Vater ist nur selten wütend auf sie. Er kann sehr wütend werden, *er hat so ein verdammtes Temperament*, sagt die Mutter, er verliert leicht die Beherrschung und brüllt herum, aber das Mädchen weiß, wo die Wut ist, und schlüpft daran vorbei. Sie ist dünn. Dünn wie ein Filmstreifen, sagt der Vater.

Die Mutter telefoniert mit dem Vater und ist aufgebracht, weil er das Mädchen keine Milch trinken lassen will. Er meint, Milch sei nicht gut für ihren Magen. Der Vater meint, viele Dinge seien nicht gut für den Magen. Aber ganz besonders vielleicht Milch. Die Mutter meint, Milch und Kinder gehörten zusammen. Das wisse doch jeder. Was der Vater über Milch sage, widerspreche einem vollkommen elementaren Wissen darüber, was für Kinder wichtig ist. Außerdem, sagt die Mutter, mische er sich doch sonst nicht in die Erziehung des Mädchens ein, aber ausgerechnet dazu, *dazu!* habe er eine Meinung, die Stimme der Mutter wird ein wenig schrill, jedes Kind muss Milch trinken, *vor allem* das Mädchen, das doch so dünn ist ... Es ist meines Wissens das einzige Mal, dass die Mutter und der Vater sich über die Erziehung des Mädchens streiten.

Veränderung. Störungen. *Guten Tag, guten Tag. Lass mich dich anschauen. Du bist groß geworden. Du bist süß geworden.* Und dann legt er vielleicht die Daumen und Zeigefinger zu einem Viereck zusammen und betrachtet sie durch dieses Viereck. Er kneift ein Auge zu und betrachtet sie mit dem anderen. Macht ein Bild. Rahmt sie mit den Fingern ein. Sie steht ganz still und starrt ernst in das Viereck. Es ist keine richtige Kamera – wäre es eine richtige Kamera gewesen, hätte sie sich geziert und sich gefragt, wie sie auf dem Bild aussehen würde.

Herausgerissen zu werden aus dem, womit man sich gerade beschäftigt, von einem Kind. Bei seiner Arbeit, beim Schreiben nicht in Ruhe gelassen zu werden. Doch dazu kommt es nur jetzt, genau in dem Moment, wenn sie mit ihren Koffern ankommt und sie sich seit einem Jahr nicht mehr gesehen haben, nur dann wird er aus seiner Arbeit herausgerissen. Sie tanzt über den Hof. Er formt seine Hände zu einer Kamera und betrachtet sie mit dem einen, offenen Auge dadurch. Ich weiß nicht, wer die Koffer hineinträgt. Oder sie auspackt. Oder die Kleider aufhängt und die Shorts und T-Shirts in den kleinen Schrank in ihrem Zimmer räumt. Wahrscheinlich Ingrid. Schon bald kann er in sein Arbeitszimmer zurückkehren (das am einen Ende des Hauses liegt, ihr Zimmer liegt am anderen) und weiterarbeiten.

Die Mutter des Mädchens, die außer im Juli in allen Monaten des Jahres die Verantwortung für das Mädchen trägt und der Meinung ist, dass es gut für Kinder ist, Milch zu trinken, will sich auch in ein Zimmer einschließen und ihre Ruhe haben, sie will auch schreiben, sie will Regeln und ein Alphabet haben, genau wie der Vater des Mädchens. Doch es gelingt ihr nicht. Das Alphabet der Mutter verändert sich ständig, es ist dem Mädchen unmöglich, es zu lernen, obwohl sie es versucht. Ein A kann plötzlich ein L sein. Es ist unbegreiflich. A war A, und dann wurde es zu L oder X oder U. Die Mutter hat versucht, in jedem Zimmer im ganzen Haus zu sitzen, aber es geht nicht. Überall Störungen.

Meine Nerven zerknittern, sagt sie immer wieder.

Wenn die Nerven der Mutter zerknittern, tut man gut daran, ganz, ganz still zu sein.

Die Mutter und das Mädchen wohnen in einem großen Haus in Strømmen nahe Oslo. Sie wohnen auch noch an vielen anderen Orten. Aber am Anfang wohnen sie in einem großen Haus in Strømmen. Im Garten steht ein Spielhaus. In die Wand des Spielhauses hat das Mädchen seinen Namen geritzt. In welchem Zimmer die Mutter auch sitzt, das Mädchen kommt und will etwas. Sie will zeichnen. Sie will etwas fragen. Sie will etwas zeigen. Sie will radfahren. Sie will sich die Haare bürsten. Sie will tanzen. Sie will ganz still dasitzen und nichts sagen, *versprochen, versprochen, kein Wort*. Sie will wieder tanzen. Am Ende gibt es in dem Haus keine Zimmer mehr, in denen die Mutter in Ruhe arbeiten kann, und daraufhin richtet sie sich ein Zimmer im Keller ein. (Das Haus in Strømmen wuchs, im Gegensatz zu dem in Hammars, in die Tiefe und nicht in die Länge.) Das Mädchen findet sie allerdings auch dort. Die Kellermama. Die Mutter will ein Buch schreiben, schafft es jedoch nicht. Das Mädchen findet sie überall, und daraufhin verliert die Mutter ihre Konzentration. Und wenn man die Konzentration verliert, erklärt die Mutter, ist es *fast völlig unmöglich*, sie wiederzufinden.

Bei der Mutter war alles so viel weniger vorhersehbar als beim Vater. Es lag an den Lebensumständen. Der Vater würde als Erster sterben, was bestimmt sehr traurig sein, aber nicht gänzlich unerwartet kommen würde, da er ja schon so alt war, der Tod des Vaters war in Vorbereitung, dessen waren sich das Mädchen und der Vater bewusst, und deshalb nahmen sie jeden Sommer so traurig Abschied voneinander. Das konnten sie gut. Es war etwas völlig anderes, als Abschied von der Mutter zu nehmen. Da schrie das Mädchen laut, und die Mutter hielt das Kind an sich gedrückt, *weine nicht, sei ein großes Mädchen und weine nicht*, die Mutter hielt das Mädchen fest an sich gedrückt, schaute sich um, versuchte, die Hände des Mädchens zurückzuhalten, die sich an verschiedene Teile ihres Körpers klammerten. *Sieht es jemand?* Die Mutter achtet stets darauf, was andere sehen und denken. Dieses schreiende Kind. Dieses spindeldürre Mädchen mit so viel Lärm in sich.

Der Vater sagte der Mutter oft, sie sei seine Stradivari. Das bedeutet: ein Instrument von höchster Qualität mit einem großen und vollen Klang. Die Mutter drückte diese Worte an ihre Brust und wiederholte sie, *er sagte, ich sei seine Stradivari.*

Sie ist meine Geige.

Ich bin seine Geige.

Es ist ein Beispiel dafür, dass die Mutter und der Vater sich von Metaphern verführen ließen. Keiner der beiden scherte sich darum, oder wusste, dass mehrere Untersuchungen vorliegen, die enthüllen, dass eine Stradivari in Wahrheit nicht besser klingt als andere vergleichbare Geigen.

Andererseits: Was soll man von solchen Untersuchungen halten? Es sitzt immer irgendwer im Publikum, der flüstert: *Ich weiß, wie er es anstellt, er schummelt, der Typ ist gar kein richtiger Magier.*

Aber was hatten die Mutter und der Vater hier fabriziert? Horch! Es ist ein Mädchen. Keine Stradivari, so viel ist jedenfalls sicher. Eine kleine, nicht gestimmte Orgel, vielleicht, die jaulte, weil die Mutter verreisen wollte. Und dieses ganze Klammern – was sollte das? War dieses Kind etwa nicht ganz bei Trost? Und was ist das eigentlich für eine Mutter, die ihre Tochter immer wieder allein lässt? (Es war die Mutter, die sie mit vorwurfsvollen Blicken bedachten, niemals der Vater.) Der Mutter war es wichtig, was die Leute sagten und dachten, dem Mädchen war es dagegen egal. Sie bemerkte die Blicke nicht. Sie klammerte sich an die Mutter. Der Gedanke, sie nie mehr wiederzusehen, war unerträglich. Sie stellte sich verschiedene Arten zu sterben vor. In erster Linie den Tod der Mutter. Und ihren eigenen Tod als eine natürliche Folge von dem der Mutter. Es konnte jederzeit passieren – die

Mutter konnte an einer Krankheit oder bei einem Autounfall oder Flugzeugunglück sterben, oder ermordet werden. Die Mutter, die überallhin reiste, konnte sich in ein Land verirren, in dem Krieg herrschte, und dort erschossen werden. Das Mädchen konnte kein Loch in sich schneiden, das groß genug war, um hindurch zu verschwinden, falls die Mutter sterben sollte. Sie liebte die Mutter über alles. Nicht dass sie an Liebe gedacht hätte – an das Wort und was es bedeutete. Hätte jemand sie nach Liebe gefragt, hätte sie vielleicht gesagt, dass sie die Mutter, die Großmutter und Jesus liebte (weil die Mutter und die Großmutter sagten, dass Jesus sie liebte), und die Katzen, aber dass sie die Mutter am meisten liebte. Sie sehnte sich unablässig nach ihr, selbst wenn die Mutter im selben Raum war wie sie. Die Liebe des Mädchens war mehr, als die Mutter ertrug. Ein Kind zu bekommen war komplizierter, als die Mutter sich vorgestellt hatte. Arme und Beine und große Zähne und *Lärm*. Am besten gefiel ihr, wenn das Mädchen schlief. Mein feines, kleines Mädel. Wenn alle wach waren, wurde es ihr dagegen zu viel. Anhängliches Mädchen. Anhängliche Liebe. Als wollte das Mädchen wieder in sie hinein. Die Mutter würde niemals zugeben, dass ihr diese Anhänglichkeit auf die Nerven ging, sie war selbst so voller verzweifelter Sehnsüchte – so voller Fragen, wer sie sein wollte und wer sie war und was Liebe war und sein sollte. Ihre tiefste Sehnsucht war möglicherweise, bedingungslos geliebt und gleichzeitig ganz in Ruhe gelassen zu werden. Das sagte sie jedoch niemandem. Es ist beschämend und egoistisch, sich bedingungslose Liebe zu wünschen und gleichzeitig seine Ruhe haben zu wollen. Die Schotten zwischen allen Räumen in der Mutter, dunklen und vergoldeten Räumen, waren dicht.

* * *

In Hammars veränderte sich nichts. Besser gesagt, die Veränderungen geschahen in so kleinen Schritten, dass sie einem nicht auffielen, und sehr lange – bis zu dem Moment, als der Vater siebzehn Minuten zu spät kam, ohne es überhaupt zu merken, und auf die Art ankündigte, dass es nun vorbei war – lebte das Mädchen in dem Gefühl, so wie es *genau jetzt* ist, so ist es schon immer gewesen. Ordnung und Pünktlichkeit. Die Stühle standen, wo sie immer gestanden hatten. Die Bilder hingen, wo sie immer gehangen hatten. Die Kiefern vor den Fenstern waren noch genauso gekrümmt. Ingrid hatte einen langen, braunen Zopf, der auf ihrem Rücken hin und her schwang, wenn sie durch das Haus ging und staubwischte oder Kissen aufschlug. Später kamen Daniel und Maria zur selben Zeit nach Hammars wie das Mädchen. Die beiden waren älter als sie, aber immer noch Kinder. Sie kamen im Sommer. Und so war es: Tage und Nächte in dem flachen, langgestreckten Haus, umgeben von Meer, Steinen, Disteln, Mohn und karger Heide, die an die afrikanische Savanne erinnerte. Ein Sommer glich dem anderen. Jeden Abend um sechs aßen das Mädchen und die Hammarsfamilie in der Küche zu Abend. Es war Ingrid, die das Essen kochte, und es schmeckte immer gut. Nach dem Essen saßen alle eine Weile auf der braungebeizten Bank mit Aussicht auf eine kiesbedeckte Auffahrt. Dort stand ein Auto, später waren es zwei Autos und mit der Zeit außerdem ein roter Jeep. Hinter dem Fahrradschuppen lag der Wald mit den drei Wegen. Hier, an den braungebeizten Pfosten gelehnt, der das kleine Außendach an Ort und Stelle hielt, zündete Ingrid sich ihre tägliche Zigarette an.

Die braungebeizte Bank war warm und ein wenig rau – wenn man mit der flachen Hand darüber rieb, hatte man hinterher Splitter im Handteller. Das Haus war aus Holz und Stein, von einer Steinmauer umgeben. Wenn die Erwachsenen abends Zeitung lasen, ging das Mädchen alleine zum Meer hinunter. Der wellenförmige Steinstrand fiel sanft ab, und wenn sie so weit gekommen war, dass sie waten konnte, drehte sie sich um und blickte zum Haus und der Steinmauer hinauf. Und dann war es fast verschwunden, alles, verschwunden in einem Dunst aus Hellem und Grauem, Stein und Himmel, gebleicht von der Sommersonne, der Zeit, dem Tag, als hätte jemand einen Tarnmantel darüber geworfen, ganz unsichtbar war es allerdings nicht, die Fenster- und Türrahmen waren kornblumenblau, und sie konnte man sehen, dort *stand* ein Haus, es konnte sich nicht ganz und gar verstecken.

Manchmal sagte jemand: Warum sitzen wir nicht auf der schönen Seite des Hauses, der Seite mit dem tollen Meerblick und dem sich wandelnden Licht über dem Horizont? Trotzdem blieben sie auf der Vorderseite des Hauses sitzen, auf der braungebeizten Bank, während Ingrid an den Pfosten gelehnt stand und rauchte. Als wären alle daran beteiligt, diese eine Zigarette zu rauchen.

Der Vater hatte ein Arbeitszimmer, in dem er jeden Tag saß und schrieb, *rühmen kann ich mich allein dessen, dass ich fleißig gewesen bin*, sagte er, das Mädchen nannte sein Arbeitszimmer *das Büro*, und am Abend verwandelte sich dieses Büro in ein Kino. Der Vater zog eine weiße Leinwand aus einem schwarzen Koffer, die Lampen wurden ausgeschaltet, und der Film konnte beginnen. Der schwarze Koffer war so lang, dass er, wenn er geschlossen war, an einen Sarg erinnerte – einen Sarg für einen sehr dünnen Menschen, ein Strichmännchen. Der Koffer hatte Schnappschlösser und einen Handgriff wie an einem gewöhnlichen Koffer oder einer Tasche, und stand auf einem spezialgefertigten Ständer im Arbeitszimmer.

Dann öffnete der Vater den Koffer, und der Sarg wurde zu einer Filmleinwand, die milchig weiß und so groß war, dass sie die ganze Wand bedeckte wie ein gesetztes Segel.

In einer kleinen Kammer, vom Büro durch eine Wand mit Glasscheibe getrennt, standen die Projektoren. In den ersten Jahren wurden sie vom Vater persönlich bedient, aber später brachte er es seinem Sohn Daniel bei, der für jede Vorführung zehn Kronen bekam. Das Mädchen durfte die Projektoren nicht anrühren, es war verbotener, als während der Mittagsruhe zu toben, verbotener, als die Türen in Hammars offen stehen zu lassen oder im Durchzug zu sitzen, ungefähr so verboten, wie zu spät zu kommen. In Hammars kam niemand zu spät. Doch selbst wenn man absolut pünktlich war – man war verabredet und kam exakt zur richtigen Zeit –, sagte man: *Entschuldige, dass ich zu spät bin.* Das war der Hammarssche Gruß, so wiedererkennbar wie Möwenschreie im Sommer: *Entschuldige, dass ich zu spät bin!* Und war man wider Erwarten doch ein paar Sekunden verspätet, sagte man: *Verzeih mir, dass ich zu spät komme. Kannst du mir verzeihen? Ich habe keine Entschuldigung!* Doch das kam so gut wie nie vor.

In den ersten Jahren bekam das Mädchen eine eigene Filmvorführung um halb sieben. Sie sitzt in dem großen, abgewetzten Sessel, die Beine liegen auf einem Puff. Der schwarze Koffer ist geöffnet und die Filmleinwand aufgespannt worden. Sie ist dünn wie eine Bohnenstange. Sie hat lange, strähnige Haare und vorstehende Zähne. Der Vater hat das Licht gelöscht, die Tür geschlossen und sich draußen hingestellt.

»Okay?«, ruft er durch die Tür.

»Okay«, erwidert das Mädchen.

Es sind Läden vor den Fenstern des Büros, es ist ganz dunkel, still.

»Zieht es dir?«

»Nein.«

»Dann legen wir los!«

Später, als das Mädchen längst gemeinsam mit den Erwachsenen Filme sah, beschloss der Vater jedoch, die alte Scheune zu renovieren, die ein paar Meter vor der Fliederhecke in Dämba stand. In jenem Sommer, in dem das Mädchen neun wurde, war das Lichtspielhaus fertig, aber niemand nannte es Lichtspielhaus, es wurde *Kino* genannt und hatte eine schwere, rostrote Tür mit einem großen Schlüsselloch, durch das Licht hereinströmte. Das Kino hatte fünfzehn Sitzplätze – weiche, moosgrüne Sessel – und zwei topmoderne, meergrüne Projektoren, die hinter einem kleinen Glasfenster leise in der Dunkelheit surrten.

In dem Haus in Hammars gab es einen Windfang mit drei Türen, die eine Tür war der Haupteingang und führte geradewegs zu der braungebeizten Bank hinaus, die zweite Tür führte weiter in das Haus hinein, und die dritte führte in den Garten, der von einer Steinmauer umgeben war. Im Garten gab es einen Gästeflügel, eine Waschküche, einen Rosenbusch und ein Schwimmbecken.

In den ersten Sommern in Hammars hielt das Mädchen sich am liebsten in dem Schranktrockner in der Waschküche auf. Dort war es warm und eng, und auf dem Boden unter den Stangen gab es ein wenig Platz, wo sie sich zusammenkauern konnte. In dem Schranktrockner hingen die frisch gewaschenen Kleider Ingrids und des Vaters, die entweder tropften oder dampften, der Vater trug gestreifte Pyjamas, Flanellhemden und braune Cordhosen. Seine Kleidungsstücke nahmen den meisten Platz ein. Ingrid war klein und zierlich und besaß deutlich weniger Kleider: ein paar Röcke und Blusen. Ab und zu hing das blaue Kleid des Mädchens auf einer Stange ganz außen.

Sie konnte gut schwimmen und blieb manchmal *stundenlang* in dem Becken, wie der Vater sagte, er übertrieb immer, nicht *stundenlang*, erwiderte das Mädchen. Manchmal trat er in den Garten hinaus und sagte: Deine Lippen sind schon ganz blau, jetzt kommst du sofort raus, er hatte Angst, das Mädchen könnte sich erkälten und er sich bei ihr anstecken, und deshalb unterbrach er seinen Arbeitstag, um sie aus dem Wasser zu scheuchen.

Sämtliche Fenster im Haus mussten, selbst an schönen Sommertagen, geschlossen bleiben. Der Vater fürchtete sich vor Fliegen und Durchzug. Gespräche mit dem Vater begannen in der Regel so:

»Zieht es dir?«

»Nein.«

»Bist du sicher?«

»Ja.«

»Ich möchte nicht, dass du dich erkältest.«

»Ich bin nicht erkältet.«

»Das weiß ich, aber ich möchte nicht, dass du dich erkältest.«

Meistens durfte das Mädchen jedoch so lange schwimmen, wie sie wollte. Der Vater saß in seinem Büro und arbeitete, Ingrid kümmerte sich um den Haushalt, während Daniel sich mit Dingen beschäftigte, mit denen Jungen sich in ihrem Zimmer beschäftigten – das Mädchen interessierte sich nicht sonderlich dafür. Und wenn sie lange genug in dem Schwimmbecken gebadet hatte, krabbelte sie in den Schranktrockner. Am besten ging dies, wenn er nicht komplett mit Wäsche gefüllt war, denn wenn über allen Stangen Kleider hingen, blieb kaum noch Platz für das Mädchen, und je mehr Kleider, desto wärmer war es in dem Trockner, nicht nur warm, sondern schwül wie in einem Dschungel; wenn der Schranktrockner voll war, musste sie kriechen, ja, sich fast hineinkämpfen, und wenn die Wäsche noch nass war, klatschten ihr Hemdärmel, Hosenbeine, Kleiderschöße ins Gesicht und auf den Körper, als würde man am ganzen Leib von großen Tierzungen abgeleckt.

Eines Tages öffnete Ingrid die Tür und zog sie heraus. Sie sagte, es sei gefährlich, in dem Schranktrockner zu sitzen. Ingrid hatte schönes Haar. Es war fast immer geflochten, aber wenn ein Fest gefeiert werden sollte, drehte sie es am Morgen auf Haarrollen, um es am Abend offen tragen zu können. Dann fiel es in Wellen auf ihren Rücken herab.

Vieles war gefährlich. Die üblichen Dinge natürlich, zum Beispiel, sich eine Plastiktüte über den Kopf zu ziehen (Tod durch Ersticken), in nasser Unterhose, Bikinihose oder nassem Badeanzug herumzulaufen (Tod durch Blasenentzündung), die Zecke falsch herum zu drehen, wenn du sie aus dem Körper entfernen wolltest (Tod durch Blutvergiftung), zu schwimmen, bevor mindestens eine Stunde nach dem Essen vergangen war (Tod durch Krampf), in fremde Autos einzusteigen (Tod durch Entführung, Vergewaltigung, Mord), Süßigkeiten von Fremden anzunehmen (Tod durch Vergiftung, eventuell Entführung, Vergewaltigung, Mord) – aber es gab auch Gefahren, die typisch für Hammars waren: Man sollte das Strandgut am Ufer unterhalb des Hauses nicht anrühren, die Schnapsflaschen, Zigarettenschachteln, Shampooflaschen, Konservendosen mit Etiketten in fremden Sprachen, fremden Buchstaben, nicht anfassen, nicht daran riechen, und um Gottes willen nicht trinken (Tod durch Vergiftung), nicht im Durchzug sitzen (Tod durch Erkältung), sich nicht erkälten (Tod durch Verbannung aus Hammars), nicht im Schranktrockner sitzen (Tod durch Ersticken, eventuell durch elektrischen Schlag), nicht zu spät kommen (wenn du zu spät kamst, war der Tod ein Trost, der Tod war, wenn überhaupt etwas, die einzig denkbare Entschuldigung für einen Mangel an Pünktlichkeit). Gib diesem Mädchen eine Karte, und sie folgt ihr – und keiner dieser Regeln trotzt sie, nur jener, nicht im Schranktrockner zu sitzen. Ingrid hatte sie mehrmals ermahnt, aber das Mädchen schlich sich trotzdem hinein und ließ sich von der Wärme umschließen. Bis zu jenem Tag, an dem ein gelbes, liniertes Blatt an der Tür des Schranktrockners hing, auf dem mit den großen Druckbuchstaben des Vaters stand: WARNUNG! BADENDEN KINDERN IST ES VERBOTEN, SICH IM SCHRANKTROCKNER AUFZUHALTEN!

Der Vater sprach ein schönes Schwedisch und hatte sich angewöhnt, sie in der dritten Person anzusprechen. *Wie geht es meiner Tochter heute?* Im Gespräch benutzte er keine englischen Worte, es sei denn, er redete über sein Schwimmbecken, auf das er maßlos stolz war. *Der Swimmingpool.* Dieser lag ausgestreckt im Gras wie eine stattliche, juwelenbehängte ältere Dame in einem langen, blaugrünen Kleid. Der Swimmingpool war sechs Meter lang und bis zu drei Meter tief, rechteckig und ja, blaugrün, und roch nach Chlor, und nachts fielen Wespen – die entweder zum Grund sanken oder krabbelnd auf der Oberfläche liegen blieben – sowie Spinnen und Käfer und Marienkäfer und Zapfen aus den Bäumen und gelegentlich auch Vögel in ihn hinein. Jeden Morgen musste alles, was in den Pool gefallen war, mit dem Kescher herausgefischt werden. Auch für diese Arbeit bekam Daniel zehn Kronen. Früh, früh am Morgen lag die alternde Dame da und blinzelte, es krabbelte und kroch überall auf ihr, an der Oberfläche und auf dem Grund, sie war umgeben von hohem Gras und hohen Kiefern – ein blaugrüner, leuchtender Fleck auf der Karte.

Ich habe meinen Vater mit britischen und amerikanischen Journalisten sowie Filmstudenten Englisch sprechen hören, was er mit einem starken, teils schwedischen, teils deutschen, teils russischen, teils amerikanischen Akzent tat, es ist ein jazzartiger *Sound*, der an nichts erinnert, was ich sonst jemals gehört habe und der überhaupt nicht zu ihm passt – *yes, yes, as Faulkner once said, the stories you tell, you never write*. Er fand, Norwegisch sei eine schöne Sprache, und wiederholte oft das Wort *buskedrasse*, von dem er glaubte, es wäre die norwegische Bezeichnung für Hosenanzug – *buksedrakt*.

Jeden Tag nahm er – der Vater des Mädchens – ein morgendliches Bad im Swimmingpool. Dann stand das Mädchen hinter dem Rosenbusch und schaute ihm zu. Eigentlich fand sie den Vater zu alt, um nackt zu schwimmen, zu alt, um überhaupt schwimmen zu gehen. Also ehrlich! Im Wasser herumplantschen wie ein großer Käfer! Er schwamm immer allein. Frühmorgens. Vor dem Frühstück. Bevor er in seinem Arbeitszimmer verschwand. Das Mädchen wusste nicht, woran er dort arbeitete. Er schrieb – das wusste sie, auf gelben, linierten Blättern.

Im Sommer schrieb er, das restliche Jahr über drehte er Filme oder arbeitete am Theater.

Manchmal saß er im Gästehaus mit einer Frau zusammen und *schnitt einen Film*, dies geschah zu einer Zeit, in der man die Zelluloidstücke tatsächlich noch auseinanderschnitt und zusammenklebte, einen ganzen Sommer saß er dort und schnitt *Die Zauberflöte*, und dann strömten Emanuel Schikaneders Libretto und Mozarts Musik aus den Fenstern, es war der einzige Sommer, in dem die Fenster sperrangelweit offen standen, und ganz Hammars spitzte die Ohren. Tamino sang von seiner geliebten Pamina und fragte: *Wann wird das Licht mein Auge finden*, und der Chor antwortete: *Bald Jüngling, oder nie.*

Wenn der Vater nicht schnitt, schrieb er jedoch, und am Nachmittag gab er die gelben, linierten Blätter Ingrid. Sie war in der Lage, seine Handschrift zu entziffern, was kaum einem anderen gelang, und schrieb auf der Maschine alles ins Reine. Wenn der Vater schrieb, durfte er unter gar keinen Umständen gestört werden, das wusste das Mädchen nur zu gut, *er hat ein solches Temperament*, sagte die Mutter, ehe sie die Tochter zu dem Haus schickte, das einst gebaut worden war, damit sie selbst darin wohnte, was heißt Temperament, fragte das Mädchen, er wird schnell wütend, sagte die Mutter, ist das schlimm, sagte das Mädchen, nein, sagte die Mutter und zögerte kurz, oder doch, wenn man andere verletzt schon, aber wenn man niemals zeigt, dass man wütend ist oder traurig, oder ängstlich, dann kann man einen großen Klumpen im Bauch bekommen, und das ist auch schlimm, hat Papa einen Klumpen im Bauch, sagte das Mädchen, nein, sagte dic Mutter, er hat keinen Klumpen im Bauch, aber manchmal wird er wütend und sagt Dinge, die er nicht so meint ... und wettert und brüllt ... und dann können andere einen Klumpen im Bauch bekommen ... das meine ich, wenn ich sage, dass er Temperament hat ... er geht leicht in die Luft ... Geht in die Luft?, fragte das Mädchen, was heißt das? Die Mutter seufzte, es bedeutet, dass man ... dass man ... dass man ein Streichholz anzündet, und plötzlich steht das ganze Haus in Flammen ... Aha, sagte das

Mädchen, das genau wusste, dass sie den Vater eigentlich nicht stören sollte, ihn aber gelegentlich trotzdem störte. Sie klopfte an seine Bürotür und sagte, er müsse kommen – in ihrem Zimmer sei eine Spinne, die er wegmachen müsse. Sie traue sich nicht, dort zu bleiben, wenn er nicht sofort mitkam und sie wegmachte. Oder einen Käfer. Oder eine Wespe. Er brüllte nicht los. Er ging nicht in Flammen auf. Er seufzte nur kurz und stand auf und ging hinter ihr durch das Wohnzimmer und die Küche und in ihr Zimmer. Sie war so dünn. Als wäre sie mit den Insekten verwandt. Außerdem mochte er die norwegischen Worte, die sie piepste. *Øyenstikker* – Libelle. Das Mädchen mochte die schwedischen. *Trollslända*. Und sie hatte keine Angst vor ihm. Sie hatte Angst vor Bremsen. *Broms*. Und vor Schnaken. *Harkrank*.

Als sie erwachsen wurde und fließend Schwedisch sprach, bat er sie, stattdessen Norwegisch zu sprechen. Zumindest, wenn sie mit ihm redete. Er meinte, wenn sie Schwedisch spreche, gehe ihre Stimme nach oben und werde hoch und hell wie damals, als sie noch ein kleines Mädchen war, und dass sie sich nun, als Erwachsene, an eine tiefere Stufe auf der Tonleiter halten solle. Kleidsamer. Und diese tiefere Stufe gelang ihr nur, wenn sie Norwegisch sprach.

Doch einst war sie 113 Zentimeter groß und konnte sich hinter einem Rosenbusch verstecken, ohne gesehen zu werden, und den Vater stören, wenn ein Tausendfüßler in ihrem Zimmer war, um den man sich kümmern musste. Ein *tusenfoting*. Ritterwanzen. Weberknechte.

Ich muss sie vielleicht irgendwie nennen. Das Mädchen. Ich kann es auch lassen. Als der Vater sechzig wurde, lud er alle neun Kinder zu seiner Geburtstagsfeier nach Hammars ein. Es war im Sommer 1978 – dem Sommer, in dem das Mädchen zwölf wurde. Ich erinnere mich nicht, wie ihr das mit dem großen Fest – dem ersten von vielen – präsentiert wurde, ihr dürfte nicht bewusst gewesen sein, dass sie so viele Geschwister hatte, oder es war ihr vielleicht so bewusst, wie ihr auch bewusst war, dass es in Norwegen viele Provinzen gab. Sie hatte gerade die fünfte Klasse beendet und würde mit ihrer Mutter demnächst in die USA ziehen und dort zur Schule gehen. Ihr norwegischer Erdkundelehrer hieß Jørgensen, sie würde ihn vermissen. Sie war gut in Erdkunde. Ihre Spezialität waren Karten. Und sicher, sie wusste, dass sie neun Geschwister waren, auf die gleiche Weise, wie sie wusste, dass neun der größten Wasserfälle der Welt in Norwegen lagen. Sie hatte sich aufgeschrieben, wie sie hießen. *Mardalsfossen*, *Mongefossen*, *Vedalsfossen*, *Opo*, *Langfossen*, *Skykkjedalsfossen*, *Ramnefjellsfossen*, *Ormalifossen*, *Sundifoss*. Außer Daniel und Maria, die sie bereits kannte, hatte sie ihre Geschwister nur auf Bildern gesehen. Viele glauben, dass der *Vøringsfossen* einer der größten im Land ist, aber das stimmt nicht. Bei Weitem nicht. So kann man sich irren, sagte Jørgensen immer. Es war der Tag vor dem großen Festtag, der Vater hatte am 14. Juli Geburtstag, dem französischen Nationalfeiertag, und sie würde endlich allen begegnen. Allen acht auf einmal. Sie saß auf der braungebeizten Bank vor dem Haus und wartete. Von Zeit zu Zeit stand sie auf, ging in den Wald und pflückte Walderdbeeren, die sie auf einen Halm fädelte. Dann setzte sie sich wieder hin. Sie wollte den Walderdbeerenschmuck aufbewahren und einer ihrer Schwestern schenken, sie hatte vier, aber die Zeit verging und niemand kam und am Ende aß sie alle selbst auf. Das verwaschene blaue Sommerkleid reichte ihr bis knapp über den Po. Sie hatte Mückenstiche auf dem Oberschenkel und der Hand. Kein Ort war so still wie Hammars, wenn sie für sich allein auf der Bank saß und die Grashüpfer auf der

Steinmauer erwachen sah. Wenn sich ein Auto näherte, hörte man es schon von Weitem. Wenn sie Autos hörte, lief sie normalerweise auf die Straße und bis zum ersten Viehgitter, das ihrem Vater zufolge die Grenze seines Grundstücks markierte, und fuchtelte mit den Armen, weil das Auto wenden und verschwinden sollte. Sie wollten hier keine Leute haben. Heute lief sie jedoch nicht auf die Straße hinauf und verjagte Leute. Der Vater bereute dieses verdammte Fest bestimmt. Es war eine gute – eine richtig *lustige* Idee! – gewesen, als sie ihm seinerzeit gekommen war. Alle Kinder bei einem Fest. Aber man sollte sich vor seinen guten Ideen in Acht nehmen, schrieb Aksel Sandemose, den der Vater gelegentlich zitierte, manchmal ist man so begeistert von der Idee, dass man alles andere vergisst. Sandemose sprach über das Schreiben, aber wenn man zu einem Fest einlädt, gilt bestimmt das Gleiche. Und im Übrigen: Das Mädchen hegte den Verdacht, dass dieses Fest nicht allein die Idee des Vaters gewesen war, sondern auch Ingrids. Wenn all *seine* Kinder nach Hammars kommen durften, würden auch all *ihre* Kinder die Erlaubnis erhalten zu kommen. Nicht nur die jüngste, Maria, sondern auch die drei anderen. Ingrid hatte ihre Kinder verlassen, als sie den Vater des Mädchens heiratete, und nun vermisste Ingrid sie unablässig, aber ihr neuer Mann wollte, dass es nur sie beide gab. Keine Kinder. Sie hatten so lange aufeinander gewartet, seine zahlreichen Ehen und Frauengeschichten und ihre Ehe mit dem Baron hindurch. Oder war es ein Graf gewesen. So ist die Liebe. Sie sitzt auf der braungebeizten Bank, und jemand hat gesagt, *so ist die Liebe*. Die Mutter des Mädchens schüttelt den Kopf, wenn die Frauengeschichten des Vaters zur Sprache kommen, sie will nichts von Ehefrau Nummer vier hören, *ich will nichts von ihnen hören*, man will selten von denen hören, die direkt vor einem und unmittelbar nach einem kommen. Der Mutter gefiel es nicht, diejenige zu sein, die zwischen Nummer vier und Nummer fünf kam. Was ist man dann? Viereinhalb?

Der Vater erklärte häufig, zu seinem Siebzigsten werde er auch sämtliche Ehefrauen einladen, und die Mütter, und die Frauen, die weder Gattinnen noch Mütter gewesen waren, aber dennoch auf die eine oder andere Art eine Rolle gespielt hatten. Wie nennt man sie? Jetzt wurde er jedoch sechzig, nicht siebzig, und das Mädchen sitzt auf der braungebeizten Bank und wartet auf ihre Geschwister, und morgen, an seinem großen Tag, würde der Vater mit einem Blumenkranz im Haar fotografiert werden, umgeben von Ingrid und den Kindern, auf der Treppe in Dämba. Das Mädchen drehte sich um und blickte zur Straße, kratzte sich am Oberschenkel. Der Vater sagte immer, der erste Mückenstich sei herrlich, er taucht an irgendeiner Stelle am Körper auf und ist weiß und neu und ein bisschen rosa und ruft *kratz mich, kratz mich*. Wenn man viele Mückenstiche hat, ist es nicht mehr herrlich, die Haut ist wund, die Mückenstiche rufen nicht mehr, es ist kein Ton in ihnen, und das Jucken raubt dir nachts den Schlaf. Als sie das erste Auto hörte, stand sie auf und setzte sich genauso schnell wieder hin. Jetzt kamen sie. *Jetzt kommen sie!* Sie schaute sich um. Wo sind denn alle? *Papa! Ingrid! Daniel! Maria! Kommt! Jetzt kommen sie!* Ja, und dann bog erst ein Auto auf den gepflasterten Hof, und dann ein zweites und danach noch eins, und aus den Autos strömten junge Frauen und Männer, *die Geschwister des Mädchens*, und ihre Liebsten und Koffer und Seidenschals und rote Lippen und Lachen und weite Hosen und Haare und Stimmen. Wo war der Vater? War er überhaupt da, als sie alle gemeinsam ankamen, oder hatte er in seinem Zimmer Zuflucht gesucht? Das war nicht so wichtig. Er war ein alter Mann, der ständig Bauchschmerzen hatte und Besuch verabscheute. *Schaut her! Da kommt meine kleine Familie!* Immer mehr traten auf den Hof. Das Mädchen begann zu lachen. Das war keine *kleine* Familie! Das war eine *große* Familie. Seht mal – da ist Jan. Er ist der älteste und klügste und hat eine Frau und Kinder. Und da – da ist sie, die in London lebt und wie ein Filmstar lächelt. Und da ist der Flugkapitän. Das Mädchen wusste, dass einer ihrer Brüder Flugkapitän war und jede Woche hin und zurück über den Atlantik flog. Er war der größte von allen, als sie ihn sah, begriff sie sofort, dass er es war, er drehte sich auf dem Hof um, und als sie ihm ins Auge fiel, setzte er seinen Koffer ab und breitete die Arme aus, er war baumwipfelgroß und schlank und der schönste Mann, den sie jemals in ihrem Leben gesehen hatte, und trotz ihres geringen Alters hatte sie *viele* gesehen, und sie lief auf ihn zu, und er hob sie so hoch über die Erde und drehte sie so schnell, dass es ihr fast den Atem verschlug, aber statt dass es ihr den Atem verschlug, öffnete sie die Augen, langsam, als wäre sie unter Wasser, und dort oben in seinen Armen sah sie nicht nur Hammars mit seinen flachen Heideflächen, den Schafen, die von den Inselbewohnern Lämmer genannt wurden, ob sie nun neugeboren oder ausgewachsen waren, und alte Kalksteinhöfe, sondern ganz Fårö, vom Kalksteinbruch auf der Halbinsel Norsholmen bis zu dem englischen Friedhof südlich von Dämba und zu den Sanddünen auf Ullahau, von denen das Mädchen gehört hatte, dass man im Winter Schlitten auf ihnen fahren könne, und bis zu dem Konsum-Laden unterhalb der Kirche und den Stränden bei Sudersand, Ekeviken und Norsta Aurar, bis hin zu den Raukgebieten bei Langhammars und Digerhuvud, und als sie gerade glaubte, er wolle sie wieder auf der Erde absetzen, wurden seine Arme noch länger, und sie stieg noch höher in die Luft, und daraufhin sah sie das ganze Meer und den Horizont und in der Ferne den Eisernen Vorhang, wo man nie mehr herauskam, wenn man das Pech hatte, sich dorthin zu verirren.

Halbschwester und Halbbruder – als gäbe es sie nicht richtig. Halb geboren, halb lebendig, halb erinnert, halb vergessen –, Schattenkinder, die in der Fliederhecke verschwanden oder zwischen den Stangen im Viehgitter hindurchfielen. Am Abend wurde in Dämba gefeiert, und das Mädchen tanzte einen Tanz mit viel Schwung rund und rund und rundherum, bis sie fast keine Kleider mehr am Leib hatte.

Vom Vater bekam sie ein grünes, liniertes Notizbuch, er sagte, sie dürfe nicht vergessen, Tagebuch zu führen. Ihre große Schwester, Maria, schrieb täglich Tagebuch, das hatte sie schon getan, als sie noch jünger war, als das Mädchen jetzt war. Wenn das Mädchen kein Tagebuch führe, sagte der Vater, werde sie alles vergessen. Aber das Mädchen wollte nicht Tagebuch schreiben. Stattdessen entwickelte sie eine Geheimsprache und füllte das grüne Buch mit geheimen Tabellen und Worten: *Ivoefo qqjttfsS j tåmb*. Außerdem zeichnete sie Karten. Hunderte von Karten. Viele von Fårö. Mit den Maßen nahm sie es nicht so genau, umso wichtiger waren die Grenzen. Hinter der braungebeizten Bank stand der Fahrradschuppen, und hinter dem Fahrradschuppen lag der Wald mit den drei Wegen. Ein Weg führt zum Meer, ein anderer Weg führte zu einer kleinen Kate im grünen Wald, und ein dritter führte zu einer Lichtung oder Wiese, auf der ihr Vater später ein neues Haus bauen würde.

Der Plan des Vaters für das neue Haus – jedes Haus trug einen Namen, und das neue wurde *Ängen*, die Wiese, genannt – lautete, dass er dort mit Ingrid wohnen würde, wenn sie alt waren. Im Sommer wollten sie in Hammars wohnen und im Winter in Ängen. Manchmal, sagte er, wehe der Wind so heftig vom Meer her, dass man in Hammars keinen Schlaf finde. Dann wolle er woanders schlafen. Ingrid auch. Aber Ingrid starb und ließ den Vater am Boden zerstört zurück.

Manche Sommer waren kalt, dann sagte man, das war der kälteste Sommer aller Zeiten. Am liebsten war dem Vater, wenn es regnete. Er sagte, seine schlimmsten Alpträume spielten sich alle in ohrenbetäubendem Sonnenschein ab. Als das Mädchen klein war, durfte sie morgens erst zu Ingrid und dem Vater hineingehen, wenn der Mann im Radio die Wetteraussichten und Temperaturen für ganz Schweden verlesen hatte. Sobald der Mann im Radio *Visby, siebzehn Grad*, gesagt hatte, war der Weg frei. Dann konnte das Mädchen aufstehen und zu den Erwachsenen hineingehen und sie wecken. Die erwachsenen Geschwister wohnten mit ihren Geliebten, Ehepartnern und Kindern abwechselnd in Ängen. Das Mädchen war nicht mehr die jüngste in der Familie. Es gab ein Haus bei Sudersand, Karlberga genannt, das später verkauft wurde, und dann gab es noch das kleine Häuschen unten am Meer, nur einen kurzen Fußweg von Hammars entfernt, in dem die Brüder mit ihren Freundinnen wohnten.

Wie die meisten Kinder liebte das Mädchen es, Listen zu erstellen und buchzuführen, und wenn jemand sie nach ihrem Vater fragte, konnte sie antworten: Mein Vater hat vier Häuser, zwei Autos, fünf Frauen, einen Swimmingpool, neun Kinder und *ein* Kino.

Papa und Ingrid wohnten niemals in dem Haus in Ängen, aber bevor sie starb, richtete Ingrid es noch so ein, wie sie es haben wollte.

Jan wohnte dort mehrere Sommer mit seinen Kindern. Er arbeitete ursprünglich als Zugbegleiter und wurde später Theaterregisseur. *König Lear* handelt nicht von einem Mann, der König werden soll, sondern von einem König, der ein Mann werden soll. *Und das*, sagte Jan und hob die Hand, ist das schwierigste überhaupt. Jeder kann König werden!

Jan war das Oberhaupt der Geschwisterschar. Eines Sommers schlug er vor, auf dem freien Feld zwischen dem Haus in Hammars und dem Haus in Ängen ein großes Zelt aufzuschlagen. Dann gäbe es an den wichtigen Tagen rund um die Geburtstagsfeier genügend Platz für die stetig wachsende Familie. Der Vater sagte, ich will hier verdammt nochmal kein beschissenes Zelt auf dem Grundstück haben, nein, verdammt, jetzt reicht es mir aber, verdammt nochmal, ich will hier keine Leute haben, die herkommen und denken, sie könnten sich alles Mögliche herausnehmen.

Das Mädchen lebte eine Weile in den USA, bevor sie nach Norwegen, in ihr eigentliches Heimatland zurückkehrte. Sie heiratete und bekam einen Sohn. Er wurde nach seinem Großvater väterlicherseits Olav getauft, wird aber Ola genannt. Sie war kein Mädchen mehr, aber sie hatte immer noch ihre Karten. Im Sommer wohnte sie in Ängen. Jeden Abend spielte Ola auf dem Rasen vor dem Haus Fußball.

Die Kunst, eine Geschichte ohne Worte zu erzählen – was ist aus ihr geworden, fragte der Vater und zeigte an den Nachmittagen im Kino Stummfilme. *Das ist deine Ausbildung*, sagte er zu dem Mädchen, als sie noch ein Mädchen war. *Sieh hin und lerne.* Damals war es Åke, der den Projektor bediente. Später kam Cecilia. Sie stand groß und dunkelhaarig und schön und barfuß hinter der Glasscheibe und wartete auf das Signal des Vaters. Den erhobenen Arm. Einen kleinen Wink. Das Licht wird gelöscht. Der Film beginnt. *Die Liebe am Nachmittag*. Jan war dabei. Mehrere Töchter des Vaters waren dabei. In einem der Sommer zog Käbi in das Haupthaus in Dämba, und von da an kam sie jeden Sommer. Vor langer Zeit waren sie und der Vater verheiratet gewesen, gemeinsam hatten sie den Sohn Daniel bekommen, jetzt waren sie Freunde und aßen jeden Sonntagabend zusammen, und nach dem Essen spielte sie Klavier für ihn. Wenn Käbi einen Film sehen wollte, kam sie mit einem großen Hut und in einem Kleid über den Platz wie auf dem Foto von Françoise Gilot am Strand, auf dem Picasso mit einem Sonnenschirm in der Hand hinter ihr herläuft. Der Vater lief Käbi nicht mit einem Sonnenschirm hinterher, sondern wartete auf sie und nannte sie gnädige Frau und ließ sich nichts anmerken, wenn sie mitten im Film mit der Trinkflasche und den Nüssen raschelte, die sie in einem großen Korb mitgebracht hatte. Kein anderer brachte einen Korb mit Nüssen und eine Trinkflasche mit, kein anderer raschelte. Das wäre niemals unkommentiert geblieben. Andere kamen und gingen, so war das an den Nachmittagen, und irgendwer war immer da. Ehe sie hineingingen und sich einen Platz suchten, saßen sie eine Weile auf einer Bank davor. Die Ohren müssen sich gewöhnen, sagte der Vater. Und danach die Augen. Man darf nicht einfach rein und raus flitzen. Und mitten im Juli, exakt am fünfzehnten, dem Tag nach seinem Geburtstag, flogen die Großen Brachvögel über Dämba hinweg. Sie flogen niedrig und im Schwarm.

»Schaut!«, sagte der Vater und zeigte auf den fliegenden schwarzen Teppich aus Schnäbeln und Federn, der sich über ihnen wölbte.

»Jetzt verlassen sie Dämba und brechen zu ihrer Reise in den Süden auf.«

Er lächelte.

»Ist das nicht unglaublich? Jedes Jahr *exakt* am selben Tag!«

Er war ein pünktlicher Mann und schätzte Pünktlichkeit bei anderen, auch Vögeln, und besaß ein ganz eigenes Talent für Abschiede.

Das Mädchen ließ sich später vom Vater ihres Sohnes scheiden, und ein Jahr danach lernte sie einen neuen Mann kennen. Er wird dich sehr unglücklich machen, sagte der Vater. Ein bisschen dramatisch. Der Mann war schön, und sie war verliebt.

An einem Winterabend telefonierte sie mit ihrem Bruder Jan. Er fragte, wie es mit dem neuen Mann laufe, und das Mädchen erzählte, dass er mit ihr Schluss gemacht hatte, und daraufhin sagte Jan, für die Art von Blutkrebs, an der er leide, gebe es eine gute Überlebenschance, eventuell sogar bis zu achtzig Prozent, dass die letzten Nächte jedoch ein Alptraum gewesen seien; seltsamer Gedanke, dass in meinem Pass vielleicht nur vierundfünfzig Jahre stehen, fügte er hinzu.

* * *

Der neue Mann kehrte zu dem Mädchen zurück, und sie wurden wieder ein Paar. Als sie heirateten, waren sie völlig außer Atem, beide, als wären sie zur Kirche gerannt. Später bekamen sie eine Tochter. Sie nannten sie Eva. In den Sommern reisten sie nach Hammars und wohnten in Ängen. Über dem Küchentisch hing eine Lampe, sie hatte gelbe Falten und Volants, die Jahr für Jahr ein bisschen mehr einrissen.

* * *

Jeden Tag fuhr der Vater mit seinem roten Jeep zwischen Hammars und Dämba hin und her. Die Autofahrt dauerte zehn Minuten. Um drei Uhr begann das Nachmittagskino. Aber man traf sich um zehn vor drei. Einmal sagte er, er wolle zwischen Hammars und Dämba eine Zugstrecke bauen und mit einer Dampflokomotive zum Kino und zurück fahren.

Außerdem fuhr er nach Fårösund, um dort die Tageszeitungen zu kaufen. Das tat er nachmittags, nach dem Kino. Um von Fårö nach Fårösund zu kommen, muss man eine der beiden gelben Fähren nehmen. Die Fahrt über den Sund dauert fünf Minuten. Im Sommer pendelt sie hin und her und fährt ungefähr alle fünf Minuten, im Herbst und Winter fährt sie dagegen nur einmal in der Stunde. Die Fähre ist pünktlich.

Stell dir vor, du bist der Einzige, der über den Sund will. Es ist spät im Oktober. Stell dir vor, dass du mit hoher Geschwindigkeit fährst. Die Straße zum Fähranleger ist lang und gerade, und die Fährleute können dich schon von Weitem sehen. Du passierst die Kirche, die Heideflächen, die Lämmer, die Kiefern und eine alte Windmühle. Sie sehen dich, aber du kommst zu spät, und daraufhin ist es nicht etwa so, dass sie auf dich warten. Sie senken die Schranke, es ertönt ein Dröhnen, das du hörst, obwohl die Autofenster geschlossen sind, sie klappen das Bugvisier hoch und beginnen die Überfahrt nach Fårösund.

* * *

Er wurde älter, alt, er sagte, Dinge verschwänden.

»Was für Dinge?«

»Worte. Erinnerungen.«

Damals dachte sie sich nichts dabei. Sein Gedächtnis war besser als ihres. So gesehen hatte sich nichts verändert. Er erinnerte sich an Namen, Jahreszahlen, historische Ereignisse, Filme, Bühnenbilder, Musikstücke. Er erzählte immer dieselben Geschichten, aber das war auch früher schon so gewesen, es gehörte zum Repertoire des Sommers. Möglicherweise war der Zeitraum zwischen den Gelegenheiten, bei denen er dieselbe Geschichte erzählte, kürzer als früher, aber darüber hinaus gab es keine spürbaren Anzeichen.

Ein gelber Zettel auf dem Küchentisch in Ängen, undatiert:

Hoch Geliebte
Jüngste Tochter!
Du, die du mit dem Sommer kommst
(egal, wie das Wetter ist).
Sei so herzlich willkommen wie nur
möglich zusammen mit dem jungen Ola (Olav?)
und lieben Freunden.
Sei umarmt
Vater.

Er liebte es, dem roten Jeep Geräusche zu entlocken. Er wollte gehört werden, er wollte, dass man es hörte, wenn er kam. Das Mädchen, das kein Mädchen mehr ist, sondern eine erwachsene Frau und Mutter von zwei Kindern, stellt sich eine Wolke aus rotem und wirbelndem Staub durch den Wald vor. Hör mal, wie viele Geräusche ich mache! Sieh mal, wie hoch ich über dem Boden schwebe! Jetzt nimmt er die Kurve, das geht schnell, sehr schnell, kreischende Bremsen, eine letzte Beschleunigung einfach so zum Spaß, dann schaltet er den Motor aus. Er öffnet die Tür, greift nach seinem Stock und macht eine Art Versuch hinauszuspringen.

Es ist exakt zehn vor drei.

»Was sind das für Worte, die verschwinden?«

»Ach, ich weiß nicht ... Ich sitze im Jeep. Ich habe den Motor ausgeschaltet, es sind kaum andere Autos auf der Fähre, ich winke dem Fährmann zu, und er winkt zurück. Ich glaube, er arbeitet hier schon seit vierzig Jahren als Fährmann. Der Sommer ist endlich vorbei. Das graue Licht ist zurück. An der Reling steht eine junge Frau, sie ist Anfang zwanzig, sie wendet das Gesicht ab. Ich bin auf dem Weg nach Fårösund, um Zeitungen zu kaufen. Plötzlich öffnen sich die Himmelsschleusen, und es gießt in Strömen. Das Mädchen schaut zum Himmel hinauf, rührt sich aber nicht von der Stelle. Die Fähre wummert. Es regnet in Strömen, und ich schalte ... verstehst du? Da hakt es. Es fängt an zu regnen, das Mädchen hebt den Kopf zum Himmel, und ich schalte ... tja, wie heißt das nochmal ...? Was du im Auto anstellst, wenn es regnet, und das hin und her fährt und wusch-wusch-wusch macht?«

»Die Scheibenwischer?«

»Ja, genau! Die Scheibenwischer!«

»Du hattest vergessen, dass sie Scheibenwischer heißen?«

»Wie ein weißer Fleck im Gehirn, vergessen, weg. Das passiert mir ständig. Ich vergesse Dinge.«

Man braucht ein paar Minuten, um die Augen an die Dunkelheit zu gewöhnen. Man kann nicht einfach nur rein und raus flitzen. Das wiederholt er Jahr für Jahr. In manchen Sommern lässt er Haare und Bart wachsen, in anderen Sommern rasiert er alles ab. Ein Muttermal auf der rechten Wange, es wird mit jedem Jahr größer, und eine große, braunschwarze Sonnenbrille. Er ist jetzt etwas hagerer. Und ich bin größer als er.

»Aha, schönen Tag«, sagt er und steigt mit Mühe aus dem Jeep. »Jetzt setzen wir uns erst einen Moment auf die Bank, bevor wir hineingehen.«

* * *

Im Herbst 2006 kamen wir mit dem Auto nach Hammars. Mein Mann fuhr. Wir nahmen unsere Tochter mit und fuhren los. Ich hatte meinen Vater seit Anfang August nicht mehr gesehen. Wir hatten verabredet, uns vor dem Kino zu treffen.

Ein paar Tage zuvor hatten wir telefoniert. Es war kein langes Gespräch gewesen.

»Was sehen wir uns an?«

»Oh, das erfährst du, wenn du kommst.«

»Ich freue mich.«

»Ich auch. Du bist herzlich willkommen.«

»Dann treffen wir uns zur üblichen Zeit?«

»Zur üblichen Zeit.«

Ich stand mit Cecilia zusammen und wartete in dem ungemütlichen Wetter. Cecilia stammte aus Dalarna. Sie hatte lange dunkle Haare und trug einen Anorak. Im Sommer lief sie barfuß. Nach Ingrids Tod kümmerte sie sich um alle praktischen Belange. Nachmittags führte sie die Filme vor. Sie war die Einzige, der es erlaubt war, die Projektoren anzurühren, die er über alles in der Welt liebte. *Das sind feine alte Schachteln*, sagte er. *Aber sie halten sich gut. Zur Hölle mit diesem ganzen verdammten digitalen Mist.*

Manchmal bekommt er auch außerhalb der Sommersaison Besuch, aber die meiste Zeit ist er allein.

Ich werfe einen Blick auf die Uhr und schaue hoch. Es ist acht Minuten vor drei. Die Straße ist still.

Ich drehe mich zu Cecilia um.

»Er ist spät dran.«

»Ja, das kommt vor.«

»Wie bitte?«

Sie steckt die Hände in die Taschen.

»Das kommt vor ... Das ist nicht ungewöhnlich.«

»Nicht ungewöhnlich … wie meinst du das?«

Ich schaue auf die Uhr.

»Es ist fünf vor drei.«

»Ja, na und? Wir fangen doch erst um drei an.«

Sie sieht mich nicht an.

»Cecilia. Er ist *zu spät* … mein Vater ist zu spät. Er hätte um zehn vor hier sein sollen. Machst du dir keine Sorgen? Ich mache mir Sorgen.«

Sie seufzt, sieht mich an.

»Als es das erste Mal passiert ist, habe ich mir Sorgen gemacht, das war im letzten Winter, ich habe sechs, sieben Minuten gewartet, und als er nicht auftauchte, bin ich losgefahren, um nach ihm zu sehen. Da war er von der Straße abgekommen, hatte die Tür aufgemacht und versucht, aus dem Jeep zu steigen, war gestolpert und hingefallen. Als ich ihn fand, lag er im Straßengraben.«

»Aber … wir müssen losfahren und nach ihm sehen!«

»Du kannst von mir aus gerne losfahren und nach ihm sehen, aber seit damals ist er oft zu spät gekommen, und das nicht, weil er im Straßengraben lag. Warte ab, er taucht bald auf. Wenn er viel zu spät ist, fahre ich und schaue nach.«

Wir bleiben schweigend stehen. Ich sehe wieder auf die Uhr. Es ist fünf nach drei. Ein Kleiber fliegt über die grauen Felder und zum Sumpf hinaus. Und dann nichts. Ich will, dass alles so ist wie früher, und um mich herum ist alles wie früher. Diese Landschaft verändert sich nie. Aber ganz gleich, wo ich stehe oder gehe, ganz gleich, was ich sage oder denke, ganz gleich, worauf ich den Blick richte, die Uhr hat den verabredeten Zeitpunkt, *zehn vor drei*, längst passiert. Und dann höre ich den Jeep. Jetzt kommt er. Rasend schnell die Straße herab. Der zarte Vogelgesang geht im Geräusch des Motorenlärms unter. Seine Sonnenbrille ist so groß, dass sie das ganze Gesicht bedeckt – er sieht aus wie ein Nachttier. Er bremst abrupt, er öffnet die Tür, er greift nach dem Stock. Es ist sieben nach drei. Siebzehn Minuten Verspätung. Er setzt die Sonnenbrille ab und streckt die Arme nach mir aus.

Er sagt nicht: *Entschuldige, dass ich spät dran bin.* Oder: *Verzeih mir, dass ich zu spät komme.*

Papa legt die Arme um mich, und wir gehen zur Tür. Ich schmiege mich an ihn.

»Na! Da bist du ja! Herzlich willkommen!«, sagt er. »Meine Liebe! Hast du eine gute Reise gehabt? Komm, komm, wir wollen uns einen Moment auf die Bank setzen, bevor wir hineingehen und den Film sehen.«

II // Spulen

Bist du mit deinen Memoiren weitergekommen? Hast du das Tonbandgerät ausprobiert?

SAMUEL BECKETT in einem Brief an Thomas MacGreevy

Ich habe einen Knick in der Linie, die sich vom Hüftkamm bis zu den Halswirbeln erstreckt. Außer für mich selbst ist er für niemanden sichtbar. Ich glaube, es liegt an der Tasche. Ich stopfe Dinge in sie hinein und vergesse anschließend, sie wieder herauszuholen. Wenn ich Sachen herausholen möchte, steche ich mich oft an irgendetwas, an einer kaputten Sicherheitsnadel zum Beispiel oder an einer Nähnadel. Ich begreife nicht, warum ich Nähnadeln in meiner Tasche habe. Ich kann nicht nähen und habe nicht mehr genaht, seit ich ein kleines Mädchen war und in die fünfte Klasse ging und ein Filzkissen nähen sollte. Es dauerte unendlich lange, dieses Kissen fertig zu bekommen, es graute mir vor dem Handarbeitsunterricht, ich kam nicht weiter, das Kissen wurde niemals fertig, niemals schön, alle anderen Schüler hatten ihre Kissen fertig, ich dagegen arbeitete weiter an meinem. Es wurde Winter und schneite tagelang ununterbrochen, es war dunkel, wenn der Schultag begann und dunkel, wenn er endete. Und die Wochen vergingen. Als das Kissen endlich fertig war, sah es mit seinen groben Stichen und der Watte, die aus den zahlreichen Lücken herausquoll, für mich wie eine rote Wolke aus, aber die Handarbeitslehrerin hatte Migräne und fand *nicht*, dass es wie eine rote Wolke aussah. Du hast es nicht geschafft, es ordentlich zu schließen, rief sie, und ihre Stimme gellte die Steintreppen hinab und auf den Schulhof hinaus, wo die schmutzigen Schneehaufen in den Ecken mit der Zeit begonnen hatten zu schmelzen. Sie hatte einen ganz eigenen, milchartigen Atem, der trotz der salmiakstarken Lakritzpastillen, die sie unaufhörlich lutschte, nicht verschwand, irgendetwas sickerte aus ihren Poren, ich glaube, es war Müdigkeit, und vielleicht spürte ich, auch wenn ich es damals nicht so formulierte, dass sie sich in dem Kissen wiedererkannte – dass sie, ganz gleich, wie lange sie an sich selbst nähte, sich doch niemals schließen würde.

Ich habe mich nie an einer Spindel gestochen, bin niemals umgefallen und habe hundert Jahre geschlafen, ich bekomme selten mehr als vier Stunden Schlaf am Stück, wenn ich Glück habe, fünf, einmal stach ich mich an einer Tannennadel, es war Sommer, und ich lief mit den Überresten des letztjährigen Weihnachtsbaums in der Tasche herum, ich weiß nicht, wie sie dort gelandet ist, unter dem Handy und dem Portemonnaie und dem Spiegel. Ich habe mich an Stöckchen, Stielen, einem kleinen Stück von einem Tannenzapfen gestochen – es wächst ein Wald in meiner Tasche, Herbstlaub, Löwenzahn, Schafgarbe und Gras.

Meine Tochter gibt mir Blumen, Lipgloss, Haargummis, Blätter, auf die ich für sie aufpassen soll, einmal gab sie mir eine Zeichnung von einem Baum. Er war hoch und grün mit einem dicken, braunen Stamm und zwei großen Ästen, die sich gen Himmel reckten. Es war zu der Zeit, als ich sie noch von der Schule abholte. Mittlerweile geht sie mit Freunden aus ihrer Klasse hin und zurück.

Ich sollte die Zeichnung auseinanderfalten und an der Kühlschranktür aufhängen, aber sie blieb in der Tasche liegen und wurde hin und her geworfen. *Aber die war doch für dich. Wolltest du sie nicht haben?* Manchmal benutzen meine Tochter und ich dieselbe Haarbürste, auch sie liegt in der Tasche, oft bürstet sie so fest, dass sich Haare lösen und in den Borsten hängenbleiben.

Viele Jahre trug ich meinen Vater, oder was mir von ihm geblieben war, in dieser Tasche mit mir herum. Er starb im Sommer 2007, und jahrelang lag er in ihr und wurde zusammen mit all den anderen Dingen hin und her geworfen.

Sechs Tonbandaufnahmen aus dem letzten Frühjahr, in dem er noch lebte, waren mir von ihm geblieben. Seine Stimme. Und die Stille. Und meine Stimme. Und all die Geräusche, von denen ich nicht recht weiß, woher sie kommen, die aber vom Mikrofon aufgefangen wurden und die man nicht ganz zutreffend als Rauschen bezeichnen könnte. Die Aufnahmen wurden mit einem kleinen, grauen Tonbandgerät in der Größe eines dicken Fingers gemacht. Ich wusste, dass ich mich in irgendeiner Form mit ihnen auseinandersetzen musste – also mit diesen Aufnahmen. Ich musste sie mir anhören. Es war mein Vater. Er lag in der Tasche. Es gab mit Sicherheit bessere Orte, um ihn aufzubewahren. Ein Bankschließfach zum Beispiel, oder ein Aktenschrank, oder eine Schatulle.

Er sagte, dass Dinge fort waren. Er sagte, dass *die Worte* verschwanden. Wäre er jünger gewesen, hätte er ein Buch darüber geschrieben, alt zu werden. Doch jetzt, da er alt war, schaffte er das nicht. Ihm fehlte die Kraft, die er in jüngeren Jahren besessen hatte. Dieses Argument führte dazu, dass einer von uns, ich weiß nicht mehr wer, auf die Idee kam, wir könnten gemeinsam ein Buch schreiben. Ich würde Fragen stellen und er antworten, ich würde die Gespräche transkribieren, und anschließend wollten wir auf der Basis des vorhandenen Materials ein Buch zusammenstellen. Wenn wir fertig waren und das Buch erschien, würden wir den Jeep nehmen und auf Lesereise gehen können.

Er war siebenundachtzig, als die Idee zu diesem Buch entstand. Manchmal vergaß er Worte oder verwechselte Worte, aber sein Gedächtnis war besser als meins. Einen Plan zu haben. Das ist die Devise unserer Familie. Ich habe eine große Familie. Eine Familie mütterlicherseits und eine väterlicherseits. Mein Vater hatte neun Kinder mit sechs verschiedenen Frauen – ich erinnere mich, dass ich dachte, darüber muss ich mit ihm sprechen. Wenn wir ein Buch schreiben wollen. Ich glaube nämlich nicht, dass er geplant hatte, neun Kinder mit sechs verschiedenen Frauen zu bekommen. Ich war *kein* geplantes Kind. Meine Mutter hat mir erzählt, dass sie Anti-Baby-Pillen in ihrer Tasche hatte, die sie entweder zu nehmen vergaß oder ganz bewusst nicht nahm, ich bin mir nicht sicher, wenn sie die Geschichte erzählt, ist sie jedes Mal anders. Mein Vater hat mir erzählt, dass die Diskussion über eine Abtreibung kurz und undramatisch verlief und damit endete, dass die beiden sich einig waren, dass sie das Kind austragen würde. Das Glück liegt darin, sich mitten in der Planungsphase zu befinden, alles ist möglich und soll festgelegt werden, aber nichts ist endgültig entschieden. Ein Plan ist handfester als Hoffnung, es ist noch ausreichend Zeit. »Wir sagen uns selbst, dass wir nicht wissen, wann die Stunde unseres Todes gekommen ist«, schreibt Proust in seiner Schilderung der letzten Lebensphase seiner geliebten Großmutter (obgleich er eigentlich über seine Mutter schrieb), »aber wenn wir das sagen, sehen wir diese Stunde in einem vagen und fernen Raum vor uns, wir bedenken nicht, dass sie eine Verbindung zu dem Tag haben könnte, der bereits begonnen hat, und dass der Tod – oder dessen erste, beginnende Eroberung von uns, – genau heute eintreten kann, an diesem Nachmittag, der so klar und unzweideutig ist, und für dessen Stunden der Inhalt im Voraus bestimmt wurde.« Mein Vater und ich schmiedeten einen Plan, ohne in Betracht zu ziehen, dass unsere Eroberung durch den Tod bereits angelaufen war. Zwei Jahre, mit ausreichend Zeit, schmiedeten wir Pläne für ein Buch, das davon handeln sollte, alt zu werden.

The readiness is all.

Wie sollten wir das Buch nennen?

Wie sollte es aufgebaut sein?

Wonach sollte ich ihn fragen?

Er meinte, ich könne ihn fragen, was immer ich wolle, aber ich bezweifelte, dass dies stimmte. Ich sagte: Das glaube ich nicht, und er sagte: Ja, aber ich meine es ernst, *was du willst*, und ich sagte: Okay, wir werden ja sehen, wie es läuft.

Zwei Jahre lang planten wir das Buch. Wir diskutierten es, wenn wir telefonierten, mein Vater telefonierte gern, er hatte eine klare Meinung dazu, wie die Begrüßungsformel auf meinem Anrufbeantworter lauten sollte, sein eigener Text auf dem Anrufbeantworter war sehr kurz und sehr barsch. Wenn wir uns trafen, redeten wir jedes Mal über das Buch. Ich besuchte ihn in Hammars, vor allem im Sommer, aber auch im Frühling und im Herbst. Wir sprachen auch über andere Dinge. Aber wenn wir nicht über andere Dinge sprachen, dann sprachen wir über das Buch.

Manchmal sagte er etwas, was mich denken ließ: Darauf müssen wir zurückkommen; ich sollte mir jetzt schon Notizen machen. Ich machte mir keine Notizen. Ich erinnere mich, dass er sagte, es sei Arbeit, alt zu werden, und dass er jeden Morgen eine Liste über all seine Gebrechen aufstelle (steife Hüfte, schlechte Nacht, Bauchschmerzen, untröstlich und voller Sehnsucht nach Ingrid, schwere Glieder, bedrückt bei dem Gedanken an den Tag, der vor ihm lag, Zahnschmerzen etc.), und wenn er auf acht oder weniger komme, stehe er auf. Wenn er auf mehr als acht komme, bleibe er im Bett. Das sei jedoch fast nie der Fall.

»Warum acht?«

»Nun, weil ich über achtzig bin. Ich gestatte mir ein Gebrechen pro Jahrzehnt.«

Wir verwandten viel Zeit darauf, über Uhrzeiten zu sprechen. Mein Vater war ein pünktlicher Mann.

Also: Wann am Tag sollten diese Aufnahmen stattfinden?

Elf bis eins?
Zehn bis eins?
Halb elf bis eins?
Alle zwei Tage?
Täglich?

Ich war für die kurzen Schichten und er für die langen. Früher war das anders gewesen. Als Kind durfte ich ab und zu in sein Arbeitszimmer kommen und in dem großen Sessel sitzen und *mich unterhalten*. Er nannte es *eine Sitzung*. Ich erinnere mich, dass ich nicht wollte, dass diese Sitzungen jemals endeten.

»Wollen du und ich morgen eine kleine Sitzung abhalten«, pflegte er zu sagen, als ich ein Kind war, »sagen wir so gegen elf, wenn es dir passt?«

»Okay.«

Ingrid in der Küche.

»Er wartet auf dich, geh einfach rein.«

Papa im Büro.

»Na! Wie geht es meiner jüngsten Tochter heute?«

»Gut.«

»Gut? Was bedeutet das, *gut*? Ich will kein Kommuniqué hören.«

»Was ist ein Kommuniqué?«

»Ich will keine Phrasen hören. *Gut, gut*. Ich möchte, dass du mir erzählst, wie es dir *wirklich* geht!«

Wir saßen uns gegenüber. Ich nahm nur einen kleinen Teil des Sessels ein, auf dem ich saß. Wir teilten uns einen Puff für die Beine. Er trug dünne, hellbraune Wollsocken, ich hatte eventuell eine blaue Socke an dem einen und eine weiße an dem anderen Fuß, beide nicht ganz sauber, ich hätte gern zwei passende, frisch gewaschene Socken gefunden, aber dann wäre ich zu spät gekommen. Er legte eine Decke über unsere Füße.

»Zieht es dir? Frierst du?«

Einmal nieste ich. Es war kein kräftiges Niesen, nur ein leichtes, ausgelöst vom Staub in dem Zimmer.

Mein Vater wurde still.

»Bist du erkältet?«

»Nein, nein.«

»Du bist zu lange im Swimmingpool gewesen. Ich wusste es. Du bist zu lange im Wasser geblieben.«

»Nein, Papa. Ich schwöre. Ich bin nicht erkältet.«

»Nun gut! Es wird ohnehin Zeit, zum Schluss zu kommen. Ich finde, du solltest heute nicht mehr schwimmen gehen. Solltest du dich vielleicht besser hinlegen? Ich werde Ingrid sagen, dass du dich nicht richtig wohl fühlst und dich ein bisschen ausruhen musst.«

Sommer 2006. Wir fahren fort, das Buch und alles, was vor uns liegt, zu planen. Das Buch soll in vielen Phasen entstehen. Es soll geredet, transkribiert, redigiert, zusammengestellt werden. Viel Arbeit.

Eine Frau in einem roten Kleid zieht in das Gästehaus in Hammars. Sie ist Journalistin und arbeitet für Rundfunk und Fernsehen. Ich will sie Ana nach der ungarischen Bordellmanagerin Ana Cumpanas nennen. Eines Tages steht sie in Ingrids Küche und brät Hackfleischbällchen. Ich komme mit dem Fahrrad und sehe einen Zipfel ihres roten Kleids im Fenster. An einem anderen Tag sitzt sie mit meinem Vater auf der braungebeizten Bank. Sie kichern. An einem dritten Tag planen sie, in ein Kirchenkonzert zu gehen. Ich bestehe darauf, sie zu begleiten. Wir zwängen uns in den Jeep. Papa fährt schnell. Als wir da sind, greifen Ana und ich links und rechts nach dem dürren, alten Mann, als müsste er auf beiden Seiten gestützt werden – das muss er nicht. Er geht täglich ohne eine andere Stütze als seinen Stock spazieren, aber an diesem Tag schreitet er von Ana auf der einen und von mir auf der anderen Seite gehalten den Kirchengang hinauf und lächelt.

Spätsommer 2006. Das Telefon klingelt. Ich bin in Ängen. Er ist in Hammars. Obwohl wir nur ein paar Minuten Fußweg voneinander entfernt sind, telefonieren wir öfter, als wir uns sehen.

»Ich bin verlobt!«

»Okay.«

»Glaubst du mir nicht?«

»Nein.«

Er macht eine Kunstpause.

»Ich habe gehört, dass du eifersüchtig bist.«

»Ich bin nicht eifersüchtig. Ich bin deine Tochter.«

»Du bist eifersüchtig.«

»Ich bin nicht eifersüchtig. Ich bin nicht eine deiner Frauen. Ich bin deine Tochter. Du darfst dich von mir aus gern verloben.«

Herbst 2006. Das Telefon klingelt. Ich bin in Oslo. Er ist in Hammars.

»Ich habe mir Gedanken über unser Buch gemacht.«

»Okay?«

»Ich habe über die technische Seite nachgedacht.«

»Papa, das wird schon.«

»Nein, hör zu. Ich habe da eine Idee. Was ist mit Ana?«

»Nein.«

»Sie ist Journalistin und hat Zugang zu einer erstklassigen technischen Ausrüstung.«

»Das bezweifle ich nicht.«

»Ich dachte, es könnte eine gute Idee sein, dass sie ihre technische Ausrüstung mitnimmt und nach Hammars kommt ... ich meine, sie könnte die Verantwortung für die Aufnahme der Gespräche übernehmen.«

»Du glaubst, ein einfaches Tonbandgerät reicht nicht aus.«

»Ich denke an die Tonqualität.«

»Ich bin schon dabei, ein Tonbandgerät zu kaufen.«

»Jetzt?«

»Nein, nicht jetzt in diesem Moment. Aber bald.«

»Hm.«

»Papa, das ist *unser* Buch!«

»Okay, okay, jetzt werd nicht gleich wütend.«

»Ich bin nicht wütend.«

»Doch, ich höre deiner Stimme an, dass du wütend bist.«

Frühjahr 2007. Viele kleine TIAs, sagt der Arzt.

Ich googele TIA. *Vorübergehende Durchblutungsstörung des Gehirns.* Die Abkürzung steht für die medizinische Bezeichnung *transistorische ischämische Attacke* (TIA). Die Veränderung verläuft schrittweise, aber es geschieht etwas mit seinem Gedächtnis und seiner Fähigkeit, zwischen dem zu unterscheiden, was wirklich ist, und was nicht. Mit wirklich und nicht wirklich meine ich: Er unterscheidet nicht zwischen Träumen (ich weiß nicht, ob Träume an dieser Stelle das richtige Wort ist) und Wirklichkeit (weiß auch nicht, ob dies das richtige Wort ist).

Alle Fenster in seinem Gehirn sind weit aufgeschlagen worden.

Beckett schrieb: »Jetzt unsicher, was wirklich ist und – wie das Gegenteil sagen? Es spielt keine Rolle. Das alte Zwiegespann.«

Er sagt: »Ich werde dir ein wenig davon erzählen, wie meine Tage ablaufen. Jeden Tag um ein Uhr werde ich in die Küche gerollt, und mir wird ein Omelett serviert.«

Er lacht mit geschlossenem Mund.

Früher lachte er mit offenem Mund, aber seit sich in seiner Mundhöhle ein Geschwür gebildet hat, das ihn beim Sprechen behindert, lacht er mit geschlossenem Mund. Und dann sagt er: »*Omelett um eins*. Das ist ein ziemlich guter Titel für unser Buch, findest du nicht?«

Wir nannten es *die Arbeit*. Oder *das Projekt*. Oder *das Buch*. Es ist schwer zu wissen, wie man Dinge nennen soll. Auf einem undatierten, gelben Zettel schreibt er:

> *Liebste Tochter!*
> *Ich habe vergeblich versucht, dich anzurufen und dir zu sagen, dass ich bereit und jederzeit verfügbar bin für »unser Projekt«, wenn du es möchtest und wünschst.*
> *Sei umarmt,*
> *Dein alter Vater*

Ein Fettfleck ist auf den Zettel gekommen. Der Fettfleck ist groß und rund mit einem kleineren, ovalen Anhang. Wenn es eine Kinderzeichnung wäre und kein Fettfleck, hätte ich angenommen, dass die Zeichnung einen Ballon mit einem kleinen Korb für die Fahrgäste darstellt. Ich muss etwas auf dem Zettel abgesetzt haben, eine Tasse Kaffee oder ein Glas Wein.

Der Fettfleck hebt einige Worte auf dem Zettel hervor. *Tochter, vergeblich, bereit.*

In letzter Zeit habe ich das Gefühl, dass es oft passiert: Ich sehe ein Gesicht und denke an ein anderes. Ich weiß nicht, wie ich es nennen soll. Verschwindende Konturen.

Eine Weile hatte ich keine Erinnerungen an meinen Vater, ich las die Zettel, die er mir geschrieben hatte, betrachtete Bilder von ihm, erinnerte mich jedoch an nichts, und mit dem Wort *erinnern* meine ich, dass ich ihn nicht heraufbeschwören, ihn nicht vor mir sehen und mir nicht vorstellen konnte, was er in einer bestimmten Situation gesagt und getan hätte, mir nicht seine Stimme ins Gedächtnis rufen konnte. Um jemanden trauern heißt, sich an ihn erinnern, mir gelang beides nicht, weder zu trauern, noch mich zu erinnern. Ich lief blindlings umher, sah weder die Toten noch die Lebenden, mein Mann schrieb in einem Gedicht: *Du bist im Haus deines Vaters verschwunden.*

Noch zu seinen Lebzeiten wurden ein Archiv und eine Stiftung nach ihm benannt. Später waren es drei Stiftungen, eine war seinen zahlreichen Manuskripten, Briefen und Fotografien gewidmet, eine war seinen Häusern und eine der Insel gewidmet, die er die seine nannte. Nach seinem Tod ziert sein Gesicht eine Briefmarke und einen Geldschein, außerdem wurde ein Straßenabschnitt nach ihm benannt. Ich gehe im Regen auf und ab, die Straße liegt mitten in Stockholm, in der Nähe des Königlich Dramatischen Theaters. Es ist eher ein Abschnitt als eine Straße, ich zähle die Schritte, auf und ab, komme aber jedes Mal auf eine andere Zahl. Am Ende der Straße, die in einen Platz mündet, der ebenfalls seinen Namen trägt, ist ein Haufen Fahrräder abgestellt worden. Die Fahrradschlösser – schwarz und silberfarben – schlängeln sich um die Räder. Eines der Räder ist umgekippt und kurz davor, die anderen Räder mitzureißen.

Erzähl mir von deinem Vater.

Ich schüttele den Kopf.

Ich kann ja schlecht sagen, dass ich mich an nichts erinnere.

Eines Tages blättere ich in einem Buch über die amerikanische Künstlerin Georgia O'Keeffe. Als sie alt wurde, ging sie nach New Mexico und malte, was sie um sich herum sah. Ihre Berge sind warm rostrot, terrakottafarbig, gelb, wie große Häute, und von der Ebene und dem Himmel ist kaum etwas zu sehen. In dem Buch heißt es, dass sie zwei Perspektiven verquickt, so dass ich mich beim Betrachten der Bilder zugleich ganz nah und weit entfernt von dem befinde, was ich sehe. O'Keeffe selbst nannte diese Perspektive *faraway nearby*.

Anfang der achtziger Jahre machte der Fotograf Ansel Adams ein Bild von ihr. Ansel Adams und Georgia O'Keeffe waren Freunde, und es zog sie in dieselben Landschaften. Er war jünger als sie, starb aber dennoch einige Jahre vor ihr, nicht sonderlich lange, nachdem diese Aufnahme entstanden war: Auf dem Foto ist sie über neunzig, zweiundneunzig, glaube ich, sie trägt ein weißes Tuch um den Kopf und ist mit einem weißen Hemd und einer schwarzen Jacke bekleidet, am Hals trägt sie ein Schmuckstück, das aussieht wie etwas, das sie aus Erde und Licht und Sand geformt hat. Ihr Gesicht ist hager. Die Haut ist jenseits von faltig oder alternd, wie ein Fels, ein Mondkrater oder ein sonnengebleichter Knochen. Die Stirn ist breit, der Blick streng, die Nase lang wie ein dicker, nackter Ast, der Mund dünn und streng. Genau so sah mein Vater in seinen letzten Lebensjahren aus. Die Stirn, die Nase, der Mund. Ich hatte das Gefühl gehabt, alles vergessen zu haben, aber nun besaß ich Ansel Adams' Foto von Georgia O'Keeffe. Ich betrachtete ihr Gesicht und dachte an sein Gesicht.

»Können wir nach New Mexico reisen«, sagte ich zu meinem Mann.

»Können wir nicht einfach einmal eine Weile hierbleiben«, erwiderte er und legte seine Hand auf meine.

Der Junge, der mich bediente, war ungefähr achtzehn Jahre alt, groß, schlank, mit langen Haaren und Mitessern in seinem blassen Gesicht. Er bewegte sich langsam und vorsichtig durch den Laden. Es war ein großes Geschäft, Mobiltelefone und GPS in einer Abteilung, Ton und Bild in einer anderen, Heim und Haushalt in einer dritten, Weißwaren in einer vierten, Computer in einer fünften, Foto und Video in einer sechsten. Mir fielen seine Finger auf, dünn, lang, als benutzte er sie, um sich vorzutasten. Gelegentlich ergibt es sich, dass ich anfange, mit Fremden zu reden. Mich ihnen zu erklären. Ich sagte dem Jungen, dass ich ein Tonbandgerät benötige, dass ich meinen Vater interviewen wolle, dass mein Vater achtundachtzig, bald neunundachtzig Jahre alt sei, dass ich das beste Tonbandgerät auf dem Markt benötige, dass ich nicht mit dem alten Mann auf einer verlassenen Insel sitzen und mir Sorgen darum machen wolle, dass die Technik nicht funktionierte.

»Das heißt heute nicht mehr Tonbandgerät«, erklärte der Junge und sah nach unten.

Ich versuchte, seinem Blick zu begegnen.

»Nein, das tut es nicht mehr, das ist mir klar, aber Sie wissen schon, was ich meine. Können Sie mir helfen?«

Er war so dünn wie ein Insekt, auf seinem Namensschild stand Sander, ich konnte mich nicht entscheiden, ob er nun unbeholfen oder graziös war, irgendwie schien er ständig kurz davor zu sein, gegen Dinge zu prallen. Immer wieder sah es aus, als würde er im nächsten Moment gegen etwas prallen. Es wirkte wie ein sorgsam choreographierter Tanz, wie er *fast* gegen die Dinge prallte und es dann doch nicht tat.

Im Frühjahr 2007 fuhren wir mit dem Auto nach Hammars. Mein Mann fuhr. Unsere Tochter, Eva, saß auf der Rückbank und schaute Zeichentrickfilme auf dem Notebook. Sie hatte einen neuen, blauen Kopfhörer bekommen. Von Zeit zu Zeit hielt mein Mann an und legte den Kopf auf das Lenkrad. Ich fragte, was los sei, und er antwortete, nichts sei los. Evas Kopfhörer war so groß wie eine Ohrenqualle.

Ich hatte meinen Vater monatelang nicht mehr gesehen und nur wenige Male mit ihm telefoniert. Er saß am Küchentisch und aß ein Omelett und trank ein Glas Wein. Er sah auf, als ich hereinkam und mich vor ihn stellte, sein Blick flackerte. Erkannte er mich nicht? Er fragte, ob ich vom Schloss komme.

Und mit einer kurzen Geste lud er mich ein, Platz zu nehmen.

»Möchten Sie ein Omelett?«

Ich setzte mich und versuchte, seinen Blick einzufangen, aber er wollte mich nicht ansehen, er sagte, er sei bereit, seinen Pflichten als königlicher Kutscher wieder nachzugehen, und dass wir fahren könnten, sobald er seine Mahlzeit beendet hatte.

»Papa. Ich bin es.«

Er aß weiter, schaute auf den Teller.

»Papa?«

Frauen kümmerten sich abwechselnd um ihn. Sie kamen und gingen. Erst war es Cecilia, danach kam Maja. Cecilia kümmerte sich um die praktischen Belange, Maja um den Haushalt. Dann kamen mehrere. Im letzten Sommer zählte ich sechs Frauen in Hammars. Er wollte es so haben. *Man bekommt, worum man bittet, aber nicht so, wie man glaubt*, sagte er oft.

Um einen anderen zu trauern, ist nicht unbedingt das Gleiche, wie zu verzweifeln. Als Ingrid starb, war mein Vater am Boden zerstört. Er war verzweifelt. Er sagte, er wolle sterben, sei aber zu feige, sich das Leben zu nehmen. *Ich bin ein vierundsiebzig Jahre alter Mann, und erst jetzt beschließt Gott, mich aus dem Kinderzimmer zu werfen*, sagte er. Mein Vater verlor zudem einen Sohn, er verlor Jan, wenn ich ein Kind verlieren würde, wäre *verzweifelt* ein zu schwaches Wort. Ebenso *am Boden zerstört*. Ich denke mir, dass ich nicht weitermachen könnte. Das konnte er. Jan starb, und er machte weiter. Die Kinder waren für ihn nicht das wichtigste. Ich beschäftige mich weiterhin mit meinen Karten und Tabellen – wichtig, unwichtig, am meisten geliebt, am wenigsten geliebt –, obwohl ich weiß, dass es zu nichts führt. Im Grunde glaube ich, dass ich mein Leben lang um meine Eltern getrauert habe. Sie veränderten sich vor meinen Augen, wie meine Kinder sich vor meinen Augen verändern, und ich weiß nicht genau, wer ich für sie bin.

Kann ich um Menschen trauern, die noch leben?

Abends folge ich der Karte und gehe zum See hinunter, ich bin an einem neuen Ort, es ist schön hier, es ist Winter, und der See ist von einer dünnen Eisschicht bedeckt.

Ich erinnere mich, dass mein Schwiegervater oft sagte: *Immer langsam mit den jungen Pferden.*

Meine Großmutter sagte *Mannsbilder over and out.*

Meine Mutter sagte oft: *Mannsbilder over and out.*

Und mein Vater sagte oft: *Man bekommt, worum man bittet, aber nicht so, wie man glaubt.*

Er sagte auch: *Ein entflogenes Wort lässt sich nicht mehr einfangen.*

Er war Pfarrerssohn, so dass es für ihn ganz selbstverständlich war, Luther zu zitieren. Wichtig, nicht zu vergessen: Sauberkeit, Selbstbeherrschung, Ordnung und Pünktlichkeit.

Er sprach von Wut – einer Wut, die ihn veranlasste, sich zu fragen, ob seine Kinder sie geerbt hatten.

Bist du wütend, mein Herz?

Er erlebte es nie, mich wütend zu sehen.

Es steht doch nichts Ungeklärtes zwischen uns beiden, dir und mir?

Nein, Papa.

Etwas, das an dir nagt?

Nein, überhaupt nicht.

Das ist gut, das habe ich auch nicht geglaubt.

Eine Wut, die er mörderischen Zorn nannte. Oder wie soll man das nennen. Eine kurze Lunte. Temperament. Atemnot. Hohn. Verachtung. *Ich bin am Boden zerstört, und keiner will mich trösten.* Wut ist eine Form von Gefräßigkeit. Die Raserei frisst dich auf, und du frisst immer und immer wieder die Raserei auf.

Wenn man das Pech hatte, mit einer solchen Wut geschlagen zu sein, sagte er, war es wichtig, sie in den Griff zu bekommen. Das hatte er früh im Leben von älteren und klügeren Männern gelernt, und diesen Rat gab er gern weiter. Er sagte: Manche haben das perfekte Gehör, sie hören das Summen einer Biene und sagen, *hörst du? Das ist ein A!* Manche sind geizig. Manche können tanzen. Manche sind wütend. Der Körper besteht größtenteils aus Wasser, das Herz aus Zorn. Ein solcher Zorn, der zu Krämpfen im Kiefer und dazu führt, dass man seine Backenzähne kurz und klein kaut, und der einen immer in grausame Verlegenheit bringt. Verstehst du? Im Berufsleben ist das katastrophal. Gefühlsausbrüche haben an einem Arbeitsplatz nichts verloren; wenn man die Raserei die Oberhand gewinnen lässt und um sich schlägt wie eine vergiftete Leberwurst, verschwendet man wertvolle

Zeit und ruiniert alles für sich selbst und das, was man erreichen will, außerdem muss man anschließend herumtelefonieren und jeden Einzelnen um Entschuldigung bitten. Das ist sowohl peinlich als auch zeitaufwendig. Man hat unter Umständen leider etwas zu einem anderen Menschen gesagt, was sich nicht schönreden oder zurücknehmen lässt. Gesagt ist gesagt. Was das Gegenteil von ungesagt ist. *Ein entflogenes Wort lässt sich nicht mehr einfangen.* Vergiss das nicht, mein Herz. Das gilt für das Berufsleben, aber auch für deine Liebesbeziehungen. Man glaubt, man ist reich, dass das Liebeskapital ewig währt, aber wenn man nicht achtgibt, ist es plötzlich aufgezehrt. Bankrott. Es kommt darauf an, seine Rollen mit Sorgfalt zu spielen. Ein – *ein* – pädagogischer Wutanfall pro Theaterinszenierung oder Dreharbeiten kann nützlich sein, aber dann muss er professionell und nicht gefühlsmäßig fundiert sein.

»Nein, Papa, ich komme nicht vom Schloss. Ich komme aus Oslo. Ich möchte dich interviewen, erinnerst du dich? Wir wollen arbeiten.«

Ich sage nicht, *wir haben eine Abmachung*, oder, *wir wollen zusammensitzen und uns eine Weile unterhalten*, ich sage, *wir wollen arbeiten*, denn *Arbeit* ist ein Zauberwort. Nichts darf der Arbeit im Weg stehen, wir schwänzen die Arbeit nicht, wir lügen und betrügen und wachen nachts auf und haben Angst und weinen und schauen auf die Uhr. Der Morgen naht, und der Nachttisch ist von Schrift bedeckt. Aber wenn es sechs Uhr ist, stehen wir auf und gehen zur Arbeit.

Papa und ich werden ein Buch schreiben. Morgen fangen wir an.

Maja wischt die Arbeitsfläche ab. Sie spricht mit meinem Vater in der dritten Person. Möchte er noch etwas Wein? Möchte er noch etwas Brot zu seinem Omelett? Sie spricht langsam und ein bisschen zu laut. Sie wringt den Lappen über der Spüle aus, es tropft grau, sie hängt ihn an einen kleinen Haken an der Wand.

»Findet er es nicht nett, dass seine jüngste Tochter ihn besuchen kommt?«

Sie nickt anhaltend, wie man es tut, damit derjenige, dem man zunickt, auch anfängt zu nicken.

»Ja, natürlich«, sagt mein Vater und unterlässt es zu nicken. »Ja, natürlich ist das nett.«

Er sieht mich an und zwinkert.

Es war nicht mehr nur das eine oder andere Wort verschwunden. Vielleicht die Hälfte. Die vergessenen Worte bildeten einen langen, verschlungenen Pfad, der sich vom Steinstrand durch den Wald und bis in die Wohnräume in Hammars erstreckte. Als der Mond aufging und er draußen war, um zu suchen, waren ihm die Vögel zuvorgekommen. Klänge und Bilder kunterbunt durcheinander. Ich dachte: Er hat ja nicht mehr alle Tassen im Schrank, wir können jetzt keine Interviews mehr machen, es ist zu spät, aber aus heutiger Sicht frage ich mich, ob die Floskel *alle Tassen im Schrank* nicht irreführend ist. Hinter den Brillengläsern konnte mein Vater auf dem einen Auge ein bisschen und auf dem anderen nichts sehen, in dem Tagebuch, das auf seinem Schreibtisch lag, stand geschrieben, dass er am 18. Juni ins Krankenhaus von Visby musste, um sich einer Laseroperation zu unterziehen. Sie sollte ihm etwas von seinem Sehvermögen zurückgeben. Ein Ohr war in guter Verfassung, manchmal musste ich die Stimme erheben, aber nur, wenn ich nicht daran gedacht hatte und auf der falschen Seite stand oder saß und zu dem tauben Ohr sprach. Es war meine Verantwortung, mich daran zu erinnern, zu welchem Ohr ich sprechen musste. Sein Berührungssinn hatte sich offenbar vervielfacht. Schon bei der kleinsten Berührung zuckte er manchmal zusammen, als fasste ich ihn mitten in einer Häutung an. Ich legte die Hand nicht mehr so oft auf seine Wange wie früher. Er schloss und öffnete sich unentwegt. Es ist harte Arbeit, sich selbst jeden Morgen in Schwung zu bringen, erst recht, wenn man neunundachtzig ist, und manchmal besteht die naheliegende Wahl darin, wieder einzuschlafen oder erst gar nicht wach zu werden. Was schreibt Pessoa in *Das Buch der Unruhe*? *Ich war früh aufgestanden und hatte viel Zeit darauf verwandt, mich darauf vorzubereiten zu existieren.* Ab und zu, *früher*, tauchte Pessoa in den Gesprächen auf, wenn wir unser Buch planten – konnten wir möglicherweise Pessoas Titel stibitzen oder verdrehen, oder war das bloß gekünstelt, wir durften nicht zu gekünstelt werden, die Kunst besteht darin zu wissen, wo die Grenze zum Gekünstelten verläuft, aber als Arbeitstitel ging es in Ordnung, vielleicht konnten wir ja einen anderen Titel finden, wenn wir fertig und bereit waren, das Buch zu veröffentlichen, aber dann vergaß er Pessoa.

Der Junge in dem Geschäft hatte einen kleinen, silbergrauen technischen Apparat der Marke Sony herausgesucht. Er war länglich und passte in meine Hand. Ein Buch darüber, alt zu werden.

Alt werden ist Arbeit. Aufstehen ist Arbeit. Sich waschen ist Arbeit, sich anziehen ist Arbeit, an die frische Luft gehen ist Arbeit, anderen Menschen begegnen ist Arbeit. Es gibt niemanden, der über diese Arbeit spricht.

»Es kommt einem vor, als sei dies der Epilog«, sagte er.

Wir saßen im Jeep und waren auf dem Weg zum Kino. Es war ein Jahr, vielleicht auch zwei Jahre zuvor, wir hatten gerade begonnen, das Buch zu planen. Plötzlich trat mein Vater aufs Gaspedal und fuhr so schnell, dass ich mich am Sitz festhalten musste. Er bog von der Straße in den Wald und fuhr den Weg hinab, zum Meer hinaus, und machte kurz vor der hohen Klippe eine Vollbremsung. Er drehte sich zu mir um und sah mich an, grinste breit.

»Hast du Angst bekommen?«

»Ja.«

»Ha-ha-ha.«

»Ich finde nicht, dass du so fahren solltest.«

»Das macht Spaß. Ein bisschen Spaß wird der alte Knacker ja wohl noch haben dürfen, wenn er schon so alt und vergesslich ist.«

»Du erinnerst dich besser als ich.«

»Und, wollen wir das Buch schreiben?«

»Okay. Aber du musst ordentlich fahren. Ich will noch nicht sterben.«

»Wir könnten es *Der Epilog* nennen«, sagte er.

»Hm.«

»Ist das etwa kein guter Titel?«

Die Aufnahmen entstanden im Mai, er starb Ende Juli um vier Uhr morgens. Am selben Abend, nach einem langen Tag, suchte ich das Tonbandgerät heraus. Es lag in meiner Tasche. Ich saß in einem der beiden Schlafzimmer in der oberen Etage von Ängen auf der Bettkante. Unten im Wohnzimmer hatte sich die Familie versammelt, mein Mann hatte für alle eine Suppe gekocht. Von Zeit zu Zeit legte er die Hände auf meine Schultern und ließ sie dort eine Weile liegen. Alle lobten die Suppe. Möhren mit Ingwer. Wärmend. Heilend. Eine perfekte Suppe für diesen Anlass, sagte eine meiner Schwestern, ich glaube, es war Ingmarie, meinen Schwestern fiel alles auf, selbst etwas (in Anbetracht der Umstände) so Unwichtiges wie *die Suppe*. Wir hatten beschlossen, dass alle in Ängen zusammenkommen sollten, um gemeinsam zu essen und vielleicht auch ein wenig zu planen. Die Todesanzeige, die Beerdigung, Dinge dieser Art.

Ich betrachtete das Tonbandgerät. Es fand Platz in meiner Hand. Als wir die Aufnahmen machten, sagte ich, die Technik funktioniere einwandfrei, ich sagte, ich hätte mir alles angehört und bereits begonnen, die Gespräche zu transkribieren. Das war gelogen. Wenn ich dort gewesen und eine Aufnahme gemacht hatte, war ich anschließend jedes Mal fast genauso erschöpft gewesen wie er. Lasst mich in Ruhe, sagte ich zu meinem Mann und Eva. Mir fehlte die Kraft für sie. Mein Vater nahm allen Raum ein. Und so fuhren sie nach Norsholmen im Norden der Insel und sammelten Muscheln und Schilf.

Ich sah auf die Uhr und rechnete aus, dass er seit sechzehn Stunden tot war. Ich drückte auf Play.

War das alles, was ich zustande gebracht hatte? Die Tonqualität war grauenvoll. Es knisterte und krachte – als hätte ich ein Lagerfeuer entzündet und uns mitten in die Flammen gesetzt. Die Stimmen gingen unter, seine angestrengt, meine schrill, es gelang mir nicht, die Worte voneinander zu unterscheiden. Nach fünf Minuten drückte ich auf Stop und legte das Tonbandgerät in die Tasche zurück. Ein grenzenloses Fiasko. Ich hätte mit Sicherheit ein externes Mikrofon benötigt. Ein Ansteckmikrofon, an seinem Hemdkragen befestigt, wenn es denn möglich gewesen wäre, ein Mikrofon an seinem Hemdkragen zu befestigen. Es hätte ihm nicht gefallen, wenn ich an dem Hemdkragen herumgefingert hätte. Er wäre zusammengezuckt. Er trug immer ein verwaschenes, kariertes Flanellhemd. Dicker Flanell. In soliden Hammarsfarben – blassgrün, grau, rot, braun, herbstorange. Er fand seinen Kleidungsstil, als er ein sehr junger Mann war, und veränderte ihn nie mehr, im letzten Sommer wurde ihm beim Anziehen geholfen. Wenn mein Vater ein Baum war, dann war dieses verwaschene Flanellhemd die Rinde. Ich hätte mir nicht gewünscht, mit technischen Geräten an ihm herumzunesteln. Das Hemd war noch dasselbe, die Haut war so alt, dass sie neu war. Der oberste Knopf stand offen, und ich erinnere mich, dass mir eine dünne, lose Hautfalte über dem Kehlkopf auffiel, zart wie Eierschale, ein Mikrofon oder Minimikrofon, am Hemdkragen befestigt, hätte das Unerschütterliche erschüttert.

Will sagen, als ich mich in Hammars mit ihm traf, um ihn zu interviewen, verfügte ich weder über das technische Wissen noch die Hilfsmittel, über die man in solchen Situationen vielleicht verfügen sollte, und meine offensichtlichen

Unzulänglichkeiten führten zu sechs tontechnisch betrachtet erbärmlichen Aufnahmen.

Obwohl ich mir die Aufnahmen nicht anhörte – ja, obwohl das Tonbandgerät später verschwand, und ich glaubte, es wäre für immer verloren –, dachte ich oft an sie. Die fünf Minuten, die ich am Abend seines Todestages gehört hatte, wurden in meinem Kopf trostlos und groß. Das Mikrofon des Tonbandgeräts hatte alle Geräusche im Raum eingefangen, einschließlich unserer Stimmen, und seine eigene rauschende, pochende, knisternde, wispernde, gebrochene Kakophonie komponiert. Und warum hatte ich mir eigentlich keine Notizen gemacht? Mir hätte doch bewusst sein müssen, dass dies die letzten Gespräche waren, die wir führen würden. Ich hätte alles festhalten müssen, was geschah. Nicht nur, was wir sagten, sondern auch alles andere. Das Wetter, zum Beispiel. Und was wir anhatten. Welche Kleider ich wählte. Aus alter Gewohnheit fand ich mich in Papas Arbeitszimmer nicht in Hosen ein. Ständig geschah etwas. Die Kiefer neigten sich leicht im Wind vor seinem Fenster. Das Haus in Hammars ist so gebaut, dass Geräusche von außen nicht hineindringen. Manchmal sah ich, dass die Wipfel der Kiefern vor dem Fenster sich im Wind bewegten. Warum schrieb ich nicht darüber? Oder über seine Hände? Oder das Licht?

Mein Vater war tot, ich saß auf der Bettkante in einem der Zimmer in dem Haus in Ängen, die Abendsonne beleuchtete alles. Das Tonbandgerät lag auf dem Bett. Klein, länglich, geschlossen.

Unten in dem Haus in Hammars lag er *lebensgleich* und wartete darauf, abgeholt zu werden. Wir hatten beschlossen, dass er dort vierundzwanzig Stunden liegen bleiben sollte, damit Kinder und Enkelkinder, falls sie dies wünschten, nach Hammars kommen und Abschied nehmen konnten. Nicht alle wollten, oder konnten. Eine meiner Schwestern schlief in jener Nacht im Haus, in dem Zimmer neben seinem, er solle nicht allein liegen, sagte sie, in dieser ersten ganzen Nacht als Toter.

Was ich hatte, waren Aufnahmen von allen Geräuschen im Raum und nicht zuletzt der unerträgliche Klang meiner eigenen Stimme.

Was hätte *er* gesagt, wenn er mit mir auf der Bettkante gesessen und zugehört hätte? *Das Wichtigste ist das Ohr*. Er hätte sich über die Tonqualität beklagt. Die Technik. Das Handwerk. *Was sind das für verdammte Spulen?* Und dann hätte er gesagt: *Deine Stimme, mein Herz, so hell und dünn und einnehmend wie eine Jungfrau in ihrer Jungfernkammer. Ich habe dir doch gesagt, dass du Norwegisch sprechen sollst, wenn du mit mir sprichst.* Und dann hätte er gesagt: *Das müssen wir noch einmal machen.*

Wer ist diese Frau, die dem alten Mann etwas zuruft?

WIE GEHT ES MEINEM PAPA HEUTE?

Ich drückte auf Stop.

Und dann drückte ich noch einmal auf Play. Vielleicht war es ja doch nicht so übel, wie ich dachte.

WIE GEHT ES MEINEM PAPA HEUTE?

Ich drückte auf Stop und legte das Tonbandgerät in die Tasche.

Ich stand vom Bett auf und skizzierte einen neuen Plan.

Zu den anderen hinuntergehen.

Suppe essen.

Dich hinlegen und aufstehen und dich hinlegen und aufstehen und dich hinlegen und aufstehen.

Einen Tag nach dem anderen angehen.

Ihn erst beerdigen, danach um ihn trauern, und danach – wenn etwas Zeit vergangen ist – die Bänder abhören.

Als das Tonbandgerät drei Jahre in der Tasche gelegen hatte, nahm ich es heraus und legte es in eine Schreibtischschublade – und an diesem Punkt wird das Ganze ein wenig unklar. Mein Mann verlor seinen Vater in dem Jahr, nachdem ich meinen verloren hatte. Jetzt hatten wir beide einen toten Vater. Jede Nacht kam eine räudige Katze vorbei und verrichtete ihre Notdurft im Sandkasten unserer Tochter, drinnen und draußen roch es nach Katzenpisse, so sehr wir auch alles sauberzuhalten versuchten. Mein Mann fand Gefallen an einer jungen Frau mit langen, dunklen Haaren und schlanken Handgelenken. Wir zogen nach Fårö und blieben dort ein Jahr. Er schickte ihr per E-Mail Lieder. Als ich ihn fragte, warum, sagte er, weil sie nicht ich war. Wir zogen noch einmal um. Viele Jahre wusste ich nicht, wo das Tonbandgerät war.

Sieben Jahre nach dem Tod meines Vaters taucht das Tonbandgerät in einer Kiste auf dem Speicher auf. Mein Mann findet es. Ich rufe meinen Sohn an, Ola, er ist vierundzwanzig.

»Die Tonqualität ist so schlecht«, sage ich. »Ich weiß nicht, warum. Ich begreife nicht, warum. Der Junge, der es mir verkauft hat, meinte, es sei das Beste, was es auf dem Markt gibt.«

»Das ist mittlerweile ja schon eine ganze Weile her.«

»Sieben Jahre …«

»Im Leben eines digitalen Tonbandgeräts ist das eine lange Zeit.«

»Ja, aber wenn man sich die Aufnahmen anhört, kommt es einem vor, als wären sie hundert Jahre alt.«

»Du hast sie dir angehört?«

»Nein, noch nicht. Das war damals schon schlimm genug. Ich konnte mir nicht mehr als fünf, zehn Minuten anhören …«

Ich atme durch.

»Deshalb wollte ich dich fragen, ob du mir helfen kannst. Ich dachte, dass man die Aufnahmen vielleicht auf einen Mac überspielen könnte, und dass es irgendein Programm oder Tool oder so etwas gibt, womit man die Geräusche wegfiltern kann … kennst du vielleicht einen guten Tontechniker?«

Ola steht inmitten von Möbeln. Er zieht mit seiner Freundin zusammen und hat eigentlich gerade keine Zeit, mit mir zu reden. Ich frage ihn, ob ich ihm ein Bild von dem Tonbandgerät schicken kann. Wenn er *sieht*, was für ein Gerät es ist, kann er vielleicht Vorschläge machen, was ich unternehmen könnte, um den Ton zu retten.

»Du willst nicht einfach mal versuchen, dir die Aufnahmen anzuhören?«

»Es ist unmöglich! Es rauscht die ganze Zeit!«

»Vielleicht ist ja nur der Lautsprecher so schlecht. Immerhin ist das Tonbandgerät klein und hat sieben Jahre herumgelegen.«

Er hat unendlich viel Geduld. Wann hat er diese Stimme bekommen? Ein erwachsener Mann, der zu einem jungen Mädchen spricht, das nicht ein noch aus weiß.

»Ich weiß nicht«, sage ich.

»Hör zu, Mama. Ich finde, du solltest einen Kopfhörer anschließen und schauen, ob der Klang dann besser wird.«

»Okay.«

»Und wenn er nicht besser wird, wenn es nicht möglich ist zu hören, was ihr zueinander sagt, dann schickst du mir eine SMS. Okay?«

»Okay.«

»Ich muss jetzt los, okay?«

»Okay.«

Ich nehme mir einen großen Kopfhörer und setze mich im Wohnzimmer auf die Couch. Es ist Nacht, früher Morgen. Mein Mann und unsere Tochter schlafen in der oberen Etage. Ich drücke auf Play. Es ist, als tauchte ich unter Wasser.

Da ist Krach. Tastende Pausen, die Suche nach Worten. Meine Hände fingern an etwas herum und machen noch mehr Krach. Das Geräusch des Herumfingerns ist laut, manchmal übertönt es unsere Stimmen. Das Tonbandgerät lag auf einem kleinen Holztisch zwischen seinem Rollstuhl und meinem Stuhl. Ich hob es an, um zu sehen, ob es funktionierte, schob es näher zu ihm heran, wenn er leise sprach, immer in Sorge, nicht aufzunehmen, was er sagte, und jedes Mal, wenn meine Hände an das Mikrofon kommen, verwandelt es sich in meinem Ohr in einen polternden Laut.

Ich will ihr, die da sitzt und an dem Tonbandgerät herumnestelt, sagen: Hör mit dieser Fummelei auf! Leg die Hände in den Schoß! Konzentrier dich auf den alten Mann, in ein paar Wochen ist er tot. Das ist peinlich! Aber ich schalte nicht aus. Ich drücke nicht auf Stop. Er ist klarer als in meiner Erinnerung, und meine Stimme ist weniger schrill. Wir geben unser Bestes. Doch die Fummelei geht mir auf die Nerven. Ich habe meine Hände nie als Geräuschmacher betrachtet, natürlich kann ich schnippen, klatschen, applaudieren, aber normalerweise sind die Hände still, das Gestikulieren ist lautlos, das Herumnesteln auch – dachte ich! Es ist verwirrend und peinlich, zwei Münder zu haben, schreibt die Dichterin Anne Carson. Sie beschreibt eine Gruppe von Terrakottastatuetten aus dem 4. Jahrhundert vor Christus, Frauenkörper, die »aus kaum etwas anderem als ihren zwei Mündern« bestehen, es ist noch verwirrender und peinlicher, Münder an Stellen zu haben, von denen man nicht ahnte, dass es sie dort gab, und dass selbst das, was man sich geräuschlos vorstellte, voller Geräusche ist. Das Mikrofon fängt alles ein und unterscheidet nicht zwischen Wichtigem und Unwichtigem. Andererseits ist es nutzlos, Kategorien wie wichtig und unwichtig heranzuziehen. Nutzlos, überhaupt Kategorien heranzuziehen. Ich verschwende zu viel Zeit damit, zwischen dem einen und dem anderen zu unterscheiden, »Engel (sagt man) wüßten oft nicht, ob sie unter Lebenden gehen oder Toten«, schreibt Rilke.

Später denke ich, dass diese Laute des Herumnestelns auf die gleiche Weise peinlich sind, wie es peinlich ist, sich selbst auf Fotos zu sehen. Wenn jemand ein Bild von mir macht, kneife ich die Augen zusammen, runzele die Stirn und tauche verschreckt in den Hals hinab, als wäre er ein Rohr, in dem ich mich verstecken könnte. Mein Hals ist lang und schlank, aber mit immer neuen Falten, je älter ich werde – und so zeigt die Aufnahme zwei Striche, wo die Augen sein sollten, in einem Gesicht, das sich nicht entschieden hat, welche Art von Gesicht es sein soll.

Sechs Aufnahmen. Wenn mein Vater noch lebte, hätte ich ihn nach den Pausen gefragt. Der Stille. Den Zwischenräumen. Wie gibt man sie wieder? Wie hätte er es gemacht?

SIE Ja, das haben wir lange geplant.

ER Das haben wir lange geplant.

SIE Ja.

ER Aber diese Nacht war ich mir so unglaublich unsicher …

SIE Warst du?

ER Ja, ich lag wach und war unsicher.

SIE Und warum?

ER Was?

SIE Und warum?

Lange Stille

ER Ich habe ein neues Schlafmittel ausprobiert.

SIE Aha?

ER Ich bin mein ganzes Leben sehr von Schlafmitteln abhängig gewesen … Rohypnol, das sind solide Dinger, zwei am Tag, und dann Stesolid, zwei Stesolid am Abend und zwei Stesolid am Morgen.

SIE Am Morgen?

ER Ja.

SIE Am frühen Morgen? Damit du noch etwas länger schläfst?

ER Ja.

SIE Heißt das, du hast diese Nacht ziemlich gut geschlafen?

ER Ja, ich habe diese Nacht gut geschlafen. Ich habe nicht *ziemlich* gut geschlafen, ich habe die ganze Nacht ungewöhnlich gut geschlafen.

SIE Aber dann ... das ist doch gut, oder?

ER Ja ... und jetzt sind wir hier ... jetzt sind wir in meinem Arbeitszimmer ... entworfen von einem akustisch kompetenten Architekten, und alles hier ist darauf zugeschnitten, Musik zu hören ... Das ist mein Zimmer.

SIE Ja.

ER Ja.

SIE Aber du hast eingangs gesagt, dass du diese Nacht wachgelegen hast und dir wegen des ganzen Projekts sehr unsicher warst, also bist du vielleicht zwischendurch wach geworden und hast gedacht, nein ...?

ER Ja.

SIE Hast du gedacht, nein ... und bist dir wegen des Ganzen unsicher gewesen?

ER Ja.

SIE Und was hast du da gedacht?

ER (*räuspert sich*) Ich dachte, dass ich besser vorbereitet sein sollte. Ich dachte, wir hätten ein vorbereitendes Gespräch führen sollen, um anschließend darauf aufzubauen.

SIE Hm.

ER Oder etwas in der Art. Es war diffus.

Pause. Er räuspert sich.

ER Denn je näher der Morgen rückte, desto ängstlicher wurde ich.

Es sind insgesamt sechs Aufnahmen. Jede Aufnahme ist etwas über zwei Stunden lang. Als wir endlich so weit waren, dass wir mit dem Tonbandgerät zwischen uns im Arbeitszimmer saßen, waren wir beide wahnsinnig unsicher. Daran erinnere ich mich, außerdem hört man es unseren Stimmen an. Verlegen. Als wären wir in einer fremden Stadt und sollten in einer fremden Sprache sprechen. Auf dem Band ist die Stille nicht still, sondern knarzend, knisternd, nestelnd, tastend. Einige Male ist er klarer als andere Male. Ich weiß nicht, ob das Wort *klar* hier richtig gewählt ist – als wäre es eine Frage von Licht und Luft gewesen.

SIE Dieses Arbeitszimmer hast du jetzt schon viele Jahre.

ER Viele Jahre.

SIE Seit Neunzehnhundertsiebenundsechzig?

ER Ja? ... Nein, ich weiß nicht.

SIE Neunzehnhundertsiebenundsechzig kommt schon hin. Du hast das Haus gebaut, als du mit meiner Mutter zusammen warst.

ER War das siebenundsechzig?

SIE Ja, ich wurde sechsundsechzig geboren, das Haus war im Sommer siebenundsechzig fertig.

ER Hmm, ja …

Lange Pause.

ER Du bist siebenundsechzig geboren worden?

SIE Nein. Sechsundsechzig.

ER Sechsundsechzig?

SIE Ja.

ER Ja, meine Liebe.

SIE Aber du …?

ER (*unterbricht*) Es ist schön, dich zu sehen!

SIE Es ist auch schön, dich zu sehen!

ER (*zögert*) Wie alt bist du eigentlich?

SIE Vierzig.

ER Vierzig? Ach, du liebe Güte! Bist du so alt?

Ich versuche, ihn vor mir zu sehen, aber es gelingt mir nicht richtig. Oder doch. Wenn ich mir den schmalen Waldweg vorstelle, den mit den vielen Viehgittern, sehe ich einen alten Mann auf einem großen, roten Damenrad. Das Fahrrad ist deutlicher als der Mann. Ein roter Farbtupfer in einer ansonsten graugrünen Landschaft. Nichts sticht (abgesehen vom Rot des roten Fahrrads) heraus. So war es. Geordnet. Streng. Der Mann auf dem Fahrrad hat kein Gesicht.

Ich besitze ein Bild von ihm, auf dem er über seinen Schreibtisch gebeugt sitzt und durch eine Lupe Fotos betrachtet. Auf dem Bild trägt er einen dünnen, braunen Wollpullover über einem karierten Flanellhemd. Er sieht dünn aus.

Er sitzt aufrecht auf dem Fahrradsattel und tritt in ruhigem Tempo in die Pedale, der Wald auf der einen Seite, das Meer auf der anderen, das Fahrrad hat einen Gepäckträger, große Räder und schlanke Stangen, er selbst ist groß und dünn, die Cordhose ist braun, die Strickjacke grün, die Strickmütze auch, in den Schuhen trägt er schöne braune Wollsocken aus München.

Ingrid war es, die seine Socken stopfte. Ihre Garnrollen lagen hübsch aufeinandergestapelt in einem kleinen Nähkästchen im Arbeitszimmer. Papa und Ingrid hatten jeder ein eigenes Arbeitszimmer, getrennt durch einen kurzen Flur und ein langgestrecktes Archiv. Ingrid nutzte ihr Arbeitszimmer, um seine Manuskripte ins Reine zu tippen, die Bücher zu führen, Briefe zu beantworten, Tagebuch zu schreiben.

Die Garnfäden hatten die gleiche Farbe wie die Socken oder waren möglicherweise einen Hauch blasser, als hätte die Sonne etwas Licht in die Stellen geritzt, an denen sie genäht hatte. Wenn er arbeitete, ging Ingrid im Haus auf und ab. Nur manchmal saß sie ganz still, über eine Handarbeit gebeugt (Socken, Hemden, Bettzeug). Ich schlief in Laken mit kleinen rauen Feldern, die Ingrid gestopft hatte. Ich war sechsundzwanzig, als sie krank wurde, Magenkrebs. Als sie starb, fürchtete ich, die Trauer würde ihm das Herz zerreißen.

Der alte Mann auf dem Fahrrad gleicht einer Distel. Hoch und dünn und grün. Er fügt sich so nahtlos in die Landschaft ein, dass man ihn kaum wahrnimmt. Man sieht nur das Fahrrad. Disteln wachsen in Hammars am Wegrand, rund um die Viehgitter und auf den Heideflächen.

Als ich ein kleines Mädchen war, las er mir im Bett vor. Wenn er mit dem Kapitel fertig war – dem Kapitel, auf das wir uns geeinigt hatten und das er lesen würde, bevor das Licht ausgeschaltet wurde und ich mich schlafen legen sollte –, blickte er von dem Buch auf und sagte: »Noch eins? Wollen wir noch eins lesen?« Er las Astrid Lindgren, Maria Gripe, Tove Jansson. Ab und zu las er auch Gedichte oder Teile eines Gedichts. Er sagte, dass er Gedichte nicht möge, aber manchmal hatte er in der Hosentasche ein gelbes, zusammengefaltetes Blatt mit ein paar Zeilen oder Strophen, die er in einem Buch gefunden und auf ein Blatt übertragen hatte.

Ich saß im Bett, er saß auf der Bettkante, wir schauten auf das Blatt, das auseinandergefaltet wurde. Ein zusammengefaltetes Blatt auseinanderzufalten dauerte seine Zeit. Während er damit beschäftigt war, sagten wir nichts. Auf dem Nachttisch brannte eine Lampe. Ich hatte lange, dünne Haare. Ich wollte, dass sie noch länger wurden und dass sie glänzten. Großmutter sagte, sie würden glänzen, wenn ich sie jeden Morgen und jeden Abend mit hundert Bürstenstrichen kämmte. Über dem Stuhl hing ein blassblaues Sonnenkleid, das mir im Laufe des Sommers zu klein geworden war.

»Bist du bereit«, sagt Papa, er hat das Blatt auseinandergefaltet.

»Okay«, sage ich.

»Bist du sicher, dass du bereit bist?«

»Ja.«

»Ganz sicher?«

»Papa! Ja!

Ich lausche meinem Herz
mein Herz ist
ich lausche meinem Herz
wenn ich weiß, dass mein Herz
dass Sterne sich zerfetzten
ich lausche meinem Herz
mein Herz ist.

»Das war es.«

»Hm.«

»Soll ich es noch einmal lesen?«

»Das brauchst du eigentlich nicht.«

»Was meinst du, war es schön?«

»Weiß nicht.«

Die Landschaft ist flach. Die Bäume sind gekrümmt. Die Straße schlängelt sich sanft. Das Meer ist spinnengrau, bleich, grün, still. Das Meer stirbt an Sauerstoffmangel. Manchmal ist das Meer von giftigen Algen bedeckt, die Algen sind weich wie alte Teppichböden. Das Fahrrad ist rot, unter den Rädern knirscht Kies. Das Fahrrad ist so rot, dass es mir, egal, was ich auch heranziehe, um es mit ihm zu vergleichen – die Mohnblüten, zum Beispiel, die in Hammars ebenfalls am Straßenrand wachsen –, falsch erscheint. Das Fahrrad ist röter als alles andere, was rot ist und mir in den Sinn kommt. Ich erstelle eine Liste über Rotes, aber nichts ist rot genug. Selbst nachdem Papa gestorben und in die Erde gelegt worden, zerfallen und verschwunden ist – ich kann sein Gesicht nicht mehr beschreiben –, selbst da sticht das Rot des Fahrrads in der Erinnerung heraus.

Wir waren immer geschickter darin gewesen, uns zu verabschieden, als uns zu begegnen. Papa war alt, als ich geboren wurde, achtundvierzig, so alt, wie ich heute bin, immer achtundvierzig Jahre älter als ich. Jedes Mal, wenn wir uns Adieu sagen sollten, dachte ich, dass es ganz sicher das letzte Mal sein würde.

Ich weiß nicht mehr, wie alt ich war, als ich anfing, mich für ihn herauszuputzen, ein kleines Armband um das Handgelenk, das herunterrutscht und verloren geht, weil das Handgelenk noch kleiner ist (ich verbringe viel Zeit damit, nach Schmuck zu suchen, der heruntergerutscht ist oder sich gelöst hat und verschwunden ist), die Haare, die aus dem Gesicht gebürstet und in einem straffen Pferdeschwanz gesammelt werden. *Du darfst dein Gesicht nicht verstecken.* Sieben, vielleicht. Er sagt, dass wir nicht Adieu sagen sollen, Adieu bereitet ihm schlaflose Nächte, er bekommt Angst und Bauchschmerzen, er hat eine lange Start- und Landebahn, Guten Tag und Adieu sind nicht auf die Schnelle getan, wir werden einfach so tun, als wäre nichts, mit normaler Stimme über Nichtigkeiten reden. Wir sitzen auf der braungebeizten Bank vor dem Haus, das Auto – das mich zum Flughafen in Visby fahren soll – wartet, es wird Zeit aufzubrechen. Und dann küsst er mich auf die Stirn und umarmt mich und sagt: »Jetzt sagen wir nicht Adieu.«

Er bleibt in Hammars, solange er kann, aber am Ende müssen auch Ingrid und er sich ins Auto setzen und abreisen. Wenn der Schnee kommt, steht das Haus leer. Ingrid hat jeden Winkel geputzt und staubgesaugt, aber nach einigen Wochen ist es unübersehbar, dass niemand mehr darin wohnt, in den Ecken und unter den Betten sammelt sich der Staub, Fliegen liegen tot auf den Fensterbänken, die Fliegen sind hereingekommen, obwohl die Regel im Sommer lautet, dass alle Türen und Fenster geschlossen bleiben. Das Haus ist, was es ist, versunken in Grau und unbeeindruckt von allem, was kam und ging und es mit Geräuschen füllte, das Haus hat auf den Winter gewartet und entfaltet sich in diesem stillen, schimmernden Zwielicht für ihn. Nach diesem Ort, nach diesem Haus sehnt er sich, wenn er in Stockholm ist, in der Wohnung am Karlaplan; der Winter auf Fårö spielt sich nicht auf, er ist, was er ist, der Sommer ist für die anderen da, anspruchsvoll und fordernd, hell und kokettierend: *Sieh mal, wie schön ich bin, sieh dir meine roten Mohnblumen an und den hohen, blauen Himmel und die flachen Heideflächen, die an afrikanische Savannen erinnern.*

Und dann sitzen wir wieder auf der Bank und sagen Adieu. Oder besser gesagt: Wir sagen *nicht* Adieu. Auf der Bank ist es immer schattig und einigermaßen windstill. Auf der anderen Seite des Hauses ist es schöner, dort hat man Aussicht auf das Meer. Aber dort sitzen wir fast nie.

Ich denke an die Frauen in meiner Familie und ihre Taschen und Dinge, die sie mit sich herumgetragen haben. Großmutter, zum Beispiel, sie trug Großvaters Asche in ihrer Tasche. Großmutter hatte rote Wangen und war rundlich, gelegentlich schick in hochhackigen Pumps. Während des Kriegs lebten sie und Großvater und ihre beiden kleinen Töchter in Toronto. Großvater war Ausbilder im Trainingslager der Luftwaffe, auch Little Norway genannt, auf Centre Island, südlich der Hafenlinie Torontos. Ziel dieses Lagers war es, norwegische Streitkräfte auszubilden, die in Nordnorwegen im Kampf eingesetzt werden sollten. Eines Tages wurde er, auf dem Flugfeld, von einem Propeller am Kopf getroffen. Er starb ein paar Jahre später in einem Krankenhaus in New York. Gehirntumor. Ich habe nie verstanden, ob es einen direkten Zusammenhang zwischen dem Propellerschlag und dem Gehirntumor gab oder ob es zwei voneinander unabhängige Ereignisse waren. Die Töchter waren blond, blass, dünn. Ich habe gelesen, dass kleine Mädchen einander ähneln – blonde Mädchen ähneln anderen blonden Mädchen, dunkelhaarige Mädchen ähneln anderen dunkelhaarigen Mädchen –, es ist fast unmöglich, Unterschiede zwischen ihnen zu erkennen. Das habe ich von einem amerikanischen Polizisten, der es in Verbindung mit dem Fall einer nicht identifizierten Leiche sagte. Im Herbst 2007 wurde in der Galveston Bay in Texas ein kleines Mädchen im Wasser gefunden. Sie lag in einer blauen Plastikbox, hatte mindestens zwei Wochen darin gelegen. Niemand wusste, wer sie war oder warum sie in dieser blauen Plastikbox lag. »Unser Leben ist Namen zu geben«, schrieb Gunnar Björling. Ich erinnere mich, dass der amerikanische Polizeibeamte, der die Ermittlungen leitete, dem kleinen Mädchen den Namen *Baby Grace* gab und erklärte, die Nachforschungen würden dadurch erschwert, dass alle kleinen Mädchen einander ähneln.

Aber kleine Mädchen sehen andere kleine Mädchen nicht an und denken, sie sieht mir ähnlich. Sie denken, mir sieht niemand ähnlich, ich bin die Einzige wie ich.

Das Gepäck, das Großmutter dabeihatte, als der Krieg vorbei war und sie und die Töchter einen Platz auf dem ersten Schiff zurück nach Norwegen bekamen, war schon bemerkenswert. Sie hatte die Trauer und die Apfelsinen und die Mädchen und die Koffer und ihre Tasche, schwarzer Lack mit einem gebogenen Handgriff und einem Schließmechanismus, der jedes Mal, wenn sie die Tasche öffnete oder schloss, ein leises Klicken hören ließ, sie hatte die Urne mit der Asche. Als sie in Bergen anlegten, warfen die beiden kleinen Mädchen allen, die sich eingefunden hatten, um das Schiff aus Amerika zu begrüßen, Apfelsinen zu.

ER Ich habe nur ein Auge, und selbst auf *dem* sehe ich nicht besonders gut. In ein paar Monaten muss ich ins Krankenhaus von Visby und mich operieren lassen. Sie sagen, dass ich das Sehvermögen zurückbekomme. In der Zwischenzeit kann ich nicht viel mehr tun, als hier zu sitzen und Musik zu hören. Weißt du, es ist fantastisch, dass ich im Laufe der Jahre all diese ... all diese Büch... Musik ... all diese *Platten* in meinen Regalen gesammelt habe.

Mit großer Mühe streckt er sich aus dem Rollstuhl, der in einer Armlänge Abstand von den Regalen mit dem Schallplattenspieler und der Plattensammlung steht, und hebt mit zitternder Hand den Tonarm und setzt ihn auf die Schallplatte. Ich stelle mir vor, dass er das tut. Ich habe keine Erinnerung daran. Ich machte mir keine Notizen. Ich habe nur die Aufnahme. Rauschen, Seufzen, Knistern und ein vages Stöhnen von ihm, und dann meine Stimme, die fragt: Soll ich dir helfen, und er: *Nein! … Nein! … Nein, habe ich gesagt!*

ER Es fing an, als ich ein kleiner Junge war und die Erlaubnis bekam, in die Oper zu gehen.

SIE Wer hat dich in die Oper mitgenommen?

ER Was?

SIE Wer hat dich in die Oper mitgenommen?

ER Das war meine Tante Anna von Sydow, sie hatte einen gigantischen Hut und war vermögend.

Stille.

ER Ich erinnere mich … ich war zehn oder zwölf, und das erste war *Tannhäuser* … Wagners *Tannhäuser* … und ich erlebte es mit einer Art Fieber … ich bekam in der Nacht Fieber … es machte Spaß, verstehst du … Ich weiß nicht, in welchem Jahr das war.

SIE Das könnte Neunzehnhundertachtundzwanzig gewesen sein, wenn du zehn warst, in Stockholm?

ER Ja, kann sein.

SIE Magst du mir mehr von der Nacht erzählen, als du nach Hause kamst?

ER Ich wurde krank, ich bekam Fieber.

SIE Hattest du Angst?

ER Nein.

SIE Kannst du immer noch auf diese Art erschüttert werden – wie du es damals wurdest?

ER Ja.

SIE Mit der gleichen Wucht?

ER Ja ... aber Wagner ist irgendwie ein bisschen in den Hintergrund gerückt ... Ich möchte, dass du hörst ... Mal sehen, wie das hier funktioniert.

Er fingert herum, versucht, eine Platte aufzulegen, das Radio geht in voller Lautstärke an, eine Frauenstimme sagt etwas über Vivaldi.

ER Das ist aber verkehrt.

SIE Jetzt hast du das Radio eingeschaltet.

Er schaltet es aus, fingert weiter herum, sie versucht, ihm zu helfen, wird gebeten, es zu lassen, er legt die Platte auf. Es ist Beethovens Klavierkonzert Nr. 4 in G-Dur.

ER Es gibt nichts Größeres als das, abgesehen, möglicherweise, von Bach.

Lange hört man nur Musik.

Sie sagt etwas auf dem Band, aber es ist unmöglich zu hören, was. Er unterbricht sie.

ER (*mit lauter Stimme*) Ich will nicht reden. Ich will lieber nicht über Beethoven hinwegreden. Ich will Beethoven nicht in den Mund fallen.

SIE Entschuldige. Ich werde nichts sagen. Wir können zuhören.

Die Musik hört abrupt auf.

ER Wir können sie ein anderes Mal hören, (*ungeduldig*) dann können wir uns das Ganze anhören ... Es dauert ungefähr fünfunddreißig Minuten.

SIE Ja, finde ich auch, das tun wir ... wir hören das Ganze ... ohne etwas zu sagen.

ER Ja, oder du kannst rausgehen und dir die Platte kaufen.

Sie erwidert nichts.

ER Und, wo waren wir?

Ich denke an all diese Schattierungen von Blau, die auf Händen und Füßen und Teilen des Gesichts auftauchten, als von seinem Leben nur noch Tage oder Stunden blieben. Man spricht von Marmorierung. Er *wurde etwas*, auch als er aufhörte zu sein. Bei einer Marmorierung vermischen sich zwei oder mehrere Farben zu einem marmorähnlichen Muster und verwandeln eine Oberfläche – Stein, Papier, Holz, Haut – in etwas anderes, als sie ist oder war. Ich bin mir unsicher, ob ich Präsens oder Präteritum benutzen soll. In Su Yijians Textanthologie *Die vier Schätze des Studierzimmers* vom Ende des 10. Jahrhunderts findet man einen ersten möglichen Hinweis auf Papiermarmorierung: eine Form von dekorativem Papier, das als »gewellter Sand« beschrieben wird. Als ich die Decke anhob und Papas blaumarmorierte Füße sah, dachte ich an nichts dergleichen, nicht an die Farbe Blau, nicht an Papier, nicht einmal an gewellten Sand, von dem es auf Fårö so viel gibt. Ich dachte daran, was meine Mutter oft zu meinem Vater sagte: Solltest du jemals Zweifel daran haben, dass sie von dir ist, musst du dir ihre Füße ansehen. Sie sind haargenau wie deine. Auch die Beine. Lang und schlank.

ER Ich mache einen Spaziergang in der Nähe des Hauses, und neben mir geht eine Person, von der ich nicht weiß, wer sie ist. Es ist eine anonyme Person. Nach kurzer Zeit sage ich zu dieser Person: Das da, das ist jedenfalls ein fantastisches Haus. Und daraufhin sagt der Betreffende: Ja, Sie müssen außerordentlich stolz darauf sein.

Er lehnt sich vor, als wollte er ihr etwas anvertrauen.

ER (*flüstert*) Aber *ich* habe dieses Haus nicht gebaut. (*Er lehnt sich zurück, erhebt die Stimme.*) Ich sage zu dem Betreffenden: Aber *ich* habe dieses Haus nicht gebaut! Und weißt du, was dann passiert?

SIE Nein.

ER Der fremde Mann sieht mich erstaunt an und sagt: Natürlich haben *Sie* dieses Haus gebaut!

Stille.

ER Und in sehr vielen Zusammenhängen ... Träumen ... wendet der fremde Mann sich mir zu und sagt: Doch, *Sie* haben das alles gemacht. Das ist Ihr Haus.

Lange Pause.

ER Ich bekomme eine Wahnsinnsangst.

Wegen des Geschwürs in seinem Mund fällt es ihm schwer, gewisse Worte auszusprechen, vor allem mehrsilbige und zusammengesetzte Worte wie *Sexualität*, *Baumeister* und *Stockholmer Oper*, die Worte geraten zwischen Zunge, Geschwür und Lippen in die Klemme.

SIE Warum bekommst du solche Angst?

ER Es ist ein großes Nichts. Nonsens. Der Betreffende sagt: Dass Sie das geschafft haben, und dann sage ich: Der Architekt und … und … der Bau… Baumeister haben das alles gemacht.

SIE Aber was ist daran Nonsens?

ER Es ist Nonsens, dass sie Dinge ganz ohne … *Wahrheitsgehalt* sagen! Ich habe an diesem Haus nicht das Geringste gemacht.

SIE Aber ist das Haus nicht ein Ausdruck dafür, wer du bist? Du wohnst hier seit mehr als vierzig Jahren und hast bestimmt, wie es aussehen soll, oder nicht?

ER Ja, das habe ich getan. Ich habe bestimmt, wie es aussehen soll. Ich habe Möbel hineingestellt und Bilder aufgehängt … das habe ich getan … aber von einer Art Architektur kann ja nicht die Rede sein. Was dieses Haus angeht, bin ich unerhört passiv gewesen. Du kannst es dir nicht vorstellen. Das erschreckt und erstaunt mich.

* * *

ER Am zwölften August des letzten Jahres begann mein Krankenlager. Eines Morgens bekam ich Nasenbluten. Ich blutete wie ein Nilpferd. Ich stand über das Waschbecken gebeugt, und das Blut lief.

Lange Stille.

ER Ich rief den Arzt an, und er sagte: Das ist ja gutgegangen, so etwas passiert alten Männern, aber Sie haben es ja recht gut überstanden. Aber dann, nach ein paar Tagen, nach dem Blutsturz, ich glaube, es war der zwanzigste August, sprang ich in den Swimmingpool, und zu meiner Verwunderung sank ich auf den Grund.

SIE Du bist gesunken?

ER Ich sank und schaffte es nicht, wieder hochzukommen, ich strampelte, kam aber nicht hoch.

Stille.

ER Irgendwann gelang es mir, mich an der Mauer festzuklammern … am Rand … und … und … und schließlich gelang es mir, an Land zu robben. Zum allerersten Mal musste ich erleben, wie unheimlich der Tod ist, das hatte ich nie zuvor erlebt.

SIE Hattest du Angst zu sterben?

ER Ja, große. Aber das gab sich dann wieder.

SIE Ja.

ER Aber dann, ein paar Tage später, fiel ich wieder in den Swimmingpool und sank wie ein Stein.

Er sieht sie mit dem einen, gesunden Auge an.

ER Ich schaffte es ... Ja! ... Ich schaffte es, mich zu der Treppe zu manövrieren, aber ich fand, dass es eigenartig war ... ich fand es eigenartig, dass ich sank und irgendwie nicht mehr hochkam, also rief ich den Arzt an, denselben Arzt, den ich wegen des Nasenblutens angerufen hatte ... und diesmal redete er in einem ganz anderen Ton: Sie müssen bitte auf der Stelle vorbeikommen, damit wir Sie untersuchen können! Was Sie da machen, ist tödlich! Seien Sie so nett, und kommen Sie unverzüglich her! ... Ah ja ... Und dann fuhr ich nach Stockholm, und er untersuchte mich, und es stellte sich heraus, dass meine Krankheit sowohl eigentümlich als auch banal war.

Stille.

SIE Was war das für eine Krankheit?

ER Was?

SIE Was für eine Krankheit?

ER Was?

SIE Welche Diagnose hat der Arzt gestellt?

Stille.

ER Ich hatte viele Träume, uninteressante, wie Floptikonbilder …

Er sagt *Floptikon*, meint aber *Balloptikon*, ein Episkop. Lichtbilder.

ER … wie alte Balloptikonbilder, die ich mir manchmal angesehen habe.

SIE Nachts, wenn du schliefst?

ER Die Bilder tauchten auch am Tag auf. Wenn ich wach war. Am Tag und in der Nacht.

Stille.

ER Dann bekam ich eine Lungenentzündung. Und als die Lungenentzündung vorbei war, begannen die Gleichgewichtsstörungen. Ich ging und fiel hin, jederzeit, auf allen Wegen, ich ging und fiel hin. Ich holte mir schlimme blaue Flecken überall am Körper … und dann fand ich, dass es komisch war … ich habe darüber nachgedacht … warum ich das komisch fand … Als ich klein war, machte es mir Freude, in den Zirkus zu gehen, ich durfte Tante Anna von Sydow mit dem großen Hut begleiten … und … und … die Clowns kamen und fielen auf den Hintern und schlugen Purzelbäume und rollten herum und stießen mit anderen zusammen, und das fand ich so unglaublich lustig. Ich habe das Gefühl, wenn ich hinfalle, ist es ein bisschen wie … ja … mir kommt eine Assoziation dazu. Wenn ich falle … du weißt, wenn ein Mensch, der einen Meter achtzig groß ist, fällt und sich wehtut oder eine Art Purzelbaum in ein Möbelstück macht … und was zum Teufel auch immer … dann ist daran etwas Komisches. Das fand man immer schon, zu allen Zeiten … ich falle … falle … und jetzt tut es mehr weh als früher.

SIE Armer Papa.

ER Und dann sind da noch diese ganzen Träume.

SIE Die Träume?

ER Ich träume, dass der Betreffende sich zu mir umdreht und sagt: Das ist ein fantastisches Haus, was Sie hier gebaut haben. Und ich sage: Aber ich habe dieses Haus nicht gebaut, ich weiß nicht, wer in diesem Haus wohnt, und dann sagt der Betreffende: Aber *Sie* sind es doch, der in diesem Haus wohnt.

SIE Und das ist unheimlich?

ER Ja, ich empfinde es als unheimlich.

SIE Aber was genau ist daran so unheimlich?

ER Ich spüre, dass das Ganze ein seltsamer Scherz ist … eine Übereinkunft zwischen vielen Menschen.

Stille.

Hier, glaube ich, hebt er den Blick und sieht sie an.

ER Nun ja! So ist das! Das ist die Unterhaltung gewesen, die ich im letzten Jahr hatte … Frierst du?

SIE Nein.

Stille.

ER Zu der Zeit schrieb ich noch Tagebuch. Das tue ich nicht mehr.

SIE Du und ich schreiben in dein Tagebuch ... deinen Kalender ... jeden Tag notieren wir, dass wir uns am nächsten Tag um elf Uhr in deinem Arbeitszimmer treffen.

ER Ja. Aber das ist etwas anderes.

SIE Entschuldige. Ich habe dich unterbrochen. Du wolltest etwas sagen.

ER Ich wollte sagen, dass ich in das Tagebuch schrieb, dass ich Nasenbluten hatte. Ich schrieb: Dort beginnt meine Verwirrung, dort dringen meine Träume und Visionen in beängstigender Weise in die Wirklichkeit ein.

Eigentlich sagte er: Dort *endet* meine Verwirrung, aber ich glaube, er meinte: Dort *beginnt* meine Verwirrung. In jenem Frühjahr vertauschte er Worte und sagte oft das Gegenteil von dem, was er zu sagen versuchte. Wahrscheinlich bedeutet *endet* eigentlich *beginnt*, aber ich kann mich auch täuschen.

Als Mama und Papa in den sechziger Jahren ein Liebespaar waren, wirkte Mamas Gesicht so nackt, dass es fast kein Gesicht war. Es fiel unaufhörlich auseinander und setzte sich wieder neu zusammen. Über Mamas Gesicht, ihre Augen, die Lippen, das Haar, ist viel gesagt und geschrieben worden, über diese erschütternde Verletzlichkeit, darüber, wie die besten Schauspielerinnen alle Gefühle in die Partie in und um den Mund legen, aber niemand hat etwas über ihre Ohren gesagt. Als Kind lag ich gern dicht neben ihr und strich ihr über das Haar. Ich war so klein, dass ich noch keine Worte für schön oder für Liebe hatte; ich war, wie kleine Kinder meist, an allem interessiert, was groß und was klein war, und Mama hatte große Füße und große Ohren. Wir lagen in ihrem Doppelbett mit den goldenen Pfosten und der geblümten Bettwäsche, und ich durfte ihr über das Haar streichen, während sie beispielsweise ein Buch las oder telefonierte. Häufig beendete sie ein Telefonat mit den Worten, *Mannsbilder over and out*. Sie sagte es ein bisschen einfach in den Raum hinein, nachdem sie den Hörer aufgelegt hatte. *Mannsbilder over and out*. Einmal hörte ich Tante Billy *Mannsbilder over and out* sagen, und ich achtete immer darauf, was Tante Billy sagte. Tante Billy hatte rote Locken, einen knöchellangen Pelzmantel (der ganz innen in dem Schrank im Flur ihres Hauses in Trondheim hing und fast nie getragen wurde), fünf Kinder und einen Mann und eine Stelle als Filialleiterin, sie rauchte an die zwei Schachteln Zigaretten pro Tag und las jede Woche ein neues Buch. Mama hatte viele Liebhaber, aber ich glaube nicht, dass sie sie mochte. Wie Penelope wartete sie darauf, dass der richtige heimkehrte.

Auf ihrem Nachttisch stand ein weißes Kobra-Telefon. In das sprach sie am häufigsten. In ihrem Schlafzimmer fühlte sie sich am wohlsten, bekleidet mit irgendeiner Form von Seidennachthemd. Wenn ich neben ihr lag und ihr das Haar aus dem Gesicht strich, kamen die Ohren zur Geltung. Mamas Ohren waren so groß wie Konchylien, und hätte ich mein Ohr an ihr Ohr gelegt, hätte ich das Rauschen des Meeres gehört. Wir hatten auch noch ein Telefon im Wohnzimmer. Es war ein rotes Kobra. Es klingelte ständig. Wenn Mama die ständigen Anrufe nicht mehr ertrug, zog sie beide Stecker und legte die Telefone, das rote und das weiße, in die Gefriertruhe.

SIE Kannst du mir von Mama erzählen?

ER Ich denke daran, wie Beethoven direkt auf die Menschen losgeht, direkt auf die Gefühle … die Gefühle …

SIE Okay?

ER Es war eine Konzertprobe in Malmö, und Käbi sollte die Solistin sein … es war das G-Dur-Konzert. Ich war Käbi vorher noch nie begegnet.

SIE Nicht?

ER Was du vielleicht nicht weißt, ist, dass Generalproben so ablaufen, dass Solist und Orchester zusammenspielen, vielleicht zum ersten Mal, zusammen mit dem Dirigenten … wir sprechen hier von hundertvierzig Mann … es ist ein großes Orchester … das Stadttheater Malmö ist ein großer Raum … Ich saß allein mitten in dem großen Saal, und dann kam Käbi auf die Bühne, sie trug ein rotes Kleid, und ich dachte, eine schönere … schönere Frau habe ich in meinem ganzen Leben noch nicht gesehen. Ich saß in der zehnten oder fünfzehnten Reihe, ich weiß nicht, wo ich saß, und dann begann die Probe. Käbi setzte sich in ihrem roten Kleid an den Flügel, und ihr Engagement, ihre Leidenschaft, steckte dieses große Orchester an, diesen ganzen, gigantischen Raum.

Stille.

ER Ja, und dann war Mittagspause, und der Dirigent kam zu mir und meinte: Hast du Lust, dieses Mädchen kennenzulernen ... *das Mädchen* war wohl etwas mehr als zwanzig Jahre alt ... und ich hatte mich schon in sie verliebt, ohne dass sie es wusste, ohne dass ich es wusste. Ich wurde scheu wie ein Reh und sagte nein, nein, das geht nicht, und da sagte der Dirigent: Tja, mach, was du willst, wir sind in der Cafeteria, wir wollen eine Kleinigkeit essen, und da sagte ich: Ja, dann komme ich wohl mit ... Und dann unterhielten wir uns ... und dann tranken wir Kaffee ... es gab gute Brote, in dieser Cafeteria gab es sehr leckere belegte Brote ... und dann haben wir uns offen ineinander verliebt. Das dauerte nicht lange. Ja, so hat sich das abgespielt, mein Tanz mit Käbi.

SIE Und was ist mit Mama?

ER Was?

SIE Ich hatte dich gefragt, ob du mir von Mama erzählen kannst. Käbi ist Daniels Mama.

ER Was?

SIE Käbi ist Daniels Mama. Ich wollte wissen, ob du mir von *meiner* Mama erzählen könntest.

Lange Stille.

ER Sie reiste herum, und ich verfolgte ihre Karriere, oder besser gesagt ihre Reise. Irgendwann fingen wir an, uns Briefe zu schreiben. Wir schrieben uns jede Menge Briefe ... es muss doch eine unglaubliche Zahl von Briefen geben. Dann eines Tages … das weißt du vielleicht nicht, aber ich hatte eine Einzimmerwohnung in der Grev Turegatan in Stockholm.

SIE Ja, von der habe ich gehört.

ER So, so, das hast du?

SIE Mama hat mir erzählt, dass ich in dieser Wohnung gezeugt wurde.

ER Was?

SIE Meine Mama.

ER Ja …?

SIE Sie behauptet, dass ich in der Wohnung in der Grev Turegatan gezeugt wurde.

ER Aha? … Ja …? Ja, ja … Wie dem auch sei, jedenfalls trafen wir uns in dieser Wohnung, immer wieder … und dann machte es Peng … Es war eine wunderbare kleine Wohnung, Küche, Bad, Schrank, Bett … ja, so kann es gehen. Und alles begann mit Beethovens G-Dur-Konzert.

Er sieht sie an.

ER Du fragst und fragst und fragst mich nach der Musik, du.

SIE Ja, und dann hätte ich noch ein paar Fragen zu dir und der Liebe?

Er sieht sie lange an.

ER Das mit der Liebe ist eine ganz andere Sache. Ich glaube nicht, dass ich die Liebe hier hereinziehen möchte. Natürlich hat die Liebe eine Rolle gespielt, zum Beispiel hier. Warte, hör dir das an.

Er hebt die Beethovenplatte vom Schallplattenspieler und legt sie in ihre Hülle. Wenn er sich aus seinem Rollstuhl streckt, um eine neue Platte herauszusuchen oder die vorherige zurückzustellen, sehe ich jedes Mal vor mir, wie Autofahrer sich aus dem Seitenfenster ihres Wagens strecken, um an einer Mautstation Münzen in den Behälter zu werfen.

Er legt Schuberts *Winterreise* auf. Wir hören das letzte der vierundzwanzig Lieder. Dann streckt er sich wieder aus dem Stuhl heraus, hebt die Nadel, und es wird still.

ER Die Stimme ist ganz klar – *das* ist es, wovon ich spreche. Von den ersten Akkorden an …

Er schweigt, sieht den Plattenspieler an.

SIE (*vorsichtig*) Kannst du ein bisschen mehr darüber sagen?

ER Es ist lebendig. Du bekommst einen zusätzlichen Schub dazu, lebendig zu sein, wenn du diese Musik hörst. In manchen Situationen, wenn ich hier in meinem Arbeitszimmer allein bin, fange ich an zu weinen. Und ich bin bestimmt keine Heulsuse. Das weißt du. Das bin ich nicht. Es ist nur einfach so, wenn ich hier alleine sitze und meine Platten höre, laufen mir die Tränen herunter. Ich bekomme ein gesteigertes Lebensgefühl. Verstehst du, was ich meine?

Mama war viel jünger als Papa, als die beiden sich kennenlernten. Sie war siebenundzwanzig und sehr schön.

Sie hat erzählt, als ich geboren wurde, kam Papa mit dem Flugzeug aus Stockholm und hatte einen grünen Ring dabei – einen Smaragd –, den er ihr auf der Bettkante sitzend verehrte. Nachdem er ihr den Ring verehrt und sich seine neugeborene Tochter ein wenig angesehen hatte – gelb und schwächlich –, nahm er wieder das Flugzeug zurück nach Stockholm.

Nach nur einer Nacht im Krankenhaus musste sie in ein Einzelzimmer verlegt werden, weil die anderen Mütter in der Entbindungsstation sie boshaft ansahen, und wenn sie das kleine Baby bei sich hatte, wagte sie weder zu lesen noch zu schlafen oder an die Decke zu schauen oder aus dem Fenster zu gucken. Nichts außer das anzustarren, was sie geboren hatte. Es war langweilig, dort im Bett zu liegen und nur zu starren, aber die Krankenschwestern (die kamen und gingen und kamen und gingen) sollten auf gar keinen Fall glauben, dass sie an etwas anderes dachte, als ihr Kind zu lieben, niemandem sollte es gestattet sein zu denken, dort liegt eine schlechte Mutter, die besser nicht von einem anderen Mann schwanger geworden wäre als ihm, mit dem sie verheiratet war.

Ich weiß nicht, ob jemand mit ihr über die Tränen sprach, die gleichzeitig mit der Milch kommen, ich glaube, dass sie sich vielleicht schämte, weil sie weinte. Sie, die doch eigentlich glücklich sein sollte. Sie schämte sich für die Unruhe, die sie unablässig heimsuchte und von der sie nichts wissen wollte, dieser vage Verdacht, dass nichts so war, wie es sein sollte, oder so, wie sie es sich vorgestellt hatte.

Mutter und Vater waren nicht in der Lage zu entscheiden, wie sie das Baby nennen sollten. Die Zeit verging. Andere Entscheidungen wurden getroffen. Als das Mädchen ein paar Wochen alt war, bestimmte der Vater, dass die Mutter nicht mehr stillen, die Brust an ihren Platz in der Bluse stecken, sie ihm zurückgeben sollte, damit sie beide nach Rom reisen konnten.

Die Mutter wollte ihr den Namen einer Puppe geben, die sie als Kind besessen hatte. Ihre Lieblingspuppe Beate. Ich weiß nichts über diese Puppe. War sie blond oder dunkelhaarig? Als die Mutter klein war, spielte sie beharrlich und ernst mit ihren Puppen, zog sie aus und an, sang sie am Abend in den Schlaf und weckte sie am Morgen, und als sie die Puppen für tot erklärte, eine nach der anderen, schlich sie sich in der Nacht hinaus und begrub sie auf dem Friedhof und weinte.

Der Vater wollte ihr den Namen seiner Mutter geben, der Großmutter des Mädchens, der dunkeläugigen und dunkelhaarigen Karin. Sie war ausgebildete Krankenschwester, übernahm jedoch früh die Rolle einer Pfarrersfrau und Mutter von drei Kindern. Dreißig Jahre lang schrieb Karin täglich Tagebuch, sie schrieb über die Kinder, den Haushalt, den Bekanntenkreis, den Mann, die Gemeinde, die Jahreszeiten, die Festtage, den Alltag, Krankheiten und Todesfälle.

Nachdem sie gestorben war, entdeckte der Vater, dass sie zusätzlich zu ihrem normalen Tagebuch ein geheimes Tagebuch geführt hatte. In diesem geheimen Tagebuch schrieb sie:

Es ist ja immer mehr so, dass meine Geschichte die Geschichte der ganzen Familie ist.

Das Mädchen war zwei Jahre alt, als sie getauft wurde, und ging selbst durch den Mittelgang der Kirche. In einem Brief an das Mädchen, adressiert an Svingen 3, Strømmen, Norwegen, schreibt der Vater:

AM TAG DER TAUFE MEINER TOCHTER
MITTWOCH, 5. JUNI 1968

Dies ist ein Brief.

Meine liebste kleine Tochter. Weil ich heute, am Tag deiner Taufe, mehr an dich denke als sonst und mir Sorgen mache, dass du während der Zeremonie Angst bekommen und ungeduldig werden könntest, schreibe ich dir. Vorerst bist du gut mit deiner Mama zusammengewachsen, und alles andere ist interessant, steht aber außerhalb von euch. Ich kann dir jedoch erzählen, dass du dich vor ein paar Monaten, klein und verschnupft zwischen meine Beine stelltest und fandest, dass ich trotz allem Papa war … Auf Fotografien siehst du sehr stark und vital und manchmal auch wie ein kleiner General aus, der gerade einen Befehl erteilt hat. Mir gefällt dein Aussehen, weil du schon wie ein kleiner Mensch aussiehst und nicht nur wie ein verschwommenes Baby. Ich habe das Gefühl, dass du und ich uns eines Tages verstehen werden. Wir werden etwas gemeinsam haben, was sich nicht richtig definieren lässt, aber ich glaube, dass du einen ziemlich großen Gegendruck auf das Dasein ausüben wirst, und das, das ist sicher gut.

Das Mädchen ertrug es nicht, sich die Geschichten der Mutter darüber anzuhören, wie schwierig es war, einen Pfarrer zu finden, der sich bereit erklärte, die Taufe vorzunehmen. Noch weniger ertrug sie es, die Geschichten davon zu hören, wie nett und gütig dieser Pfarrer war – er, der Ja sagte, als alle anderen Nein sagten.

Das Mädchen hörte nur mit halbem Ohr hin, aber ich stelle mir vor, dass es in etwa so ablief: Die Mutter war da, auch die Großmutter war da, elegant und mit roten Wangen auf hohen Absätzen. Der Pfarrer war da – er, der Ja sagte, als alle anderen Nein sagten – und war so nett. Das Mädchen geht selbst durch den Kirchengang. Sie trägt eine Volkstracht.

Der Name, den sie bekam, war Karin Beate. Zwei Mädchennamen. Der Vater wählte den einen, die Mutter wählte den anderen aus. Im täglichen Leben wurden diese Namen jedoch niemals benutzt, keiner nannte sie Karin, keiner nannte sie Beate, und keiner nannte sie Karin Beate. Seit sie erwachsen ist, wird der Name nur bei feierlichen Anlässen hervorgeholt, etwa bei einer Eheschließung oder einer Scheidung, als wäre er ein feines Service. Im Alltag wird sie anders genannt.

ER Funktioniert das Tonbandgerät?

SIE Ja, es funktioniert.

ER (*skeptisch*) Das tut es?

SIE Es funktioniert einwandfrei.

ER So, so …?

SIE Weißt du, der Verkäufer hat gesagt, dass es ganz toll ist.

ER Toll?

SIE Ja, und sensibel.

ER Aha.

SIE Ein raffinierter kleiner Apparat.

ER Tja, du.

SIE Jedenfalls sind alle Aufnahmen darauf, das habe ich geprüft (*hier lügt sie*), und später werde ich das Ganze dann zu Papier bringen. Und danach müssen wir besprechen, wie wir weiterarbeiten wollen.

ER Was hast du gesagt?

SIE Wie wir weiterarbeiten wollen.

ER Ja, genau.

SIE Wie geht es dir heute?

ER Ich bin gerade erst aus einem bezaubernden Schlaf erwacht ... Ich saß in meinem Arbeitszimmer und hörte Musik, und dann wurde ich müde, und da fragte ich die Mädchen ... die, die hier arbeiten ... weißt du, sie kommen und gehen ... ob sie eine Stelle wüssten, wo ich mich hinlegen könnte, und da sagten sie, ich könnte mich in mein Bett legen. Sie zogen mir die Schuhe aus und legten eine Decke über mich und zogen die Vorhänge zu. Ich bin sofort eingeschlafen. Und jetzt bin ich hier.

SIE Du siehst ausgeruht aus.

ER Was?

SIE Du siehst ausgeruht aus.

ER Ja, ich fühle mich so ...

SIE In Feierlaune?

Beide lachen.

ER Nein, aber ich finde, dass die Gespräche bis jetzt großen Spaß gemacht haben ... Möchtest du ein Bonbon?

Er schüttelt eine Bonbonschachtel.

ER (*zögernd*) Gehört sich das, dass wir hier sitzen und irgendwie …?

SIE Hier sitzen und was?

ER Hier sitzen und jeder ein Bonbon lutschen?

SIE Wir können doch tun, was wir wollen.

ER Nein, das können wir nicht.

SIE Du findest nicht, dass wir tun können, was wir wollen?

ER Doch, du kannst tun, was du willst, aber ich nicht.

SIE Du kannst nicht tun, was du willst?

ER Nein, ich soll … ich muss mich *benehmen*. Ich bin das Interviewopfer.

SIE Ja, das ist wahr. Dann wirst du dich eben benehmen müssen.

ER (*nimmt ihre Hand*) Du hast eine kalte Hand.

SIE Ja, meine Hand ist kalt.

ER Du wirst doch nicht etwa krank?

SIE Nein, ganz und gar nicht! Ich habe mir nur gerade die Hände gewaschen, und das Wasser aus dem Hahn war kalt.

Stille.

SIE Außerdem, wenn man erkältet ist, bekommt man *warme* Hände – ich meine, wenn man krank ist.

ER Man kann auch kalte Hände bekommen – wenn man krank ist.

SIE Ja, das stimmt.

ER Hm.

SIE Aber ich *bin nicht* krank.

Er lehnt sich vor und legt seine Stirn an ihre Stirn.

ER Du hast eine warme Nase.

SIE Gestern hattest du eine kalte Nase.

ER Worüber haben wir gesprochen?

SIE Darüber, älter zu werden. Ich wollte dich fragen, ob es irgendwelche Vorteile hat …

ER … alt zu werden?

SIE Ja, alt.

Er lacht.

SIE Gibt es etwas, worauf man sich freuen kann?

ER Nein, ich kann nicht behaupten, dass es da etwas gibt. Ich wüsste nicht, was das sein sollte.

SIE Frierst du … möchtest du deinen Pullover haben?

ER Sicher nicht, hier drinnen ist eine angenehme Temperatur. Nein, ich finde, manche Teile des Lebens sind unerträglich gewesen, und wenn man alt wird, lässt einen etwas von diesem Unerträglichen los – oder von dem, was man früher als unerträglich definiert hat – und sinkt wie feuchte Fetzen herab, herab, und löst sich auf, und man ist in gewisser Weise frei von diesen Stücken des Lebens, die einen früher gequalt haben, aber dann gibt es eben auch sehr viel, was man verpasst, das lässt sich nicht bezweifeln. Ich habe vielleicht geglaubt, dass ich um diese Dinge mehr trauern würde, als ich es tue. Aber nein, ich trauere nicht um das, was ich jetzt verpasse und was ich früher für wichtig hielt. So verschwindet zum Beispiel die Sex… Sexu… (*er bringt mit dem Mund einen Trompetenlaut zustande*) die Sexualität. Also, total.

Das … sie … tut nicht einmal weh. Sie löst sich einfach auf. Manchmal interessieren sich die Mädchen, manche Mädchen, schöne Mädchen, attraktive Mädchen für einen, und man denkt, doch, das wäre natürlich *formidabel* gewesen … aber dann denkt man, ich meine, wenn man zu der Sache selbst kommt, ja, dann denkt man *aber ach du liebe Güte, was tue ich denn da … nein, nein, nein, nein* … obwohl es Spaß gemacht hat, daran zu denken … so, die Sexualität ist, eigentlich, irgendwie eine ganze Abteilung. Unterschiedliche Farben, unterschiedliche Formen. Und die Mädchen, die Frauen, die Damen sind attraktiv gewesen. Wie soll man das nennen? Es ist eine Gesamtheit, die verschwindet, wenn man alt wird, still und leise verschwindet, und ohne, dass man darum trauert, dass sie fort ist. Das tut man nicht, ich jedenfalls nicht … und ich habe mich immer ganz kolossal für die Damen interessiert. Nicht, dass ich angeben wollte, aber … Ich habe keine Strickjacke an. Wo ist meine Strickjacke?

SIE Möchtest du sie anziehen?

ER Nein, ich will, dass sie hier hängt, auf meinen Schultern.

SIE So?

ER Ja, genau. Bitte, mach weiter. Worüber haben wir gesprochen?

SIE Wir haben über die Damen gesprochen.

ER Was?

SIE Wir haben über die Damen gesprochen, über dein kolossales Interesse an Frauen.

ER Ich glaube, ein Großteil meiner beruflichen Tätigkeit drehte sich darum, dass ich kolossal an Frauen interessiert war.

SIE Auf welche Art haben die Frauen geprägt, was …

Er unterbricht sie und lehnt sich vor.

ER Auf jede denkbare Art, mein Herz.

Meine Großmutter Karin hatte sich seit langem gesorgt, dass die Ehe ihres Sohnes mit Käbi, seine vierte, in einer Krise war. Die Frauengeschichten nahmen kein Ende, und eines Abends bestätigten sich ihre schlimmsten Befürchtungen. Es *gab* eine neue Frau, und *noch* ein Kind war unterwegs, das neunte.

Ich lese Großmutters Tagebuch und stoße auf das erste Anzeichen dafür, dass es mich gibt:

»8. März 1966
Dann rief Ingmar am Abend an, er hatte Dienst im Theater und bat mich herunterzukommen, und nun haben wir zwei Stunden zusammengesessen und geredet, und alles, *alles*, was ich ahnte, ist wahr. Mögen sie das alles durchstehen! Das gebe Gott!«

Die neue Frau ist seit fast vier Monaten schwanger. Das sind keine guten Neuigkeiten. Karin hat ein schwaches Herz, es schmerzt oft, plötzliche Stiche. Fünf Tage später stirbt sie an einem Infarkt. Erik, ihr Mann, liegt im Krankenhaus, und auch wenn sich herausstellt, dass seine Geschwulst gutartig ist, gehen alle davon aus, dass er als Erster sterben wird. Es gibt also viele Dinge, um die sie sich in diesen letzten Tagen ihres Lebens Sorgen machen kann. Sie weiß, dass ihr Herz schwach ist, geht aber davon aus, noch eine Weile zu leben. Sie ist erschöpft, aber es gibt zu viel, was ungeklärt ist. Und nun kommt, zu allem Überfluss, ihr jüngster Sohn und erzählt ihr, dass er eine weitere Frau geschwängert hat.

Anhand von Karins Tagebuchnotiz am 8. März 1966 erscheint es natürlich, sich vorzustellen, dass sie an jenem Abend, an dem Papa sie bittet, ins Theater zu kommen, *von mir erfährt*. Dass ich unterwegs bin. Ein vier Monate alter Fötus. Da sind die Herzschläge deutlich zu hören. Papa und Karin saßen zwei Stunden zusammen und redeten, und *alles, alles, was sie ahnte, ist wahr*, schreibt sie in ihrem Tagebuch.

Für mich liegt darin ein gewisser Trost. Eine Stimme in der Dunkelheit. *Alles, alles. Ahnte. Wahr.* Ich bin etwas oder jemand, der entsteht und wächst und den sie sich vorstellen können. *Ahnen können.*

Doch die Neuigkeit, dass ich unterwegs bin, beruhigt ihr Herz nicht. Für Karin liegt nichts Tröstliches in dem, was der Sohn ihr an diesem Abend erzählt. Man bedenke die acht Kinder und vier Ehefrauen, die er bereits hat. Außerdem: Unterhaltszahlungen für Frauen und Kinder. Die Finanzen sind generell eine ganz eigene und nicht unwesentliche Geschichte.

Ich würde gerne glauben, dass meine Mutter und ich in dem Pronomen *sie* eingeschlossen sind, wenn Karin schreibt: *Mögen sie das alles durchstehen.*

Am nächsten Tag, dem 9. März, vier Tage vor ihrem Tod, schreibt sie:

»Heute Abend habe ich von Ingmar eine wunderbar große Azalee bekommen, mit der Lenn heraufkam. Außerdem hat er persönlich angerufen und sich für gestern bedankt. Habe ich richtig gehandelt, als ich mir alles, was er erzählte, so still anhörte. Aber ich wusste ja, im selben Moment, in dem ich in irgendeiner Weise moralisiere, schließe ich den Weg zwischen uns. Und er weiß, dass mein Gebet und mein Herz mit ihm dafür kämpfen, dass er das Richtige tun wird.«

Die Azalee (*Rhododendron simsii*) ist ein mehrjähriger, immergrüner Strauch und kann bis zu anderthalb Meter hoch werden. Die Blätter sind dunkelgrün. Die Blüten können groß oder klein, einfach oder gefüllt sein. Die Farben sind rot, rosa, lachsrosa, lila, weiß, manche sind zweifarbig. Am wohlsten fühlt sie sich an schattigen Standorten. Sie ist giftig. Die Azalee wurde, genau wie die Kiefer, in der Lyrik des chinesischen Dichters Du Fu verewigt.

Karin schreibt: *Er weiß, dass mein Gebet und mein Herz mit ihm dafür kämpfen, dass er das Richtige tun wird.* Ihr Herz sollte vier weitere Tage schlagen, nachdem sie dies schrieb. Großmutter glaubte an Gott, und so beschließe ich zu glauben, dass ihre Gebete länger kämpften als ihr Herz.

Die Kunst, richtig zu handeln: Was meinte sie damit? Was heißt, richtig zu handeln? Meinte sie, dass Papa bei Käbi und Daniel bleiben sollte? Wahrscheinlich. Aber gleichzeitig muss sie gedacht haben, dass richtig handeln auch heißt, Verantwortung für die neue Frau und das ungeborene Kind zu übernehmen. Der Sohn befand sich (in den Augen seiner Mutter) in einer unmöglichen Situation. Käbi und Daniel auf der einen Seite, Mama und das ungeborene Kind auf der anderen. Und dann waren da all die anderen Frauen, Kinder, Unterhaltszahlungen. Hatte sie die Kraft, alle Aspekte zu durchdenken? Daniel war erst drei, als das Mädchen unterwegs war. Wenn Karin den Sohn und die Schwiegertochter besuchte, spielte Käbi Klavier und erzählte lebendig von der Musik, die sie spielte. Karin bewunderte das schöne Zuhause ihres Sohns und Käbis, den großen Garten, die hellen Zimmer.

Am 26. Dezember 1962, ein paar Jahre bevor das Mädchen gezeugt wurde, schreibt Großmutter:

»Heute sind wir draußen bei Ingmar gewesen und haben seinen kleinen Daniel Sebastian getauft. Es war alles so hübsch arrangiert in ihrem großen Musikzimmer mit einer wunderbaren, hohen Tanne mit Lichtern und dem Tauftisch daneben. Erik sprach beim Sekt zu dem kleinen Daniel, und er lag da und sah Erik mit großen, festen Augen an. Alles war so hübsch arrangiert, und wir mochten Käbis Eltern, ihre Schwester und den Schwager so sehr, dass das Ganze ganz wunderbar verlief. – Käbi sieht viel gesünder aus, und beide sind glücklich über ihr schönes Zuhause. Überall lag weißer Schnee.«

SIE Gibt es andere Dinge, die verschwinden, wenn man alt wird?

ER Wenn man alt wird?

SIE Ja, du hast einmal gesagt, dass die Worte und die Erinnerungen verschwinden, wenn man alt wird. Ich würde gerne wissen, ob noch andere Sachen verschwinden, die du vermisst oder nicht vermisst?

ER Die ich vermisse oder nicht vermisse? Ich weiß nicht. Es sind alltägliche Dinge, die früher wichtig waren, aber nicht mehr wichtig sind.

Es ist lange still. Das Band rauscht.

ER (*aufgebracht*) Aber jetzt habe ich das Gefühl, dass ich hier sitze und improvisiere. Dass ich eine Improvisation über deine Frage aufführen muss. Das ist nicht glaubwürdig.

SIE Du willst die Frage überspringen.

ER Ja.

SIE Ja gut, dann gehen wir weiter. Du hast einmal gesagt, dass es Arbeit ist, alt zu werden. Erinnerst du dich, dass du das gesagt hast?

ER Nein.

SIE Jedenfalls hast du das gesagt, du sagtest: Es ist Arbeit, alt zu werden.

ER Es ist was?

SIE Arbeit.

ER Das habe ich gesagt?

SIE Ja, das hast du gesagt. Jetzt bist du viel älter, findest du immer noch, dass es Arbeit ist, alt zu werden?

ER Ich finde, dass das Altwerden eine harte, schwere, wenig glamouröse Arbeit mit sehr langen Arbeitszeiten ist.

SIE Ja.

ER Aber die Hauptsache ist ... Die Hauptsache ist! ... Manche Dinge sind wichtig, andere Dinge sind unwichtig. Die Musik, zum Beispiel, ist für mich zu einer Hauptsache geworden. Früher habe ich nichts auf die Musik gegeben, aber jetzt ist sie bedeutsam geworden ... Ich will die Strickjacke ausziehen! Ich sitze hier und rege mich über mich selbst auf!

SIE Ist dir warm?

ER Ja, mir ist warm.

SIE Bist du wütend?

ER Nein, nicht wütend, aber ich sitze hier mit dem Gefühl, dass ich so schlecht antworte.

SIE Ich finde nicht … ich finde, es läuft gut.

ER Wie schön, dass du das findest. Das freut mich. Ich gebe mir Mühe, nicht zu posieren oder dir etwas vorzumachen.

Für die Mutter war der Glaube an Gott einfacher als für den Vater. Die Mutter hatte ihren Kinderglauben. Das Abendgebet. *Vater unser, der du bist im Himmel, geheiligt werde dein Name*. Gott war still, aber um die Mutter war es selten still, und diese Stille bedeutete vielleicht, dass Gott lauschte, nicht nur mit halbem Ohr, sondern mit einem Ohr von der Größe des Weltalls, und in dieser Stille konnte die Mutter zu der werden, die sie sein wollte, und lieben, ohne sich zu schämen.

Die Mutter wuchs in Trondheim auf und wohnte mit Großmutter und Tante Billy in einer kleinen Wohnung. An der Wand über dem blauen Biedermeiersofa hing ein blaues Porträt von einem schönen Mann mit Offiziersmütze, der mit einem leicht unbestimmbaren Lächeln auf die Mutter des Mädchens herabblickte.

Das Mädchen hätte besser zuhören sollen, wenn die Mutter redete, zum Beispiel, wenn diese über ihren Vater redete. Wurde sein Kopf wirklich von einem Propeller getroffen?

Doch seit der Zeit, als sie noch ziemlich klein war, verweigerte sie sich den Geschichten der Mutter.

Das Mädchen war nicht schön wie die Mutter, ihr Gesicht fand nie seine endgültige Form. Sie sieht nicht aus wie irgendeines der Bilder von ihr selbst, und alle Bilder von ihr unterscheiden sich voneinander. So gesehen stimmt die Geschichte vom Namen mit der Geschichte vom Gesicht überein. Auf Bildern macht sie etwas mit ihrem Mund – sie machte es, als sie ein Mädchen war, und sie macht es bis heute – sie zieht eine Schnute und kneift die Augen zusammen.

Vor ein paar Tagen fand ich ein hellbraunes Kunstlederalbum mit Fotos von damals, als ich klein war. Viele der Bilder habe ich selbst geknipst. Zum Beispiel zwei fast identische Aufnahmen von zwei Stoffpuppen auf einem blauen Klappstuhl. Das Bild ist aus Hammars. Vielleicht bekam ich den Fotoapparat von Papa. Ich weiß es nicht. Ein anderes Bild ist aus der Wohnung in der Erling Skjalgssons gate. Mama und ich sitzen in dem großen Goldbett, sie trägt ein rotes Nachthemd, und ihre Haare fließen auf uns beide herab. Ich glaube, sie hat sich noch rasch die Haare gekämmt, ehe das Bild entstand – es wurde mit Selbstauslöser gemacht. Ich habe einen Regulierungsbogen auf der Zahnspange. Nachts schlafe ich mit dem Bogen. Abend für Abend ist es eine ziemliche Fummelei in meinem Mund, um diesen Bogen anzubringen. Kleine Gummis und Haken und Finger weit hinten. Wir sitzen in dem Goldbett, und Mama hat den Arm um mich gelegt.

Ich habe ein weißes Hemd und einen roten Cordrock an. Mama ist gerade aufgewacht, und obwohl ihre Haare frisch gebürstet sind, hat sie noch Schlaf in den Augen.

Als Papa ein Junge war, radelte er durch die hügelige Landschaft, aus der die Sommer seiner Kindheit in Dalarna bestanden. Die Familie besaß ein Haus in Duvnäs. Våroms hieß das Anwesen. Mein Vater hat über Großvater geschrieben. Er war Pfarrer und hieß Erik. Papa wurde Pu genannt. Sie radeln die Hänge hinauf und hinunter, Erik vorn, Pu ein paar Meter dahinter. Sie sind auf dem Weg zu der Kirche, in der Erik seine Predigt halten wird.

So werden wir um die ganze Welt fahren, Vater und ich, sagt Pu.

Ich besitze fünf blaue Notizbücher, die Papa gehörten. Die Bücher sind voller Notizen und alter Familienfotos. Papa saß ständig über Fotografien gebeugt und studierte sie durch eine Lupe, er schnitt Bilder aus Alben aus, klebte sie in seine Notizbücher (er besaß hunderte Notizbücher, er selbst nannte sie Arbeitsbücher) und schrieb, wo auf der Seite Platz war. Manchmal kritzelte er das eine oder andere direkt auf das Bild.

In eines der Notizbücher ist ein Foto von Papas Großmutter eingeklebt, ihr breites Gesicht ragt aus einer züchtig zugeknöpften Bluse, sie hat einen mütterlichen und großen Busen, eine weiße Strickjacke auf den Schultern und auf dem Kopf einen breitkrempigen Frühlingshut mit schicken, komplizierten Blumen- und Obstornamenten. Ich versuche, sie mir in den Stunden vorzustellen, bevor dieses Foto gemacht wurde, an einem frühen Morgen vor annähernd hundert Jahren. Sie ist auf dem Sprung. Alle Kleidungsstücke sind frisch gebügelt, zugeknöpft, hübsch, ordentlich, gepflegt. Ich stelle mir vor, dass ihr, fast zufällig, der überbordende Strohhut mit den Blumen- und Obstornamenten ins Auge fällt. Er thront auf der Hutablage. Er ist ein bisschen zu groß, ein bisschen zu jugendlich, ein bisschen zu fruchtig, kurzum ein bisschen zu viel von allem, die anderen Hüte verblassen im Vergleich zu ihm. Im nächsten Moment beschließt sie, ihren Plan zu ändern. *Den Hutplan.* Wenn man Hüte trägt, hat man wahrscheinlich immer einen Hutplan. Was sie tut ist, es sich anders zu überlegen. Sie stellt sich wie ein kleines Mädchen auf die Zehenspitzen (die Hutablage hängt hoch über den anderen Regalbrettern) und greift nach dem Hut, den sie tragen möchte. Mit einem leisen *ahhh* setzt sie sich den Obst- und Blumenhut auf den Kopf und verbannt mit einer schlichten Handbewegung den kleinen zierlichen auf die Hutablage.

Auf dem Bild wird Großmutter auf der einen Seite von Pu und auf der anderen von Pus älterem Bruder flankiert. Beide schmiegen sich zutraulich an sie, Pu sieht direkt in die Kamera, es liegt etwas Misstrauisches in seinem Blick.

Er ist ungefähr vier Jahre alt.

Unter das Bild hat Papa geschrieben: GROSSMUTTERS HUT.

Die beiden Stadtansichten, Städte und Häuserdächer, alte, schattige Viertel, Dämmerungslandschaften, ein Kirchturm, ein paar schmächtige, nackte Bäume – geisterhaft. Die Stadtbilder in seinen Notizbüchern zu betrachten ist, als läse man einen Roman von Sebald. Ich denke mir meinen Vater als jemanden, der dazugehörte. Er hatte schließlich Hammars. Er hatte das Theater. Ich war es, die herumirrte, die sich nie zurechtfand – selbst mit einer Kiste voller Karten nicht. Aber die Stadtbilder in den Notizbüchern sind so einsam, fremd. In einem seiner Notizbücher hat er mit großen Buchstaben geschrieben: *Am innersten Punkt der Geborgenheit wohnen.* Ich frage mich, was er damit meinte. Es klingt nicht nach einem Geborgenheit schenkenden Ort – am innersten Punkt der Geborgenheit. Es klingt wie ein Ort, an dem man sich nicht aufhalten darf. Man wird garantiert gleich wieder hinausgeworfen, wenn man denn überhaupt hineingelangt. Überall sind Grenzposten und Stacheldrahtzäune und das altbekannte Gefühl, dass ich hier, mit den anderen zusammen, nicht hingehöre.

Hier ist ein Bild von Papa als beinahe Erwachsenen. Niemand nennt ihn mehr Pu. Er ist viel zu groß, um Pu genannt zu werden. Er hat die Haare feucht gekämmt und ist fein gekleidet, man kann den weißen Hemdkragen sehen, den schwarzen Krawattenknoten und das leicht grobe Jackett. Welches Jahr ist es? 1935, vielleicht, oder 1936, ich bin mir nicht sicher. Ich glaube nicht, dass es ihm gefällt, fotografiert zu werden. Der Mund ist geschlossen, er lächelt nicht, die Lippen sind wohlgeformt und empfindsam, als hätte er sie sich für diesen Fototermin von seiner Mutter geliehen, die Ohren sind groß und stehen ab, der Blick ist ein wenig verschlagen, er sieht dich mit einer Mischung aus gespielter Gleichgültigkeit, Misstrauen (ich erkenne den Blick des zwölf Jahre jüngeren Pu wieder) und einschmeichelnder Anhänglichkeit an – du kannst dir nicht sicher sein, was er tun wird, wenn du ihm den Rücken zukehrst. Spuckt er dir in dein Essen? Bittet er dich um einen Kuss? Steht er auf und haut für immer ab?

Jetzt sitze ich über Bilder gebeugt, wie Papa über sie gebeugt saß.

Ich sehe ihn vor mir, den alten, über achtzigjährigen Mann, der den jungen, siebzehnjährigen Mann studiert, ihn, der nicht mehr Pu genannt wird, ihn mit dem verschlagenen Blick. Der Achtzigjährige hat etwas an den Rand geschrieben. Es sind zwei Worte. Aber um genügend Platz für alle Buchstaben zu haben, ohne auf das Gesicht des Jünglings zu kritzeln, hat er senkrecht, statt waagerecht geschrieben, wie immer mit schwarzem Filzstift und in großen, kindlichen Druckbuchstaben:

DER
ON-
AN-
IER-
ER

Lange war das einzige Bild, das ich mir von meinem Vater vergegenwärtigen konnte, das von ihm als Toten. Er liegt im Bett und ist tot. Dieses Bild gibt es nicht, dennoch war es lange so, dass dieses Bild alle anderen Bilder überlagerte.

Er liegt mit dem Kopf auf einem weißen Kissen, in seinem Bett in dem Haus in Hammars. Der Himmel draußen ist bedeckt, ich weiß nicht, ob es schon dämmerte, als er zum letzten Mal atmete, und ob er einen Streifen Licht zwischen den Vorhängen sah – als er starb, waren die Vorhänge zugezogen –, er starb Ende Juli gegen vier Uhr morgens, in jener Stunde, die er selbst die *Stunde des Wolfs* nannte, ohne das Geringste über Wölfe und ihre Lebensweise zu wissen. Jemand hatte ein kariertes Tuch um sein Gesicht geschlungen und oben auf dem Scheitel eine Schleife gebunden, es war eine der sechs Frauen gewesen, die sich in der letzten Zeit um ihn gekümmert hatten, eine, die wusste, was man mit den Toten macht, ein Tuch um das Gesicht verhindert, dass sich der Mund des Toten öffnet und offen bleibt, sobald die Leichenstarre eingesetzt hat. Irgendjemand hatte auch seine Augen geschlossen. Wir sollen nicht mit offenem Mund oder offenen Augen in den Himmel. Ich finde, er sieht mürrisch aus auf dem Kissen.

Ich sehe die Bewegung *aufschnüren und lösen* vor mir, die unzähligen Male, die ich die Mützen, Schals, Schnürsenkel meiner Kinder aufgeschnürt und gelöst habe, ich setze mich auf die Bettkante, strecke die Hand aus, will diese dämliche Schleife aufschnüren und lösen, aber dann traue ich mich doch nicht, viele von uns wollen zu ihm hineingehen und sich verabschieden. Jeden Sommer trafen wir uns, um seinen Geburtstag zu feiern, seine Kinder verspeisten ein üppiges Abendessen, das er spendierte, er selbst war bei dem Essen nicht anwesend, schaute aber hinterher vorbei; fieberhaftes Aufräumen, bevor er kommt, es dürfen keine Gläser und Flaschen auf dem Tisch stehen, schmutziges Geschirr in die Spüle, es muss alles picobello sein. Jetzt, da er tot war, organisierten wir es so, dass wir einzeln hineingingen, es war die erste von vielen Prozessionen, ich setze mich auf seine Bettkante, lege die Hände in den Schoß, nicht *aufschnüren und lösen*, die Schleife bleibt, als ein Witz, als ein höhnisches Grinsen, ich weiß nicht, wann die Leichenstarre einsetzt, ich weiß nicht, ob der Mund sich öffnet, wenn ich das Tuch entferne.

ER Ich glaube an Gott, voll und ganz, erwarte aber nicht, Seinen Willen zu verstehen. Gott ist, wo die Musik ist. Ich glaube, die großen Komponisten erzählen uns von ihren Gotteserlebnissen. Das ist kein Unsinn. Bach ist für mich ein unveränderlicher Faktor.

SIE Aber früher hast du gezweifelt?

ER Nicht an Bach.

SIE Nein, aber du hast an Gott gezweifelt.

ER Dieser ganze Unsinn, das ist jetzt vorbei, das hat sich erledigt, ich habe einfach keine Kraft und Zeit mehr, über Unglauben und Misstrauen und solche Sachen zu schwatzen.

SIE Ist etwas Besonderes passiert, das dich dazu gebracht hat, nicht mehr zu zweifeln?

ER Das hat sich schrittweise entwickelt, *peu à peu*, ich kann wohl sagen, mein Erleben von Gottes Willen ist in der Zeit nach Ingrids Tod intensiv gewesen … Ich kann hier draußen stehen, in Hammars, umgeben vom Meer und den Wolken und mich überkommt ein Erlebnis von … Gegenwart.

Ab und zu durfte das Mädchen sich eine seiner braunen oder grünen Strickjacken mit Lederflicken auf den Ellbogen und Spuren des Stopfens und der Nähstiche leihen. Die Jacken waren ihr viel zu groß und schleiften fast über den Boden. Jeden Tag fuhr er auf einem großen, roten Damenrad am Meer entlang. Das Mädchen stand in der Tür, in eine seiner Strickjacken gewickelt und sah ihn den schmalen Weg hinab verschwinden. Auf Fårö sind überall Steine. Am Strand. Auf den Schotterpisten. Rund um die Häuser – Steinmauern. Die größten und ältesten Steine heißen Rauken. In einem der Sommer radelte das Mädchen auf die andere Seite der Insel, um diese Rauken gemeinsam mit ihrem Bruder Daniel zu erforschen, der seine kleine Schwester so dünn und verfroren und schwankend fand, dass er Sorge hatte, sie würde zwischen den Stangen der Viehgitter hindurchfallen.

Die Rauken sind vierhundert Millionen Jahre alte Steinformationen, die sich aus dem Meer erheben und dem Himmel entgegenstrecken. Sie ähneln Köpfen, großen, seltsamen, alten Männerköpfen, und im Sommer wachsen Blumen und Gras auf ihnen und Kinder klettern an ihnen hoch.

Daniel und das Mädchen hatten Wand an Wand jeder ein kleines Zimmer am Ende des Hauses. Der Vater ließ sie auf den Türen zeichnen und schreiben. Sie teilten sich Dusche und Toilette. Wegen des Wassermangels war es verboten, mehr als einmal in der Woche zu duschen, und es war verboten abzuziehen, wenn man nur gepinkelt hatte, aber das Mädchen zog trotzdem ab, weil Daniel nicht sehen sollte, dass sie auf der Toilette gewesen war. Daniel war vier Jahre älter als das Mädchen und schrieb *Bumsen!* Auf seine Tür. Ingrid fand, das gehe zu weit. Es war eine Sache, die Kinder auf den Türen zeichnen und schreiben zu lassen, etwas ganz anderes, das Wort bumsen zu erlauben, aber Papa fand es in Ordnung, und der Sache wurde keine Aufmerksamkeit mehr geschenkt. Die beiden hatten auch die Erlaubnis, so viel Unordnung zu machen, wie sie nur wollten. Nicht im Haus, dort war alles sauber und ordentlich, dafür sorgte Ingrid, und alles hatte seinen festen Platz, und alles wurde zu festgelegten Uhrzeiten gemacht, aber in ihren Zimmern durften die Kinder unordentlich sein. Keiner verlangte von ihnen, dass sie ihre Zimmer aufräumten. Es war eine Art Beschluss. Wenn die Kinder beim Vater wohnten, sollte kein Erwachsener sagen: *Jetzt musst du dein Zimmer aufräumen.* Das Zimmer des Mädchens war klein und hatte eine geblümte Tapete. Sie hatte ihr eigenes Radio auf dem Nachttisch und eine Tüte auf dem Schrank mit alten Zeitschriften, die sie jeden Sommer las. Auf dem Fußboden, halb unter dem Bett, lagen die beiden leeren Koffer.

Wenn die Bürotür des Vaters geschlossen war, durfte man nicht anklopfen. Normalerweise weil er schrieb. Oder Daniel Deutschunterricht gab. Das Mädchen fragte sich, ob Daniel *wirklich alles* dafür geben würde, um dem Deutschunterricht bei seinem Vater zu entgehen. *Ich bin der Geist, der stets verneint! Und das mit Recht; denn alles, was entsteht, ist wert, daß es zugrunde geht*, sagte der Vater und lachte laut. Und nun ist es kurz bevor die Stunde anfängt. Daniel sitzt in dem Sessel im Arbeitszimmer, jenem Sessel, in dem auch sie immer sitzt, wenn sie beim Vater ist. Sie hat sich hierher verirrt, weiß nicht wie, sie hätte an einem ganz anderen Ort sein sollen, in der Garage, in ihrem Zimmer, draußen, um Walderdbeeren für den Nachtisch zu pflücken, aber sie hat sich hierher verirrt, und sie sieht ihren großen Bruder durch den Türspalt – der Kopf in den Händen, die dunklen, langen Haare vor Stirn und Augen. *Ich bin der Geist, der stets verneint.* Die deutsche Grammatik ist jenseits dessen, was ein Kind begreifen kann. Noch dazu mitten in den Sommerferien – das ist vielleicht das Allerschlimmste. Das Mädchen glaubt, Daniels Mutter hat darauf bestanden, dass der Vater mit dem Sohn Deutsch lernt. Ihre Mütter hatten manchmal solche Einfälle – *es ist ja wohl nur recht und billig, dass der Vater ein bisschen Verantwortung übernimmt.* Und nun steht das Mädchen im Türspalt und sieht den Bruder dort mit dem Kopf in den Händen sitzen, und sie muss ein Geräusch gemacht haben, vielleicht kratzt sie sich an einem ihrer hundert Mückenstiche, denn jetzt dreht der Vater sich um und sieht sie direkt an. Der Bruder hebt den Kopf, und auch er sieht sie an. Sie steht im Türspalt, ein dünner Streifen Haut und Blau, und schaut und kratzt sich und macht Geräusche und will etwas sagen, lässt es jedoch – kurzes Kleid, straffer Pferdeschwanz, Streichholzbeine. Keiner sagt etwas, sie ist nicht an der Reihe, sich an diesem Ende des Hauses aufzuhalten, nicht sie soll Deutsch lernen, und nun steht der Vater auf, geht durch das Zimmer und schließt die Tür, er sieht sie nicht an.

Papa und das Mädchen hatten eine Verabredung. Sie war in seinem Tagebuch eingetragen. Oder dem Kalender, wie es auch genannt wurde. Das Tagebuch lag auf dem Schreibtisch. Alles hatte seinen festen Platz und geschah zu einer bestimmten Zeit. Es war Zeit dafür vorgesehen, dass das Mädchen und der Vater *sich unterhielten.* Sie zog an ihrem Kleid, es war blau und im Laufe des Sommers zu klein geworden. Sie saß in dem einen Sessel, er in dem anderen.

Und nach einer langen Weile sah er sie mit einem fast verzweifelten Blick an und sagte: »Das Problem ist, dass der Altersunterschied zwischen uns so groß ist. Es gibt schlicht und ergreifend nicht viel, worüber wir uns unterhalten können.«

Das Mädchen wusste nicht, was sie darauf erwidern sollte, sie rutschte ein bisschen auf ihrem Stuhl herum, sie hatte gemerkt, dass im Laufe der Gespräche eine Verzweiflung im Vater entstanden war, hatte aber keine Ahnung, was sie dagegen tun sollte, der Altersunterschied betrug achtundvierzig Jahre, und achtundvierzig Jahre sind eine lange Zeit, und sie konnte keine Siebenmeilenstiefel anziehen und losrennen und ihn einholen, und ehrlich gesagt war das eine wenig geistreiche Bemerkung des Vaters gewesen, selbstverständlich war der Altersunterschied zwischen ihnen groß, keiner von ihnen konnte etwas dafür oder es ändern. Das Mädchen hatte von einem Stuhl erzählt, den sie sich wünschte, einem Stuhl, der schöner war als alle anderen Stühle auf der ganzen Welt.

»Ist das eine Metapher?«, fragte er.

»Hä?«

»Manchmal ist es so, dass ein Ding nicht dieses Ding ist, sondern etwas anderes. Das nennt man eine Metapher. Was ich meine ist: Symbolisiert der Stuhl etwas in dir? Etwas, woran du denkst? Etwas, wovon du träumst?«

»Nein, ich glaube nicht.«

»Ist es vielleicht ein magischer Stuhl?«

»Nein!« Das Mädchen seufzte. »Es ist nur ein Stuhl.«

Als das Mädchen neun war, bekam sie einen Plattenspieler. Er sollte in der alten Garage oben im Wald stehen. Die Garage war zu einem Tanzstudio umgebaut worden. Sie hatte mehrere Jahre Ballett getanzt, und das freute den Vater genauso wie die Mutter. Der Vater sagte, wenn sie Balletttänzerin werden wolle, müsse sie jeden Tag mehr als zwei Stunden in der Garage üben, er ließ einen neuen Kiefernholzfußboden verlegen, auf dem sie tanzen konnte, und er montierte eine Ballettstange an der Wand, er hatte auch einen Kasten mit Kreide für die Ballettschuhe besorgt, solche Kästen mit Kreide hatten alle richtigen Ballettstudios, damit die Tänzer nicht auf dem Boden ausrutschten und hinfielen. Wenn es windig war, fielen Zapfen auf das Garagendach, erst hörte man, dass der Zapfen das Dach traf, und danach hörte man, dass er herabrollte und in der Dachrinne landete.

Papa sagte: »Kannst du es vielleicht schreiben?«

»Das Buch?«

»Ja.«

»Darüber, alt zu werden?«

»Ja.«

»Stellst du dir eine Art … Interviewbuch vor?«

»Na ja, wenn du es unbedingt irgendwie nennen musst.«

»Wir müssen es nicht irgendwie nennen.«

»Wir mussen es vielleicht schon irgendwie nennen.«

»Darauf können wir ja später zurückkommen.«

»Ich weiß einen guten Titel.«

»Und der wäre?«

»*Der Todesfick im Tal von Eldorado.*«

»Hm.«

»Ich habe immer Lust gehabt, einen meiner Filme *Der Todesfick im Tal von Eldorado* zu nennen, aber ich habe nie einen Film gedreht, der wirklich dazu passte.«

Alles hat einen Namen. Jeden Tag um fünf Uhr nimmt Papa den Volvo – er wird *Die rote Gefahr* genannt – und fährt zu dem Kiosk auf der anderen Seite der Insel und kauft die Abendzeitungen. Die Tageszeitungen kauft er in Fårösund.

Daniel darf immer mitkommen, wenn der Vater zum Kiosk fährt. Gelegentlich darf auch das Mädchen dabei sein. Normalerweise bleibt sie mit Ingrid und Maria zu Hause und hilft beim Decken des Essenstischs, oder sie wird hinausgeschickt, um Blumen für den Tisch oder Walderdbeeren für den Nachtisch zu pflücken. Manchmal darf sie Papa und Daniel jedoch beim Kauf der Abendzeitungen begleiten. Sie sitzt auf der Rückbank. Daniel sitzt auf dem Beifahrersitz. Sie ist vielleicht neun Jahre alt, Daniel ist zwölf. Der Vater fährt schnell, viel schneller als es erlaubt oder auf den schmalen Straßen zu verantworten ist, aber jedes Mal, wenn ihnen auf der Straße eine Frau zu Fuß oder auf dem Fahrrad entgegenkommt, fährt er langsamer, damit er und Daniel sie sich in Ruhe anschauen können. Wie sie aussieht, wie sie sich bewegt.

Das Mädchen sitzt auf der Rückbank, die Rückbank ist viel größer als sie, sie kann die Arme ausstrecken und wie ein Vogel flattern, aber das fällt keinem auf, vielleicht haben sie vergessen, dass sie da ist. Mädchen sind etwas anderes als Jungen.

»NEUN!«, sagt der Vater und lächelt der Frau zu, die vorbeigeht oder -radelt. Die Dame lächelt zurück.

»ACHT!«, sagt Daniel und winkt.

Danach erhöht der Vater wieder das Tempo, schnell,

schnell, so schnell, dass es um sie herum spritzt und prasselt, und das Mädchen sagt *kra-kra-kra*, denn wenn sie so schnell fahren, ist es fast, als würden sie abheben und fliegen, der Wald schießt auf der einen Seite vorbei, das Meer auf der anderen, schnell die Straße hinab, vorbei an den Heideflächen, die sich öffnen, bis ihnen schließlich wieder ein Mädchen oder eine Frau zu Fuß oder auf dem Fahrrad entgegenkommt. Der Vater fährt langsamer.

»SIEBEN!«, sagt Daniel.

»Nein, ACHT!«, sagt der Vater.

Jeden Donnerstag servierte Ingrid frischen Kabeljau. Fisch war für das Mädchen das schlimmste überhaupt. Heute gibt es in der Ostsee so gut wie keinen Kabeljau mehr, aber auf der Straße sind zu Fuß oder auf dem Fahrrad weiterhin Frauen unterwegs.

SIE Möchtest du ein bisschen sitzen? Soll ich dich hochziehen, damit du sitzen kannst?

ER Was?

SIE Möchtest du sitzen, oder möchtest du liegen?

ER Ich will exakt so sein, wie du mich haben willst.

Eine der Aufnahmen machten sie in seinem Schlafzimmer. Es ging ihm schlecht, und er war nicht in der Lage aufzustehen, wollte die Arbeit aber auch nicht absagen.

Sie steht auf und geht zum Fenster, zieht die Vorhänge auf. Er legt die Hand über die Augen. Sie dreht sich um und sieht ihn an.

SIE Ist es zu hell?

ER Vielleicht ein bisschen hell.

Sie zieht die Vorhänge zu. Geht zur Bettkante zurück.

SIE Möchtest du liegen oder aufrecht sitzen?

ER Ich möchte liegen …

SIE Ist es gut so?

ER Ich weiß nicht … Ich habe drei fürchterliche Tage gehabt.

SIE Hast du?

ER Drei fürchterliche Tage und drei fürchterliche Nächte.

SIE Erzähl.

ER Kannst du die Vorhänge aufziehen?

Sie steht auf und geht zum Fenster. Zieht die Vorhänge auf, dreht sich zu ihm um.

SIE Möchtest du das Meer sehen?

ER Nein.

SIE Möchtest du es dunkel haben?

ER Ja.

SIE Ganz dunkel?

Sie zieht die Vorhänge zu und geht zur Bettkante zurück, setzt sich.

ER (*sehr leise*) Wir können uns sehen, auch wenn es dunkel ist, nicht wahr?

III // Nach München

Sie suchte Gemütsbewegungen,
keine Landschaften.

GUSTAVE FLAUBERT

Großmutters zwei Zimmer und Küche in Oslo sind möbliert, als lebte sie in Wahrheit in einer wesentlich größeren Wohnung, die Wände hängen voller großer und kleiner Gemälde und Reproduktionen. Blickfang ist das blaue Porträt von Großvater in Offiziersuniform, das über dem blauen Biedermeiersofa an der Wand hängt, aber mich beschäftigt vor allem ein kleiner Kunstdruck, der fast vergessen hinter dem dunkelroten chinesischen Schrank hängt. Die Frau auf dem Bild steht auf einem blauen Strand, einem blauen Meer zugewandt. Man sieht ihr Gesicht nicht, nur das lange, weiße Kleid, das lange, blonde Haar, das so lang ist, dass sie den Gürtel des Kleids um die Haarspitzen gespannt hat, um es so an Ort und Stelle zu halten. Jahr für Jahr hängt die Frau mit dem hellen Haar an Großmutters Wand und schaut auf das Meer hinaus, ohne sich ein einziges Mal umzudrehen und ihr Gesicht zu zeigen, schaut und sehnt sich und wartet. Ich weiß, dass dieses Bild meine Mutter darstellt.

»Nein, das ist sie nicht«, sagt Großmutter. »Munch starb, als Mama noch ein kleines Mädchen war.«

Ich zucke mit den Schultern, ich weiß, was ich weiß.

Auf dem Couchtisch liegen Bücher, und neben dem Fenster mit Aussicht auf die Straßenbahnschienen und die Haltestelle Skarpsno stehen die beiden zierlichen Sessel, die mit einem leuchtend rot- und schwarzgeblümten Stoff bezogen sind, es ist die hellste Stelle in der Wohnung, und ich sitze gerne dort, es stehen Topfpflanzen im Fenster, mehrere von ihnen ranken sich grün die Fensterrahmen und die Scheibe hinauf, und zwischen den Pflanzen stehen die schönsten und kostbarsten Spieldosen. Wenn man sie aufzieht, muss man darauf achten, langsam und richtig herum zu drehen, nach rechts wie beim Aufziehen eines Weckers; wenn man ungeduldig ist und in die falsche Richtung oder zu schnell dreht, passiert es einem leicht, dass man den Mechanismus zerstört, und dann hört sie auf zu spielen. Mehrere Spieldosen haben die Form eines Schmuckkästchens, die schönsten sind aus Mahagoni, und ihr Deckel ist mit Schnitzereien verziert. Großmutters Lieblingsspieldose ist ein kleines Kästchen aus hellem Holz, innen ist es mit rotem Samt ausgekleidet. Tief unten in dem Roten wohnen zwei winzige Porzellanfiguren, sie in einem rosa Kleid und er in einem hellblauen Prinzengewand, und wenn man das Kästchen öffnet, führen sie jedes Mal denselben kleinen Tanz zu »Edelweiß« auf. Großmutter kann den ganzen Text von »Edelweiß«, und oft singt sie so laut und mit so traurigem Vibrato, dass sie das dünne Klimpern aus der Spieldose übertönt.

Neben dem einen Sessel am Fenster balanciert Großmutters Nähkästchen auf langen, dünnen, hellbraunen Holzbeinen, Großmutter hat dreiundzwanzig Fingerhüte in dem Nähkästchen, und wenn man die obere Ablage abhebt, die mit den kleinen Fächern für Zwirnrollen, Nadeln und Knöpfe, gibt es auf dem Boden eine große Fläche mit Platz für Garnknäuel, Stricknadeln und eine Häkelnadel. Die Möbel im Esszimmer sind aus dunkel glänzendem Holz, und wenn wir essen wollen, bittet sie mich stets, den Tisch mit Platzdeckchen aus demselben geblümten Stoff wie die Sessel zu decken. Ich zünde weiße Kerzen an, hole die grünen Teller, hellgrüne Stoffservietten und schweres Besteck. Im Schlafzimmer steht ein kleines, gemachtes Doppelbett mit einer handgenähten Flickendecke. Wenn ich zur Konfirmation gehe, bekomme ich von Großmutter eine solche handgenähte Flickendecke geschenkt. Die schönsten Flickendecken zu nähen dauert viele Jahre, sagt Großmutter. Bevor wir ins Bett gehen, faltet sie ihre Decke jeden Abend zusammen und legt sie in eine Schublade unter dem Bücherregal. Sie möchte, dass ich mit ihr im Bett schlafe, wie ich es tat, als ich klein war, aber ich will lieber in dem Feldbett schlafen. An die Wand über dem Bett hat sie ein Bild gehängt, das ich Jahre zuvor gezeichnet hatte. Es zeigt ein Mädchen, das unter einem Baum steht. Mit dicken, grauschwarzen Druckbuchstaben steht dort: GROSSMUTTER UND DER BAUM. Die Längswand des Schlafzimmers ist mit Büchern vollgestopft. Im breitesten Bücherregal findet ein kleiner Plattenspieler Platz.

Wenn Großmutter Besuch hat, liege ich auf dem Bett und lese oder ich höre Platten – leise, damit man es im Wohnzimmer nicht hört. Ab und zu öffnet eine von Großmutters Freundinnen die Tür und schaut herein. Wenn die Gäste ins Bad wollen, müssen sie durch das Schlafzimmer gehen. Eine der Freundinnen hat eine große Brille und einen großen, lippenstiftroten Mund. Sie schiebt sich am Bett vorbei, als wollte sie sagen: Beachte mich gar nicht, ich bin mucksmäuschenstill, siehst du, ich störe gar nicht, ich bin fast unsichtbar, winke, winke. Ich winke zurück. Eine andere Freundin ist groß, hager und grau wie eine Birke und redet mit tiefer Stimme, ich erkenne ihre Stimme durch die Wand, Großmutter sagt, sie raucht zu viele Zigaretten und hat ein hartes Leben hinter sich. Wenn sie durch das Zimmer will, um ins Bad zu gehen, hält sie auf halbem Weg inne, stellt sich mitten ins Zimmer und sieht mich an. Ich lege mein Buch weg und mache mich auf dem Bett klein. Sie verschränkt die dünnen Arme und fragt, in welcher Klasse ich bin, sie fragt, ob ich gern zur Schule gehe. Ich antworte, dass ich in der vierten bin und gern zur Schule gehe. Eine dritte Freundin, eine kleine, puppenhafte Dame mit hochgestecktem Haar, hübschen, frisch gebügelten Kleidern und einem kräftigen, nach Seife duftenden Parfüm setzt sich jedes Mal auf die Bettkante und streicht mir über das Haar. Sie sagt nichts, ich auch nicht. Sie sitzt dort so lange, dass ich mich allmählich frage, ob sie vergessen hat, dass sie auf die Toilette will.

Ich kann nicht alleine wohnen, und wenn Mama auf Reisen ist, wohne ich entweder bei Großmutter, oder Großmutter wohnt bei mir. Wenn Großmutter keine Zeit hat (Großmutter hat keine Zeit, ruft Mama und schüttelt ihr Haar, Großmutter hat keine Zeit, *ha-ha-ha*, weiß Großmutter, was *Zeit* ist, weiß Großmutter, was es heißt, keine Zeit zu haben!), wohne ich zusammen mit einem von mehreren Kindermädchen in Mamas Wohnung. Mama nennt sie Kindermädchen, obwohl ich kein Kind mehr bin. Ich bin zehn und komme in die vierte Klasse. Wenn ein Kindermädchen einzieht, zieht ein anderes aus.

Frau Berg spielt Klavier und kocht gut und trägt wallende Kleidung und weint, weil sie findet, dass es ihr nicht wirklich gut gelingt, ein Kindermädchen zu sein.

»Ich möchte doch nur, dass du fröhlich bist und es dir gutgeht.«

Sie sitzt leise schluchzend mit einer unangerührten Tasse Tee vor sich auf einem Küchenstuhl, ich stehe daneben und tätschele ihren Arm und sage, dass es mir gutgeht.

»Aber ich weiß doch …«, flennt sie, »ich weiß doch, dass du dich nach deiner Mutter sehnst und es dir lieber wäre, wenn sie hier wäre.«

Ich sage, dass ich mich nicht nach meiner Mutter sehne.

Sie putzt sich die Nase und sieht mich mit tränennassem Gesicht an.

»Hast du mich denn auch ein bisschen gern?«

Sie drückt mich an sich. Sie hat einen schlechten Atem und riecht nach Kohl. Ich würde mir wünschen, ich wüsste, wie man sich die Nase zuhält, ohne die Hände zu benutzen. Die einzige Alternative besteht darin, nicht mehr zu atmen.

»Ich habe dich auch gern.«

Ich sage es auf eine Art, die ihr klarmacht, dass ich lüge. Sie *will* die Worte hören, obwohl sie weiß, dass sie nicht wahr sind.

Ich zeichne Karten, erstelle Tabellen und schreibe Listen. Ich bin dünn und blond und tanze Ballett und lächele hübsch und will keine Kindermädchen mehr haben, ich will, dass die Kindermädchen krank werden und sterben oder ihnen andere Kindermädchenstellen angeboten werden, zum Beispiel in Australien, weiter weg kann man nicht kommen. Ich will, dass Mama heimkehrt und mich in den Arm nimmt und nicht mehr verreist.

Als Frau Berg kündigt, fängt eine neue Frau Berg an. Sie ist älter und schwerer als die alte Frau Berg. Ein gröberes Papier. Sie hat Barthaare am Kinn, die sie mit einer Pinzette herauszuzupfen versucht, sie hat Hände, die zittern. Die Pinzette steht in ihrem Zahnputzglas im Bad. Sie weiß, dass ich die Pinzette stehle, trotzdem kauft sie jedes Mal eine neue, wenn die alte verschwindet. Ich begreife nicht, warum Frau Berg sie weiter in ihr Zahnputzglas steckt, wenn sie doch weiß, dass ich sie dort finde und klaue. Sie will nicht, dass ich sehe, wie ihre Hände zittern, und legt immer die eine Hand auf die andere auf dem Tisch. Abends spielen wir Karten. Sie lässt mich gewinnen.

Wenn man ein Kindermädchen peinigen will, muss man seine Schwächen ausfindig machen. Frau Bergs Schwäche ist Horst Tappert. Wenn sie sich am Freitagabend mit einem Glas Sherry und ein paar Erdnüssen auf die grüne Couch setzt, ist es, als käme ihr gesamter Körper zur Ruhe. Die Hände führen das Sherryglas zum Mund, ohne auch nur einmal zu zittern. Drei Freitage hintereinander schleiche ich mich ins Wohnzimmer und ziehe den Stecker heraus. Ich warte, bis Oberinspektor Derrick sich auf dem Bildschirm zeigt. Ich warte noch ein wenig länger. Ich warte, bis Oberinspektor Derrick sich zu Frau Berg umdreht und sie mit seinen großen, traurigen Augen ansieht. Die Betrübnis der ganzen Welt findet Platz in diesen Augen. Und exakt wenn Frau Berg das Sherryglas zum Mund führt, exakt wenn sich das gute Gefühl in ihrem Körper ausbreitet, wird der Fernseher schwarz, und Frau Berg sitzt allein in der Dunkelheit. Sie hat keine Ahnung, wie sie das Gerät wieder zum Leben erwecken kann, sie weiß, dass ich etwas mit dem schwarzen Bildschirm zu tun habe, aber nicht genau, was. Nach einem Monat schreibt sie Mama einen Brief und kündigt. Sie will aufhören und auf der Stelle ausziehen. Das Mädchen ist nicht ganz richtig im Kopf, schreibt sie. Und danach fügt sie hinzu, dass Mama als Mutter etwas weniger an sich denken und aufhören soll, umherzureisen und Karriere zu machen, und dass sie sich lieber um ihre Tochter kümmern soll, bevor *das Schiff untergeht*.

Wenn Mama zu Hause ist, haben wir die riesige Wohnung in der Erling Skjalgssons gate für uns allein. Mama schläft morgens lange und brät Spiegeleier zum Abendessen. Spiegeleier sind kein Abendessen, und deshalb kommt es einem wie ein Fest vor, mit Mama zu Abend zu essen – Mama und ich sind die Abtrünnigen der Liebe und des Abendessens. Nachts schlafen wir im selben Bett. Wir essen, wann wir wollen. Nicht um vier Uhr, nicht um fünf Uhr, sondern wann es uns passt. Mama kann einen duftenden Eintopf auf der Grundlage der Konservendosenmischung Spaghetti à la Capri zubereiten. Mamas Eintopf besteht aus Tomatensauce, Würstchen, Hackfleischbällchen, etwas Paprika, Kräutersalz und

Zucker. Wenn wir keine Eier oder Spaghetti à la Capri im Schrank haben, nehmen wir ein Taxi zu dem chinesischen Restaurant in Bislett. Ich mag es, wenn es in den Bambussprossen und Wasserkastanien knirscht. Ich bekomme Solo-Limonade zum Essen und Eis zum Nachtisch. Drei Kugeln Eis, Vanille, Erdbeere, Schokolade, serviert auf einem länglichen Teller, der mit einem Schirmchen und einer Waffel dekoriert ist. Es gilt, die Waffel bis zuletzt aufzusparen und so zu essen, dass man die Zuckerfüllung ablecken kann.

Manchmal begleitet Großmutter uns zum Essen. Wenn sie in ein Restaurant gehen will, macht Großmutter sich schick. Kleid und hochhackige Schuhe. Mama trägt einen langen Kaftan und ist ungeduldig. Mama hat Hunger. Sie möchte ein Glas Wein. Sie möchte noch ein Glas Wein. Die Nerven zerknittern. Es ist kein einziger Nerv übrig, der die ganzen anderen Nerven in Schach halten könnte. All diese Menschen, die an ihr zerren. Ich frage mich, wie es in Mamas Kopf aussieht. Die Kellnerin kommt, um unsere Bestellung aufzunehmen, Mama erstrahlt in einem breiten Lächeln und fragt sie, wie es ihrem Mann gehe. *Besser? Wieder daheim? Wie schön! Nicht leicht, mit der ganzen Verantwortung allein zu sein! Grüßen Sie ihn von uns.* Dafür benutzt sie den absolut letzten Nerv. Als die Kellnerin geht, erzählt Großmutter, dass sie zweiundvierzig Mal nach Amerika und zurück gereist ist und dass sie dort jeder kennt.

»In Amerika?«, fragt Mama.

»Was …?« Großmutter wirkt verwirrt.

»Du hast gesagt, dich würde da jeder kennen«, sagt Mama. »Meintest du, dass dich in Amerika jeder kennt?«

»Ja, es gibt viele, die mich kennen«, sagt Großmutter. »Du vergisst, dass ich zweiundvierzig Mal hin und zurück gereist bin.«

»Viele oder jeder?«, fragt Mama.

»Was …?«

»Kennt dich nun *jeder*, oder kennen dich *viele*?«

»Ich erzähl dir mal was«, sagt Großmutter und sieht mich mit einer Miene an, die sie selbst als schelmisches Gesicht bezeichnet hätte. Mama ignoriert sie bewusst.

»Ich erzähl dir mal was, als ich vor ein paar Jahren auf dem Kennedy-Flughafen ankam, hat der Grenzbeamte mich erkannt. Rate mal, was er gesagt hat.«

Ich schüttele den Kopf und werfe einen bekümmerten Blick auf Mama.

»Er hat gesagt …«, fährt Großmutter fort und lehnt sich vor. »Er hat gesagt: Ja, aber ist das nicht Frau Ullmann persönlich, die uns wieder besuchen kommt? Willkommen zurück in New York!«

Mama sieht aus dem Fenster.

»Warum musst du nur immer so übertreiben«, sagt sie leise.

»Ich übertreibe nicht«, erwidert Großmutter.

»Du musst immer übertreiben«, sagt Mama, »ich habe es so verdammt satt, dass du übertreibst.«

Ich habe viele Spitznamen. Papa nennt mich Meine Kleine Chinesin, weil ich höflich bin und hübsch lächele. Ich bezweifle, dass Papa auch nur das Geringste über China weiß, wenn man einmal von dem absieht, was er in den Zeitungen gelesen hat, er war noch nie chinesisch essen, er bekommt Bauchschmerzen von jedem Essen, das Obst, Gemüse, Knoblauch, Gewürze und Sauce enthält und nicht von Ingrid zubereitet wurde. Es ist 1977, ich bin elf Jahre alt. Was Papa über China weiß, das weiß er, weil er chinesische Gedichte gelesen hat. *Guter Regen weiß selbst, wann es regnen soll.* Ich glaube, Papa nennt mich Kleine Chinesin, weil er sich vorstellt, dass chinesische Mädchen lächeln und höflich sind und sich beim Zeigen von Gefühlen in Zurückhaltung üben, und das alles kann ich sein, wenn ich es will. Großmutter hat mich das Meiste über Bildung und gutes Benehmen gelehrt, unter anderem:

Man überlässt in der Straßenbahn älteren Leuten seinen Sitzplatz.

Man macht einen Knicks und sagt ordentlich Guten Tag und Auf Wiedersehen.

Man bedankt sich und isst den Teller leer.

Man spricht schön (*keinen Dialekt*), wäscht sich jeden Tag das Gesicht, die Ohren, den Hals und die Hände, pflegt seine Nägel, legt das Messer auf die rechte Seite und die Gabel auf die linke, sagt *Sie* zu Erwachsenen (*seit wann sind wir zwei per Du, wenn ich fragen darf*).

Auf der Rolltreppe *steht* man rechts und *geht* links.

Wenn man im Theater oder Kino auf dem Weg zu seinem Platz ist, soll man denen, die ihren bereits eingenommen haben, das Gesicht zuwenden (*niemand will den Hintern anderer Menschen im Gesicht haben!*).

Man soll nicht alle naslang Gefühle zeigen, man ist unter allen Umständen höflich.

Papa reist nicht gern, aber jetzt ist er nach Deutschland gereist und hat sich in München niedergelassen, hat Ingrid mitgenommen und ist für immer aus Schweden fortgezogen. Mama erklärt mir, dass er nicht weggehen wollte, aber musste. Er hat nichts falsch gemacht, ergänzt sie.

»Dein Vater hat seine Steuern bezahlt wie alle anderen auch. Gib nichts darauf, was in den Zeitungen steht.«

»Was steht in den Zeitungen?«

»Da steht, dass dein Vater bei der Steuer gemogelt hat, aber das hat er nicht.«

»Bist du sicher?«

Mama atmet tief durch und sieht zur Decke. Drei Nerven, zwei Nerven, ein Nerv übrig, um die Frage zu beantworten.

»Selbstverständlich bin ich sicher.«

Wenn Mama gewusst hätte, dass Papa mich Kleine Chinesin nennt, hätte sie mit Sicherheit protestiert. Sie findet *nicht*, dass ich brav und höflich bin und mich beim Zeigen von Gefühlen in Zurückhaltung übe. Mama nennt mich Scheißerchen. Mama und Papa wissen nichts vom Spitznamen des jeweils anderen. Im Grunde finde ich, es macht nichts, dass Papa nach Deutschland gezogen ist. Wenn er nicht in Hammars ist, denke ich nicht daran, wo er ist. Wenn Mama auf Reisen ist, sehne ich mich die ganze Zeit nach ihr. Ich sehne mich von dem Moment an, wenn sie zur Tür hinausgeht, bis zu dem Moment, in dem sie zurückkommt. Ich sehne mich so sehr, dass ich einen zusätzlichen Körper benötige: einen Körper für mich, einen Körper für all diese Sehnsucht.

Als ich zwei war und getauft werden sollte, schrieb mein Vater in einem Brief: *Ich wünsche Dir ständige Sehnsucht und Hoffnungen, denn ohne Sehnsucht kann man nicht leben.*

Was meinte er damit? *Ohne Sehnsucht kann man nicht leben*. Er kann nicht dieses Widernatürliche gemeint haben. Nicht diesen Hunger. Diese Furcht. Ich sehne mich unablässig nach Mama. Jetzt ist sie wieder verreist. Diesmal nach Amerika. Nächstes Mal komme ich mit, sagt sie. Aber jetzt möchte sie, dass ich in Oslo bleibe und in die Schule gehe. Großmutter wird auf mich aufpassen. Mama wird mehrere Monate fort sein. Ich habe Angst, sie zu verlieren, Angst, sie könnte nicht zurückkommen, Angst, dass sie verschwindet. Aber es ist nicht Angst, was Papa mit den Worten *ständige Sehnsucht* gemeint hat. Mama und ich telefonieren, und bevor wir auflegen, verabreden wir jedes Mal den Zeitpunkt für ihren nächsten Anruf. Er ist heute. Er ist bald gekommen. Eine halbe Stunde vor der verabredeten Zeit ist mir übel, und ich umkreise das Telefon. Es klingelt, drei Minuten vor der verabredeten Zeit – aber es ist nicht Mama. Es ist eine freundliche Dame, die mit Großmutter sprechen möchte. Warum ist es nicht Mama? Warum ruft Mama nicht drei Minuten vor der verabredeten Zeit an, damit mir diese Angst erspart bleibt. *Ständige Sehnsucht*. Und warum hat die Frau, die nach Großmutter fragt, eine so freundliche Stimme? Weiß sie nicht, dass meine Mutter tot ist? Großmutter nimmt den Hörer, wechselt ein paar Worte, kommt aber rasch zum Ende. Sie sagt der Frau, dass wir auf ein Ferngespräch aus den USA warten. Ich bleibe auf dem Holzstuhl sitzen und rutsche hin und her. Großmutter legt den Hörer auf und sieht mich an.

»Wenn du so herumsitzt und wartest, machst du dir nur Sorgen«, sagt sie.

Großmutter schaut auf ihre Uhr. Warum schaut sie auf ihre Uhr?

»Warum schaust du auf der Uhr?«

»Das heißt die Uhr, nicht der Uhr.«

»Warum schaust du auf die Uhr?«

»Ich weiß nicht, ich schaue einfach darauf. Ohne besonderen Grund.«

»Machst du dir Sorgen?«

»Ganz und gar nicht. Es gibt nichts, worüber man sich Sorgen machen müsste. Weshalb sollte ich mir Sorgen machen?«

»Weil Mama nicht anruft.«

»Sie ruft bald an.«

Es gibt unzählige Arten zu sterben. Flugzeuge stürzen ab. Mord. Blutgerinnsel. Alle Uhren im Hause passieren jetzt den verabredeten Zeitpunkt. Man verschwindet von der Erdoberfläche. Mama ist flüchtig, nicht ganz und gar Teil dieser Welt, vielleicht stürzt sie in einen Abgrund. Ich sehe sie vor mir fallen und fallen und fallen. Fünfzehn Minuten sind seit dem verabredeten Zeitpunkt vergangen. Werden Großmutter und ich Hand in Hand in der Kirche sitzen, wenn Mama beerdigt wird? Ich fange an zu weinen. *Denn ohne Sehnsucht kann man nicht leben.* Wie hoch ist die Wahrscheinlichkeit, dass Mama mich so lange warten lässt, wenn sie doch weiß, wie sehr ich mich fürchte? Wie groß ist die Wahrscheinlichkeit, dass ihr etwas zugestoßen ist? Fünfundvierzig Minuten sind seit der verabredeten Zeit vergangen. Ich stehe vom Stuhl auf, ich stehe aufrecht, ich stehe vom Stuhl auf und stehe aufrecht, ich stehe auf, ich stehe auf, ich stehe aufrecht, und dann heule ich los.

»Sie ist ... hysterisch«, flüstert Großmutter.

Ich stehe auf dem Fußboden und heule. Ich gehe über den Fußboden und heule. Großmutter hält den Hörer in der Hand, folgt mir mit den Augen, sie hat eine Ärztin angerufen.

Inzwischen ist seit der verabredeten Uhrzeit eine Stunde vergangen, und ich gehe in Mamas großer Wohnung von Zimmer zu Zimmer. Ich will nicht aufhören zu gehen, ich will nicht aufhören zu heulen. So bin ich seit hunderttausend Jahren gegangen und werde weitere hunderttausend Jahre so gehen. Um zu trauern, benötigt man keine Konsonanten. Nur Vokale. Nur diesen einen Laut. Ich werde den Himmel mit Lauten durchlöchern. Es liegt eine magische Kraft hierin, in diesem Gehen und Heulen, aber nur, solange ich nicht nachlasse. Die Wohnung ist voller Dinge. Keiner hat so viele Dinge wie Mama. Und dann reist sie fort von all ihren Dingen und bekommt neue Dinge, und dann reist sie fort von ihnen, und in der ganzen Welt gibt es Wohnungen und Häuser und Hotelzimmer voll von Mamas Dingen. Vasen, Schalen, Puppen, Fotografien, tiefe Sofas, Couchtische, Stühle mit

Seidenbezügen, noch mehr Fotografien, purpurrote Samtvorhänge, Seidenblumen, Hocker, Kleider, Bettdecken, Gemälde, Schreibtische, Sekretäre, Koffer, Teppiche, Teller … *Kann man nicht leben.*

Zwei Stunden sind seit der verabredeten Uhrzeit vergangen, und niemand kann mir sagen, dass Mama lebt. Niemand kann mir das versprechen. Großmutter bittet mich aufzuhören. Sie sagt:

»Mama ist zu spät. Jeder kann sich verspäten. Sie wird anrufen, wenn sie Zeit hat und ein Telefon findet.«

»Kannst du mir schwören, dass nichts passiert ist?«

Großmutter zögert.

»Ich kann nicht irgendetwas schwören, aber ich bin mir ziemlich sicher.«

Das reicht nicht. Ich fange an zu heulen und gehe wieder und verfluche Großmutter, weil sie mich dazu gebracht hat stehenzubleiben.

Als die Ärztin an der Tür klingelt, glaube ich, es ist der Pfarrer, der uns die Nachricht überbringt. Das habe ich in einem Film gesehen. Es ist entweder der Pfarrer, oder es ist der Polizeibeamte. Gott kümmert sich darum nicht. Wenn ich in der großen Wohnung weiter von Raum zu Raum gehe und schreie, wenn ich nicht aufgebe, wenn ich zeige, dass ich so von Raum zu Raum gehen kann, ohne innezuhalten, kann ich sie vielleicht zurückholen. Ich darf nicht aufhören. Großmutter hat die Ärztin gerufen, ich kenne sie, es ist die große, hagere, graue Dame mit der dunklen Stimme, die ein hartes Leben hatte und sich immer mit verschränkten Armen mitten in Großmutters Schlafzimmer stellt und mich fragt, wie es in der Schule läuft. Jetzt steht sie da und schüttelt den Kopf und sagt:

»Das ist nicht normal.«

Verschränkte Arme. Ich weiß nicht, was Großmutter sagt. Die Ärztin holt ihr Stethoskop heraus und will mein Herz abhorchen und geht mir durch die Zimmer hinterher, gibt dann aber auf.

Kann die Ärztin mir sagen, wann Mama anruft? Kann die Ärztin mir sagen, was Gott mit mir vorhat? Kann die Ärztin mir sagen, dass Mama lebt? Die Ärztin legt das Stethoskop in ihre Tasche und sagt zu Großmutter, dass sie keinen anderen Ausweg sieht, als mir *etwas zur Beruhigung* zu geben.

»Aber Tabletten sind dafür keine Lösung«, sagt die Ärztin resigniert und breitet die Hände aus.

Als die Ärztin gegangen ist, stellt Großmutter sich in die Küche. Ich gehe von Raum zu Raum und will nicht aufhören, die Route beginnt im Eingangsflur, führt anschließend durch die Küche, das Esszimmer, die Bibliothek und das Wohnzimmer und beginnt danach wieder von vorn. Großmutter steht regungslos in der Küche und flüstert jedes Mal, wenn ich vorbeigehe, meinen Namen. Sie glaubt nicht, dass Mama tot ist. Es ist nicht weiter ungewöhnlich, dass einem etwas dazwischenkommt, so dass man nicht telefonieren kann. *Aber verdammt noch mal*, denkt sie vielleicht. *Ihre Tochter hätte anrufen sollen, sie weiß doch, was für ein Theater das gibt, wenn sie nicht anruft.*

»Komm her, meine Kleine«, sagt Großmutter, »komm, dann erzähle ich dir etwas. Gib mir deine Hand.«

Ich gebe ihr meine Hand, heule jedoch weiter, nur etwas leiser. Ich bin erschöpft vom Gehen und vom Weinen.

Großmutter füllt ein Glas mit Wasser. Sie teilt die Tablette der Ärztin in zwei Teile und bittet mich, die eine Hälfte zu schlucken. Die andere Hälfte steckt sie in ihre Tasche.

»Jetzt essen wir zu Abend«, sagt sie, »und dann ruft die Mama bald an, das verspreche ich dir.«

Sie sieht zu, als ich die Tablette schlucke.

»Vielleicht ruft sie heute Abend nicht mehr an, aber dann ruft sie ganz bestimmt morgen an.«

Großmutter streicht mir durchs Haar, stößt auf verfilzte Stellen.

»Ich glaube, wir müssen dir vielleicht bald die Haare schneiden lassen«, sagt sie lächelnd, aber da fange ich wieder an zu heulen.

Großmutter tröstet mich, umarmt und tröstet mich, schhhhh, schhhhh, schhhhh, wie man einen Säugling tröstet. Sanft, leise, immer weiter. Wir stehen eng umschlungen auf dem Küchenfußboden, ihre Arme um mich gelegt, bis die Tranen versiegen.

»Es gibt eine ganz natürliche Erklärung dafür, warum sie nicht angerufen hat«, flüstert sie, und dann nimmt sie meine Hand in ihre und drückt sie vier Mal.

Das bedeutet *do you love me*.

Und dann drücke ich Großmutters Hand drei Mal, und das bedeutet *yes I do*.

Und dann drückt Großmutter zwei Mal, und das bedeutet *how much*.

Und dann drücke ich Großmutters Hand so fest, dass es wehtut, und das bedeutet *SO SEHR*.

»Aua«, sagt sie und zieht die Hand zurück, aber sie ist nicht böse. Sie belegt winzig kleine Dreieckbrotscheiben mit Banane und bittet mich, die Märchen von Asbjørnsen und Moe zu holen. Ich setze mich auf die eine Seite des Tischs, sie setzt sich auf die andere. Die Küchenlampe ist blau. Die Zeit zum Schlafengehen ist längst verstrichen.

»Das Schluchzen hält länger an als das Weinen«, sagt sie und streckt sich über den Tisch und wischt mir ein paar Brotkrümel aus dem Mundwinkel.

Mama stürzt in ihrem langen, duftenden Seidennachthemd in mein Zimmer, die Haare stehen ihr zu Berge, Schwärze unter den Augen. Sie hat im Fernsehen eine Reportage über junge Mädchen und Anorexie gesehen. Sie zieht mir die Decke weg und jammert über meinen Brustkorb. In dem Brief, den Papa mir schrieb, als ich getauft wurde, stand: *Vorerst bist du gut mit deiner Mama zusammengewachsen, und alles andere ist interessant, steht aber außerhalb.* So ist es nicht mehr. Ich bin mit niemandem zusammengewachsen, ich ziehe die Decke wieder an mich. *Verschwinde. Mach, dass du rauskommst.* Es ist nicht so, dass Mama sich ständig Sorgen machen würde, zwischendurch können Tage und Monate vergehen, in denen sie sich keine Sorgen um mich macht. Sorgen vom Typ *was ist, wenn mein Kind stirbt.* Doch nun, da sie zu Hause ist, sorgt sie sich die ganze Zeit. Tag und Nacht und Nacht und Tag und Tag und Nacht. Ich glaube, sie will die ganze Sorge nachholen, die sie nicht empfunden hat, als sie verreist war. Es ist schwierig, Sorgen aufzuteilen und sie gleichmäßig zwischen den Tagen, Monaten, Jahren zu verteilen. Nichts ist gleichmäßig. Ich wachse, aber ohne Plan und Regie. Bin ich hässlich, bin ich hübsch? Bin ich ein echtes Mädchen? Zähne und Füße sind zu groß, die Handgelenke sind zu schmal, der Blick ist kindlich, und ich will kein Kind sein. Und was soll ich tun, wenn sie stirbt? Wenn sie wieder verreist, habe ich Lust, mir ein Schwert in den Bauch zu rammen, es von der einen Seite zur anderen zu ziehen, das Blut und die Eingeweide aus mir herausquellen zu lassen, sittsam in Schwarzweiß – bis schließlich der Auserwählte das Schwert hebt und mir den Kopf abschlägt. Ich weiß, wie das gemacht wird. Mit Papa habe ich in Dämba den Film *Harakiri* gesehen. Zwei Mal. Ich will nicht sterben, ich will leben, aber wenn sie stirbt, ist für mich kein Platz in dieser Welt.

* * *

Es gibt sehr viele Fotos von Mama und Großmutter, sie lächeln und posieren vor der Kamera, ich selbst ducke mich immer, wenn jemand einen Fotoapparat herausholt. Mein Gesicht ist rund, blass und pausbäckig. Die Haare sind schwer und dem Blick im Weg, die Beine sind dünn. Mama findet, dass ich eine Plage bin. Zwölf Jahre alt und unverschämt. Lächele selten. Ziehe mich von ihr zurück. Unmöglich. Verlange mehr und mehr. Ich habe meine ersten Spitzenschuhe bekommen und drehe mich immer rundherum. Rosa Seidenbänder sitzen stramm um den Spann, zwei Kreuze übereinander, ich bin geschickt darin, sie zu binden, weniger geschickt darin, das Haar hochzustecken, es wird nicht straff genug. Tanz, Tanz, Tanz. Es entstehen Beulen auf dem Kopf, und Haare lugen heraus und hängen herab, mir wird mitgeteilt, dass ich etwas mit den Haaren anstellen muss, ich muss den Rücken stärken, *en pointe* akzentuieren, den Kopf heben, die Arme verlängern, den Blick ausrichten, das Herz disziplinieren.

Mama zieht mir die Decke weg. *Sie kann nicht einfach in mein Zimmer kommen und mir die Decke wegziehen.* Ich will nicht, dass alle Welt meinen Körper sieht. Das Nachthemd ist eingerissen, und sie stochert in dem Riss herum. Sie schreit. Wenn sie zu Hause ist, wünsche ich mir manchmal, sie wäre wieder fort und auf Reisen. *Du bist zu dünn, du bist viel zu dünn, du musst mehr essen, du isst nicht genug.*

Ich wurde dünn geboren, das lässt sich nicht ändern. Heidi sagt, dass sie auch dünn geboren wurde. Heidi und ich sind Freundinnen. Alle sagen, dass wir uns ähnlich sehen, aber ich finde nicht, dass wir einander ähneln. Heidi ist hübsch. Dreizehneinhalb. Älter als ich. Hat Kurven. Zieht die Jungen an. Wir könnten Schwestern sein, so oft, wie wir zusammen sind. Sie macht sich keine Sorgen wegen ihres Körpers. Oder ihrer Mutter. Oder wegen mangelnder Planung. Sie macht sich Sorgen darum, was passieren würde, wenn sie ganz allein durch einen großen Raum voller Menschen ginge.

Ich habe zwei Jeans in meinem Schrank, zwei vollkommen identische Jeans – was ist, denke ich, was ist, wenn ich beide anziehe, die eine über der anderen? Erschaffe ich dann die Illusion, dass es mehr von mir gibt, etwas mehr Körper? Ich ziehe die Hosen an und ziehe sie wieder aus und ziehe sie an. Es ist klamm und eng. Wird mir das Kurven verleihen? Es beult an seltsamen Stellen aus. Ich gehe mit weit gespreizten Beinen. Gehe wie ein Watvogel. Gehe wie ein kleines Kind, das sich eingenässt hat. Die Mädchen in der Schule sehen mich komisch an. Die Jungen sehen mich nicht an. Als ich pinkeln *muss*, schließe ich mich in der Mädchentoilette ein und versuche, die Hosen herunterzuziehen. Es geht nicht, ich schaffe es nicht, die eine Jeans hängt in der anderen fest, ich schaffe es nicht, sie herunterzuziehen. Ich bin mehr Hose als Mädchen. Und jetzt muss ich so dringend pinkeln, dass ich mich entweder selbst bepinkele, oder sonst, sonst, sonst muss ich so laut brüllen, dass ich die Zeit und mich selbst und diesen wenig kooperativen, dummen, kindlichen Körper in Stücke sprenge. So! Jetzt kann ich pinkeln.

Mädchenstimmen und Laufschritte. Klopfen an der Toilettentür.

»Was passiert da?«

»Warum schreist du?«

»Es ist nichts. Geht weg.«

Figenschou betritt die Mädchentoilette. Sie hat Aufsicht. Ich kann sie nicht sehen, ich habe mich auf der Toilette eingeschlossen, aber es passiert etwas mit der Luft, wenn Figenschou in der Nähe ist, es wird dunkler, es wird dichter, als würde ein Jumbojet genau dort zur Landung ansetzen, wo du stehst. Verstörte Mädchen fallen sich gegenseitig ins Wort.

»Sie ist da drin.«

»Sie hat die Tür abgeschlossen.«

Dreimaliges festes Klopfen.

»Was ist los? Ist mit dir alles in Ordnung?«

»Ja.«

»Du öffnest jetzt sofort die Tür!«

Ich ziehe die Hose an, die eine, und falte die andere zu einem kleinen Bündel zusammen und verstecke sie, so gut es geht, hinter dem Klo. Ich öffne die Tür.

Figenschou ist groß und breit und sieht aus wie ein Seeteufel. Ihr Mann, Tank, unterrichtet auch in der Grundschule. Er ist lang und schlank. Ich frage mich, ob sie vögeln.

»Warum hast du geschrien?«

Sie knurrt, wenn sie spricht.

»Geschrien?«

»Warum hast du dich in der Toilette eingeschlossen und geschrien?«

»Nee. Ich doch nicht.«

Heidi sagt, dass manche dick und manche dünn sind, so ist das eben. Sie sagt, es war eine blöde Idee, zwei Jeans übereinander anzuziehen, das sieht nicht aus wie Kurven, das sieht aus, als habe man zwei Jeans übereinander angezogen, und jetzt wissen alle, dass ich es war, die auf der Toilette geschrien hat und zum Schulpsychologen geschickt wurde.

Heidi ist das einzige Mädchen, das in der Lage ist, kaputte Musikkassetten zu reparieren. Sie gibt nicht auf, bis sie die Knäuel entwirrt und das Band mit Hilfe eines Bleistifts vorsichtig wieder hineingedreht hat. Wenn das Band im Kassettenrekorder festsitzt oder auf andere Weise aus seinen Spulen gezogen wird, geschieht dies immer ganz schnell, es ertönt ein leiser, zischender Laut von Band, das sich ineinanderwickelt. Es ist so unwiderruflich wie ein Wespenstich. Und wenn ich auf eigene Faust anfange, an der Kassette herumzunesteln, reißt das Band, und die Kassette ist für immer zerstört. Heidis Hände sind nicht zierlicher als meine, nicht, dass wir unsere Hände vergleichen würden, Hände zu vergleichen bringt Unglück, wir sind blasse Mädchen, wir fallen niemandem auf, wenn wir die Straße hinuntergehen, wer ist wer, blonde Haare und kleine Hände; keiner weiß, dass Heidis Hände Knoten und Knäuel auf eine Weise lösen können, die meine nicht beherrschen, ob es nun um Kassettenbänder, Schnürsenkel oder Mädchenhaare geht. Meine Haare sind verfilzt, und sie kann die verfilzten Haare entwirren, ohne gleichzeitig an ihnen zu ziehen und eine Menge zusätzlicher Haare auszureißen.

Nachts hören wir unsere Kassetten. Wir sind Nachbarn und können beim anderen übernachten, so oft wir wollen, und wenn wir keine Erlaubnis bekommen, schleichen wir uns hinaus, sobald ihre Eltern und meine Kindermädchen eingeschlafen sind. Wenn Großmutter auf mich aufpasst, geht das nicht. Großmutter ist nachts auf den Beinen und geht in der großen Wohnung hin und her. Ansonsten übernachten Heidi und ich jedoch beieinander, so oft wir können, ich will vielleicht ein bisschen öfter so übernachten als Heidi. Ich bin die Eifrigere. Manchmal sagt Heidi, dass sie keine Lust hat, dass sie mit ein paar anderen zusammen sein will.

Heidis Schlafzimmer hat gelbe Wände, meins hat weiße. In der Nacht ist alles dunkel. Ab und zu schleichen wir in den verschiedenen Räumlichkeiten umher, ich wohne in einer Wohnung, sie wohnt in einem Haus, aber wir kennen die Wände und Böden und Winkel der anderen Behausung, als wären es unsere eigenen. Nichts ist umgestellt worden, die Möbel stehen an ihrem Platz, trotzdem ist es völlig anders, wenn alle anderen schlafen. Nachts ist es, als hätten die Räume Fieber.

Das Fenster in meinem Zimmer liegt hinter langen, dicken, roten Vorhängen verborgen. Mama hat den Stoff ausgesucht und zum Schneider gebracht und sie nähen lassen. Meine Tagesdecke sieht genauso aus. Ich habe einen Kassettenrekorder in der Große eines Schuhkartons. Er hat am einen Ende einen Griff, ich trage ihn bei mir, wenn ich bei Heidi übernachten will.

Wenn es Heidi nicht gäbe, hätte ich sie erfunden.

Ihr Vater und mein Vater sind gleichalt. Sie sind grau. Im Winter zieht Heidis Vater einen grünen Lodenmantel an, und das tut mein Vater bestimmt auch. Sie sitzen in ihre eigenen Gedanken vertieft, der eine in Norwegen, der andere in Deutschland, hinter angelehnten Türen. Heidis Vater hat Alpträume. Nachts hören wir manchmal seine Rufe durch die Zimmer gellen. Die Alpträume haben mit dem Krieg zu tun, sagt Heidi, und wenn ihr Vater schläft, haben die Träume freie Bahn. Dagegen kann niemand etwas tun. Er tut mir leid.

»Kannst du nicht zu ihm gehen und seine Hand halten oder so?«

Heidi schüttelt den Kopf.

Die Tür zum Elternschlafzimmer ist verschlossen. Die Rufe sind wie Gebete, aber keine Gebete, wie ich sie jemals gehört habe. Ich habe gehört, wie Großmutter das Abendgebet spricht, und das ist etwas ganz anderes.

Ein erwachsener Mann mit Träumen, die freie Bahn haben.

Geht es meinem Vater auch so? Oder meiner Mutter?

Abgesehen von den Alpträumen waren die Nächte still. Wenn wir beim anderen übernachteten, lautete unser Ziel aufzubleiben, bis der Morgen grauen würde. Wir stellten eine Schüssel mit kaltem Wasser unter das Bett, damit wir das Gesicht in das Wasser tauchen konnten, sobald wir merkten, dass wir kurz davor waren einzuschlafen.

Der Sommer naht, und Mama ist heimgekehrt. Sie will ein Fest feiern. Heidi soll bei uns übernachten. Wir haben beschlossen, uns wachzuhalten und den Erwachsenen hinterherzuspionieren, eine Weile sind wir auf dem Fest, schlafen dann aber nebeneinander beim Klang von Gelächter und Musik und Stimmen ein. Am nächsten Morgen wachen wir erst spät auf. Jetzt ist niemand zu Hause. Die Vormittagssonne scheint auf alles, was die Nacht hinterlassen hat. Überall stehen schmutzige Gläser und Weinflaschen, die Fenster sind voller Fettflecken, als hätten sämtliche Gäste ihre Hände in dem Versuch auf sie gelegt, ins Freie zu gelangen. Heidi sagt, dass wir die Fenster öffnen sollten, um etwas Luft hereinzulassen. Wenn Mama so tanzt, wie sie es auf dem Fest getan hat, rundherum im Wohnzimmer, habe ich Angst, dass sie umkippt. Eine Zeitlang laufe ich zwischen ihren Beinen und versuche, alles fortzuräumen, was ihr im Weg steht, aber ich kann ja nicht für den Rest meines Lebens zwischen ihren Beinen herumlaufen. Ab und zu muss man sich hinlegen und schlafen.

Heidi und ich stehen am Morgen zusammen auf und legen uns am Abend zusammen hin, und manchmal umarme ich sie so fest, dass sie sagt, ich würde sie fast ersticken.

* * *

Beim Ballett fallen die Mädchen in Ohnmacht. Erst ein dumpfer Schlag. Ein Knall, ein Kollaps. Es erinnert ein wenig an eine Naturkatastrophe. Es herrscht große Aufregung. Wenn Mädchen ohnmächtig werden, stürzen alle mit Wasser und Lappen und Handtüchern und Tutus und Zeitschriften und flatternden weißen Blättern herbei – mit allem, was man benutzen kann, um jemandem Luft zuzufächeln. Entschlossene Frauenhände heben an, retten, streichen über die Stirn, erwecken zum Leben. Kollaps und Aufregung. Es passiert ständig. Die Stadt kommt nach dem Erdbeben wieder zu sich. Die Mädchen erwachen, richten sich wacklig auf langen, dünnen Beinen auf, und das Leben geht weiter.

Mama hat ein Angebot bekommen, am Broadway zu singen und zu tanzen. Sie, die weder singen noch tanzen kann.

»Möchtest du in die USA ziehen«, sagt sie.

»Wieder?«

»Ja.«

»Eigentlich nicht.«

Als Mama und ich zum ersten Mal in den USA lebten, war ich fünf. Wir zogen in ein großes Haus in der Filmstarstadt, und ich lernte bei einem drahtartigen Frauenkörper mit langer Nase und Badekappe schwimmen. Sie lächelte nie, gab mir aber nach jeder abgeschlossenen Schwimmstunde ein Eis am Stiel. Mama hatte einen Geliebten, der keine Seife benutzen wollte, *der Franzose*, nannte sie ihn, er wollte sich auch nicht die Haare schneiden lassen oder Zahncreme benutzen, es war *politisch*, erklärte Mama. Wenn ich auf seinem Schoß saß, konnte ich seine Haare um mein Gesicht wickeln. Sie waren schwarz und struppig und rochen nach Meeresgrund, und Mama sagte, er sei der klügste Mann der Welt. Sie hatte noch einen anderen Geliebten. Er hieß Dick, glaube ich, oder John. Ich bin mir nicht sicher. Namen sind schwierig. Schwierig zu geben, zu haben, in Erinnerung zu behalten, mit ihnen zu leben, sie loszuwerden. Bob, vielleicht. Er nahm Mama und mich zu dem mit, was er den größten Spielzeugladen der Welt nannte, und sagte, ich könnte alles haben, was ich mir wünschte. Er trug weite Hemden und Hosen mit weitem Schlag und erklärte, dass er mich liebe. Ich wusste, dies hieß nicht, dass er mich wirklich liebte, Mama meinte, in Los Angeles würden alle *ich liebe dich* sagen, auch wenn sie es gar nicht meinten. Mama zeigte auf ihre große Nase und sagte: *Man darf sich nicht auf der Nase herumtanzen und sich nicht überwältigen lassen.*

Der Spielzeugladengeliebte drehte sich zu Mama und mir um. Er grinste von einem Ohr zum anderen. Ich konnte seinen Mund und die beiden Ohren sehen, die Augen dagegen nicht. Sie waren hinter einer großen Sonnenbrille verborgen.

Wir hatten gerade erst angefangen.

»Was ist hiermit«, sagte er und zeigte uns eine Art Pfanne aus Aluminiumfolie.

»Man stellt sie auf den Herd, und nach ein paar Minuten, pop-pop-pop-pop, ist die Pfanne voller Popcorn.«

Mama und ich betrachteten die Pfanne.

»Die wollen wir haben, nicht?« Seine Stimme war ungeduldig.

Er legte sechs Popcornpfannen in den Einkaufswagen.

Mamas Geliebter rauchte ununterbrochen. Zigaretten, Zigarillos, Pfeife, Glaspfeife. In dem Spielzeugladen rauchte er eine Lakritzzigarette, die aussah wie eine richtige, aber nach süßem Lakritz schmeckte. Mama und ich bekamen jeder eine. Es war nicht ganz leicht, mit ihm Schritt zu halten. Mama nahm meine Hand.

»Was ist hiermit?«, rief er. Wir konnten ihn hören, aber nicht sehen.

In dem einen Augenblick war er fort, im nächsten war er da. Er hält eine blonde Puppe in der Hand. Sie hat blaue Augen und lange, schwarze Wimpern, die an Schnurrhaare erinnern, rundliche Handgelenke und rundliche Schenkel und ein Gesicht, das sich in ein weinendes verwandelt, wenn man ihr auf den Bauch drückt.

Das Spielzeuggeschäft ist in lange, schmale Gänge mit Regalen vom Boden bis zur Decke unterteilt. Die Deckenlampen verströmen grünes Licht. Wir füllen zwei Einkaufswagen mit Spielzeug, vor allem Puppen und Puppenkleider, aber auch mit einem großen Fisch, den ich in die Badewanne mitnehmen kann. Er hebt mich in den Einkaufswagen und läuft so schnell er kann den Gang mit Panzern und Luftgewehren hinab, es ist, als segelte man unter Wasser, Mama läuft uns hinterher und lacht.

Als die schöne Helena vor mehreren tausend Jahren tätig war, wurden Listen über ihre Freier aufgestellt. Eine Liste wurde von Pseudo-Apollodor zusammengestellt (31 Freier), eine Liste von Hesiod (11 Freier) und eine Liste von Hyginus (36 Freier).

Mama sagt mit ihrer Kleinmädchenstimme: Ich kann jeden haben, ich brauche sie nur *anzusehen.*

Sie nannte Männer oft *sie*, und Frauen *wir*.

Sie mögen es nicht, wenn unsere Stimmen schrill sind.

Wir dürfen nicht zu eifrig erscheinen – dann machen wir ihnen Angst.

Ich habe Notizbücher mit steifen, roten Einbänden, ich schreibe kein Tagebuch. Ich schreibe Listen. Unter anderem über:

Die Zahl der Kindermädchen.

Die Zahl der Geliebten (Mamas).

Die Zahl meiner Umzüge.

Was ich mir kaufen werde, wenn ich eigenes Geld habe.

Die hübschesten Mädchen in der Klasse.

Bücher, die ich gelesen habe.

Filme, die ich gesehen habe.

Die Zahl der Tage, bis ich dreizehn bin.

Die Zahl der Tage, bis ich sechzehn bin.

Die Zahl der Tage, bis ich achtzehn bin.

Wie oft ich in Amerika gewohnt habe (wohnen im Gegensatz zu besuchen).

Als Mama und ich zum zweiten Mal über den Atlantik reisten, um in Amerika zu *wohnen*, war ich zehn. Sechs Monate würden wir dortbleiben. Von *dem Russen* bekam ich eine große Konservendose Belugakaviar, die er laut Mama aus der Sowjetunion herausgeschmuggelt hatte. Sie stand auf der Arbeitsfläche in der Küche einer Hotelsuite in New York. Die Hotelsuite war wie eine Wohnung, ich hatte mein eigenes Schlafzimmer, durfte anfangs jedoch bei Mama schlafen. Wir wohnten im Hotel Navarro. Das hört sich wie ein Ort an, den ich mir ausgedacht habe, nach einer Stadt, die auf keiner Karte zu finden ist, aber das stimmt nicht. Die Ballerina Margot Fonteyn glitt in den langen, dunklen, teppichbelegten Hotelfluren vorbei und war schöner als Mama und streichelte mir den Kopf und flüsterte *very nice, dear, very nice*. Die Kaviardose war blau und golden und gehörte mir allein.

Wenn Mama redete, sagte sie oft unzusammenhängende Dinge, die ich dann zu etwas noch Unzusammenhängenderem zusammenstellte. Sie erzählte vom Eisernen Vorhang. Ich wusste schon ziemlich viel über den Eisernen Vorhang.

»Von Papas Haus in Hammars kann ich ihn sehen«, sagte ich.

»Nein, das kannst du nicht«, entgegnete Mama.

»Doch«, sagte ich.

»Was du siehst, ist der Horizont«, sagte sie, »nicht der Eiserne Vorhang.«

Sie wiederholte das Wort mehrmals.

»*Horizont. Horizont. Horizont.*«

Die Kunst, einem Gedankengang zu folgen. Mama verlor sofort den roten Faden. Der Eintritt des Russen in ihr Leben und sein späteres Verschwinden daraus waren ein Mysterium. Mama redete und redete. Das blaue Seidennachthemd war genauso blau wie die Kaviardose. Auf der Arbeitsfläche stand auch eine Flasche Wodka. Das machen die Russen so – sie kämpfen sich durch den Eisernen Vorhang und haben Wodka für ihre Geliebten und Kaviar für deren Töchter dabei. Mama sagte, der Russe habe Angst im Dunkeln, deshalb müsse er dauerhaft bei uns übernachten, und dann könne ich ja nicht auch noch in ihrem Bett schlafen. Da der Russe jedoch erwachsen und sehr *stolz* sei, wolle er nicht, dass jemand von seiner Angst erfuhr. Ich erwiderte nichts, ich ging auf den Hotelflur hinaus, um ihr nicht zuhören zu müssen, später kam ich zurück, und anschließend ging ich wieder. Ab und zu nahm ich den Aufzug in eine andere Etage, es war, als käme man in ein anderes Land. Die breiten Hotelflure sahen vollkommen gleich aus, das war es nicht, in jedem Flur gab es schwere Kristallleuchter an der Decke und mit Teppichen belegte Fußböden, und man ging an einer Tür nach der anderen vorbei. Aber jeder Flur hatte seine eigene Luft; hätte man die Luft in jeder Etage wiegen können, wäre das Gewicht stets ein anderes gewesen.

Ich aß den ganzen Belugakaviar auf, jedes einzelne kleine Fischei, strich ihn auf große Brotscheiben, die ich in einer Reihe auf die Hotelküchenarbeitsfläche legte. Ich kaute und schluckte. Ich mochte den salzigen, klebrigen, modrigen Geschmack von Schwärze.

Wenn Mama schläft, ist es nicht erlaubt, sie zu wecken. Falls Mama einschläft und dann geweckt wird, gelingt es ihr nicht, wieder einzuschlafen, und dann ist die Nacht ruiniert, und nicht nur diese Nacht, sondern auch der Tag und die nächste Nacht und so weiter und so fort.

Ich träumte regelmäßig von ihr. Es war immer eine Variante des gleichen Traums, an dessen Ende wir uns so laut anschrien, dass sie sich auflöste und verschwand. Im Traum beginne ich, nach ihr zu suchen. Es ist eine fieberhafte Suche in Regalen und Schränken, unter der Couch oder in der Badewanne, hat sie sich vielleicht hinter den Vorhängen versteckt, den weinroten, in Großmutters altem Nähkästchen oder zwischen den Gabeln und Messern in der Küchenschublade?

Mama sitzt im Bett und liest *Madame Bovary*. Sie blickt auf und sieht mich und sagt, es sei ein Roman eines französischen Schriftstellers.

»Wovon handelt er?«

»Er handelt von einer Frau namens Emma.«

Ich stehe im Türrahmen und nicke.

»Magst du ein bisschen spielen gehen«, sagt sie, »oder dir auch ein Buch nehmen und ins Bett kommen und lesen?«

Ich nicke.

»Hauptsache, wir sind still«, ergänzt sie. »Wir können nicht lesen, wenn wir nicht still sind.«

Ihre Haare sind offen, und um die Augen ist sie ganz schwarz. Ihr Augen-Make-up-Entferner entfernt niemals das ganze Augen-Make-up. Am Abend und am Morgen ist die Augenpartie dann ganz schwarz gerieben. Einmal spuckte ich auf meine Finger und versuchte, es abzureiben. Sie sagte nicht igitt, obwohl es ein bisschen eklig war, sie sagte nur, ich solle nicht so fest reiben.

Als ich selbst, viele Jahre später, den Roman lese und mir vorzustellen versuche, wie Emma aussieht, bin ich mir ganz sicher, dass auch sie um die Augen schwarz ist. Ich glaube nicht, dass Flaubert dazu etwas sagt, allerdings schreibt er, das schönste an ihr seien ihre Augen, »sie waren braun, wirkten unter dunklen Wimpern jedoch schwarz«, dagegen nichts über das Schwarze, das nicht verschwindet, obwohl man reibt und reibt.

Er hatte einen weißen Anzug und war viel älter als sie. Sie war gerade siebzehn geworden. Onkel Carl war als Charmeur und Scharlatan bekannt, und Mama hat erzählt, dass ihre Mutter, also Großmutter, sich aus dem Fenster hängte und darauf wartete, dass sie nach Hause kommen würde. Onkel Carl war höflich und sah gut aus, aber ihm war *nicht* zu trauen. Warum wollte ihre Tochter unbedingt mit ihm ausgehen? Warum nicht mit einem anderen? Warum ausgerechnet mit ihm?

Es war ein eiskalter Abend. Es war kurz vor Weihnachten. Sie gingen ins Kino. Vielleicht waren sie zusammen essen. Tranken sie Wein? Wann verspürte sie zum ersten Mal Freude am Trinken? Das Freiheitsgefühl? Die Schamlosigkeit? *Endlich, endlich, endlich. Davon erzähle ich keinem etwas, aber das will ich immer tun.*

Auf dem Heimweg gingen sie durch den Park, und er wollte, dass sie sich auf eine Bank setzten und ein wenig unterhielten, obwohl es mittlerweile schneite und viel zu kalt war, um so zu sitzen. Er schob die Hand unter ihren Rock, nestelte an dem Strumpfband herum, strich ihr über den Oberschenkel, die Hand war linkisch und klein und kalt. Als er nach ihrer Unterhose griff und sie herunterziehen wollte, sagte sie Nein, aber er zog sie ihr trotzdem aus, und dann schliefen sie auf der Bank miteinander. Es war ihr erstes Mal. Sie erinnert sich an die Kälte. Die kalte Bank. Die kalte Hand.

Als sie heimgingen – er bestand darauf, sie nach Hause zu begleiten –, fragte er sie, was sie sich zu Weihnachten wünsche. Es war 1955, vielleicht tanzten sie zu »Blue Suede Shoes«, vielleicht hatte sie die Schuhe vor Augen, die blauen

Wildlederschuhe, nur dass sie rote haben wollte, sie spürte die Kälte in der Nase, im Hals, im Mund, in den Augen, zwischen den Beinen, und sie hatte Angst, krank zu werden und dass ihre Mutter, die sich aus dem Fenster hängte, wütend werden und sie schlagen würde. Ich kann mir nicht vorstellen, dass Großmutter schlug, aber das tat sie, nicht mich, aber Mama, jedes Mal, wenn sie wütend wurde und die Beherrschung verlor.

Mama antwortete, sie wünsche sich rote, hochhackige Schuhe, und als Onkel Carl sie nach ihrer Schuhgröße fragte, log sie und sagte 37. Ihre Füße sind Mama immer peinlich gewesen, sie hat große Füße, fiebrige 39,5, mit einem kleinen violetten Auswuchs am rechten großen Zeh, aber das wollte sie Onkel Carl nicht erzählen.

Heiligabend 1955 bekommt Mama ein Paar rote, hochhackige Schuhe in Größe 37. Sie zwängt ihre Füße hinein und trägt sie den ganzen Abend, obwohl es wehtut. Onkel Carl lächelt sie an, und sie will nicht undankbar erscheinen.

Die roten Schuhe sind eines der ersten Geschenke, die in dem Jahr ausgepackt werden, und der Abend ist lang. Als sie endlich in ihrem Zimmer ist und sie ausziehen kann, sind die Füße rot und geschwollen, ein Strumpf hat ein Loch bekommen. Als sie das Nähzeug heraussucht und ihn stopft – macht sie es da wie Emma? Sticht sie sich in die Finger und saugt das Blut auf?

Ich sage Mama, wenn wir wirklich wieder in die USA ziehen, stelle ich ein paar Bedingungen. Ich bin zwölf und stelle Bedingungen.

Meine Bedingungen lauten: Ich will weiter Ballett tanzen, und ich will eine Katze haben.

»Du sollst deine Scheißkatze bekommen«, sagt Mama, »was immer du willst, ich kann nicht mehr. Ich bin so kaputt.«

Es ist zu teuer, Heidi aus den USA anzurufen, aber wir können uns Briefe schreiben, sagt Mama. Das ist das eine. Das andere ist, dass Kinder in der Nähe von Bäumen wohnen müssen.

Mamas Regeln für eine gute Kindererziehung:

1. Kinder müssen Milch trinken.
2. Kinder müssen in der Nähe von Bäumen wohnen.

Mama entscheidet, dass ich in einem großen, gelben Haus in einer kleinen, zwei Stunden Autofahrt von New York entfernten Stadt wohnen werde. In dieser kleinen Stadt gibt es viele Bäume. Ich weiß nicht, was für Bäume es sind. Große Häuser, hohe Bäume und dunkelgrünes Gras. Mir wird klar, dass Mama nicht mit mir in dem Haus wohnen wird, sie wird pendeln, sagt sie, manchmal wohnt sie in New York, manchmal in der kleinen Stadt, ich werde mit den Bäumen wohnen.

Die Hausbesitzerin ist eine korpulente Dame von etwa sechzig Jahren mit großer Brille und kleinen, in hochhackige Pumps gezwängten Füßen. Sie zeigt uns das Haus und informiert uns über praktische Dinge, ehe sie Mama die Schlüssel übergibt. Sie öffnet die Tür zu Veranda und Garten und will etwas sagen. Mama fällt ihr jedoch ins Wort.

»Ein Garten«, sie stößt einen leisen Freudenjuchzer aus, »ein *Garten* mit *Bäumen*!«

Sie nimmt meine Hand und will hinauslaufen, ich begreife,

dass wir uns an den Händen fassen und in den Garten hinauslaufen und in ihm tanzen und der korpulenten Dame und den neuen Nachbarn zeigen sollen, wie schön das alles ist. Ich ziehe die Hand zurück, mache mich steif und schwer, werden zu fünfzig Schichten Mädchenspeck. Ich flüstere:

»Rühr mich nicht an!«

Ich habe *einen* Busen. Die linke Brustwarze leuchtet violett und schmerzt, wenn man sie anfasst, als wäre eine Hummel in sie eingezogen. Die rechte Brustwarze ist weich, unverändert hellrot und nicht größer als ein Katzenmaul. Ich bin dünner als das Gras. Ich hasse Amerika. Ich hasse meine Mutter.

Mama läuft hinaus und tanzt durch den Garten. Die Sonne scheint auf ihr Haar. Sie kann nicht tanzen. Das ist nicht so charmant, wie sie denkt. Die korpulente Dame presst die Lippen zusammen. Sie und ich stehen nebeneinander. Ich trage blaue Joggingschuhe. Sie trägt gelbe Pumps. Ich denke, dass sie gelb ganz offensichtlich mag, denn das Haus ist gelb, und die Vorhänge im Wohnzimmer sind gelb, und die Schuhe sind gelb. Sie würde gerne etwas sagen, zögert, nimmt dann aber Anlauf und ruft Mama zu:

»Man soll nicht … ich möchte nicht, dass man auf dem Gras herumtrampelt.«

Mama hört auf zu tanzen und atmet durch. Was hat die korpulente Dame gesagt? Mama wirft ihre schönen Haare und trippelt übertrieben zur Verandatür zurück, als wollte sie demonstrieren, dass sie die Kunst beherrscht, auf Gras zu gehen und zu tanzen, ohne das Gras zu berühren. Sie traut sich nicht zu sagen, dass sie das Haus wegen des Gartens gemietet hat, traut sich nicht zu sagen, dass sie viel Zeit darauf verwandt hat, gerade dieses Haus und diesen Garten zu finden, dass diesmal alles so schön werden sollte, traut sich nicht zu sagen, dass ihr Prospekte zugeschickt wurden, bestimmt zwanzig, vielleicht mehr, mit Fotografien von Häusern und Gärten und Bäumen und Schlafzimmern, ja, sie saß in ihrem Bett in der Wohnung in Oslo und sah sich diese ganzen verschiedenen Häuser an, und als sie zu dem Foto von dem großen gelben, umgeben von dem vielen Grün kam, sagte sie sich: Hier werden wir wohnen. Sie hatte eine Tochter, ein Kind, es sollte auf Bäume klettern.

Mama traut sich nicht, irgendetwas davon zu der Dame zu sagen, sie hat Angst vor der Korpulenten, will keinen Konflikt heraufbeschwören. Außerdem ist der Vertrag schon unterschrieben. *Ist es etwa auch nicht erlaubt, auf die Bäume zu klettern?* Sie traut sich nicht zu fragen. Diesmal sollte alles gut werden. Kinder brauchen Ruhe und Ordnung und Vorhersehbarkeit. Ein schönes Haus, einen schönen Garten, ein schönes Viertel. Bäume, Milch. Sie fühlt, dass sie dabei ist, ihre Tochter zu verlieren. Etwas entgleitet ihr. Sie standen sich so nah. *Doch nun zieht sie sich zurück. Antwortet verächtlich. Sie war so nah, so voller Licht. Sonnenschein im Haar. Jetzt sieht sie mich an, und tausend Vorwürfe finden Platz in ihrem Blick. Kann sie nicht einfach klein sein.*

Die Tapete im Wohnzimmer hat ein Brokatmuster, genau wie die Couch, Kindern ist es nicht gestattet, Essen in die gute Stube mitzunehmen, sagt die Dame.

Die Katze kostet tausend Dollar. Es ist eine langhaarige Perserkatze mit einem komplizierten, feingesponnenen Silberstrahlfell und einem ebenso komplizierten Gemüt.

»Am Wichtigsten ist, dass ihr Fell täglich gebürstet wird«, sagt die Katzenzüchterin.

Sie sieht selbst aus wie eine Perserkatze und hat nicht nur *eine* Katze im Haus, sondern mehr als zwanzig. Sie hat ein kleines, plattgedrücktes Gesicht, eine hellrote Nase, kleine, zierliche Ohren und große, tiefblaue Augen mit einem leicht verwunderten oder resignierten oder beleidigten Blick. Der Körper ist hager. Die wallenden, mittellangen, grauen Haare hat sie zu einem hohen Pferdeschwanz gebunden. Für einen Moment hatte es den Anschein, als beabsichtigte Mama, die Katze fallen zu lassen und stattdessen die Frau mitzunehmen.

Ich habe beschlossen, dass die neue Katze Susy Jolie heißen soll, das habe ich auf dem Flug entschieden, und jetzt sind wir hier, noch mit Jetlag nach der Anreise aus Norwegen, Mutter und Tochter im Wohnzimmer der Katzenzüchterin, auf knarrenden Stühlen mit rosageblümten Bezügen platziert. Der Tisch und die Fensterbänke sind mit diversen Katzenskulpturen aus weißem und grünem Porzellan dekoriert, und wir haben lauwarmen Lipton-Tee in schwarzen Tassen bekommen, in denen die Teebeutel oben schwimmen. Während die Züchterin in der Küche ist, um Kekse zu holen, entdeckt Mama, dass sie keinen Teelöffel bekommen hat, so dass sie den Teebeutel mit dem kleinen Finger herauszieht, es tropft auf die Decke, und sie schaut sich verzweifelt nach einem Unterteller um, auf dem sie ihn ablegen kann, findet keinen Unterteller und lässt ihn mit einem leisen Klatschen in die Tasse zurückfallen. Mama bevorzugt schwachen Tee, er soll glühend heiß und schwach sein, nicht mit dem Beutel in der Tasse serviert werden, sondern in einer Kanne ziehen, all das weiß ich. Zu den Dingen, die ich tat, als ich jünger war, gehörte auch, Mama einen Tee zu machen, wenn sie müde war und Kopfschmerzen hatte. Tee und eine Stirnmassage. *Du hast gute Hände,* sagte Mama immer, *sie können Nerven beruhigen, die zerknittern.*

Der Geruch von Katzenpisse schlägt uns schon entgegen, als Mama den Mietwagen vor dem Haus der Katzenzüchterin parkt. Mama reckt ihre große Nase in die Luft – die Nase, die ihre Schönheit paradoxerweise sowohl entstellt als auch unterstreicht – und schnuppert und sagt:

»Nichts riecht schlimmer als Katzenpisse! Bist du sicher, dass du eine Katze haben möchtest?«

Es soll geredet, es soll Tee getrunken werden. In dem Ferngespräch aus den USA nach Norwegen hat die Züchterin erklärt, dass sie die Mutter von Angesicht zu Angesicht treffen möchte. Sie verkaufe ihre Katzen nicht an jeden. Da kann man noch so sehr ein Filmstar sein, die Katzenzüchterin interessiert sich ausschließlich für das Wohl und Wehe der Katze und hat aus diesem Grund einen eigenen Anerkennungsprozess entwickelt. Es ist nicht gesagt, dass man die Katze beim ersten Besuch, oder jemals, mitnehmen kann. Sie betreibt ihre Katzenzucht nicht wegen des Geldes, wiederholt sie, als wir alle gemeinsam am Tisch sitzen und Tee trinken und Kekse essen.

»Ein *bisschen* schon wegen des Geldes«, murmele ich auf Norwegisch. Schließlich weiß ich, dass die Katze tausend Dollar kostet.

Mama gefällt es nicht, dass ihr Mädchen so sarkastisch geworden ist. Das passiert immer öfter. Und unverschämt. Auch das passiert immer öfter. Mama sagt nette Dinge zu der Züchterin, über das Wohnzimmer und die vielen Katzenskulpturen, über die langen, wallenden Haare, über die Katze, die auf Mamas Schoß gesprungen ist und sich dort zum Schlafen niedergelassen hat. Sie sagt nichts über den Gestank oder den lauwarmen Tee, über die fleckige Tischdecke. Mama kann eine Eisenstange dazu bringen, sich zu verbiegen und sich gesehen und geliebt zu fühlen. Ich halte den Mund. Ich habe nicht die gleiche Wirkung auf Menschen wie Mama. Ich habe viel zu große Zähne und viel zu viel Zahnspange im Mund, um das Gefühl zu haben, dass es sich lohnen könnte, irgendetwas zu sagen, außerdem bin ich eindeutig nicht in der Lage, Menschen so weit zu bringen, sich gesehen und geliebt zu fühlen. Perserkatzen in unterschiedlichen Stadien ihres Katzenlebens liegen und treiben sich in dem mit Möbeln überfrachteten Zimmer herum – auf den Sofas mit den weichen Kissen mit denselben schnauzenrosa Bezügen wie die Esszimmerstühle, auf den katzenhaarinfizierten Teppichen unter den Sofas, auf den Fensterbänken um die größten Porzellanfiguren geschlungen, unter dem Riesenofen, der keucht und schnauft und bollert und Hitze ausdünstet. Die Züchterin sagt der Mutter, dass sie im Grunde nichts davon hält, ihre Katzen an Familien mit Kindern zu verkaufen. Ich schubse die große Katze von Mamas Schoß, um mich selbst darauf zu setzen, ich bin eigentlich zu groß, um auf ihrem Schoß zu sitzen, das weiß ich, aber jetzt setze ich mich auf Mamas Schoß.

»Können wir nicht bald gehen?«, murmele ich auf Norwegisch, »ich will hier nicht mehr herumsitzen. Sie ist doch seltsam.«

Mamas rasende Wut kommt ohne Vorwarnung. Sie lächelt

weiter die Züchterin an, aber ich spüre den Zorn in ihrer Gänsehaut. *Dieses Kind, das viel zu groß und zu schwer ist und auf meinen Schoß gekrabbelt ist und das quengelt und sich aufspielt und alles so schwierig macht.*

»Es ist nicht einfach, eine *Frau* zu sein«, sagt die Mutter halb zu sich selbst und halb an die Katzenzüchterin gewandt. Die Katzenzüchterin nickt.

Wenn Mama das Wort *Frau* sagt, spricht sie jedes Mal kursiv. Es ist für jeden, auch für mich, offensichtlich, dass Mama, wenn sie davon redet, eine *Frau* zu sein, von etwas weitaus Komplizierterem spricht, als dass sie schlicht weiblichen Geschlechts ist. So bin ich selbst weit davon entfernt, eine *Frau* zu sein. Ich bin das Gegenteil von *Frau*. Ich bin ein Mädchen, aber nicht kursiv. Ich erinnere mich, dass ich in der Schule einmal etwas über Destillate gelernt habe, und denke, wenn man Mama bei einer Temperatur von tausend Grad kochen würde, wäre das, was übrigbliebe, das Destillat – *die Frau*. Ich stehe von ihrem Schoß auf und gehe in die Küche. Finde ich die Katze, die ich mitnehmen werde? *Meine* Katze. Das war die Abmachung. Mama regelt das. Meistens hält sie sich an unsere Abmachungen, außer wir haben verabredet, dass sie mich anruft.

Deine Mutter ist die aufrichtigste Lügnerin der Welt, sagt Papa mit einer gewissen Bewunderung.

Sie sind wie verlorene Söhne, die beiden, die Mutter und der Vater, jeder auf seine Art, jeder auf seinem Planeten, die geliebten jüngsten Kinder, die darauf warten, dass das Mastkalb geholt und für sie geschlachtet wird, die essen und ein Fest feiern und tot sein und lebendig werden und verloren gehen und wiedergefunden werden wollen, auf dass dieses Spiel niemals enden möge.

Und die Abmachung mit Mama lautete: Ich fahre weg von Heidi und ziehe mit dir in die USA, wenn du mir erlaubst, eine Katze zu bekommen. Ich will kein Mastkalb, ich will eine Katze. Ich will auch kein Kind sein, doch dazu werde ich leider noch einige Jahre gezwungen sein.

In der Küche knirscht es unter meinen Füßen, große Teile des Fußbodens sind von Katzenstreu bedeckt, und eine fette, weiße Perserkatze kackt in das Katzenklo an der Küchentür und schaufelt Sand darüber, auf der Arbeitsfläche liegt vergessen auf einem Teller ein halb verspeistes Schinkensandwich. Mama und die fremde Frau unterhalten sich im Wohnzimmer. Ich gehe von Zimmer zu Zimmer, und vielleicht liegt es am Jetlag, vielleicht an der Wärme, vielleicht am Geruch von Katzenpisse; das Ganze hat etwas von der alptraumhaften Wattigkeit des helllichten Morgen.

Ein paar Jahre zuvor beendete Mama das Buch, mit dem sie sich so abgemüht hatte, jeden Tag saß sie in ihrem Haus in Strømmen im Keller und schrieb und schrieb, und der Blätterstapel wurde immer höher, die Nerven zerknitterten, wir bekamen einen Farbfernseher, Mama tanzte rundherum und fiel und benötigte Hilfe, um sich hinzulegen, sie weinte und sagte, sie könne nicht mehr, Mannsbilder over and out, das Telefon klingelt und klingelt, und alle zerren an ihr, und am Ende war das Buch dann fertig. Als es in den USA erschien, begleitete ich sie in eine große Buchhandlung in New York und saß stundenlang neben ihr hinter einem Tisch, während die Leute Schlange standen, um das Buch zu kaufen und es sich von ihr auf dem Titelblatt signieren zu lassen, jemand streichelte meine Wange, jemand weinte, jemand machte Fotos. Im ersten Kapitel schreibt Mama: »Ich möchte über Liebe schreiben, darüber, ein Mensch zu sein – über Einsamkeit – darüber, eine Frau zu sein.« Alles Dinge, finde ich, über die es sich zu schreiben lohnt. Eines Tages werde ich erwachsen sein, was aber leider noch viele Jahre dauern wird. Als wir in die USA ziehen, bin ich zwölf, und ich wünschte, die Kindheit verginge etwas schneller, ich bin nicht gerne Kind, ich mag keine anderen Kinder, ich mag ihre Blicke nicht, ihr Flüstern, die Haare, die Geheimnisse, ich sehne mich nach Heidi, die auch ein Kind ist, aber auf eine Art, die ich verstehe. Ich bin seit drei Tagen in den USA und sehne mich nach Heidi, wenn es doch nur etwas gäbe, was man tun könnte, um die Zeit schneller vergehen zu lassen.

Ich öffne die Tür zu dem Raum, der das Schlafzimmer der Katzenzüchterin sein muss. Sechs Katzenjunge kuscheln sich auf dem kleinen, ungemachten Doppelbett zusammen, sie nehmen mich erst wahr, als ich die Hand ausstrecke und versuche, sie zu streicheln. Die kleinste Katze, nicht größer als ein Lemming, hebt den Kopf aus dem Knäuel und faucht und beißt mir in die Hand, ich glaube, ich heule, aber es ist vollkommen still. Ich versuche, die Hand wegzuziehen, aber da schlägt die Katze erneut zu und langt diesmal richtig zu. Es tut weh. Es ist wie damals, als Heidi eine Glasscherbe von einer Colaflasche in meine Hand stach. Aber damals mit Heidi sollte ich bluten, wir wollten beide bluten, wir wollten unser Blut vermischen. Als ich die Hand hebe, hängt die Katze daran und baumelt in der Luft. Die anderen Katzen regen sich ganz schwach, nehmen kaum wahr, dass der Klumpen einen seiner Bestandteile verloren hat. Heidi sagte, der Schmerz betäube den Schmerz. Vielleicht stimmt das. Die Katze besteht vor allem aus Fell und kleinen Zähnen, Krallen, Herz und Knochen. Ich schüttele sie von meiner Hand ab.

Ich gehe durch die stinkenden Zimmer zurück und stelle mich in die Türöffnung zum Wohnzimmer. Mama und die Katzenzüchterin sitzen eng beisammen auf dem Sofa, in ein vertrauliches Gespräch vertieft, als wären sie ein Leben lang befreundet gewesen. Mama blickt auf und sieht mich.

»Eine der Katzen hat mich gebissen und gekratzt«, sage ich und spreize die Finger. Es rinnt etwas Blut aus der weichen Haut zwischen Daumen und Zeigefinger.

»Dann geh dir die Hände waschen«, sagt sie.

»Vielleicht bekomme ich jetzt Tollwut«, sage ich, »oder Wundstarrkrampf. Sie hat ganz schön fest zugebissen.«

Ich trete näher.

»Guck! Ich blute überall!«

Ich verdrehe die Augen.

Die Katzenzüchterin sieht von mir zu Mama. Sie versteht nicht, was wir reden. Mama sagt immer, dass ich nicht vergessen darf, Englisch zu sprechen, jetzt, da wir in den USA sind. *Remember to speak English, sweetie.* Ich betrachte die hässlichen grünen Augen der Katzenzüchterin. Ich glaube nicht, dass sie vorhat, uns die Katze zu geben, selbst wenn Mama tausend Dollar zahlt nicht.

Ich habe mit meinem Benehmen den *Anerkennungsprozess* in Gefahr gebracht. Typisch für das Mädchen!

»Meine Tochter hat sich die Hand in der Tür gequetscht«, flüstert Mama.

Oder schafft Mama es etwa doch? Sie kann Wolken dazu bringen, ihre Form zu ändern, Herzen dazu, schneller zu schlagen.

Mama winkt mir zu, dass ich zu ihr kommen und mich auf ihren Schoß setzen soll. Sie pustet auf meine Finger, sie pustet nicht da, wo es wehtut, aber es ist trotzdem schön.

Kindermädchen ziehen in das gelbe Haus ein und wieder aus. Ihr Job ist es, auf das Mädchen aufzupassen. Sie morgens aus dem Bett zu bekommen, sie mit Essen zu versorgen, ihr bei den Hausaufgaben zu helfen, mit ihr zur Ballettschule in New York zu fahren, sie in die kleine Stadt zurückzubegleiten, *fucking Wildnis*, sie abends ins Bett zu bringen.

Die Mutter hat sich überlegt, dass es schlau ist, diesmal *zwei* Kindermädchen anzustellen. Wenn eins von ihnen vor die Hunde geht, kann das andere übernehmen. Das Mädchen ist unmöglich, widerspenstig, schlicht kein *Scheißerchen* mehr, und die Mutter muss herausfinden, wie sie die Kontrolle über diesen Haufen aus Knochen und Mund und Knien und Zahnspange und Ausgaben und all dem behalten kann, was klammert und zurückweist und ihre Verantwortung ist. Die Mutter des Mädchens, langhaarig und wunderschön, hat so viel zu tun. Es ist 1978, und bald feiert sie ihren vierzigsten Geburtstag. Sie steht in einem langen, dünnen Kleid mitten im Raum, und alle kommen zu ihr und zerren an ihr. Küssen sie, streicheln sie, fingern an ihr herum, stoßen sie fort, schütteln sie, streichen ihr über das Haar, reiben ihr über den Bauch, lecken an ihr, drehen ihr die Nase herum, heben sie hoch, setzen sie ab, klopfen, rufen an, pochen, stechen, schwärmen, und es ist beim besten Willen nicht so, als würde der Vater des Mädchens auch nur *einen Finger rühren*. Keinen einzigen verdammten, kleinen Finger rührt er, um ihr zu helfen. Schreibt *ihm* jemand etwas über einen Schiffsuntergang? Fragt *ihn* jemand, wo sein Kind ist, oder wo *er* ist? Schüttelt *ihn* jemand und zerrt an ihm? Erdreistet sich jemand, ihn zu verurteilen – als *Vater*? Oh, nein. Er hat mehr als genug mit seinen Dämonen zu tun.

Die Mutter verdreht die Augen.

»Es gibt nur uns zwei«, sagt sie zur Tochter und drückt sie an sich.

Die beiden Kindermädchen stammen aus Schweden und sind zweiundzwanzig und vierundzwanzig und *betäubend schön.* Mama verspricht ihnen eine Menge Geld dafür, dass sie auf das Mädchen aufpassen. Es gibt kein Limit dafür, was man ausgeben muss, um sich gegen einen *Schiffsuntergang* abzusichern. Tausend Dollar im Monat soll jede bekommen. Mama wollte eigentlich tausend Kronen sagen, vertraut sie ihrer Tochter an, aber dann hat sie stattdessen tausend Dollar gesagt und sich nicht getraut, es zurückzunehmen, jedenfalls nicht, als die Mädchen sich ihr um den Hals warfen und sie mit Küssen überhäuften. Mama will niemanden enttäuschen. *Es ist schwierig, verstehst du. Ich schaffe es einfach nicht, jemanden zu enttäuschen.* Manchmal ist das Mädchen die Einzige, die ihr zuhört, und die Einzige, die sie trösten kann. Die Freundinnen der Mutter sagen, die Mutter müsse aufhören, sich der Tochter anzuvertrauen, man soll für seine Kinder keine Freundin sein, man soll ihre *Mutter* sein, sagen die Freundinnen, die Mutter ist theoretisch der gleichen Meinung und hält dies als einen weiteren Punkt auf ihrer Liste darüber fest, was eine gute Kindererziehung ausmacht:

1. Kinder müssen Milch trinken.
2. Kinder müssen in der Nähe von Bäumen wohnen.
3. Mütter sollen mit ihren Töchtern nicht befreundet sein und ihnen auch nichts anvertrauen, Mütter dürfen nicht vergessen, wer die Mutter und wer die Tochter, wer die Erwachsene und wer das Kind ist.

In den Geschichten, die der Vater erzählte, waren die jungen Frauen *betäubend schön*, mit Betonung auf dem Wort *betäubend*, das machte die Geschichten interessanter. Als das Telefon klingelt (das Telefon in dem gelben Haus ist groß und schwarz und flach und läutet so laut, dass man zusammenfährt) und es der Vater per Ferngespräch aus München ist, erzählt die Tochter ihm, dass sie in eine kleine Stadt in der Nähe von New York gezogen ist und dass sie mit zwei *betäubend* schönen Mädchen aus Schweden zusammenwohnt und es ihr sehr gut geht.

Mama kehrt immer seltener heim in das gelbe Haus. Jeden Morgen gehe ich bis zum Ende der Straße und warte auf den Schulbus. Die Schule ist für Mädchen und liegt mitten in einem großen Park. Die Schuluniform besteht aus einem grünen Schürzenkleid, einer weißen Bluse, braunen Schuhen, grünen Kniestrümpfen, knochigen Knien, die unter dem Kleidersaum herauslugen. Ich werde einer Klasse mit Mädchen zugeteilt, die jünger sind als ich – degradiert in eine Klasse mit kleinen Kindern, kleinen Hosenscheißern, *Elfjährigen*. Mein Englisch ist noch nicht gut genug, erklärt die Schulleiterin, eine verlebte und gefräßige Dame mit spitzen Brüsten.

»Du würdest dich völlig verloren fühlen, wenn ich dich in eine Situation brächte, in der du mit Gleichaltrigen verglichen werden müsstest«, erklärt sie.

»Völlig verloren?«, sagt Mama schwach und schaut zu mir hinüber. Wir sitzen im Büro der Schulleiterin.

»Ja«, sagt die Schulleiterin.

Ich starre sie an.

»Ist das nicht ein bisschen übertrieben«, flüstert Mama.

»Das Wichtigste ist, dass die Schüler sich geborgen fühlen«, entgegnet die Schulleiterin.

Das Klassenzimmer ist groß und hell mit großen, gewölbten Fenstern. Alle Kinder begrüßen höflich die neue Schülerin. Die Lehrerin heißt Miss French und unterrichtet Englisch. Sie ist so schön, dass ich begreife, was Papa mit *betäubend* meint, nicht als ein Wort, das eine gute Geschichte aufpeppen soll, sondern als etwas Wirkliches, als etwas, das existiert, etwas, das manche, von Gott auserkorene Frauen ausstrahlen. Miss French offenbart sich an der Tafel in all ihrer schrecklichen Schönheit und ist so gutgekleidet und bezaubernd und einladend, dass es um sie herum knistert, wenn sie sich durch das Klassenzimmer bewegt. Sie spricht leise, fast flüsternd, und die Schüler müssen sich vorbeugen, um zu hören, was sie sagt. Ich sitze in der hintersten Reihe und kneife die Augen zusammen, um sie nicht ansehen zu müssen.

Miss French und ich sind ein einziges Mal allein. Dazu kommt es an meinem allerersten Schultag. Ich überlebe es mit knapper Not. Das stimmt nicht ganz. Aber ich bekomme Fieber.

Sie nimmt mich in einen kleinen, fensterlosen Raum mit, in dem die Schuluniformen hängen.

»Das sind natürlich nicht die hübschesten Kleider der Welt«, sagt sie leise und freundinnenvertraulich.

Ich stehe in Unterhose und Strumpfhose und einer weißen, kratzenden Bluse im Raum. Ich mühe mich damit ab, mir das grüne Kleid über den Kopf zu ziehen.

»Aber du wirst sehen, mit der Zeit gewöhnst du dich an die Schuluniform, außerdem bleibt es dir so morgens erspart, dir den Kopf darüber zu zerbrechen, was du anziehen sollst.«

Sie lässt ein kurzes, grausames Lachen hören.

Sie reicht mir die Kniestrümpfe. Ich setze mich auf den Boden und ziehe sie über die Strumpfhose.

»Nein, nein«, flüstert sie. »Die Strumpfhose musst du ausziehen.«

»Aber ich will die Strumpfhose nicht ausziehen. Dann friere ich.«

»Oh, aber es ist nicht gestattet, unter den Kniestrümpfen eine Strumpfhose zu tragen.« Seidenweiche Stimme, sahnezarte Haut. Ihre Seidenstrümpfe glänzen, bestimmt solche, die man an einem Hüfthalter befestigt. Die Ohrringe glitzern, die Silberbrosche auf dem Revers des Jacketts blinkt. Ich frage mich, ob Miss French Mädchen hasst. Sie ist so hübsch, und wir sind so hässlich. Besonders ich. In dem Uniformenraum hängt ein länglicher Spiegel an der Wand. Ich stelle mich vor ihn. Miss French schleicht sich hinter mich wie milchweißer Frostrauch. Die Kniestrümpfe kratzen. Sie legt ihre Hand auf meine Schulter. Wir stehen so für einen Moment und betrachten uns im Spiegel. Meine Knie lugen unter dem Kleidersaum hervor und sind groß und blau wie Globen.

Jeden Tag ein schöneres maßgeschneidertes Kostüm als das andere. Tut sie das mit Absicht? Braucht sie mich, meine Hässlichkeit, meine Knochigkeit, *noch uneingeweiht*, um selbst zu strahlen?

Meine Katze wohnt in einem großen Verschlag mit Fenster. Ich trage die Matratze in den Verschlag und lege mich hin. Ich bin heiß und benommen. Ich sage, es liege daran, dass ich mitten im Winter in Kniestrümpfen herumlaufen müsse. Ich vergesse, das Fell der Katze zu bürsten, und es bekommt verfilzte Stellen und Knoten, die sich einfach nicht entwirren lassen. Die schwedischen Mädchen versuchen es, die eine hält die Katze auf ihrem Schoß fest, und die andere befeuchtet ihre Haarbürste und geht so vorsichtig durch die Mähne, wie sie nur kann. Trotzdem bürstet sie zu hart, und es lösen sich große Fellbüschel von dem Katzenkörper. Als sie fertig sind, ist die Katze von Wunden und großen, unbehaarten Stellen übersät.

Eines der schwedischen Kindermädchen verliebt sich in einen Typen mit Stirntolle. Er verwandelt das gelbe Haus in einen süßlich duftenden, rauchgeschwängerten Ort mit vielen Zimmern und Stimmen und Musik. Der Rauch und die Süße umhüllen uns alle. Die Nachbarn sehen überhaupt nicht gern, was da vor sich geht. Sie finden, dass weder Mama noch die Schwedinnen noch das magere kleine Mädchen oder die ungepflegte Katze in die Nachbarschaft passen.

Alleinstehende Mutter mit tiefem Ausschnitt kommt und geht.

Dubiose schwedische Frauen kommen und gehen.

Mageres Mädchen (das die Augen zusammenkneift, wenn du mit ihr sprichst) kommt und geht.

Jeden Nachmittag bereiten die beiden Schwedinnen ein eigenartig gewürztes Eintopfgericht zu, das niemand essen will. Zumindest ich nicht. Aus der Sauce ragen kleine, weiße Knochen heraus. Der Topf bleibt köchelnd auf dem Herd stehen. Eines Tages werden wir zu einer Nachbarin eingeladen, Mrs Lyndon. In der Nachbarschaft hat man sowohl Alice Cooper als auch Bette Davis willkommen geheißen, und was sind schon zwei verhurte schwedische Kindermädchen und eine magere Filmstartochter im Vergleich zu denen? Mrs Lyndon hat mehrere Kinder, die älteste Tochter ist genauso alt wie ich und geht in die öffentliche Schule, in die ich auch gerne gehen würde.

»Das ist deine Chance, Freunde zu finden«, sagt Mama am Telefon. Ich nicke. Sie kann nicht sehen, dass ich nicke, und reagiert gereizt, als ich nicht antworte. Sie sagt, dass ich nicht vergessen darf, mir die Haare zu bürsten und mich gut zu benehmen. Ich nicke noch einmal.

»Kann ich bitte kurz mit einem der Mädchen sprechen«, sagt Mama. »Ich möchte ihnen sagen, dass sie nicht vergessen dürfen, dich daran zu erinnern, dass du dir die Haare kämmen sollst.«

»Daran denke ich schon selbst.«

»Okay.«

»Möchtest du jetzt mit ihnen reden?«

»Nein, dann muss ich nicht mehr mit ihnen reden.«

»Tschüss. Ich finde, wir sollten jetzt auflegen«, sage ich, »ich muss Hausaufgaben machen.«

»Scheißerchen …« Die Stimme ist unsicher.

»Ja, was ist?«

»Denk daran, dass du dich gut benimmst.«

»Ich benehme mich immer gut.«

Mama zögert. Sie will protestieren. Sie findet nicht, dass ich mich *immer* gut benehme, und dies ist möglicherweise etwas, worüber wir reden sollten, ehe die Dinge … eskalieren … untergehen … aber sie hat gerade keine Zeit, jemand wartet auf sie.

»Du benimmst dich gut, wenn du dich gut benehmen *willst*«, sagt sie, und ihre Unsicherheit ist jetzt verschwunden, und daraufhin sagen wir Tschüss und legen auf.

Mrs Lyndon hat Käse und Kekse und Saft und für die Erwachsenen Kaffee und Tee auf den Tisch gestellt. Um einen großen Couchtisch gruppiert stehen vier weiche Sofas. Sie sind hellrot. Ich strecke mich vor und nehme mir einen Keks. Ich hoffe, dass es keiner sieht, denn Mrs Lyndon hat uns noch nicht aufgefordert, uns zu bedienen. Auf den Sofas liegen zahlreiche Schmuckkissen. Man muss sich jedes

Mal gewissermaßen durch sie hindurchwühlen und Anlauf nehmen, wenn man sich von der Platte auf dem Couchtisch bedienen möchte. Der Keks schmeckt gut. Er ist dünn und knusprig und salzig, wie Chips, ähnelt aber eher richtigem Essen als Chips, vielleicht ist ein Kraut oder grobes Mehl der Grund dafür, dass er so schmackhaft ist. Ich nehme mir noch einen und bestreiche ihn mit etwas Käse. Mrs Lyndon sieht mich an, lacht kurz und sagt: »Bitte sehr.«

»Wer möchte Tee«, sagt sie, »wer möchte Kaffee?«

Die schwedischen Kindermädchen antworten, dass sie gerne Tee nehmen, ich frage, ob ich ein Glas Wasser bekommen kann. Das Mädchen in meinem Alter ist von Mrs Lyndon dazu angehalten worden, mir Fragen nach meinem Heimatland zu stellen.

»Gibt es bei euch in Norwegen Bürgersteige?«, fragt das Mädchen und glotzt mich und die schwedischen Kindermädchen an. Ich habe einen Keks im Mund und kann nicht antworten.

Die schwedischen Kindermädchen lachen und sagen, dass wir Bürgersteige und Straßen und Gebäude und Autos und Sommer und Winter und Städte und Felder und Vögel und Kinos haben genau wie hier.

»Wir kommen aus Schweden«, sagen sie, sich gegenseitig ins Wort fallend, »und sie hier stammt aus Norwegen«, fügen sie hinzu und umarmen mich kurz.

»Ah ja«, sagt sie, die in meinem Alter ist, und schaut zur Decke.

»Das ist sehr interessant«, sagt Mrs Lyndon und sieht so aus, als meinte sie es tatsächlich. »Aber die Sprachen sind sich ähnlich, nicht wahr? Ihr versteht euch gegenseitig?«

»Oh ja«, sagen die schwedischen Kindermädchen und umarmen mich noch einmal. »Außerdem spricht diese junge Dame Norwegisch und Schwedisch, das ist also gar kein Problem.«

»Interessant«, sagt Mrs Lyndon wieder und lächelt mich an. »Norwegen und Schweden sind schöne Länder. Ich wollte immer einmal nach Skandinavien reisen.«

Ich nehme mir einen neuen Keks. Das Mädchen, das in meinem Alter ist und Ashley heißt, gibt der Mutter mimisch zu verstehen, dass sie gehen möchte. Sie muss bald zum Training (Turnen? Basketball? Cheerleading? Theater?), und die eine oder andere (Lisa? Kimberley? Mary? Michelle?) wartet auf sie, und jetzt hat sie lange genug hier herumgesessen. Mutter und Tochter glauben, dass ich sie nicht sehen kann, aber das kann ich. Ich nehme mir noch einen Keks und bestreiche ihn besonders dick mit Käse. Ich habe beschlossen, nach diesem Keks bis tausend zu zählen, ehe ich mir wieder einen nehme.

»Und wie gefällt es dir hier?«, sagt Mrs Lyndon und lächelt mich an.

Wenn sie lächelt, wird ihr Mund zu einem Schmuckstück aus kleinen, weißen Zähnen. Ich habe einen vollen Mund und möchte nicht reden, ehe ich alles hinuntergeschluckt habe, und zeige auf meinen Mund, wie man es tut, wenn man sagen will, *einen Moment, bitte, lassen Sie mich das nur kurz hinunterschlucken, damit ich Ihnen ohne vollen Mund antworten kann.* Um das Ganze ein wenig zu beschleunigen, leere ich mein Wasserglas und schlucke den Rest des Kekses, ich wische mir Wasser und Kekskrümel von der Lippe. Ich habe eine Stoffserviette. Alle haben Stoffservietten bekommen. Ich weiß nicht, wohin ich sie legen soll, als ich damit fertig bin. Manchmal wird mein Englisch schlechter, als es in Wahrheit ist. Wenn Erwachsene, die ich nicht kenne, mir Fragen stellen, vergesse ich Worte und fange an zu stottern. Um dieses Problem zu überspielen (das plötzlich auftritt, wie ein Stechen im Herzen), schaue ich zu Boden und murmele. Oder kneife die Augen zusammen.

»Nun … danke … dass Sie mich danach fragen … entschuldigen Sie bitte mein Englisch … mir gefällt es sehr gut hier.«

»Wie schön«, sagt Mrs Lyndon. »Vielleicht können du und Ashley ja einmal etwas gemeinsam unternehmen. Ashley geht turnen, hast du Lust, sie zu begleiten?«

Ashley sieht ihre Mutter entsetzt an. Ihre Augen werden zu zwei dünnen Strichen. Ich kann mit meinen Augen exakt das Gleiche machen.

»Ich glaube nicht, dass ich Zeit habe, zum Turnen zu gehen«, sage ich, nun in fließendem Englisch, »ich tanze Ballett.«

»Sie hat Ballettstunden in New York«, erläutert eines der beiden schwedischen Kindermädchen, »drei Mal in der Woche begleiten wir sie mit dem Zug hin und zurück.«

»Ach, sieh einer an«, sagt Mrs Lyndon und klatscht in die Hände, »dann war Turnen mit Ashley keine so gute Idee, nicht?«

Danach weiß nicht einmal Mrs Lyndon, was sie noch sagen soll, so dass es rund um den Couchtisch vollkommen still wird.

Ich möchte noch einen Keks. Ich habe bis 234 gezählt. Ich will es schaffen, bis 500 zu warten. Die Kekse sind salzig und schmecken nach Kräutern, und das Knuspergeräusch ist am besten, wenn es einem gelingt, auf die richtige Art zu kauen, nicht zu fest und nicht zu sachte.

Bevor wir hierherkamen, hatten wir gegessen, die schwedischen Kindermädchen hatten für uns drei belegte Brote gemacht, und wir hatten uns ein bisschen herausgeputzt, und sie meinten, es sei doch spannend, Nachbarn zu treffen, und vielleicht würde ich mich ja mit dem Nachbarmädchen anfreunden. Er ist salzig. 475, 476, 477. Ich warte nicht bis 500, aber diesmal richte ich mich resolut auf und gehe vor dem

Couchtisch auf die Knie. Ich bestreiche einen neuen Keks. Ich esse ihn erst, als ich mich wieder auf die Couch gesetzt habe.

»Hast du Hunger, meine Kleine?«, sagt Mrs Lyndon. Sie lächelt und zeigt auf die Platte. »Ich kann gerne noch ein paar holen.«

An den Abenden kommt der Typ mit der Stirntolle zu Besuch, manchmal hat er einen Freund dabei, manchmal kommt er allein, er möchte nichts von dem gewürzten Eintopf auf dem Herd, und daraufhin machen die Schwedinnen ihm etwas anderes. Einen grünen Salat. Ein Käsesandwich. Eines Abends bietet er mir an, an seiner Zigarette zu ziehen. Ich weiß, dass es Marihuana ist.

»Nein, nein«, sagt eines der beiden Kindermädchen, »leg das weg, John, lass das.«

»Sie kann es doch mal probieren«, sagt er. Er setzt sich auf die Sofakante und stellt mir Fragen zu Godards *Zwei oder drei Dinge, die ich von dir weiß*. Als ich sage, dass ich den Film nicht gesehen habe, nur *Außer Atem*, reden wir stattdessen über *Harakiri*, denn den habe ich zwei Mal gesehen, und er hat noch nie mit einem Kind gesprochen, das *Harakiri* gesehen hat, sagt er.

Mama wohnt in einer Wohnung mitten in Manhattan mit Aussicht auf den Central Park und wird bald die Hauptrolle in einem Broadway-Musical spielen, das von Mama handelt, nicht von meiner Mama, sondern *einer* Mama. Die Mama im Musical kommt auch aus Norwegen, und sie tut alles für ihre Familie, *Die Familie Hansen*, die zu Anfang des vorigen Jahrhunderts in der Steiner Street in San Francisco wohnt. Der Papa hat seine Arbeit verloren, sie haben kaum Geld, aber dank der Geistesgegenwart der Mama gibt es nichts, was sie oder den Papa oder die Kinder brechen kann. Meine Mama kann weder singen noch tanzen, aber sie ist eine Kombination aus endlos vielen Variablen und hat die Rolle angenommen. Warum sollte sie nicht am Broadway singen und tanzen? Eine der Variablen ist eine katastrophale Unbeholfenheit, eine andere ist Koketterie, eine dritte ist Übermut, eine vierte ist Verletzlichkeit, eine fünfte ist Unwiderstehlichkeit, eine sechste ist eine schmerzliche Sehnsucht, die weder Anfang noch Ende kennt. Sie hat mehrere Solonummern und trifft keinen einzigen Ton in keinem einzigen Lied.

Haare in den Augen, nicht straff nach hinten und dort zu einem ordentlichen Ballett-Dutt gefasst, kein ordentlicher *turnout*, genauso dünn wie die begabten Ballettmädchen, aber nicht genauso begabt, dünn, weil sie so geboren ist, nicht, weil sie nicht isst oder erbricht, was sie isst, das Mädchen isst die ganze Zeit, nur keine Eintöpfe mit Knochen, die aus der Sauce ragen, sie wird einfach niemals satt, bleibt aber dünn, so dünn wie eine frisch geschlüpfte Raupe – ja, so dünn wie die Raupe in dem Buch, bevor sie sich durch einen roten Apfel, zwei Birnen, drei Pflaumen, vier Erdbeeren, fünf Apfelsinen, einen Schokoladenkuchen, eine Eiscreme, eine Gewürzgurke, ein Stück Schweizer Käse, eine Scheibe Salami, einen Lutscher, ein Stück Kirschtarte, eine Wurst, einen Cupcake, eine Scheibe Wassermelone, ein grünes Blatt frisst, *aber eines Tages wird sie ein fucking Schmetterling sein*, sagt der Typ mit der Stirntolle, der auf der Seidencouch in dem gelben Haus sitzt und einen Joint raucht und über Antonionis *Blow Up* schwadroniert. Die beiden schwedischen Kindermädchen lachen. Der Typ zeigt auf das Mädchen.

»Den hast du nicht gesehen?«

Sie schüttelt den Kopf.

»Weißt du, Antonioni ist besser als dein Vater.«

»Okay.«

»Interessiert sich mehr für die Welt um ihn herum.«

»Okay.«

»Interessanter.«

»Okay.«

»Wollen wir zwei uns irgendwann *Blow Up* ansehen?«

»Okay.«

Außer ihm gibt es jedoch niemanden, der etwas über das Mädchen und Schmetterlinge sagt oder sie ins Kino einlädt.

Zwei Mal inszenierte der Vater Gombrowicz' *Yvonne, die Burgunderprinzessin.* Das Stück handelt von einem Prinzen, der sich langweilt und aus lauter Verzweiflung (weil er sich so fürchterlich langweilt) die hässliche und stumme Burgunderprinzessin heiratet. Die Eltern des Prinzen sind schockiert. Der Hof ist schockiert. Ich weiß nicht, was schlimmer ist, dass die Prinzessin hässlich ist oder dass sie nichts sagt. Am Ende bringen sie die Prinzessin um. Ich glaube, der Vater des Mädchens war mit der Inszenierung in München unzufrieden, die Kritiken waren schlecht, er bekam es nicht richtig hin, sie schrieben, er habe die Kontrolle verloren.

Über den Unterschied zwischen Männern und Frauen schreibt Gombrowicz in seinem Tagebuch:

»Mit ihrem Bedürfnis zu gefallen, verrät sie sich fortwährend selbst und wird auf diese Art keine Königin, sondern eine Sklavin, und statt wie eine begehrenswerte Göttin zu wirken, wirkt sie wie eine katastrophale Unbeholfenheit, die versucht, eine für sie unerreichbare Schönheit zu erobern.«

Die Mutter wirkt wie alles andere als eine katastrophale Unbeholfenheit. Ich würde eher sagen, dass sie wie eine begehrenswerte Göttin wirkt, die ihre katastrophale Unbeholfenheit zu verbergen sucht.

Für die Mutter war es wichtig, wie die Dinge wirkten. Wie sie selbst wirkte. Wie alles um sie herum wirkte. Sie entstand, indem sie wirkte.

Die Mutter ist keine Göttin, ihre Schönheit ist vielmehr von jener Art, die jedem und keinem gehört – wie ein Nationalpark. Wenn das Mädchen sie vor sich sieht, sieht sie viele verschiedene Gesichter hinter- oder aufeinandergelegt. Sie fragt sich, ob die Mutter eine eigene Schönheit besitzt – ein eigenes Gesicht –, die nur für das Mädchen existiert. Wie sieht die Mutter aus (überlegt das Mädchen), wenn sie mich ansieht, ohne dass es jemand sieht, dass sie mich ansieht.

Der Nobelpreisträger sagt, er habe begonnen, an allem zu zweifeln.

Die Mutter und der neue Geliebte essen Spaghetti bolognese in einem kleinen italienischen Restaurant in New York. Die Mutter trägt ein langes, dunkelrotes Kleid, das über den Brüsten spannt. Vielleicht denkt er: Vor gar nicht mal so langer Zeit war sie eine der schönsten Frauen der Welt.

Der Nobelpreisträger fühlt sich in einer Weise mit dem Vater des Mädchens verbunden, die er nicht wirklich erklären kann. Die Mutter hatte viele Geliebte, der Vater des Mädchens war einer von ihnen, und die anderen Geliebten waren neugierig auf ihn, stellten Fragen zu ihm, kamen ihm näher, indem sie mit der Mutter zusammen waren. Der Nobelpreisträger hätte sich mit dem Vater des Mädchens über Musik unterhalten können, denkt er, und setzt an, der Mutter des Mädchens von einer Kindheitserinnerung zu erzählen, von dem Dirigenten Fritz Reiner und Mozarts *Symphonie Nr. 40*, und danach möchte er von den Händen seiner jüngeren Schwester am Flügel erzählen, aber ehe er so weit kommt, sagt die Mutter des Mädchens mit eifriger Stimme:

»Oh, ich *liebe* Mozart!«

Der Nobelpreisträger hält inne, wechselt das Gesprächsthema.

Die Mutter wird oft die *Muse* des Vaters genannt. Der Vater wird nicht die Muse der Mutter genannt. Er war Mann, sie war Frau, er war älter, sie war jung, er suchte, sie wurde entdeckt, er sah, sie wurde gesehen. Dies in aller Kürze. Er erschuf, sie inspirierte. Der Vater hatte neun Kinder, aber keines dieser Kinder, weder die Jungen noch die Mädchen, wurde als Muse bezeichnet, die Kinder standen der schöpferischen Arbeit im Weg, das fanden wohl sowohl die Mütter der Kinder als auch der Vater der Kinder, die Mütter übernahmen die Verantwortung – auch dies in aller Kürze. Fast alle Mütter (es waren fünf Mütter, verteilt auf neun Kinder, ergänzt um die Mutter des Vaters, die eine sechste darstellt) sind als Musen bezeichnet worden. Ingrid, seine letzte Frau, war praktisch veranlagt, und deshalb liebte er sie am meisten. Und trauerte um sie, als sie starb. Trauerte so inniglich, dass er selbst sterben wollte. Der Vater betrachtete es als eine Voraussetzung für eine dauerhafte Liebe, dass die praktischen Belange geregelt waren. Das gilt für die Liebe, und das gilt für die schöpferische Arbeit. Der Vater bezeichnete die Frauen in seinem Leben nicht als Musen. Ich glaube nicht, dass er dieses Wort benutzte. Er bezeichnete Frauen als Stradivari – Geigen – Instrumente –, aber nicht als Musen.

Auf Norwegisch ist *Muse* ein etwas lächerliches Wort, weil wir nicht umhin können, an die Maus (das Nagetier – *musa*) und die Möse (das weibliche Geschlechtsorgan – *musa)* zu denken. Im frühen 18. Jahrhundert schrieb der Dichter Petter Dass mehrere Briefe an die Dichterin Dorothe Engelbretsdatter, unter anderem diesen:

»Matrone! Was ist los?
…
Wie steht es um
Frau Minervas Dinge?
Hat sie alle Freud verlassen
Und verharrt in Trauertagen?

Ist nun des Parnasses Schloss
Schlicht verwirrt und öd?
Ist die Muse bankrott?
Sind alle Nymphen tot?
Hat aller Dichter Freundin
Ihr Schreibwerkzeug verlegt?
Sind Tinte, Blatt und Stift
Verschwunden und verloren?«

Petter Dass wartete und wartete auf eine Antwort. Er bewunderte sie und sprach sie nicht als *seine* Muse an, man erkennt an der Versform, dass er sie als Dichterin sah, eine ihm ebenbürtige. Als er keine Antwort bekam, erkundigte er sich, ob *ihre* Muse bankrott und ob dies der Grund dafür sei, dass sie ihm nicht schrieb. Damit kam er Baudelaire 150 Jahre zuvor – bekanntermaßen verfasste Baudelaire ein Gedicht über die *kranke* Muse.

Ich denke, wenn er mir geschrieben hätte, dann hätte ich ihm geantwortet. Wenn ich einen Brief bekäme, oder wahrscheinlich wohl eher eine E-Mail, in welcher der Briefschreiber, statt mit einem einfältigen »Hallo« und meinem Vornamen und vielleicht sogar mit einem Smiley zu beginnen, schriebe, »Matrone! Was ist los«, hätte ich nicht gezögert, ihm zu antworten.

Der Vater sagte über die Mutter, sie sei seine Stradivari. Ich habe niemals gehört, dass sie ihre Unzufriedenheit mit dem Begriff Muse oder Stradivari zum Ausdruck gebracht hätte.

Möchte sie wirklich eine *Geige* sein?

König Pierus hatte neun Töchter und meinte, sie seien so schön, dass sie die neun Musen in den Schatten stellen könnten, doch da irrte er sich: Hochmut kommt vor dem Fall, und die neun Töchter wurden in Elstern verwandelt.

Es gibt schlimmere Schicksale: Die Existenzberechtigung einer Muse besteht darin, ein Spiegel für den großen Künstler zu sein. Ohne den Künstler keine Muse. Eine Elster ist niemandes Spiegel, sie wird ohne Hilfe anderer sichtbar, ja, tatsächlich ist es so, dass die Elster in der Lage ist, ihr eigenes Spiegelbild zu erkennen. Das können nicht viele Tiere, einzelne Affenarten, natürlich, zum Beispiel Bonobos, manche Delfine und eine spezielle Ameisenart. Was die Ameise betrifft, so hat man festgestellt, dass sie sich putzt, nachdem sie sich im Spiegel betrachtet und einen Fleck auf dem Kopf bemerkt hat, während sie sich nicht putzt, wenn sie dort keinen Fleck hat. Auch zu Elefanten liegen Untersuchungen vor. Manche Elefanten erkannten sich im Spiegel, allerdings nicht alle. Die Untersuchungen zu Elefanten wurden jedoch dadurch erschwert, dass die Spiegel nicht groß genug waren.

Vielleicht kann sie ja auch meine Muse sein, denkt der Nobelpreisträger und sieht die Mutter des Mädchens an. Jahre später, als er in einem Flughafen auf einen verspäteten Flug wartet, skizziert er, basierend auf langjähriger Forschung im Bereich der Immunologie, eine Theorie über die Bedingungen des Erinnerungsvermögens. Da waren er und sie seit vielen Jahren getrennt, so dass er vielleicht keine Muse benötigte, oder eine Elster, oder einen Spiegel, sondern bloß ein verspätetes Flugzeug?

Einerseits soll alle Welt sehen, dass er eine Frau wie sie bekommen kann, andererseits beschleicht ihn der Verdacht, dass sie nicht die ist, die er haben will. Sie ist vierzig. Sie macht sich auf der Bühne lächerlich (er findet das Singen und Tanzen nicht einnehmend, er findet es peinlich). Es gibt einen Bogen, der sich vom Gefühl des Stolzes zum Gefühl der Scham spannt, und der Nobelpreisträger ist immer unsicher, wo und an welchem Ende des Bogens er sich befindet. Diese kontinuierliche Unsicherheit ist seine größte Schwäche.

Vor seinem inneren Auge sieht er die Finger seiner jüngeren Schwester auf der Tastatur, ihre winzig kleinen Hände. Er öffnet den Mund, um ihr von den Händen der jüngeren Schwester zu erzählen, hält jedoch inne, *oh, ich liebe Mozart* hängt weiter im Raum wie ein übler Geruch.

Die Mutter erzählt dem Mädchen, dass der Nobelpreisträger versucht, ein Gehirn herzustellen. Eines Tages ist die Mutter mit ihm in seinem Labor. Das Einzige, was ihr davon in Erinnerung bleibt, sind die vielen Ratten überall, und die Zweifel daran, dass ihre Beziehung eine Lebensberechtigung hat. Sie empfindet immenses Mitleid mit den Ratten, gleichzeitig findet sie die Tiere ekelhaft.

Die Mutter des Mädchens nennt es Verliebtheit, aber das gilt nur für die ersten Wochen, viele Jahre später sagt sie, er sei *ein Monstrum* in ihrem Leben gewesen.

Als er jünger war, spielte er Klavier. Um Zeit für sich zu haben, setzten die Eltern ihn und seine jüngere Schwester häufig in eine Theaterloge in der Carnegie Hall. Bruder und Schwester saßen mucksmäuschenstill und lauschten, als Fritz Reiner Mozart dirigierte. Er hätte der Mutter des Mädchens vom weißen Kleid der Schwester erzählen können, den langen, schwarzen Haaren, zu einem hübschen Zopf mit einer Schleife am Ende geflochten, ihrer kleinen Hand in seiner, tut es aber nicht. Stattdessen hebt er die Hand und winkt ihr mit dem Zeigefinger zu.

»Wir können nicht einmal genau sagen, was im Gehirn dafür sorgt, dass mein Finger dir zuwinkt«, sagt er.

Der Mutter des Mädchens fällt der hübsche Fingernagel auf, die kleine, glatte Hand. Seine Nägel sind gepflegter als ihre.

Sie hebt den eigenen Zeigefinger und winkt zurück.

So sitzen sie eine Weile da und winken einander mit dem Zeigefinger zu.

»Ich weiß mit Sicherheit, dass ich nicht du bin«, sagt er, ein wenig abrupt vielleicht, und die Mutter zuckt zusammen. Sie träumt von einer Liebe, in der man so ineinander aufgeht, dass man nicht mehr weiß, wer eigentlich wer ist. Der Nobelpreisträger spricht jedoch nicht von Liebe, er spricht davon, wie schwierig es ist, genau zu verstehen, was im Gehirn die Motorik des Menschen steuert und dass wir die Summe unserer Bewegungen sind.

»Nichts steht still. Nichts ist festgelegt. Alles ist Bewegung.«

»Hm«, sagt die Mutter und fragt sich, wie lange sie noch so sitzen bleiben und sich zuwinken wollen.

Er zieht die Hand zurück.

Er trinkt einen Schluck Wein. Sie ist still. Und dann sagt er:

»Stell dir die Gehirnrinde vor …«

Sie stellt sich das blaue Porträt ihres Vaters vor, alle Nuancen von blau. Sie will ihn nicht unterbrechen, will nichts Dummes sagen, manchmal kommt sie sich dumm vor, sie hat eine Art, Männer anzusehen, die diese dazu verleitet, sich wie Genies zu fühlen. Selbst Genies *fühlen* sich wie Genies, wenn die Mutter sie ansieht.

»Die Komplexität der kleinen Dinge«, sagt er.

»Die Komplexität der kleinen Dinge«, wiederholt die Mutter und spürt, dass sie Kopfschmerzen bekommt. Es ist keine Migräne, sie leidet nicht an Migräne. Ihre Kopfschmerzen sind eine Form von Juckreiz, eher etwas Unangenehmes als ein Schmerz, als rieselte es in ihr. Die lebende Gehirnmasse ist hellrot und nicht grau. Sie denkt, sie würde gerne sagen, dass die lebende Gehirnmasse hellrot und nicht grau ist, er, der schon so viele Gehirne gesehen, jedoch sicher nur graue Gehirnmasse gesehen hat, sie wird grau, wenn sie stirbt, er kann schließlich nicht in einem lebenden Gehirn schneiden. Sie denkt, dass sie nichts davon sagen sollte, dass es bestimmt nicht relevant ist. Es ist ein ewiges Rieseln in ihrem Kopf, wenn es ihr so geht. Nerven, die zerknittern. Sie trinkt mehr Wein, das hilft ihr meistens, sich zu beruhigen.

Sie hat Lust zu sagen, am besten ist es, wenn es ganz, ganz still ist.

Das rote Kleid spannt und kratzt. Sie befürchtet, dass er sieht, wie sie unter den Armen schwitzt.

Wenn der Nobelpreisträger in dem gelben Haus zu Besuch ist, sitzt er die meiste Zeit auf der Seidencouch im Wohnzimmer, rutscht herum und flüstert der Mutter zu, dass er gehen will.

Einmal bittet er das Mädchen, in die Küche zu gehen und ein Glas und Zucker herauszusuchen, den Zucker in das Glas zu schütten und anschließend auszurechnen, wie viele Moleküle in einem Glas voller Zucker sind. Sobald das Mädchen *das* ausgerechnet hat, kann sie ins Wohnzimmer zurückkommen und ihm die Antwort mitteilen. Die Komplexität der kleinen Dinge. Irgendeine Belohnung, möglicherweise, ich erinnere mich nicht. Das Mädchen lief in die Küche, fand keinen Zucker, rief nach ihrer Mutter, *Mama, Mama, wo ist der Zucker*, die Mutter seufzte und kam in die Küche, wusste aber auch nicht, wo der Zucker war, sie öffnete und schloss Schranktüren, die beiden schwedischen Mädchen hatten frei, sie wussten mit Sicherheit, wo der Zucker stand, waren aber nie im Haus, wenn man sie brauchte, zu gut bezahlt wurden sie auch. Der Nobelpreisträger rief nach der

Mutter. Er wollte, dass sie bei ihm im Wohnzimmer war. Der eigentliche Sinn des Molekülspiels bestand darin, dass dieser Bastard (wie er das Mädchen nannte, wenn er dachte, sie würde es nicht hören) etwas zu tun hatte, so dass er mit der Mutter des Mädchens allein sein konnte. Er hatte Frau und Kinder und ein großes Haus und einen Nobelpreis und eine Karriere und *nur begrenzt Zeit*, um mit seiner Geliebten zusammen zu sein. Der Bastard war nicht eingeplant. Und nun ging alles in die Hose. Das Mädchen fand ein Glas, aber keinen Zucker, die Mutter schwebte durch die gelben Zimmer und beklagte sich über die Kindermädchen. Der Nobelpreisträger sah auf die Uhr.

Ich belausche Mamas Telefonate, manchmal weiß sie, dass ich das tue. Dann können wir hinterher darüber reden, wie dumm die Leute manchmal sind. Der Nobelpreisträger zum Beispiel. Immer öfter heißt es Mama und ich gegen ihn. Es bedarf einer ganz eigenen Art, den Hörer abzuheben, wenn man das andere Ende belauschen will, es muss langsam und behutsam geschehen, und es darf nicht klicken, denn wenn es klickt, wird man ertappt.

»Du bist meine Frau!«, sagt der Nobelpreisträger am Telefon.

Er hat eine ungeheure Kraft. Seine Stimme ist dunkel und heiser. Mama ist die Auserwählte, die Meistgeliebte, sie wird von ihm gesehen und entsteht für ihn, und das ist der Sinn des Ganzen, auch wenn er sich wie ein Idiot aufführt.

Ich konnte nicht ausrechnen, wie viele Moleküle in einem Glas voller Zucker waren, Mama und ich fanden nicht einmal den Zucker, was ich berechnen *konnte*, oder was ich mir ausrechnen konnte, war dagegen, dass ich immer noch ein kleines Mädchen war und dass ich mit keiner Form von Glaubwürdigkeit, jemandes *Frau* genannt werden konnte.

Ich legte mich krank ins Bett und weigerte mich aufzustehen. Beim ersten Mal blieb ich drei Tage liegen. Beim zweiten Mal blieb ich sieben Tage liegen. Und beim dritten Mal blieb ich zehn Tage liegen. Zehn Tage lag ich mit der räudigen Katze in den Armen im Bett.

»Warum bekommt sie ständig Fieber«, fragt Mama am Telefon.

»Wir wissen es nicht«, flüstert eines der beiden schwedischen Mädchen. »Sie sagt, sie friert in ihrer Schuluniform. Draußen sind es immerhin zehn Grad unter null. Vielleicht nicht weiter verwunderlich?«

Sie bringen Tee und Wolldecken und streicheln meine Wange.

Ich will nie wieder einen Fuß in ein Klassenzimmer setzen, in dem Miss French regiert. Ich ertrage ihre Schönheit nicht mehr. Man bekommt, was man sich wünscht, aber nicht so, wie man glaubt. Und schließlich, nach drei Fieberanfällen, erhalte ich die Erlaubnis, in die öffentliche Schule zu gehen, in der man seine eigenen Kleider tragen darf. Dort lerne ich einen Jungen namens Adam kennen. Wir sind gleich groß, und er hat einen Norwegerpullover an, genau wie ich. Daheim in Norwegen tragen alle solche Pullover, hier in der kleinen Stadt in den USA kein Mensch, nur Adam und ich. Er kommt nach der Schule zu dem gelben Haus und spielt Monopoly und hört Village People und Supertramp. Adam hat den Hauch eines Barts, eines kleinen flaumigen, schwarzen Barts, der teilweise die Kinderfurche zwischen Nase und Mund verbirgt. Ich finde den Bart schön. Männlich. Wenn wir uns küssen, kitzelt er mich an der Oberlippe. Er streicht mir auf dem Pullover über die Brüste, obwohl ich keine Brüste habe, nur die eine, wunde Warze.

Eine Zeitlang habe ich nur einen Freund, und das ist Adam, aber dann lerne ich das Nachbarmädchen Violet mit den langen, dunklen Haaren kennen. Violet sagt, es gebe nichts Hässlicheres als Jungen mit Bart. Ekelhaft. Der Bart überführt Adam als der kleine Hosenscheißer, der er ist – er ist offensichtlich nicht annähernd so weit, sich rasieren oder einen richtigen Bart stehen lassen zu können wie zum Beispiel Violets älterer Bruder Jeff.

Adam ist klein. Alles an ihm ist zierlich und klein. Schmale Schultern, kleine Hände, die ein wenig zittern, als er erzählt, dass er gern liest. Im Moment liest die ganze Klasse Harper Lees *To Kill a Mockingbird*, er helfe mir gern, sagt er, wir könnten es gemeinsam lesen und darüber diskutieren, er sagt, es sei nicht verwunderlich, wenn ich es nicht schaffte, mit den anderen in der Klasse in Englisch auf Augenhöhe mitzuhalten, schließlich käme ich aus einem anderen Land und spräche eine andere Sprache. Ich brauche Tage, Wochen, Monate, um *To Kill a Mockingbird* auszulesen.

Immer häufiger bin ich mit Violet zusammen. Eines Tages sage ich Adam, er solle aufhören, mich zu besuchen, ich wolle weder Monopoly spielen, noch Bücher lesen oder die Village People und Supertramp hören.

Violets Lieblingslied ist »Stairway to Heaven«, und das ist auch mein Lieblingslied.

Adam sitzt auf der gelben Couch in dem gelben Wohnzimmer, wo der Nobelpreisträger immer sitzt, wenn er zu Besuch ist. Ich sage, dass ich mich entschieden habe, es ist endgültig, es ist aus, und als er in Tränen ausbricht, finde ich ihn eklig, dass die Dinge, die wir zusammen gemacht haben, eklig sind, er ist keine kolossale Unbeholfenheit, sondern eine kleine, eklige Unbeholfenheit, die auf der Couch sitzt und weint.

»**Catherine ist am Boden** zerstört«, sagt Mama. »Vergiss das nicht! *Am Boden zerstört.* Und Catherine wird jetzt das Ruder übernehmen«, sagt sie. »Und Gnade dir Gott, wenn sie als Kindermädchen kündigt. Dann weiß ich nicht mehr, was ich noch tun soll.«

Mamas Strategie ist nicht wie geplant aufgegangen. Das tut sie selten. Ihre Strategie für die schwedischen Mädchen lautete, wenn das eine Kindermädchen vor die Hunde geht, kann das andere übernehmen. Das war der Grund dafür, zwei anzustellen. Nun wollten jedoch beide aufhören. Sie wollen *Amerika sehen*, erklären sie, sie sind nur einmal jung – und der Geliebte mit der Stirntolle wird sie begleiten. Die drei haben für ein Auto zusammengelegt, und jetzt gilt es *zu leben*, all das sagen sie zu Mama, *nur dadurch, dass man es lebt, schenkt das Leben dir Bilder*, sagen sie sich gegenseitig ins Wort fallend. Das haben sie von dem Geliebten mit der Stirntolle, der es von Henri Cartier-Bresson hat.

Mama erzählt mir, dass Catherine davon träumte, eine Nonne zu werden, jahrelang hatte sie in einem Kloster gelebt, aber dann hatte sie sich in einen Mann verliebt, und daraufhin konnte sie natürlich keine Nonne mehr werden. Sie wählte *die irdische* Liebe, sagt Mama. Tja, und dann verließ sie das Kloster und die Gelübde, die sie abgelegt und alles, woran sie geglaubt hatte, um mit diesem Mann zusammen zu sein.

Den Rat ihrer Freundinnen, sich mir nicht anzuvertrauen, hat Mama völlig vergessen.

Und kurze Zeit, nachdem Catherine das Kloster verlassen hatte, verließ der Mann Catherine.

»*Am Boden zerstört*«, wiederholt Mama. »Du musst also ganz, ganz, ganz besonders nett zu ihr sein, und tun, was sie dir sagt.«

Mama wird in Kürze wieder zu einer langen Reise aufbrechen – und zum Schluss wird diese sie nach München führen. Das ist Papas Stadt. Das ist der Ort, an dem Papa wohnt. Sie fahre nicht nach München, weil Papa dort wohnt, sagt sie, aber sie werde ihn mit Sicherheit treffen. Und dann seufzt sie. Alle zerren an ihr. Alle wollen etwas von ihr. Wenn sie sich doch nur irgendwo einschließen und schlafen könnte.

Ich bin fast dreizehn. Ich habe eine Wunschliste geschrieben, und darauf steht: Lipgloss, Mascara, Rouge, Eyeliner.

»Ich habe Catherine eingeladen, uns zu besuchen, bevor sie hier einzieht«, fährt Mama fort. »Sie kommt an deinem Geburtstag.«

»Warum denn das?«

»Wie gesagt, ich finde, ihr solltet euch begegnen, bevor sie einzieht.«

»Ja, aber warum kommt sie an meinem Geburtstag?«

»Weil dein Geburtstag«, sagt Mama, »von allen Tagen des Jahres der einzige ist, an dem du nicht auf die Idee kommen wirst, unverschämt zu sein.«

* * *

Papa und Mama werden sich treffen, Mama glaubt nicht, dass ich ihr richtig zuhöre, wenn sie redet, höre ich ihr nur selten richtig zu, aber sobald sie davon spricht, wohin sie fährt und wie lange sie fort sein wird, höre ich sehr genau hin.

Mama und Papa werden sich treffen, und dazu wird es in München kommen. Ich weiß nichts über München, nur dass Papa dort wohnt.

Die Frage, die man sich stellt, lautet: Wie soll *ich* nach München kommen?

Ich darf nicht allein fliegen. Ich bin eine Ansammlung von Knochen und Gliedern. Ein einfältiges Kind, abhängig von den Erwachsenen und ihrem Geld, um von einem Ort an einen anderen zu gelangen, jedenfalls, wenn ich über den Atlantik möchte. Eine Ansammlung, eine Ruine. Ruinen sind schön. Ich bin *nicht* schön. Die Venus von Milo ist ohne Arme schöner als mit. Man fragt sich, wo ihre Arme hingekommen sind. Sie ist ein Mysterium. Ich bin fast dreizehn, ein Sammelsurium aus dünnen Gliedmaßen, einem großen Mund. Ich bin *kein* Mysterium.

Wenn ich nach München komme, in einen Raum, in dem Mama *und* Papa sind, werde ich jemanden bitten, ein Foto von uns zu machen.

Ich will ein Bild von uns drei zusammen besitzen.

Ich will dort sein, wenn mein Tag und meine Nacht sich treffen.

Ich schaue auf und begegne Catherines Gesicht. Sie sagt nichts. Ich auch nicht. Catherine verspricht Mama, die *volle und ganze* Verantwortung für das Mädchen zu übernehmen, aber sie weiß nicht, dass dieses Kind weder abends einschlafen noch morgens wach werden kann. Für das Mädchen ist es immer entweder mitten am Tag oder mitten in der Nacht. Mama wird bald abreisen. Catherine weiß nicht, was Panik ist.

»Sollte das Schiff untergehen«, sagt Mama zu Catherine und lächelt, »können Sie Mr P. anrufen. Seine Nummer liegt in der Schublade.«

Ich trug ihren Reiseplan immer und überall bei mir, einen maschinengeschriebenen Bogen Papier mit Flecken, verschmierten Datums- und Ortsangaben, Städten, Hotels. Das meiste konnte ich auswendig, sogar einige der Telefonnummern, die ich ohnehin nicht wählen durfte, da Auslandsgespräche zu teuer waren. Tagsüber lag der Bogen in meiner Schultasche, im Mathebuch, abends lag er auf dem Nachttisch unter der Kakaotasse.

Catherine mit den dunklen, halblangen Haaren und der großen Brille machte mir jeden Abend einen Kakao mit Honig und erlaubte mir, die Tasse ins Bett mitzunehmen.

Jeden Abend vor dem Einschlafen mussten der Kassettenrekorder, das Buch, der Reiseplan und die Tasse Kakao an der exakt selben Stelle auf dem Nachttisch stehen. Es lag eine Symmetrie darin, eine Schönheit. Zwang als Disziplin. Zwang als Choreographie.

Eigentlich war es in dem gelben Haus nicht erlaubt, Tassen und Gläser auf die Tische zu stellen. In diesem Punkt war die korpulente Dame sehr nachdrücklich gewesen. In den ersten Wochen, die Mama und ich gemeinsam in dem Haus verbrachten, mussten wir uns immer wieder gegenseitig daran erinnern. Wenn Mama vergaß, einen Untersetzer unter ihr Weinglas zu legen, bekam ich einen Dollar, wenn ich vergaß, einen Unterteller unter meine Tasse zu stellen, bekam sie einen Dollar. Als Mama dazu überging, in dem Apartment in New York zu wohnen, blieb ich in dem gelben Haus zurück, aber ein paar Mal durfte ich den Zug zur Grand Central Station nehmen und sie besuchen. In ihrer Wohnung in New York war es nicht weiter schlimm, wenn Ringe auf den Tisch kamen. Wir aßen in ihrem großen Doppelbett chinesisches Takeaway-Essen, und ich bekam Cola oder Ginger Ale in Dosen, die ich abstellen durfte, wo immer ich wollte. Je mehr Spuren von mir in der Wohnung, desto besser, sagte

Mama und küsste mich und rieb ihre Nase in meine Nackengrube und sagte *Mein Scheißerchen ich liebe dich so sehr und vermisse dich so wahnsinnig wenn du nicht bei mir bist*, obwohl sie und ich wussten, dass ich zu alt war, um Scheißerchen genannt zu werden. Manchmal sahen wir drei Filme hintereinander im Fernsehen, und oft war ich diejenige, die als Erste einschlief.

Doch als Mama auf ihrer langen Auslandsreise ist, suche ich jeden Abend den Bogen mit ihrem Reiseplan heraus und lege ihn auf den Nachttisch, und dann stelle ich die Kakaotasse auf das Papier.

Mit der Zeit ist der Bogen voller kakaobrauner Ringe. Je länger Mama fort ist, desto mehr Kakaoringe auf dem Blatt, wie Jahresringe.

Ich weiß genau, wann sie in Leningrad oder Moskau oder Belgrad oder London ist – vorerst ist es noch lange hin bis München. Im Moment ist sie in Moskau, hinter dem Eisernen Vorhang, im Hotel National in der Mokhovayastraße, und dort ist es schwierig für sie, mich anzurufen, darauf hat sie mich vorbereitet, sie hat gesagt, wenn man sich hinter dem Eisernen Vorhang befindet, ist es schwierig zu telefonieren, ich muss mir also keine Sorgen machen, wenn sie sich nicht meldet, das hängt mit der Weltlage zusammen und nicht damit, dass sie mich nicht gernhat.

Catherine ist angewiesen worden, Situationen zu vermeiden, in denen ich anfange, auf einen Anruf Mamas zu warten. Wenn ich anfange, auf Mamas Anruf zu warten, wird alles wahnsinnig schwierig. Ich ertrage es nicht, auf einen Anruf zu warten. Ich reagiere übertrieben, ich bekomme Angst, ich werde hysterisch, ich werde unmöglich. Catherine muss immer einen Weg finden, meine Aufmerksamkeit abzulenken, damit es zu keinen unglücklichen Zwischenfällen kommt. Falls eine Krise eintreten und es nicht möglich sein sollte, Mama zu erreichen, kann Catherine wie gesagt Mr P. anrufen. Seine Nummer liegt in der Schublade.

Einmal meldet Mama sich am Telefon und ruft *ich liebe dich, meine Kleine*, und dann knistert es so heftig in der Leitung, dass ich unfähig bin, ihr zu antworten, ich stehe bloß auf dem Küchenfußboden, mit dem Telefonhörer in der Hand, und nicke, ich liebe sie ja auch, ich liebe sie so sehr, dass ich anfange zu weinen.

»Jetzt sag doch was«, flüstert Catherine, »sag was!«

Sie steht trippelnd vor mir. Ich weiß nicht, wer von uns beiden erleichterter ist, weil Mama anruft.

»Sie sieht nicht, dass du nickst«, flüstert Catherine und gestikuliert, »sie hört nur, dass du weinst. Weine nicht. Warum weinst du? Du musst etwas *sagen*, damit sie dich richtig hört und nicht glaubt, dass du die ganze Zeit nur traurig bist.«

Ich erinnere mich, wie die schwedischen Kindermädchen aussahen und wie sie hießen, ich erinnere mich an ihre Brüste, ich erinnere mich an ihre Gesichter, ihren Geruch, doch was sie betrifft, die möglicherweise Catherine hieß, erinnere ich mich an nichts. Ich will damit sagen, dass ich mich nicht erinnere, wie sie aussah, ihr Körper, ihr Gesicht, dagegen kann ich mir die Stimmung vergegenwärtigen, die sie umgab, dunkel, tief, blau, trist. Hätte ich sie mit einer Beere vergleichen sollen, wäre es eine schwarze Johannisbeere gewesen. Sie spielte Oboe und übte frühmorgens, bevor ich aufstand, ich wurde von ihrem Spiel geweckt. Das war schön, aber auch ein wenig anstrengend, immer und immer wieder dieselbe Phrase. Einmal sagte sie: Wenn es mir gestattet ist, im Garten zu arbeiten, zu kochen, Oboe zu spielen oder auch nur einen Waldspaziergang zu machen, hoffe ich, mich daran halten zu können, was der Apostel Paulus uns sagt: *Sei immer froh, bete fleißig und sei dankbar.*

Abgesehen von diesem einen Mal sprach sie niemals über ihren Glauben. Sie legte die Hand auf meine Schulter und drückte mich auf einen Stuhl, sie wollte, dass ich aufhörte zu weinen, *sei immer froh, bete fleißig und sei dankbar*, ich begriff, dass dies etwas aus der Bibel war, Papa zitierte aus der Bibel, Großmutter auch, jedoch nicht auf diese eindringliche Art. Ich begriff es nicht. *Sei immer froh*. Catherine war doch der traurigste Mensch, dem ich in meinem Leben jemals begegnet war.

Bevor Mama abreist, sagt Catherine zu ihr:

»Ihre Tochter braucht Kleider. Etwas anderes als diesen Wollpullover. Sie hat das Gefühl, nirgendwo dazuzugehören. Ich möchte mit ihr einkaufen gehen.«

Catherine kocht jeden Tag. Sie legt immer Untersetzer unter Gläser und Flaschen. Sie hilft mir bei dem Schulaufsatz, den ich über *To Kill a Mockingbird* schreiben soll. Sie holt mich vom Zahnarzt ab, als die Zahnspange entfernt werden soll. Hinterher nimmt sie mein Gesicht zwischen ihre Hände und sagt, dass ich schön bin. Jeden Tag bürstet sie die Katze und entwirrt die verfilzten Stellen, ohne bündelweise Haare auszureißen.

Es ist Spätherbst, aber die Luft ist warm, und an den Wochenenden klettere ich aus dem Fenster, um mich mit Violet und ihrem Bruder und ihren Freunden am Strand hinter dem gelben Haus zu treffen. Am Strand hören wir Musik und trinken Bier und Schnapsmischungen aus der Hausbar von Violets Eltern. Sie haben einen Strich auf die Flaschen gezeichnet, um zu markieren, wie viel noch in ihnen ist, aber

Violet holt einen Trichter aus der Küchenschublade und füllt sie mit Wasser auf. Es ist wichtig, genau zu sein, sagt sie und legt den Trichter an seinen Platz zurück.

Wir sitzen in einem Kreis um das Lagerfeuer. Ich habe mir von Violet eine Bluse und eine lange Hose geliehen. Violet ist älter und hat hübschere Kleider als ich. Ich drehe mich um und sehe Catherine. Sie steht ein wenig entfernt von uns auf dem Strand. Die Sonne ist fett und golden und aufdringlich und dabei, über dem Meer unterzugehen. Jeff hat die Musik aufgedreht. Er entscheidet, was wir hören, es ist sein Radiorekorder. Catherines Haar weht im Wind. Sie trägt ein schwarzes Kleid. Sie ruft nach mir. Ruft meinen Namen. Nicht laut – das Wort *rufen* passt nicht. Sie nennt mich nie anders, als ich heiße. Ich drehe mich wieder zu den anderen um, das Feuer knistert, ich tue so, als sähe ich sie nicht. Catherine fährt fort, zu rufen oder nicht zu rufen oder was immer sie da tut. Schließlich sehe ich Violet an und sage, dass ich abgeholt werde, und dann verdrehen wir die Augen. Alle drehen sich um und sehen Catherine an. Sie kommt nicht näher. Die Sonne verschwindet bald, und es weht kalt von der See. Ich zucke mit den Schultern. Ich bin es, die gehen muss. Mir ist schlecht, dennoch trinke ich den Rest der Schnapsmischung in der Colaflasche. Ich beeile mich nicht. Catherine lässt mich niemals los. Ich träumte, dass sie das sagt. *Ich lasse dich niemals los.* Ich packe meine Sachen zusammen und nehme meine Schuhe und gehe barfuß durch den Sand. Sie nimmt meine Hand, aber ich schlage sie weg. Sie kam am Tag meines dreizehnten Geburtstags. Sie kam mit ihrer Trauer und ihren Gebeten und ihrer Verlassenheit.

Ich sage: »Ich kann gut verstehen, dass dein Geliebter dich nicht haben will. Du bist hässlich. Ich will dich auch nicht haben. Ich hasse dich.«

Ich bin es, die am Ende Mr P. anruft. Die Telefonnummer steht auf einem Blatt in der Küchenschublade und ist für Notfälle gedacht. Dies ist ein Notfall. Mr P. hat eine Sekretärin, und die Sekretärin sagt, dass Mr P. in einer Besprechung ist. Ich sage, dass ich unverzüglich mit ihm sprechen muss, könnte sie bitte so freundlich sein, ihn zu holen. Es ist dringend.

Mein Englisch ist gut. Ich spreche direkt in den Hörer. Deutlich. Aufrecht.

»Guten Tag«, sagt Mr P. Er nennt mich Fräulein, aber das ist eher scherzhaft gemeint. »Wie kann ich dir behilflich sein?«

Ich sage, dass er Geld vorschießen und ein Flugticket für mich kaufen soll – ich muss nach München.

»Hm«, sagt Mr P.

Ich sage, dass dies die *genauen Anweisungen meiner Eltern sind.* Das Wort *Eltern* ist voller Kraft.

»Hm«, sagt er noch einmal.

Ich erkläre, dass es im Moment leider nicht möglich ist, sie zu erreichen.

»Kann ich bitte mit der Dame sprechen, die auf dich aufpasst«, sagt Mr P.

»Catherine ist nicht da.«

»Weiß sie … dass du mich anrufst … dass du vorhast, nach München zu reisen?«

Mr P. zögert. Das ist gut. Er ist unsicher. Er gerät auf Abwege.

»Natürlich weiß sie das! Mama hat mit ihr gesprochen.«

Ich darf nicht dem Wunsch nachgeben, ihm zu sagen, dass ich kein Kind bin, das andere um Erlaubnis bitten muss.

Es ist wichtig, dass er tut, worum ich ihn bitte, ein Flugticket nach München, es reicht ein einfaches ohne Rückflug, aber es wäre schön, wenn er einen Wagen organisieren könnte, der mich abholt und zum Flughafen bringt.

»Hm«, sagt er ein drittes Mal.

Mama ist in Moskau, erzähle ich ihm, hinter dem Eisernen Vorhang, es ist im Moment nicht möglich, sie anzurufen, was Mr P. nur zu gut weiß, und Papa ist ein Mann, der unter gar keinen Umständen *gestört* werden darf, ich habe nicht einmal seine Telefonnummer, er ist sozusagen sein eigener Eiserner Vorhang, all das sage ich. Ich habe einen Plan. Er existiert schwarz auf weiß. Ich improvisiere nicht. Ich sage Catherine nichts – erst als das Auto, das mich zum Flughafen fahren soll, vor dem gelben Haus steht.

Ich gehe in die Küche, schleife meinen Koffer hinter mir her.

Catherine bereitet das Mittagessen vor. Es ist Samstagvormittag.

»Okay, ich bin dann weg.«

Sie hebt den Kopf und sieht mich an.

»Wie bitte?«

Ich nehme den Koffer, schaffe es nicht, ihn anzuheben, muss ihn die ganze Strecke hinter mir her schleifen.

»Ich habe gesagt, dass ich jetzt weg bin.«

»Wo willst du denn hin?«

Ich hole tief Luft und sage so deutlich ich kann:

»Ich will nach München.«

Mit dem Nobelpreisträger war es aus, und Catherine kündigte, als ich nach Deutschland durchbrannte. Später zogen wir wieder nach Norwegen und in die große Wohnung in der Erling Skjalgssons gate.

Mama möchte etwas für andere tun.

Sie will sich nützlich machen.

Sie schaut sich um in der Welt und will sie verbessern.

Sie will nicht, wie Elisabet, verstummen.

Wenn du mich brauchst, sagte sie.

Wenn du mich vermisst.

Wenn du willst, dass ich komme.

Wenn du reden willst.

Wenn du willst, dass ich bei dir bin.

Mama reiste nach London. Ich weiß nicht, warum, ich saß nicht mehr am Telefon und wartete, dass sie anrufen würde. Meine Angst, sie zu verlieren, war jedoch unverändert groß. Manchmal zwang ich mich, hundert Mal um den Häuserblock zu gehen oder die Treppe rauf und runter zu laufen, bis ich so erschöpft war, dass ich zu weinen begann, einmal schüttete ich Salz in ein Glas Wasser und zwang mich, davon zu trinken. *Tu das, sonst stirbt sie!* Ich wusste, dass man es Zwangsgedanken nannte, dass es meine Gedanken waren und nicht die eines anderen, ich wusste, dass ich sie ignorieren und weiterleben sollte. Ich benötigte einen Körper für das Leben und einen Körper für die Gedanken. Ich schwänzte das Ballett. Das machte nichts. Ich hörte mit dem Ballett auf. Auch das machte nichts. Ich war jetzt vierzehn.

Heidi und ich übernachteten beieinander und bereiteten uns auf ein Leben mit Männern vor. Sie wusste bereits Einiges über die glatte Haut, die Art, sich zu bewegen, die Blicke, die sie auf sich zog, wenn sie durch einen Raum oder die Straße entlangging. Sie hatte ihre alten Ängste überwunden und durch neue ersetzt. Ich selbst befand mich an einem Punkt zwischen dem Alten und dem Neuen.

In London wurde Mama vom jugoslawischen Fernsehen interviewt. Bogdan ist ein slawischer Name und bedeutet gottgegeben. In einem weißen Leinenanzug interviewte er meine Mutter und verliebte sich so sehr, dass er den Koffer packte und ihr nach Oslo hinterherfuhr. Ich glaube, er nahm vom Flughafen Fornebue aus den Bus, nicht das Taxi, und stieg am Olav Kyrres plass aus. Ich glaube, er trug seinen Koffer die gut hundertfünfzig Meter zu dem großen, weißen Mietshaus, in dem Mama und ich in der dritten Etage hinter schweren roten Vorhängen wohnten. Er steht in der kalten Osloer Luft mit Herbstlaub, das um ihn wirbelt, und mit seinem Koffer und seinen Büchern (in einer großen Ledertasche über der Schulter) und der dunklen Stimme und seinem gebrochenen Englisch und fragt, ob er einziehen kann.

»Ich habe alles zurückgelassen«, sagt er.

Und dann breitet er seine Arme aus, als hätte er Flügel und wollte fliegen. Mama ist die Treppen hinuntergelaufen und hat die Haustür geöffnet, und als er seine Arme ausbreitet, denkt sie, er will sie umarmen, aber er will ihr nur zeigen, wie groß *alles* ist. Es fängt an zu regnen. Er macht einen Schritt auf sie zu, und dann sagt er:

»Kann ich bei dir wohnen?«

Mama war zweiundvierzig. Er war ein Jahr älter. Im ersten Teil des jugoslawischen Fernsehinterviews trägt sie ihr

Haar zu einem strengen Pferdeschwanz gebunden, im zweiten Teil ist es offen. Es ist nicht er gewesen, der ihre Haare gelöst hat, sie ist mitten in den Dreharbeiten zu einem Film, und das Interview wird in den Drehpausen geführt. In einer Szene des Films trägt sie die Haare hochgesteckt, in einer anderen Szene fallen sie offen herab. Mitten im Interview bedankt er sich bei ihr dafür, dass sie sich Zeit für ihn nimmt.

Das Interview, das dann vollständig im jugoslawischen Fernsehen gezeigt wurde, beginnt damit, dass er etwas zu den Fernsehzuschauern sagt und sich anschließend zu Mama umdreht. Von da an ist die Kamera nur noch auf sie gerichtet. Ich weiß nicht, ob sie an den Blick der Kamera oder seinen Blick oder an beides denkt. Er stellt Fragen, sie antwortet. Er zitiert Beckett. Sie ist beeindruckt. Sie macht etwas mit ihren Augen, es ist ein Trick, die Männer werden verrückt; sie sieht die Männer an, starrt, penetriert sie mit ihrem Blick, und ich glaube, sie fühlen sich auf eine Weise gesehen, wie sie nie zuvor gesehen wurden, auch ich habe es probiert, vor dem Spiegel, aber wenn ich es tue, sieht es bloß so aus, als würde ich die Augen aufreißen. Er fragt sie, ob ihre Schönheit eine Bürde sei, und daraufhin lacht sie kurz auf und weiß nicht, was sie sagen soll, und anschließend fragt er sie, ob sie die ersten Worte wiedergeben könne, an die sie sich aus ihrer Kindheit erinnert. Da flüstert Mama mit ihrer hellen Mädchenstimme, es sei ein Wiegenlied, das ihre Mutter immer für sie sang … und dann singt sie.

Sie singt so leise, als sänge sie nur für ihn und nicht für ganz Jugoslawien, als wollte sie sich selbst und ihn in den Schlaf singen:

Schlafe süß mein Kind
Liege ruhig und still

Engel halten Wacht
Träume süß, mein Schatz.

Zu mir sagte sie, dass er abgesprungen sei, was bedeute, dass er nicht wieder aufspringen könne. Es war nicht das erste Mal, dass sich die Spuren der Liebe und des Eisernen Vorhangs kreuzten. Das war der Grund, warum er bei uns wohnen musste. Es sei schwer zu erklären, meinte sie. Ich hatte aufgehört, ihr zuzuhören. Es ermüdete sie, dass ich ihr niemals zuhörte. Dass ich die Augen verdrehte. Dass ich keine Lust hatte, ihr zu antworten. Bogdan hatte nicht bedacht, dass es mich gab. Ich war ein Strich durch seine Rechnung, er war ein Strich durch meine. Er hatte eigene Kinder in Belgrad, die er jedoch verlassen hatte, um mit meiner Mutter zusammen zu sein. *Man sollte sich vor seinen guten Ideen in Acht nehmen.* Er und ich schlossen einen Pakt. Es ging dabei um Ruhe. Er ließ mich Zigaretten schnorren, ich ließ ihn in Frieden. Mama kam und ging. Es wurde Frühling. Keiner von uns schaute auf, wenn sie den Raum betrat. Es wurde Winter.

Mama sagte: »Es wird niemals richtig hell.«

Bogdan blies Rauchringe durch alle Zimmer der großen Wohnung.

Es wurde Frühling.

Es wurde Sommer, und eines Nachts klopfte er an meine Schlafzimmertür und sagte, ich müsse kommen. Es war mitten in der Nacht, ich war nicht ich selbst, ich war nicht Mädchen, ich war nicht mein Name. Ich war Schlaf. Ich war schwer und leicht, und es war unmöglich, mich zu erreichen, zu wecken, als ich dort unter der warmen Bettdecke lag, aber er sagte, ich müsse aufwachen, ich hörte seine Stimme, wie in einem Traum, erst leise und dann etwas lauter. »Ich weiß nicht, was ich tun soll«, sagte er, »ich … sie …«

So viel hatte er noch nie gesagt. Jedenfalls nicht zu mir.

Wir redeten Englisch miteinander. Er gebrochen und schön, wie altes Holz.

»Sie liegt da drinnen.«

Er zeigte auf die Tür zu Mamas und seinem Schlafzimmer. Sie stand einen Spaltbreit offen.

»Sie sagt, dass sie … ich glaube, sie will mir nur Angst einjagen…«, er beendete seine Sätze nicht, »aber dann sagt sie, dass sie es *nicht* getan hat.«

Er zögerte, sah mich an.

»Kannst du mit ihr reden?«

Ich ging in Mamas Zimmer und legte mich neben ihr auf das Goldbett. Der Geruch von klammem, stickigem Schlaf, Branntwein. Die Tapete weiß mit hellroten Borten. Als ich klein war, lagen Mama und ich in dem Bett und folgten den Borten mit dem Finger, und Mama summte ein Wiegenlied, dessen Titel sie nicht kannte.

Mama murmelte.

Sie wolle schlafen. Sie wolle, dass ich gehe. Sie wolle ihre Ruhe haben.

Ich legte mich neben sie, flüsterte: »Mama, hast du Tabletten genommen?«

»Nein, nein … nur ein bisschen zu viel getrunken.«

Auf dem Nachttisch stand ein Tablettenfläschchen. Ich hob es hoch, legte es zwischen uns.

»Mama …?«

»Nicht, weil ich welche genommen habe … es war vorher schon leer.«

Ihr Körper war immer noch der wärmste Ort. Ich nahm ihren Arm und legte ihn mir um den Hals, und dann seufzte sie, nicht resigniert, sondern wie ein kleines Kind, das in der Nacht aufgewacht ist und getröstet wurde und sich nun endlich traut, wieder einzuschlafen, ich schloss die Augen, ihr Schlaf war so groß, dass für uns beide Platz darin war, Wind wehte durch das offene Fenster herein, und Mama rührte sich kaum, es war schwer zu wissen, wer von uns beiden schlief und wer wach war, aber dann begann sie zu weinen, und es war alles klar.

»Ich wollte es nicht tun«, weinte sie, fast lautlos.

Und dann flüsterte sie: »Ich weiß nicht, was ich tun soll.«

Bogdan saß im Wohnzimmer auf einem Stuhl im Dunkeln und rauchte. Wenn man sich fragte, wo er war, konnte man dem dünnen Wirbel aus weißem Rauch folgen, der sich durch die Wohnung ringelte.

Als die Rettungssanitäter die Treppe hinauf und in die Wohnung trampelten, beugte ich mich über sie.

»*Mama.*«

Sie drehte sich weg und jammerte.

»Sieh nur«, sagte sie, »sieh nur, was du angestellt hast.«

Sie wurde aus dem Bett auf eine Trage gehoben, und der Pfleger, oder vielleicht auch der Fahrer des Krankenwagens, sagte:

»Vielleicht könnt ihr beide ja in einem eigenen Auto zum Krankenhaus kommen.«

Ich übersetzte für Bogdan. Der Rettungssanitäter sagte:

»Wir nehmen sie jetzt mit, und dann kommt ihr im eigenen Auto nach. Okay?«

Und dann sah er mich an und wiederholte: »Wir müssen jetzt gehen. Und ihr kommt dann im Auto nach.«

Ich nickte.

Als Bogdan und ich uns ins Taxi setzten und zum Krankenhaus fuhren, hatte ich immer noch das Nachthemd an.

»Glaubst du«, sagte er, »glaubst du, dass deine Mutter jemals mit einem Mann glücklich gewesen ist?«

»Das weiß ich doch nicht. Woher soll ich das wissen?«

»Aber warum?«

»Ich weiß es nicht.«

»Wusstest du, dass sie …?«

»Nein.«

»Ich frage mich einfach, ob es ihr möglich ist, mit einem Mann glücklich zu sein.«

Ich wandte mich ihm zu und sah ihn an.

»Ich habe keine Ahnung, Bogdan.«

Der Taxifahrer warf im Rückspiegel mehrmals Blicke auf uns. Er mochte uns nicht. Auf meinem Nachthemd waren Flecken. Bogdan roch nach Zigarettenrauch. Wenn ich mich in seinem Wagen übergab, würde der Taxifahrer wütend werden.

»Du musst aufhören, mir solche Fragen zu stellen! Ich weiß es nicht! Mir ist schlecht!«

Bogdan nahm meine Hand, drückte sie.

Die Autositze waren schwarz und glänzten, ich stellte mir mein Erbrochenes auf all dem Schwarzen vor; es roch schwach nach Scheibenwischerflüssigkeit.

Die Ärztin legte ihre Hand auf meine Schulter. Ich wollte sie dort nicht haben, versuchte, mich ihr zu entwinden, aber sie blieb liegen, groß und feucht und schlaff wie eine Ohrenqualle.

»Ist deine Mutter in letzter Zeit oft traurig gewesen?«

Bogdan stellte sich neben mich, nahm ihre Hand und hob sie von meiner Schulter. Er sagte etwas auf Englisch zu ihr, aber sie sprach kein Englisch oder tat so, als beherrschte sie die Sprache nicht, sie wollte ihn nicht ansehen und suchte stattdessen meinen Blick.

»Ist deine Mutter in letzter Zeit oft traurig gewesen?«

Die Ärztin hatte Zöpfe, sie war jünger als Mama. Ich fand nicht, dass sie Zöpfe tragen sollte. Sie sah aus wie ein kleines Mädchen.

»Vielleicht«, sagte ich, »vielleicht will sie aber auch nur in New York leben. Ich habe keine Ahnung.«

Die Feier findet in einem *chambre séparée* statt, das bedeutet, in einem abgetrennten Raum, erläutert Mama, das ist Französisch, okay, sage ich, also, obwohl wir hier in Deutschland sind, es ist eins von Münchens feinsten Restaurants, sagt sie. Der Oberkellner nimmt uns die Mäntel ab und zeigt auf eine lange, breite Treppe, und sie greift nach ihrem Kleid und läuft die Treppe hinauf, sie läuft und läuft und läuft, wir dürfen nicht zu spät kommen, sagt sie und dreht sich mitten in einem Satz um, Mamas Seidenkleidsaum schlängelt sich die Stufen hinauf.

Sie zeigt auf eine geschlossene Tür mit goldenen Verzierungen und sagt: »Da müssen wir hin.«

Ich stelle mich neben sie – Stimmen und Lachen auf der anderen Seite der Tür. Ich wende mich Mama zu.

»Da ist Papa jetzt?«

»Ja, Papa und ein paar andere Leute.«

»Wollen wir reingehen?«

»Ich muss nur erst zu Atem kommen.«

»Weiß Papa, dass ich hier bin?«

Sie lacht kurz.

»Dass du von zu Hause weggelaufen und hergekommen bist ... Ja, das weiß er.«

»Ich war doch gar nicht zu Hause.«

»Was?«

»Ich war nicht zu Hause, also kannst du nicht sagen, dass ich von zu Hause weggelaufen bin.«

»Nein.«

»Catherine ist nicht meine Mutter.«

»Catherine ist nur traurig, sie empfindet es eben so, dass

du *weggelaufen bist*, und jetzt will sie nicht mehr als Kindermädchen arbeiten.«

»Bist du sauer?«

»Nein.«

»Ist Papa sauer?«

»Nein.«

Ich atme durch, nehme ihre Hand.

»Wollen wir dann hineingehen?«

Mama sieht mich an und hat ganz rote Wangen. Das Seidenkleid ist so lang und dünn, dass es aussieht wie ein Nachthemd.

»Sehe ich gut aus«, sagt sie.

»Ja«, sage ich.

»Also gut, dann gehen wir mal rein«, sagt sie und will die Tür öffnen.

Ich drücke ihre Hand, möchte, dass sie kurz wartet.

»Und, sehe *ich* gut aus?«

Mama lächelt mich an. Sie lässt meine Hand los und umfasst meine Schultern und sieht mich an. Ich trage ein blaues Kleid.

»Du bist wunderschön«, sagt sie.

IV // Erbarme dich meiner

Er wird gezwungen, die Worte selbst zu formen; er muss den Schmerz in die eine Hand nehmen und einen Klumpen reinen Klang in die andere (wie die Menschen in Babel es vielleicht im Anbeginn der Zeit taten) und sie so zusammenpressen, dass schließlich ein nagelneues Wort heraustropft.

VIRGINIA WOOLF: »Über das Kranksein«

SIE Habt ihr über Gott gesprochen, du und dein Vater?

ER Vater und ich?

SIE Du hast mir viel von deiner Mutter und deiner Großmutter erzählt, es ist, als würde ich sie kennen, obwohl sie starben, bevor ich geboren wurde, aber über deinen Vater weiß ich sehr wenig. Er war Pfarrer.

ER Ja, aber er war ein sehr zurückhaltender Mensch, er war verschlossen und zurückhaltend. Man führte keine tiefschürfenden Gespräche mit Vater.

SIE Niemals?

ER Nein. Er wollte gewisse Regeln befolgen, und obwohl man dankbar war für die Regeln, waren es doch immer *Regeln, Regeln* ... Verdammt! Gibt es nicht bald etwas zu essen?

SIE Doch, bald. Wir machen gleich Schluss.

ER (*zögert*) Nein ...

SIE Doch, wir sind schon über der Zeit, aber morgen ist Samstag, und da treffen wir uns wie immer um elf. Sollen wir das in das Buch eintragen?

ER Ja.

SIE Und am Sonntag haben wir frei.

ER Aha.

Er vermeidet es, sie anzusehen.

SIE Sollen wir das in das Buch eintragen?

ER Dass wir morgen frei haben?

SIE Nein, morgen arbeiten wir, am Sonntag haben wir frei. Sollen wir das in das Buch eintragen?

ER Ja, mach das ruhig.

Sie steht auf und geht zu dem Tagebuch, das auf dem Schreibtisch liegt.

Ich weiß, dass sie das tut, weil ihre Stimme etwas weiter vom Mikrofon entfernt ist. Seine Stimme ist ganz nah. Das erzeugt eine neue Dissonanz zwischen den beiden Stimmen.

SIE (*abwesend*) Ich frage mich, ob … wenn wir uns morgen treffen … Ich frage mich, ob es okay ist, wenn ich dich ein bisschen mehr nach Großvater frage?

ER (*ganz nah, als würde er sich vorbeugen und direkt in das Mikrofon sprechen*) Nein.

SIE Es ist nicht okay?

ER Nicht wirklich okay, nein.

SIE Warum nicht?

ER Weil heute sehr viel *okay* gewesen ist. Ich werde erschöpft sein, ich will morgen nicht noch so einen Tag.

SIE Möchtest du morgen lieber nicht arbeiten?

ER Nein.

SIE Dann halten wir das so fest, morgen nicht.

ER Ist das okay?

SIE Sollen wir dann übermorgen arbeiten? Am Sonntag?

ER Nein.

SIE Du möchtest am Samstag und Sonntag eine Pause von dem Projekt machen?

ER Ja.

SIE Wollen wir am Montag arbeiten?

ER Ja, das können wir tun.

SIE Sollen wir das in das Buch eintragen?

ER Das können wir tun.

SIE Dann trage ich das hier ein. Montag, elf Uhr … okay?

ER Okay.

Bevor er krank wurde, schrieb er auf seinem Nachttisch, wenn er nicht schlafen konnte. Nicht auf einem Blatt auf dem Nachttisch, sondern auf dem Nachttisch selbst. Er hatte einen schwarzen Filzschreiber. Der Nachttisch war weiß.

Er schrieb nicht nur auf dem Nachttisch, er schrieb auch auf der Wand, zum Beispiel: *Schalt das Licht aus!* Und auf den Tischen im Arbeitszimmer und im Wohnzimmer. Ein Name, eine Telefonnummer, eine Uhrzeit, die er nicht vergessen durfte, vielleicht auch ein Konzert im Radio.

Doch der Nachttisch war für die Nacht reserviert und ist eng mit einzelnen Worten, Sätzen, Notizen, Träumen beschrieben. Von fern sieht die Tischplatte aus wie eine Karte vom Mond.

An einer Stelle steht, wie in einem dreizeiligen Gedicht:

Der wahre Alptraum
SARABANDE
Der verdammte Star im Auge breitet sich aus

Er sagte einmal, die Sarabande in Bachs fünfter Cellosuite stelle er sich als einen schmerzhaften Tanz für zwei vor.

ER Ich schaffe es nicht, weiter zu arbeiten! Es ist vorbei.

SIE Nein … es ist nicht vorbei.

ER Doch, das ist es.

SIE Du und ich, wir haben eine ganze Woche miteinander geredet … und nichts deutet darauf hin, dass es *vorbei* ist.

ER Wenn du es sagst … (*eifrig*) Es kommt vor, dass die Kreativität, die Lust zu schreiben, plötzlich zurückkehrt wie ein Engel Gottes, herabkommt und sich auf meine Schulter setzt und zu mir spricht. Und dann bekomme ich eine so verdammte Lust, mich mit meinen gelben Blättern an den Schreibtisch zu setzen. Sie liegen noch in der Schublade … Es macht so einen Spaß zu schreiben … es ist *formidabel* zu schreiben … es kommt vor, dass ich Lust bekomme … und dann … am nächsten Tag … ach, du weißt schon, all das … am nächsten Tag ist die Lust weg.

SIE Ja, aber du hast mir gesagt, dass es nur auf Disziplin ankommt.

ER Ja, früher.

SIE Früher, aber heute nicht? Warum nicht heute?

ER Das weiß ich nicht. Es ist ein … das Spiel ist kein Spiel mehr … Uff, nein, vergiss alles, was ich gerade gesagt habe, das ist nur dummes Gerede.

SIE Was genau?

ER Das Ganze mit dem Spiel.

SIE Das war dummes Gerede?

ER Ja, ich sage: Es war ein Spiel, das ich spielte … und das mir wichtig erschien, und dann verschwand es.

SIE Willst du damit sagen, dass alles, was mit Theater und Film zu tun hatte, ein Spiel war?

ER Nein, das nicht, aber das Schreiben. Die Arbeit. Ich bin sehr genau … wie du sicher von meinen Kollegen gehört hast.

SIE Ja, das habe ich vor allem von dir gehört.

ER Ja.

SIE Du hast ja nie gern improvisiert.

ER Oh, nein.

Er lacht.

SIE Nein!

ER (*lacht weiter*). Nein. Ha-ha-ha. Das ist nichts für mich. Die Zauberflöte war ein Spiel, jeden Tag Mozarts Musik in den Kulissen, aber alles war verdammt genau durchdacht ... Genauigkeit. Genauigkeit. Genauigkeit, mein Herz.

Doktor N. ist ein älterer Herr, klein und vornehm in einer braunen Tweedjacke und mit Fliege, kleine Finger, kleine Zähne, lange Wimpern. Er macht Hausbesuche, wie Ärzte es in früheren Zeiten taten, nur dass dies keine früheren Zeiten mehr sind, dies ist heute, oder vielmehr nicht heute, es ist sieben Jahre her, in der Gegenwart, könnte man wohl dennoch sagen. Eine der sechs Frauen, die sich um Papa kümmern, serviert Doktor N. in der Küche eine Tasse Kaffee. Anschließend wird er ins Wohnzimmer geführt, wo Papa ihn im Rollstuhl sitzend erwartet. Ich sitze auf der Couch. Nachdem Doktor N. uns beide begrüßt hat – das Ganze ist so kultiviert, dass man meinen könnte, wir hielten einen Salon ab –, stehe ich auf und gehe. Ich sage etwas in der Art wie *Ich werde die Unterhaltung nun den Herren überlassen.* Ich bin erst wenige Schritte gegangen, als ich höre, wie Papa Doktor N. erzählt, er sei von Fremden umgeben.

Er senkt die Stimme und flüstert:

»Ich glaube, sie ist eine Verwandte, aber ich bin mir nicht sicher.«

»Sie ist Ihre Tochter«, erwidert der Arzt und lacht kurz und verlegen. »*Ha-ha-ha*. Die jüngste, glaube ich.«

»So, so, nun, das könnte stimmen«, sagt Papa.

Sie bleiben einen Moment wortlos sitzen.

Und dann fragt Papa: »Wie alt ist sie?«

»Nein, hm, mal überlegen, das weiß ich nicht«, sagt Doktor N. und murmelt, ein weiser Mann wisse, dass er nie das Alter einer Frau schätzen sollte.

»Vielleicht siebzig«, sagt Papa.

»Nein, nein«, erwidert Doktor N.

»Nein? Nicht …?«, sagt Papa.

»Ich glaube, jetzt übertreiben Sie«, sagt Doktor N. »Ich würde eher schätzen, dass sie um die vierzig ist.«

»Ja, ja«, sagt Papa, »gut möglich, dass Sie recht haben.«

SIE Kannst du mir von Ingrid erzählen? Schau mal, hier hast du ein Bild von ihr. Siehst du sie? Siehst du das Bild?

Im Schlafzimmer hängt ein Jugendbild von Ingrid an der Wand. Sie hängt es ab und zeigt es ihm. Er betrachtet es. Ihr volles, braunes Haar fällt in einem Zopf auf den Rücken. Als sie das Bild vor ihm hochhält, als wäre es ein Spiegel, sieht Ingrid ihn an. Sie lächelt schwach.

ER (*fast unhörbar*) Für sie war das Leben eine breite, gerade Straße, auf der sie und ich gemeinsam in Geborgenheit reisen konnten.

SIE Geborgenheit für euch beide? Oder nur für dich? Fühlte sie sich auch geborgen?

ER Ja. So war es.

SIE Sprichst du mit Ingrid?

ER Ja, das tue ich, sie ist immer gegenwärtig.

SIE Glaubst du, dass du Ingrid begegnen wirst, wenn du stirbst?

ER Davon bin ich fest überzeugt.

SIE Glaubst du, dass du auch anderen außer Ingrid begegnen wirst?

ER Das weiß ich nicht, aber dass ich Ingrid begegnen werde, das weiß ich. Da bin ich mir absolut sicher. Ist dein Lautsprecher noch an?

Er sagt *Lautsprecher*, meint aber *Mikrofon*.

SIE Ja. Ist das okay? Wir machen bald Schluss.

ER Es ist Schluss.

SIE Bist du müde?

ER Ja, das bin ich.

SIE Möchtest du dich vor dem Mittagessen ein wenig ausruhen?

ER Ich weiß nicht. Wann gibt es Mittagessen?

SIE Mittagessen gibt es in fünfundvierzig … oder nein (*sie schaut auf ihre Armbanduhr*) … in vierzig Minuten.

ER Mittagessen?

SIE Ja, in vierzig Minuten.

ER Um zwölf?

SIE Jetzt ist es zehn vor halb eins. Mittagessen gibt es um eins. Bis dahin sind es noch vierzig Minuten.

ER Was … ich weiß nicht.

SIE Ja, aber ich weiß es. Um ein Uhr isst du zu Mittag.

ER Um ein Uhr esse ich zu Mittag?

SIE Ja. Omelett um ein Uhr.

ER Omelett um ein Uhr.

SIE Also in etwas mehr als einer halben Stunde.

ER Bist du sicher?

SIE Ja, das bin ich. *Todsicher.*

ER Todsicher?

SIE Des Todes sicher, sagen wir in Norwegen.

ER Was sagt ihr?

SIE Des Todes sicher.

Lange Pause.

ER Ja, du, ich denke, wir beenden unsere Übungen für heute.

SIE Dann schalte ich aus. Sag mal, bist du traurig geworden, weil ich dich nach Ingrid gefragt habe?

ER Ja.

SIE Entschuldige.

ER Nein, du konntest ja nicht wissen, dass es wehtun würde, aber das hat es getan. Uff!

SIE Wir machen Schluss für heute.

ER Ja.

SIE Aber ich überlege … soll ich das Tagebuch holen, damit wir die Verabredung für morgen eintragen können?

ER Ja, aber das wird sehr kompliziert.

SIE Warum denn das?

ER Weil dann eine der Damen, die hier arbeiten, kommen und uns helfen muss … und wir können sie nicht andauernd hierher schleifen.

SIE Aber können wir nicht einfach das Buch holen und ohne Hilfe von anderen unsere Verabredung eintragen?

ER Nein, das geht nicht.

SIE Ich verstehe … sollen wir vielleicht einfach sagen, dass wir uns morgen um elf Uhr treffen?

Unendlich lange Pause.

ER Ja.

SIE Du hast kurz gezweifelt?

ER Ja, weißt du, ich bin ein vielbeschäftigter Mann.

SIE Ja, das stimmt natürlich.

ER Ein vielbeschäftigter Mann hat das Recht zu zweifeln.

SIE Ja, selbstverständlich.

ER Ich würde gerne ein Uhr vorschlagen.

SIE Nein, da isst du zu Mittag.

ER Ja, aber dann können wir doch zusammen essen. Ich glaube, es gibt Omelett, und vielleicht trinken wir ein Glas Wein dazu. Ist das nicht eine gute Idee?

Er saß vollkommen still, hatte den schweren, glatten Kopf gesenkt und stocherte in dem Omelett herum. Er hob den Kopf und sah mich an, senkte den Kopf und nahm einen Bissen, hob erneut den Kopf. Am Ende öffnete er den Mund, nicht um zu essen, sondern um etwas zu sagen.

Wir hatten eine Ewigkeit so gesessen, und als nun endlich etwas gesagt werden sollte, war ich erleichtert und lehnte mich vor. Er war geschrumpft, blass geworden, der Blick unfreiwillig sanft, aber er hatte gesunde rote Wangen.

Anne Carson hat einige Worte geschrieben, die mir nicht aus dem Kopf gehen wollen: »Warum erröten wir, bevor wir sterben.«

Er zeigte auf die Ketchupflasche, die zwischen uns auf dem Tisch stand, auch sie war rot. Und hässlich neben der kleinen Glasvase mit Feldblumen, irgendjemand hatte sich die Zeit genommen, sie zu pflücken. Der Küchentisch war vertraut, Kiefer, die Feldblumen auch, die Ketchupflasche wirkte dagegen deplatziert, ein großer und hässlicher und roter Fehler in Papas Haus.

Nach langem Schweigen fragte Papa, ob ich jemals Ketchup probiert hätte. Ich erkannte, dass er versuchte, Konversation zu machen. Wenn dies ein festlicher Anlass war, dann war er der Gastgeber und ich sein Gast. Er sagte, wenn ich niemals Ketchup probiert hätte, liefe ich Gefahr, eines der großen Erlebnisse des Lebens zu versäumen. Was sollte ich darauf erwidern? Sollte ich etwas über Ketchup sagen?

Ich habe Feste organisiert, seit ich sechzehn war, und es stets mit dem Gefühl getan, dass etwas Schreckliches passieren wird.

An manchen Tagen erkannte er mich, an anderen erkannte er mich nicht. Jeden Morgen hoffte ich, dass er sich in dem einen und nicht in dem anderen Zustand befinden würde. Mit der Zeit entdeckte ich einen dritten Zustand, komplexer als der eine und der andere. Häufig wusste er zwar, wer ich war, fragte sich aber, ob das, was er wusste, auch tatsächlich stimmte.

Es dauerte zu sterben, es *spielte sich ab*, und wenn mich in jenem Sommer jemand gefragt hätte: Was tut er gerade?, hätte meine Antwort gelautet, er liegt da und stirbt, obwohl das nicht ganz zutreffend gewesen wäre, denn obgleich er sehr viel *lag*, kam es auch vor, dass er *saß* oder *sich krümmte*, manchmal wurde er von emsigen oder wohlmeinenden Frauenhänden *angehoben* und in den Rollstuhl verfrachtet und in die Küche *gerollt*, wo ihm ein Omelett vorgesetzt wurde.

Ich befürchtete, dass der Kopf zu schwer für seinen Körper werden würde, dass er wie eine Stoffpuppe aufreißen, aufplatzen, ausfransen könnte. Er wog kaum mehr als ein Beutel Äpfel.

Die Fenster in seinem Schlafzimmer blieben geschlossen, es sollten keine Fliegen und Insekten hereinkommen, trotzdem saßen Schmetterlinge auf den Wänden, an der Decke (saßen? standen? klebten?), sie hatten etwas Schweres, Winterartiges, Flecken aus Schwarz auf weißgestrichenen Flächen. Wenn ich auf dem Bett lag und an die Decke starrte und die Augen zusammenkniff, so dass alles nur noch ein Nebel war, sah ich ganz andere Dinge als Schmetterlinge. Ich sah Blutspritzer, wahrscheinlich weil ich gerade einen Artikel über die Analyse von Blutspritzern in Kriminalfällen gelesen hatte, darüber, dass Blutspritzer enthüllen können, was am Tatort geschah. Ich sah Kies im Schnee, es war warm und stickig in dem Schlafzimmer, warm draußen und warm drinnen, ich sehnte mich nach Schnee. Ich lag in dem großen Bett neben meinem Vater und sehnte mich nach Schnee oder zumindest nach einem kühlen Windstoß, manchmal sprach ich zu ihm, manchmal sang ich, vielleicht wollte er mich überhaupt nicht neben sich haben, redend, singend, vielleicht wollte er seine Ruhe haben, in Ruhe sterben, war aber zu schwach, mir das zu sagen.

Die Schmetterlinge waren eine Form von Anwesenheit, die nicht körperlich oder auch nur physisch genannt werden kann, ich zählte einen, zwei, drei, vier. *Ein* Schmetterling ist hübsch, er verirrt sich in dein Zimmer, mag sein, dass du ihm eine Bedeutung zumisst, du bewunderst seine Schönheit, du bist dankbar, weil sich dir etwas so Bezauberndes zeigt, aber viele Schmetterlinge auf einmal – in einem fast vollkommen dunklen und warmen Schlafzimmer – sind etwas vollkommen anderes. Es ist, was es ist, sie sind, was sie sind. Sie wollen nichts von dir, sie wollen nicht einmal flüchten. Ich stand vom Bett auf, zog die Vorhänge zur Seite und öffnete das Fenster.

»Nein, bitte nicht«, murmelte Papa, als das Licht sein Gesicht traf.

Man hätte meinen sollen, dass die Schmetterlinge es zu schätzen wüssten, hinaus zu dürfen, dass sie ihre großen Flügel ausgebreitet hätten und ins Licht geflogen wären, aber nein, ich stand schwankend auf dem Fußboden und ruderte mit den Armen und flüsterte *husch, husch,* aber sie blieben einfach an der Wand sitzen.

Das Haus war eine Verlängerung von ihm. Es war nicht erlaubt, sich frei darin zu bewegen, es gab für alles Regeln, so hätte ich zum Beispiel niemals ein Glas Wasser aus der Küche ins Wohnzimmer mitgenommen. Keiner teilte mir das mit. Keiner sagte: Es ist nicht erlaubt, ein Glas Wasser ins Wohnzimmer mitzunehmen. Es war einfach etwas, das ich wusste. Ich wusste es so genau (und hatte es schon so lange gewusst), dass es nichts war, worüber ich nachdachte. Das langgestreckte, flache Haus mit Aussicht auf den Steinstrand und die Ostsee bewahrte eine keusche Ordnung, in der alle, die in ihm lebten, Kinder und Erwachsene, ihrer Arbeit nachgingen, Zeiten einhielten und Gefühlsausbrüche vermieden. Eine kleine Welt, im Voraus entworfen und festgelegt.

Zu Ingrids Zeit hätte es in dem Haus keine Schmetterlinge gegeben. Ich ging los, um den Besen zu holen, der in dem hohen Schrank im Flur zwischen Eingang, Küche und Wohnzimmer stand. Hätte König Salomo dieses Haus besucht, hätte er nicht nur gesagt, dass alles seine *Zeit* hat, sondern auch, dass alles seinen *Ort* hat.

Jeden Vormittag ging Ingrid mit einem Teppichklopfer durch das Haus und schlug sämtliche Kissen aus, in den Sesseln, auf den Sofas, in den Betten, und wenn man sich auf das Sofa gesetzt hätte, nachdem Ingrid die Kissen geklopft hatte, wäre das ganze Sofa zusammengesunken, flachgepresst und zerknautscht worden. Obwohl Ingrid viele Jahre vor Papa starb, war es, als ginge sie immer noch von Zimmer zu Zimmer und schlüge die Kissen auf.

Wenn er im Rollstuhl saß, waren es seine dünnen Beine, die mir ins Auge stachen, Ballerinabeine, seine Füße steckten in großen Lammfellpantoffeln. Auf den einen Pantoffel hatte er den Buchstaben L geschrieben, auf den anderen den Buchstaben R. Er hatte einen schwarzen Filzstift benutzt. Es war Jahre her, dass er seine Pantoffeln mit L und R beschriftet hatte. Jetzt hätte er absolut nichts schreiben können.

Das gestreifte Nachthemd schlackerte um seine Knie, es war viel zu groß, als gehörte es einem anderen und wesentlich größeren Mann als ihm, einem größeren Mann, der nun nach seinem Nachthemd suchte, weil das, was er anhatte, ihm viel zu klein und eng war. Als Papa vom Schlafzimmer in die Küche gerollt wurde, rief er NEIN!, und anschließend krümmte er sich zusammen und versuchte, sich ganz klein zu machen, als wollte er im Rollstuhl verschwinden, zum Rollstuhl *werden*, er brauchte Zeit, um zu sterben, und es war nicht etwa so, dass er nur dalag und starb oder dasaß und starb oder sich krümmte und starb oder NEIN! rief und starb, er murmelte und rief und flüsterte und röchelte, und einmal lag ich neben ihm im Bett und sang ein Gutenachtlied, das Lied, das ich immer meinen Kindern vorgesungen hatte, die lichtundurchlässigen Vorhänge waren (wie immer) zugezogen, und obwohl es mitten am Tag war und draußen die Sonne schien, war es in dem Zimmer dunkel. Früher hatte er häufig gesagt, dass sich all seine Alpträume und Gedanken über den Tod in strahlendem Sonnenschein abspielten, und jedes Mal, wenn ich versuchte, die Vorhänge aufzuziehen, schwere, gelblich beige Vorhänge, die über den Fußboden schleiften und Staub schleckten, protestierte er. Ich selbst fand, dass es in seinem Zimmer viel zu dunkel und stickig war, und es gefiel mir nicht, die Schmetterlinge an Wand und Decke im Auge behalten zu müssen, aber ich lag in der Dunkelheit und sang für ihn das Lied, das meine Kinder so sehr mochten. Ich konnte ihn nicht deutlich sehen, und er konnte mich nicht sehen, wir waren zwei Schatten, die nebeneinander im Bett lagen, der eine Schatten sang und der andere Schatten schwieg, er hatte lange Zeit nichts gesagt, und mitten in dem Lied fragte ich mich, ob er tot war, ich hoffte vielleicht, dass es sich so verhielt, dass er *eingeschlafen* war, wie man so sagt. Das Lied hatte viele Strophen, deshalb mochten meine Kinder es so, es dauerte eine ganze Weile, zum Ende zu kommen, und sie wollten, dass möglichst viel Zeit von dem Moment an verging, in dem ich anfing zu singen, bis dahin, dass ich Gute Nacht sagte und das Licht löschte und die Tür schloss. Eva hat Angst vor der Nacht, ihr graut vor dem Moment, in dem sie sich hinlegen und schlafen soll, sie zögert den Zeitpunkt hinaus, bittet um eine Scheibe Brot, bittet um Wasser, bittet um einen Kuss, bittet uns, das lange Lied mit allen Strophen zu singen, und als ich neben meinem Vater auf dem Bett lag – mitten in der dritten oder vierten Strophe –, dachte ich: Ist er jetzt vielleicht tot?

Doch dann, nach einer weiteren Strophe, kam ein dünnes Flüstern: »Sehr schön.«

Seine Stimme war vollkommen klar, wie aus einer anderen Zeit. Dies war eine neue Zeit.

Wir waren immer so höflich zueinander. Ich sagte: »Findest du?«, ohne eine Antwort zu bekommen. Und dann fragte ich: »Soll ich noch ein Lied singen?«, und daraufhin sagte er: »Nein, danke.«

Höflichkeit war wichtig, ich schätze Höflichkeit, wir bemühten uns bis zuletzt.

SIE Aber du hast doch immer Menschen geschildert, die über den Tod nachgrübeln – der Tod ist immer gegenwärtig, in den Filmen und den Inszenierungen und in dem, was du schreibst.

ER Tja, findest du …?

SIE Irre ich mich? Hat der Tod dich nicht sehr beschäftigt?

ER Ja, vielleicht, in gewisser Weise, aber nicht so sehr, der Tod hat mich eigentlich in einem eher bescheidenen Maße beschäftigt.

SIE Es überrascht mich, dass du das sagst.

ER Der Tod als Abenteuer, der Tod als Fantasien, ja, aber ich habe den Tod niemals ernst genommen. Das habe ich jetzt ja tun müssen.

SIE Was bedeutet das?

ER Oh, du stellst Fragen!

SIE Bist du sauer, weil ich frage?

ER Nein, nein, nein.

SIE Du musst mir sagen, wenn du Schluss machen willst.

ER Nein, nein.

SIE Was meinst du, wenn du sagst, dass du etwas ernst nehmen musst?

ER Etwas ernst nehmen heißt, *konkret* sein.

SIE Konkret sein?

ER Das Konkrete erschreckt mich.

SIE Warum?

ER Nun, das verstehst du doch sicher: weil es wirklich ist. Es ist nicht möglich, es zu verändern … es ist handfest … es ist etwas, durch das du hindurch musst … kein dummes Zeug. Die Realität ist, dass ich rein gar nichts ernst nehme.

Stille.

SIE Findest du, du bist ein solcher Mensch – jemand, der nichts ernst nimmt?

ER Ja, manchmal finde ich das. Und nein – ich bin auch das Gegenteil.

SIE Dass du alles ernst nimmst?

ER Ja … Ich weiß nicht, wer ich lieber sein soll.

Die Frauen, die sich in diesem letzten Jahr um ihn kümmerten, arbeiteten im Schichtdienst. Sie kamen und gingen und taten so viel mehr, als Schlafzimmervorhänge auf- und zuziehen. Die eine Frau hörte abends Radio, die zweite Frau bügelte im Wohnzimmer, die dritte Frau probierte in der Küche Kleider an, die vierte Frau sang, die fünfte Frau meinte, *Er sagt, ich erinnere ihn an seine Mutter*, die sechste Frau ging umher und klimperte mit einem großen Schlüsselbund, und nach und nach veränderte sich das Haus. Es war ein Haus, in dem alles im Hinblick auf Regeln geschehen war, die unausgesprochen blieben, in zugewiesenen Räumen und zu bestimmten Uhrzeiten, niemand hatte, außer Papa, jemals abends Radio gehört, niemand hatte im Wohnzimmer Wäsche gebügelt oder in der Küche Kleider anprobiert.

Wenn ich versuche, die Gesichter der Frauen vor mir zu sehen, wird alles unscharf. Wenn ich an sie denke, sind es ihre Hände, die ich sehe.

Er hatte Vorkehrungen für seinen Tod getroffen. Er würde in seinem Bett, in seinem Haus sterben, auf den Steinstrand, die gekrümmten Kiefern, das Meer und das sich unaufhörlich wandelnde Licht hinausschauen. »Jeder Einzelne muss sein eigenes Universum tragen«, schreibt der Historiker Henry Adams, »und die meisten Menschen sind nur mäßig daran interessiert zu verstehen, wie es dem Nachbarn gelungen ist, das seine zu tragen.«

Die Frauen, die sich um ihn kümmerten, hatten auch vorher schon Kinder und Alte gepflegt, es waren erfahrene Hände, raue Hände, aber ich zögere, sie fürsorglich zu nennen. Aber er hatte entschieden, wie er es haben wollte. *Ich will in kein verdammtes Altersheim. Ich will in meinem eigenen Haus sterben. Ich will nicht ohnmächtig in die Obhut meiner Kinder gegeben werden. Ich will keinen gefühlsmäßigen Tumulten ausgesetzt werden.*

Die Frauen taten, was sie immer getan hatten, jedenfalls seit sie erwachsen waren – ich kann sie mir nicht als Mädchen vorstellen. In jenem Sommer kreiste alles darum zu sterben, die letzte große Arbeit, der Tod lehnte sich ans Leben, das Leben lehnte sich an den Tod, er erwachte am Morgen und schlief am Abend ein, starb dennoch jeden Tag. Das Herz schlug, aber die Abwesenheit war überwältigend. Die Frauen von der Insel kümmerten sich um ihn und taten all das, was sie immer getan hatten – sie rollten und hoben an und fütterten und wuschen und tätschelten und wischten und bügelten.

Ich holte den Besen und kehrte in Papas Zimmer zurück. Als ich klein war, zählte ich die Schritte von Papas und Ingrids Abteilung am einen Ende des Hauses zu Daniels und meiner Abteilung am anderen.

Früher war es Ingrid gewesen, die wusch, staubsaugte und bügelte, sie stopfte Löcher und schrieb auf der Schreibmaschine Manuskripte ins Reine, sie hängte Laken und Bettwäsche in den Schranktrockner und drehte sie durch die Mangel und machte die Betten so, dass nichts auf falsche Art ausbeulte und knitterte, sie kaufte ein und kochte, räumte auf, archivierte und führte Buch und beantwortete Briefe.

Ich stellte mich auf die Zehenspitzen und stupste mit dem Besenstiel vorsichtig einen der Schmetterlinge an, ich hatte Angst, ihn zu fest anzustoßen, ich wollte ihn nicht töten, eine Fliege hätte ich problemlos getötet, einen Schmetterling dagegen nicht, ich weiß nicht warum, diese hier waren nicht einmal hübsch, sie rührten sich auch nicht von der Stelle, selbst als ich sie anstieß nicht. Sie blieben auf der Wand sitzen, ein, zwei, drei, vier und ein fünfter, den ich bisher nicht gesehen hatte, sie saßen dort mit ihren Flügeln, sie sollten nichts, sie wollten nichts, ich gab auf, stellte den Besen in eine Ecke und legte mich wieder neben Papa auf das Bett.

Es ist nicht wahr, dass er weniger als ein Beutel Äpfel wog, ich hätte ebenso gut schreiben können, dass er mehr wog als ein großer Baum. Ich kann nicht sagen, ob er schwer war oder leicht.

Ich schaffte es nicht, ihn aus einer liegenden in eine sitzende Position zu heben. Ich wollte ihm Wasser geben. Er wog sicher eine Tonne – wie viel wiegt ein großer Baum? Zum Beispiel eine Ulme? Er landete in einer halb liegenden und halb sitzenden Position im Bett, in einer unbequemen und für das Trinken von Wasser wenig geeigneten Körperhaltung, ich selbst hatte auf der Bettkante Platz genommen, auch ich halb sitzend, halb liegend, einen Arm um seine Schultern gelegt und mit dem anderen nach dem Wasserglas tastend, das auf dem Nachttisch stand, wir waren beide in dieser Stellung gefangen, eine unvollendete Skulptur unbestimmten Ursprungs. Als ich mir endlich das Glas gesichert und es an seine Lippen geführt hatte, gelang es mir, uns richtig zu rücken. Jetzt waren wir nicht mehr gefangen, wir konnten uns bewegen, aber Papa war nicht in der Lage, den Mund zu öffnen und zu trinken. Ich drückte das Glas behutsam gegen seine Lippen. Ich weiß nicht, warum ich mir einbildete, dass er Durst hatte und trinken wollte, er hatte nicht gesagt: Ich habe Durst. Er hatte nicht auf das Glas gezeigt. Er hatte seit vielen Tagen nicht mehr gesprochen. Vielleicht hatte er beschlossen, kein Wasser mehr zu trinken.

Später habe ich gedacht, ich hätte nur seine Lippen befeuchten sollen. Ich hatte nie zuvor an einem Sterbebett gesessen, aber ich habe viele Bücher gelesen und hätte wissen sollen, dass man dies tat. Du befeuchtest die Lippen. *Erbarme dich meiner und sende Lazarus, damit er die Spitze seines Fingers ins Wasser tauche, und kühle meine Zunge.* Der reiche Mann bittet nicht um ein Glas Wasser. Er bittet darum, dass der arme Mann seine Fingerspitzen in Wasser tauchen und seine Lippen befeuchten möge. Der reiche Mann, der nicht tot und auch nicht lebendig ist, sondern etwas dazwischen, hat Durst und weiß, wonach es ihn verlangt und wie es ihm verabreicht werden soll.

Es ging schief. Auf Grund meiner Unbeholfenheit, meiner katastrophalen Unbeholfenheit ging es schief. Die Frauen in meiner Familie – mütterlicher-, nicht väterlicherseits – tragen diese katastrophale Unbeholfenheit in sich. Ich stolpere auf der Straße, laufe gegen Bäume, gieße Wein auf den Fußboden. Diesmal verschüttete ich Wasser auf Papa, es rann, es rann kaltes Wasser seinen Hals hinab und in den Halsausschnitt, über die Brust und auf das Kissen und das Laken. Er zuckte zusammen, als das Wasser seine Haut traf, es war das kälteste Wasser, das ihn jemals getroffen hatte, oder was weiß ich schon über seine Haut und wie sie von heißem und kaltem Wasser getroffen worden war, jedenfalls weiß ich, es war lange her, dass er an den Stellen, die nun berührt wurden, überhaupt berührt worden war – den Hals hinab, am Schlüsselbein entlang, an der Brust –, und ich glaube, deshalb öffnete er den Mund und sprach, oder vielmehr, er sprach nicht wirklich, sondern murmelte, was seine letzten Worte zu mir sein sollten.

»Verdammte Alte«, sagte er.

Ich sagte: »Entschuldige, Papa.«

Und er sagte: »Verdammt kalt … verdammte Alte.«

Alt werden ist eine Arbeit. Den Körper zu überreden, dem Gehirn zu gehorchen, und mit der Zeit das Gehirn zu überreden, sich selbst zu gehorchen, Gott um Gnade zu bitten. Papa bewegte sich sein ganzes Leben in einem Zickzackkurs zwischen Glauben, Unglauben und Zweifel. Er sagte einmal: »Einerseits glaube ich, dass ich Ingrid wiedersehen darf, andererseits glaube ich, dass sterben ist, wie eine Kerze auszupusten.«

Er sagte: »Aus dem Bett aufstehen, duschen, Socken und Schuhe, saubere Kleider anziehen, frühstücken, Rad fahren, arbeiten.«

Will man sich zum Beispiel die Schuhe zubinden, was körperliche Anstrengung, Fingerfertigkeit und List erfordert, wie alle Kinder im Alter von sechs bis neun Jahren wissen, wenn das Zubinden von Schuhen ein ernsthaftes Unterfangen ist, die Schleife das größte Mysterium, die Finger, die Hände, die Schnürsenkel, alles zusammen ein schier unlösbares Problem. Hat man erst einmal gelernt, sich die Schuhe zuzubinden, vergisst man, wie kompliziert es ist, die Jahre vergehen, und dann steht man eines Tages auf Strümpfen da und blickt auf seine Füße hinab.

Papa setzte sich häufig, bevorzugt nachts, in ein kleines Zimmer, mit dem Ziel vor Augen, an andere Menschen zu denken. Über dieses Ritual sagte er: »Ich sehe sie vor mir, den Mund, den Blick, die Züge, ich spreche laut ihren Namen aus, höre mich selbst den Namen sagen, ich sehe, wie sie sich zu mir umdreht, vielleicht ist an ihren Bewegungen etwas Gezwungenes, vielleicht lacht sie, und dann denke ich an ihr Lachen oder an etwas, was sie sagt … ja, du verstehst, es muss keine Frau sein, es kann auch ein Mann sein oder ein Kind … Ich denke an andere, Lebende und Tote, und dann zünde ich eine Kerze für sie an.«

Er bittet sie, die Vorhänge aufzuziehen. Sie steht auf, geht zum Fenster und zieht sie auf.

ER So ist es heller.

Sie bleibt am Fenster stehen.

SIE Jetzt können wir das Meer sehen.

ER Ich nicht.

SIE Soll ich sie noch weiter aufziehen?

ER Nein.

SIE Frierst du?

ER Nein.

SIE Möchtest du noch eine Decke?

ER Nein.

SIE Schön, dann setze ich mich hier neben dich.

ER Wenn mich jemand fragt, wo ich eigentlich wohne, antworten sie, bevor ich überhaupt dazu komme, etwas zu sagen, sie sagen, dass ich in Hammars wohne.

SIE Aber du *wohnst* doch auch hier?

ER Ja.

SIE Sehnst du dich nach Stockholm?

ER Ja.

SIE Sehnst du dich nach dem Theater?

ER Ja.

Als ich Anfang zwanzig war, wollte er, dass ich Agnes von Krusenstjernas *Die Frauen der Familie von Pahlen* lese, einen Roman in sieben Teilen. Ich fing den ersten Teil an, langweilte mich schon nach wenigen Seiten und stellte das Buch ins Regal zurück. Als er merkte, dass ich es nicht las, gelang es ihm nicht, seine Enttäuschung und Verärgerung zu verbergen. Ein paar Jahre später erzählte ich ihm, dass ich Hedvig Charlotta Nordenflychts Gedicht »Der Frauenzimmer Pflicht, ihren Geist zu vervollkommnen« von 1741 gelesen hatte, ohne dass dies nennenswert die Tatsache aufwog, dass ich niemals *Die Frauen der Familie von Pahlen* gelesen hatte. Wieder einige Jahre später ließ er sich seine Bibliothek errichten, das Haus in Hammars wurde noch länger, die Bibliothek wurde aus Kiefernholz gebaut, Beleuchtung und Glas nach Entwürfen gestaltet, an deren Ausarbeitung er persönlich beteiligt gewesen war. In der Bibliothek fand ich Hedvig Charlotta Nordenflychts *Die trauernde Turteltaube*. Diese Gedichtsammlung schrieb sie, als ihr zweiter Ehemann, der Pfarrer Jacob Fabricius, nach nur neunmonatiger Ehe starb. Der vollständige Titel lautet: *Die trauernde Turteltaube, oder Verschiedene betrübliche Lieder, unter schönen* MELODIEN *zusammengestellt und gesammelt von einer mitleidsvollen Zuhörerin.*

Er besaß tausende Bücher, er las ständig und unterstrich Dinge, die ihm wichtig erschienen.

Ungefähr zu der Zeit, als Ingrid starb, las er Ulla Isakssons *Das Buch über E*, das davon handelt, seinen Ehepartner an die Demenz zu verlieren. Papa verlor Ingrid an den Krebs. Er bat mich, das Buch zu lesen. Er selbst hatte das Buch mit seinem schwarzen Filzstift in der Hand gelesen. Sich Randnotizen gemacht. Sätze unterstrichen. Ein Buch zu lesen, das er gelesen und in dem er geschrieben und gezeichnet hatte, war so, als unterhielte man sich mit ihm, ohne Angst zu haben, etwas Falsches zu sagen.

Ein paar Wochen nach Ingrids Beerdigung saßen wir eine ganze Nacht auf dem Sofa im Wohnzimmer, mit Aussicht auf die gekrümmten Kiefern, den Steinstrand und das Meer. Wir saßen Hand in Hand und starrten auf die wütende rote Morgensonne, die langsam aus der Ostsee aufstieg.

Am Meeresrand an dieser entlegenen Stelle beschauet sie die Wellen.

Er sagte, dass ich nach Oslo zurückreisen müsse, er wolle mich nicht da haben. Er ließ meine Hand nicht los, unsere Knöchel waren im Laufe der Nacht klein und blass bläulich geworden.

»Ich bin ein vierundsiebzig Jahre alter Mann«, sagte er, »und jetzt hat Gott mich aus dem Kinderzimmer geworfen.«

In *Das Buch über E* zitiert Ulla Isaksson die schwedische Autorin Elin Wägner: »Man muss auch in der Hölle möblieren.« Hier hat Papa ein Ausrufezeichen an den Rand gesetzt.

Als ich sieben war, sagte Papa mir, wenn man schreibe, solle man keine Ausrufezeichen benutzen. Ich hatte eine Erzählung verfasst, die von drei kleinen Katzen handelte. Die Erzählung hieß »Drei kleine Katzen!«.

Je älter er wurde, desto unleserlicher wurde seine Schrift. Die Hand zittert, ein Auge lässt nach, die Buchstaben fließen ineinander.

Papas Ausrufezeichen am Rand ist von all dem geprägt. Ein kleiner Strich und ein Punkt. Eine brennende Kerze. Ein gebrochener Zweig. Das Festland und eine Insel.

ER Und manchmal gehe ich ins Wohnzimmer und sage: Ich möchte, dass wir etwas mit dem Bild an der Wand tun ... und dann wende ich mich ihm zu, der dort im Raum steht ... es ist eine anonyme Person. Ich sage: Dieses Bild kam ja hierher, bevor ich hier war, und dann sagt diese anonyme Person: Damals gab es hier nichts, das waren Sie, Sie haben dieses Bild aufgehängt, alle Räume gebaut und entworfen und möbliert, all das gehört Ihnen ... Und diese Erwiderung – all das gehört Ihnen – kehrt in immer neuen Variationen wieder ... Ich träumte, dass ich auf dem Weg zum Königlichen Schloss war, und dann kam ein Mann, eine vollständig anonyme Person, und sagte: Woher kommen Sie, eigentlich, und dann sagte ich: Ich komme aus Hammars, auf Fårö, und dann sagte der Betreffende: Es wurde wirklich Zeit, dass wir hören durften, wer dort wohnt, und dann sage ich, leicht zweifelnd, doch, ich glaube, ich bin es, der dort wohnt.

V // Dein Bruder in der Nacht

The only thing we know for
sure about Henry
Porter is that his name wasn't
Henry Porter.

BOB DYLAN / SAM SHEPARD

Um über wirkliche Personen zu schreiben wie Eltern, Kinder, Geliebte, Freunde, Feinde, Onkel, Brüder oder zufällige Passanten, ist es notwendig, sie zu fiktionalisieren. Ich glaube, dies ist der einzige Weg, ihnen Leben einzuhauchen. *Sich erinnern* heißt, sich umzuschauen, immer wieder, jedes Mal von Neuem erstaunt.

»Die autobiografische Arbeit beginnt mit dem Gefühl, vollkommen allein zu sein«, schreibt John Berger.

Ich wollte sehen, was geschehen würde, wenn ich uns in einem Buch sichtbar werden ließ, als wären wir an keinem anderen Ort daheim.

Für mich war es so: Ich erinnerte mich an nichts, aber dann stieß ich auf eine Fotografie von Georgia O'Keeffe, die mich an meinen Vater erinnerte. Ich begann mich zu entsinnen. Ich schrieb: »Ich erinnere mich«, und mir war sofort unwohl dabei, da ich begriff, wie viel ich vergessen hatte. Ich besitze ein paar Briefe, ein paar Fotos, ein paar verstreute Zettel, die ich aufbewahrt habe, ohne dass ich zu sagen wüsste, warum ich ausgerechnet diese Zettel aufbewahrte und andere nicht, ich habe sechs Gesprächsaufnahmen mit meinem Vater, aber als wir die Aufnahmen machten, war er so alt, dass er den größten Teil seiner eigenen und unserer gemeinsamen Geschichte vergessen hatte. Ich erinnere mich an das, was geschah, ich glaube, ich erinnere mich an das, was geschah, aber manches habe ich mit Sicherheit auch erfunden, mir fallen ein paar Geschichten ein, die immer wieder erzählt wurden, und Geschichten, die nur einmal erzählt wurden, manchmal hörte ich zu, und manchmal hörte ich nur mit halbem Ohr zu, ich lege das alles nebeneinander, lege es aufeinander, lasse es gegeneinander stoßen, versuche, eine Richtung zu finden.

In den letzten zwei Jahren habe ich nachts oft wachgelegen, eine Zeitlang nahm ich Schlaftabletten, um mir das zu ersparen, da es mir nicht gelang, Nutzen aus diesen durchwachten Nächten zu ziehen, ich lag bloß da und starrte an die Decke.

Vor nicht allzu langer Zeit fand mein Mann auf dem Dachboden mein Tonbandgerät. Ich drückte auf Play, und da waren wir. Papa und ich. Unsere Stimmen in weiter Ferne. Die Aufnahmen waren so lange verschwunden gewesen, dass ich allmählich geglaubt hatte, ich hätte sie geträumt.

Wenn mein Vater keinen Schlaf fand, schrieb er auf seinen Nachttisch. Ich habe ein Bild von diesem Nachttisch gemacht, es ist in meinem Handy gespeichert, ich kann verschiedene Stellen auf der Tischplatte heranzoomen:

ZEHN JAHRE
Ich suche fieberhaft
nach Ingrid
ANGST
ANGST
ANGST
ANGST
ANGST

Drehte einen ziemlich grauen und
langweiligen Film; wollte
den Zeitgeist schildern

Ingrid auch voller Angst
Ein hässliches Fiasko
Und böswillige Kritiken
SCHEISSNACHT

Das Bett, in dem er lag, als er das schrieb, ist ordentlich gemacht, das ist es jetzt schon viele Jahre. Es liegt eine weiße, gehäkelte Oberdecke auf Kissen und Bettdecke. In seinem letzten Sommer stand außerdem einiges auf die Schlafzimmerwand geschrieben, aber das ist weggewischt worden. Er hatte nicht eigenhändig auf die Wand geschrieben, sondern eine der Frauen, die ihn pflegten. Sie tat es auf seine Anweisung hin. Mit großen Buchstaben und demselben Typ von schwarzem Filzstift, den er immer benutzte, hatte sie seinen Namen geschrieben, gefolgt von den Ortsbezeichnungen *Hammars, Fårö, Schweden, Europa, Welt, Universum.* Sein Zimmer war ein Konvolut – das Notizbuch eines Kindes.

Alles steht exakt so, wie es zu seinen Lebzeiten gestanden hat. Das Haus in Hammars ist *für die Nachwelt erhalten geblieben*, wie man so sagt. Fremde gehen von Zimmer zu Zimmer. Manche machen Bilder. Manche setzen sich in die Sessel und auf das Sofa und lehnen sich über die Tische und schalten das Licht aus und wieder an und legen sich möglicherweise vorsichtig auf sein Bett, um die Matratze zu spüren.

Eines Abends schalte ich hier in Oslo den Fernseher ein und sehe einen berühmten Filmregisseur mittleren Alters in einem der grünen Sessel in dem Raum sitzen, den wir die Videobibliothek nannten. Zwei grüne Sessel standen darin, einer für Ingrid und einer für Papa. Sie stehen dort bis heute. Der Filmregisseur mittleren Alters sitzt in Ingrids Sessel und spricht in die Kamera.

Die Videobibliothek – Resümee eines Wohnraums: Als Daniel und ich so groß waren, dass wir unsere Kinderzimmer nicht mehr benötigten, machte Papa aus den beiden kleinen Zimmern und dem kleinen Bad einen Fernsehraum. Er besaß eine große Sammlung VHS-Kassetten. Jede Kassette wurde registriert und in alphabetischer Reihenfolge in Regale eingeordnet, die vor Ort gebaut wurden. Nach elf und vor drei Uhr war es möglich, sich hier Kassetten auszuleihen.

Wenn du eine Kassette entliehst, schriebst du jedes Mal den Titel des Films und das Datum auf und unterschriebst, und wenn du sie zurückbrachtest, hieltst du das Datum der Rückgabe fest. Auf einem kleinen Tisch lagen ein Stift und ein gelber Notizblock, auf dem du die Informationen notieren konntest.

Manchmal kommt er herein, während du nach einem Film suchst.

»Was ist mit *Claires Knie*?«

»Nein, ich glaube nicht, nicht heute Abend, Papa, den habe ich schon so oft gesehen.«

»Es ist Rohmer.«

»Ja, ich weiß.«

Er trippelt umher und schaut in die Regale.

»Was ist mit Sautets *Ein Herz im Winter*?«

Du siehst, dass er ein großes L auf die eine Pantoffel und ein großes R auf die andere gemalt hat. Dir liegt auf der Zunge: Wann hast du angefangen, deine Pantoffeln zu bemalen, aber stattdessen sagst du:

»*Ein Herz im Winter* ist toll, ich mag den Film sehr …«

Im Grunde möchtest du, dass er geht und dich in Ruhe lässt, vielleicht nimmst du *Ein Herz im Winter* nur mit, um den Schein zu wahren, und schleichst dich später zurück und leihst dir einen anderen Film aus.

»*Ein Herz im Winter* habe ich viele Male gesehen, deshalb überlege ich, ob ich mir heute Abend vielleicht etwas von Woody Allen ansehe.«

Papa starrt an die Decke. Die Brillengläser sind dick, sein Mund ist manchmal so dünn und straff und breit, dass er sich vom einen Ende des Hauses bis zum anderen erstreckt.

»Ja, ja, wenn du meinst. Man spricht Empfehlungen aus, aber sie hat offenbar alle Filme dieser Welt gesehen. Aber sicher, Woody Allen ist großartig, *Crimes and Misdemeanors* ist ein Meisterwerk, aber wie ich sehe, nimmst du *Manhattan*, nun ja, du machst, was du willst.«

Und viele Jahr später schalte ich hier in Oslo einen Fernseher ein, und der Filmregisseur mittleren Alters sagt, er empfinde eine Wesensverwandtschaft mit dem *Meister*.

Umgeben von den Videokassetten sitzt er in Ingrids grünem Sessel und sagt, er empfinde eine Wesensverwandtschaft. Er hat lange, dunkle Wimpern und dunkle Locken. Auf dem Tisch steht ein Glas Wasser. Es ist derselbe kleine Tisch, auf dem stets der gelbe Block und der Stift lagen. Ab und zu trinkt er einen Schluck Wasser, er sitzt nicht aufrecht, er sitzt zurückgelehnt und gestikuliert.

Er ist nicht gestattet, Wasser in dieses Zimmer mitzunehmen, du Idiot, das Glas hinterlässt Ringe auf dem Tisch.

Der Filmregisseur sagt, er spüre die Anwesenheit des *Meisters* in diesem Raum, er zieht eine Uhr aus der Innentasche seines Jacketts. Er sagt, die Uhr sei ein magisches Pendel, und wenn das Pendel ausschlage, sei der Meister anwesend. *Ah yes*, sagt er leise und schwingt die Uhr hin und her, *it moves, see, it moves, he is here.*

Alle Zimmer – das Arbeitszimmer, das Wohnzimmer, die Küche mit den zwei Kiefernholztischen, die Videobibliothek, die Bibliothek, sogar das Schlafzimmer – sind intakt.

Der Tod begann, als er siebzehn Minuten zu spät kam. Sieben, nein, acht Jahre später versuche ich, von ihnen zu berichten. Diesen Minuten. Wie soll ich sie nennen? Ein Archivar fragt: Was soll aufbewahrt, was soll aussortiert, was soll wo eingeordnet werden?

Seine gesamte Habe wurde auf einer Auktion versteigert. So hatte er es festgelegt. Er hinterließ ein Testament mit genauen Anweisungen: Ich will in meiner braunen Hose, dem rotkarierten Hemd und der rotbraunen Strickweste beerdigt werden. *Gefühlsmäßige Tumulte* werden unter gar keinen Umständen toleriert.

Dort stand, dass die acht noch lebenden Kinder sich jeweils einen Gegenstand im Wert von bis zu 5000 Kronen aussuchen könnten, »als eine Erinnerung an ihren Vater«.

Alles andere sollte an den Meistbietenden verkauft werden, am besten bei einer Auktion.

Ich stellte mir die Prozession all dessen vor, was aus Hammars in das Auktionshaus in Stockholm verfrachtet wurde, die Küchenstühle, die Tische, das orange Sofa, die grünen Sessel, das Bett, die Nachttische, der Schreibtisch, die Bilder, ich stellte mir vor, dass die Gegenstände hintereinander in einem langen Fluss trieben.

Als eine *Erinnerung an ihren Vater*.

Ich entschied mich für ein Porträt der Tänzerin und Choreographin Pina Bausch – ein gerahmtes und signiertes Plakat zu der Aufführung *Café Müller*. Als Ingrid tot war und ich nach

Hammars reiste, um meinem Vater Gesellschaft zu leisten, fehlte ihm die Kraft, Filme in seinem Kino in Dämba zu sehen. Nach ein paar Tagen wollte er entweder Oper oder Tanz auf dem großen Fernsehapparat sehen. Die Videobibliothek war voller Kassetten mit Tanz und Oper. Mehrere Tage lang sahen wir Pina Bausch. *Café Müller* ist Traum und Nacht, Vergessen und Erinnerungen. Pina Bauschs Eltern besaßen ein kleines Café in Wuppertal, das sie auf der Bühne wiedererschuf – Stühle, Tische, Schlafwandler; ein Mann beeilt sich, alle Stühle so zu stellen, dass die Schlafwandler nicht über sie stolpern. Pina Bausch ist groß und dünn und bleich wie Wasser, jedes Mal, wenn ich daheim in Oslo die Treppe hinuntergehe, betrachte ich ihr Bild, sie trägt ein loses, weißes, fast durchsichtiges Nachthemd, sie steht halb hinter einer Tür oder Wand verborgen, die Augen sind geschlossen. Sie ist dünn und zerbrechlich und stark, nicht alt und nicht jung, das Nachthemd hängt so lose, dass die linke Brust beinahe zu sehen ist. Wenn ich an ihr vorbeigehe, denke ich jedes Mal, sobald ich sie berühre, wird sich ihr Kleid auflösen.

Neben dem Bild von Pina Bausch hängt ein Foto von meiner Mutter und meinem Vater. Ich bekam es von meinem Sohn. Sie sitzen nebeneinander, sie sind kein Liebespaar mehr, aber Freunde, Arbeitskollegen. Er blickt direkt in die Kamera, sie sieht ihn an und zieht eine Grimasse – schielt und macht eine Fratze. Sie sitzen eng zusammen. Ola sagte, er habe das Bild im Netz gefunden und wolle es mir schenken, weil sie so fröhlich, frei, albern aussehen.

»Sie sehen aus, als hätten sie Spaß«, sagte er.

Als die Eltern meines Vaters gestorben waren und er selbst ein älterer Mann geworden war, begann er, über sie zu schreiben.

In einem der Romane heißt es:

»Ich betrachte die Fotografien und fühle mich sehr zu diesen Menschen hingezogen, die sich in fast jeder Hinsicht so sehr von den halb abgewandten, mystisch überdimensionierten Wesen unterscheiden, die meine Kindheit und Jugend dominierten.«

Ich betrachte die Fotografien *meiner* Eltern und frage mich, wer sie sind und waren, trage ich sie in mir, bekamen sie Antworten auf einiges von all dem, was sie sich fragten, fühlten sie, dass ihnen die Zeit davonlief, wie sie mir davonläuft?

Er, der Vaters Haus erwarb, erwarb auch Vaters gesamte Habe. Er entschied, dass alles zurückgebracht und exakt so platziert werden sollte, wie es gestanden hatte. Die Möbel – die schweren Möbel – waren nicht so lange fort gewesen, dass die Vertiefungen in den Teppichböden hätten verschwinden können. Eine kleine Gruppe kompetenter Menschen, bewaffnet mit Maßband und Aufzeichnungen (Fotos und Beschreibungen davon, wie sämtliche Räume aussahen, bevor sie geleert wurden), stellten die Möbel so zurück, wie sie zuvor gestanden hatten, es wurde darauf geachtet, dass die Sprossenstühle aus Kiefernholz nicht am falschen Tisch im falschen Haus standen und die alte Standuhr am einen Ende des Wohnzimmers weiter direkt gegenüber von dem Wäscheschrank am anderen Ende stand, man kann eine gerade Linie zwischen der kleinen Tür in der Standuhr und der Tür im Wäscheschrank ziehen. Beide Möbel waren Erbstücke, die Uhr väterlicherseits, der Wäscheschrank mütterlicherseits, vielleicht war es auch umgekehrt. Und dort standen sie, jedes an seinem Ende des Wohnzimmers, und beäugten einander. Die Uhr tickte, der Schrank knarrte. Die restlichen Möbel waren Dinge, die er selbst gekauft hatte, viel Kiefernholz, Wollstoffe in grün und rostrot, ausgebleicht vom Sonnenlicht, die Ledersessel im Arbeitszimmer und in der Bibliothek, die einmal schwarz waren und heute braun sind, auch sie ausgeblichen. Als meine Mutter und ich 1967 einzogen, stand alles bereit.

Nach seinem Tod trieben all diese Dinge nach Stockholm, und anschließend trieben sie nach Hammars zurück. Ich ging allein durch das Haus. Alles stimmte. Kein einziges Möbelstück stand falsch. Alles war wie gehabt. Ich wünschte mir, die beiden kleinen Tische im Wohnzimmer hätten den Platz getauscht. Dass der hohe schlanke Tisch vor dem Sofa stünde statt zwischen den beiden klobigen Sesseln, wie er es immer getan hatte. Ich wünschte mir, irgendetwas stünde verkehrt. Alles stand richtig, und alles war vollkommen still. Ich öffnete alle Fenster im Wohnzimmer und setzte mich auf den Fußboden. Eine Ascheflocke im offenen Kamin flatterte hoch. Nun wohnte hier niemand mehr. Die Dinge hatten ihre Dinglichkeit verloren. Wie schreibt Rilke noch: *O Nacht ohne Gegenstände.*

* * *

Ich erwache von den Schmetterlingen. Wobei, das tue ich natürlich nicht. Das ist mittlerweile lange her. Sie waren auf der Wand und an der Decke. Ich kann nicht aufhören, an ihn zu denken. Wenn ich jetzt aufstehe, könnte ich mir einen Kaffee kochen. Ich kann die Treppe hinuntergehen, in die Küche und mir einen Kaffee machen. Vielleicht schreiben. Mein Mann atmet. Unsere Tochter atmet. Diese Nacht schlafen wir im selben Bett, alle drei. Der Hund atmet. Er liegt auf dem Fußboden. Wenn ich lausche, höre ich auf der Straße Autos, es ist noch Nacht, oder früher Morgen, es kommt darauf an, wer du bist, wie du erzogen wurdest, welche Erfahrungen du mit den einzelnen Punkten des Tagesverlaufs verbindest, es ist Viertel vor vier, nennst du das nun Morgen oder Nacht, ich nenne es Morgen, aber es ist viel zu früh, um aufzustehen, ich werfe einen Blick auf die Uhr des Handys, und danach werfe ich einen Blick auf das Handy, richte mich auf und lege mich wieder hin, ein paar Autos fahren direkt vor meinem Fenster vorbei, *da und da und da*, und weiter entfernt ein gleichmäßigerer Strom, Autos, die nachts vorbeifahren, klingen anders als Autos, die tagsüber vorbeifahren. Heute ist der erste Dezember.

Virginia Woolf schreibt, dass wir auf andere Art lesen, wenn wir krank sind, wir sind nicht so verantwortungsvoll und vernünftig wie alle *im Heer der Aufrechten*. So nennt sie die Gesunden: *Soldaten im Heer der Aufrechten*. Die Kranken, die bettlägerig sind, oder, wenn sie Glück haben, im Schatten in einem Sessel mit einer Decke über den Füßen sitzen, sind frecher, unbedachter in ihrer Lektüre – wankelmütig, arrogant, fiebrig, überempfindlich, was Worte, Sätze, Bilder, Klänge angeht; »die Schranken fallen, die Schwierigkeiten lösen sich auf, das Gehirn singt«, schreibt sie, und so ist es ja auch mitten in der Nacht und am frühen Morgen, wenn das Herz hämmert und nichts sortiert ist, ich habe Angst und bin müde und nicht ganz ich selbst, auf Englisch würde man sagen, dass ich *beside myself* bin. Wenn ich jetzt aufstehe, werde ich neben mir stehen und gehen.

Für Stehende und Gehende sieht die Welt anders aus als für Liegende. Wenn du liegst und an die Decke schaust, wie ich es jetzt zum Beispiel tue, oder Becketts namenloser alter Mann in *Gesellschaft*, oder der namenlose Patient (der Leser, der Schriftsteller) in Virginia Woolfs Essay über das

Kranksein, dann fallen dir ganz andere Dinge auf. Die Flecken, die Fliegen, die Farbe, der Tapetenrand, das Fenster, der Himmel, die Wolken, die sich unablässig verändern. Das ist die »endlose Kinovorstellung«, schreibt Woolf.

* * *

Unser Haus ist nachts still, ich meine, Hundepfoten auf der Treppe zu hören, aber der Hund liegt schlafend auf dem Fußboden neben dem Bett. Höre ich den Hund, den wir vor unserem jetzigen hatten? Ich glaube nicht, dass Menschen wiedergehen, frage mich aber, ob Hunde dies tun. Und wir ihr Tapsen dann noch viele Jahre nach ihrem Tod hören können.

Ich bin dazu übergegangen aufzustehen, statt Schlaftabletten zu nehmen. Ich stehe auf und gehe die Treppe hinunter. Es ist fast vier. Ich gehe ins Wohnzimmer und setze mich auf die Couch und schaue in die offene Küche hinein. Die Kaffeemaschine leuchtet. Die Computer leuchten. Der Kühlschrank brummt. Das Haus hat drei Etagen. Die Zimmer sind recht klein. Oft ertönt (wenn es Tag ist und alle auf sind) aus einem der Stockwerke ein Krachen. Wir sind vier, die derzeit hier wohnen, die beiden ältesten Kinder sind ausgezogen. Vier und der Hund. Es gibt immer jemanden, der etwas fallen lässt oder gegen etwas kracht oder stolpert und fällt. Und dann rufen diejenigen, die den Krach nicht verursacht haben: Was ist passiert? Ist alles in Ordnung? Hast du dir wehgetan? Und in der Regel geht es ja gut, und die Antwort kommt rasch: Ja, alles okay.

* * *

Am 17. August 1969 schrieb mein Vater einen Brief an meine Mutter, den er mit *Dein Bruder in der Nacht* unterzeichnete. Er schrieb ihr Briefe, als sie frisch verliebt waren, und später wieder, als es aus war zwischen ihnen.

Ich besitze Kopien aller Briefe, die sie einander schrieben.

Dies ist die Geschichte der Kopien: Als mein Vater starb, übergab meine Mutter die Briefe, die sie von ihm bekommen hatte, einem Archiv, einer Stiftung, die seinen Nachlass verwaltet, dieser besteht aus einer Menge dokumentarischem Material einschließlich privaten Briefsammlungen. Das Archiv wurde noch zu seinen Lebzeiten und auf seine Initiative hin eingerichtet, und aus diesem Anlass bat er eine meiner Schwestern und mich, das Ganze für ihn im Auge zu behalten, was wir taten, in dem wir in den Vorstand der Stiftung eintraten. Die neugegründete Stiftung hielt ihre Vorstandssitzungen im Filmhaus in Stockholm ab, wenn mich nicht alles täuscht in der dritten Etage. Das Archiv selbst – tausende Dokumente und Fotografien – befand sich im Keller. Und dann starb er. Der Vorstand der Stiftung hielt seine Sitzungen weiter in der dritten Etage ab, das Archiv lag weiter im Keller. Es war, als bewachte man ein großes und unförmiges Tier. Ich stieg fast nie dort hinab. Seine Schrift war völlig unleserlich. Es war so viel Material. Er gehörte jetzt den Wissenschaftlern.

Bevor meine Mutter ihre Briefsammlung dem Archiv schenkte, machte der Vater meines Mannes, der Universitätsbibliothekar, ihr den Vorschlag, alle Briefe für sie zu sortieren und zu kopieren, damit sie diese auch in Zukunft hervorholen und darin lesen konnte, falls sie das wünschte. Ich weiß nicht, was meine Mutter und mein Schwiegervater zueinander sagten, als sie ihm die Briefe überließ, ich war, zu der Zeit, nicht sonderlich an den Briefen interessiert, ich war in erster Linie daran interessiert, dass meine Mutter sie möglichst schnell der Stiftung übergab. Als mein Vater starb, verwandelte ich mich in jemanden, der darauf bestand, dass *alles penibel und genau und unter der Voraussetzung geschehen sollte, dass es im Einklang mit bestehenden Gesetzen stand, die für das galten, was festgelegt worden war.* Wenn ich mich – was ich nur widerwillig tue – selbst heraufbeschwören wollte, wie ich in den ersten Jahren nach dem Tod meines Vaters war, sehe ich eine Frau mit abgehackten Bewegungen vor mir, die laut spricht und schnell geht und mit der keiner etwas zu tun haben möchte. Sie hat eine leicht schrille Stimme und verschickt viel zu lange E-Mails an viel zu viele Menschen, und morgens redet sie ununterbrochen über die Häuser ihres Vaters – *und was soll eigentlich mit den Häusern passieren*, ruft sie –, ehe ihr Mann überhaupt die Chance bekommen hat, die Augen richtig aufzubekommen und wach zu werden.

Als mein Schwiegervater die Briefe sortiert und kopiert hatte, legte er sie in zwei große braune Mappen mit einem schwarzen, steifen Rücken und schwarzer Schleife und dem Logo der Handschriftenabteilung der Universitätsbibliothek auf dem Umschlag. Viele Jahre später, lange nachdem auch er tot war, fand meine Mutter die Mappen in einem Schrank in der großen Wohnung in der Erling Skjalgssons gate (in der sie und ich und Großmutter und etliche Kindermädchen und Bogdan gewohnt hatten, ehe wir, wie ich damals glaubte, *für immer* in die USA zogen) und nahm sie mit zu mir.

»Ich weiß ja, dass du ein Buch über Papa schreibst«, sagte sie. Wenn sie Papa sagt, bin ich mir manchmal nicht sicher, ob sie ihren oder meinen Papa meint, oder ob sie meint, dass mein Papa auch ihr Papa ist. In dem Fall wären wir

Schwestern. Mit *Gegenständen* kommt man einfacher zurecht. Eine Standuhr. Ein Plakat mit einem Foto von Pina Bausch. Ein Bett. Ein Fenster. Ein Küchentisch. Stühle. Eine Tapete mit Blumen, die gähnen, wenn es Abend wird.

Dein Bruder in der Nacht. Eines Tages setzte ich mich hin und las sämtliche Briefe, die er ihr geschrieben hatte, es dauerte viele Stunden, und mein Mann musste mir helfen, denn seine Handschrift lässt sich kaum entziffern.

Als meine Mutter meinen Vater 1969 verließ, nahm sie das Kind mit. Es war Frühling, und das Mädchen würde im Sommer drei werden. Mein Vater blieb in Hammars zurück.

Um den Bruch zu verwalten, legten sie ein Register an. Ich schreibe *Register*, weil ich glaube, sie hatten den Ehrgeiz, ein System zu entwickeln, einen Katalog von Regeln, der ihnen aus dem Chaos heraushelfen sollte, in dem sie sich befanden, und in das neue Chaos hinein, das sie erwartete. Das Register besteht aus verstreuten handgeschriebenen Notizen und Listen – als Katalog betrachtet ist es ein höchst unfertiges Dokument –, aber mich berührt der Ehrgeiz darin: Was kann ich jetzt von dir erwarten, da wir nicht mehr zusammenleben werden? Wer bist du dann? Welche Geschichten werden wir übereinander und über uns selbst erzählen?

Ich stelle mir vor, dass sie nebeneinandersitzen und schreiben, eventuell an seinem Schreibtisch in Hammars. Sie halten eine *Sitzung* ab. Das Kind haben sie bei Siri oder Rosa oder einem anderen Kindermädchen abgegeben, das zu diesem Zweck angeheuert wurde. Ich stelle mir vor, dass die Notizen, die ich nur gedruckt in einem Buch gesehen habe, auf gelben, linierten Blättern stehen, mit ihrer Handschrift geschrieben. Sie sprechen zwei verschiedene Sprachen, Norwegisch und Schwedisch, und sie haben eine völlig unterschiedliche Art, sich auszudrücken. Sie selbst sagen, sie seien sich so ähnlich, dies sei der Grund dafür, dass sie nicht zusammenleben können. Für mich sind sie dagegen wie Tag und Nacht; wenn ich daran denke, wie ich selbst geworden oder nicht geworden bin, ist da manchmal eine Stimme, die flüstert: *Das hast du von ihm, das hast du von ihr.*

In dem Trennungsregister (mein Wort, nicht ihres) hat meine Mutter geschrieben: *Ein reines Leben – ein treues Leben – das gibt es nicht, das können wir einander niemals geben. Doch solange wir einander die Hand reichen und nicht loslassen – ob diese Hand nun 10 000 Meilen entfernt ist oder neben einem im Bett –, darf es die Sache jedes einzelnen sein, wie sie ihr Leben führen, auch ihr heimliches, einsames Leben.*

Hier, sobald sie das Wort *einsam* geschrieben hat, reicht sie, glaube ich, den Stift an ihn weiter. Jetzt ist er an der Reihe zu schreiben. Doch dann gibt er ihr den Stift zurück. Vielleicht macht er eine Bemerkung darüber, dass ihre Handschrift lesbarer ist als seine. (In der Mappe fand ich einen Brief, in dem er wissen möchte, ob sie seine Briefe überhaupt *liest* oder ob sie nur so tut; einen anderen Brief verfasst er in Druckbuchstaben, um sicherzugehen, dass sie seine Schrift entziffern kann.) Ich frage mich, ob sie ein wenig lachen, während sie mit dieser Arbeit beschäftigt sind, dieser Planung für das restliche Leben, nun, da der Bruch eine Tatsache ist. Ich glaube nicht, dass sie von einem Bruch sprachen, das Wort Bruch assoziiere ich eher mit meinem eigenen Beziehungsleben, nicht ihrem, ich glaube, sie benutzten das Wort Trennung. Außerdem glaube ich, dass meine Mutter bestimmte, was in der Notiz stehen sollte.

1. Rücksicht. Treffe keine Entscheidungen, die den anderen Part angehen, ohne zu hören, was der andere dazu zu sagen hat.
2. Führe kein Doppelleben.
3. Aufrichtigkeit in schwierigen Situationen.

Die Punkte sind nicht nummeriert. Sie schrieben auf gelben Zetteln, die nicht in der Weise systematisiert sind, wie ich hier den Eindruck erwecke. Sie saßen nebeneinander und hielten schriftlich einige Gedanken dazu fest, wie es nun sein sollte, da sie nicht mehr zusammenleben würden. Ich bin es, die systematisiert und nummeriert, katalogisiert und Register erstellt. So kann ich an den Gesprächen teilnehmen, mit ihnen reden.

Es ist 1969, ich bin knapp drei, meine Eltern wollen getrennte Wege gehen. Wir sind in Hammars, es ist Frühling, die Entscheidung ist gefallen, sie ist endgültig, aber vorläufig geben sie sich so, als wäre alles unverändert, dass einander zu verlassen nicht das Gleiche ist, wie verlassen zu werden, dass zusammen zu sein fast das Gleiche ist, wie nicht zusammen zu sein, *doch solange wir einander die Hand reichen und nicht loslassen – ob diese Hand nun 10 000 Meilen entfernt ist oder neben einem im Bett*. Ich habe mein Zimmer, das Gitterbett, den Hund, der toleriert, dass ich an seinen Ohren ziehe, der Hund ist klein, kleiner als ich, direkt vor meinem Fenster steht ein Kiefernwäldchen, der Wind in den Bäumen ist das Erste, was ich höre, wenn ich morgens aufwache, und das Letzte, was ich abends vor dem Einschlafen höre, ich bilde mir ein, dass ich mich an die Geräusche erinnere, seit ich zwei war, das Geräusch der Wellen, das Geräusch von Kieseln, die sich an den Schuhen reiben, das Geräusch des Kühlschrankventilators in der Küche, das Geräusch der alten Standuhr im Wohnzimmer, das Geräusch von sirrenden Fliegen in den Fensternischen, weil Mama immer die Fenster öffnete, das Geräusch der schläfrigen Blumen in der geblümten Tapete, *die Blumen in der Tapete gähnen, wenn es Abend wird und Zeit zum Schlafen ist*, ich weiß nicht mehr, ob Mama oder Papa dies sagte, das Geräusch der verwaschenen Leinenbettwäsche, wenn ich mich darin umdrehe, das Geräusch von Nacht und dem Schlaf aller und von Mamas und Papas Schritten durch das Haus, von ihren Stimmen, ich liege im Bett und höre, wie sie sich von einem Zimmer zum anderen bewegen, das Haus ist lang und flach, wie eine Festung. Als wir abreisen, ist es warm, und Mama legt meinen Strickpullover und einige der langärmeligen Hemden zurück und nimmt auch nicht alle eigenen Kleider mit, will nicht, dass es endgültig ist, obwohl sie weiß, dass es das ist. Als Mama meine Hand nimmt und mir hilft, auf der Rückbank Platz zu nehmen, steht Papa in der Tür und beäugt uns. Damals gab es nur ein einziges Taxi für den Norden Gotlands, und Mama begrüßt den Taxifahrer übertrieben freundlich, damit er nicht traurig wird oder glaubt, dass sie etwas Besseres ist als er. Der Hund läuft herum. Bei schlechtem Wetter ist er nicht gerne draußen, aber an diesem Tag ist der Himmel blau, und er läuft herum. Wegen der Wetterfühligkeit des Hundes ist der Tag in Mamas Erinnerung hell, warm und still; hätte es eine Andeutung von Regen oder Donner oder starkem Wind gegeben – in Hammars kann es sehr windig werden –, wäre der Hund nicht im Freien herumgelaufen. Es war ein Dackel. Er blieb bei Papa.

Und dann kommt ein Punkt, den ich als eine Anklage, verkleidet als Ermahnung, verkleidet als Gebet lese:

4. Nicht ihre hausgemachte Geborgenheit einreißen, sondern ein wenig hinzugeben.

Das ist ein seltsamer Satz. Ich stolpere vor allem über den Begriff *hausgemachte Geborgenheit*. Weder aus dem Mund meiner Mutter noch meines Vaters habe ich ihn jemals gehört. Man erkennt seine Eltern an den Worten und Phrasen, die sie benutzen. An Dingen, die sie häufig sagen. Mama sagte immer *meine Nerven zerknittern*, Papa sagte immer *wütend wie eine vergiftete Leberwurst*. Aber *hausgemachte Geborgenheit* habe ich nie zuvor gehört. Hausgemacht – im Gegensatz zu was? Halbfertige Geborgenheit? Keiner der beiden konnte kochen; vielleicht einer der Gründe dafür, dass sie nicht in der Lage waren, weiter zusammenzuleben, die Tatsache, dass keiner von ihnen kochen konnte, ich weiß, das ist ein bisschen überspitzt, aber keiner der beiden konnte bügeln oder den Fußboden putzen, keiner von ihnen wusste, wie man sich um ein Kind kümmert, ich spreche nicht von Liebe, Liebe hatten sie, ich spreche von der Arbeit, ich spreche von dem, was sich daraus ergibt, ein Heim einzurichten und eine Familie zu gründen, sie waren Kinder des Bürgertums, aber dennoch völlig außer Stande, dieses moderne bürgerliche, skandinavische Mittelschichtleben zu führen. Und das wollten sie ja auch gar nicht. Sie wollten frei sein. Sie wollten Kinder sein. Sie sprachen über Freiheit und Kunst, kehrten jedoch fortwährend zur Geborgenheit zurück, wenn ihnen das Unbekannte mal wieder zu viel wurde. Sie waren Kinder der kleinen Welt. Meine Mutter und mein Vater wollten verlorene Söhne sein, beide, und wenn das Fest vorbei war, wollten sie heim. Oder fort. Oder heim. Oder fort. Der verlorene Sohn ist der meistgeliebte. Er wird immer mit offenen Armen empfangen, sein Vater läuft auf das Feld hinaus und geht ihm entgegen, sein

Vater schlachtet das Mastkalb für ihn und speist den pflichtbewussten ältesten Sohn mit Brosamen ab. *Mein Kind! Du bist immer bei mir, und alles, was mein ist, ist dein. Aber nun wollen wir ein Fest feiern und fröhlich sein. Denn dein Bruder hier war tot und ist lebendig geworden, er war verloren und ist wiedergefunden worden.*

Vielleicht brauchten beide, Mama und Papa, einen *Vater*. Jemanden, der sich ihrer annahm, wenn sie sich verlaufen hatten und nach Hause sehnten.

Oder sie brauchten eine *Hausfrau*. Künstler brauchen Hausfrauen. Und wenn sie, oder sie beide, das Wort Geborgenheit definieren wollen, greifen sie zu einem Wort, das mit Essen und Heim verbunden ist. *Hausgemacht*. Und dann ergänzt Mama: *und ein wenig hinzugeben*. Mein Vater soll die hausgemachte Geborgenheit nicht einreißen, die sie mühevoll aufgebaut hat, er soll ein wenig von etwas hinzugeben, wie Brühe zu einer Hühnersuppe.

Sie sprachen nicht sonderlich viel über das Mädchen, nicht in den Briefen, die der Vater an die Mutter schrieb, und ebenso wenig im *Trennungsregister*. Jeder der beiden hat eine große Rolle in ihrem Leben gespielt, und ich denke, sie hat auch eine Rolle in ihrem Leben gespielt, aber eben nicht in ihrem *gemeinsamen* Leben. Es gab niemals sie drei. Die Mutter und der Vater sprachen oft miteinander und arbeiteten weiter zusammen, aber ich glaube nicht, dass sie miteinander über die Tochter sprachen. *Was hat sie heute so gemacht? Oh, das muss ich dir unbedingt erzählen*. Dinge dieser Art.

Sie waren so mit sich, mit ihren eigenen Spielen, ihrer eigenen heimlichen Sprache beschäftigt. In mehreren Briefen meines Vaters schreibt er über einen schwarzen Puma, der, glaube ich, für *Gefahr* steht, und manchmal taucht das Wort *piiiiiitsjjjhhh* auf, ich weiß nicht, was das bedeutet. Sie hatten ihre heimlichen Zeichen, ihre heimlichen Referenzen, ihre heimlichen Orte auf der Insel. Und sie hatten ihre Arbeit. Ihr Kind – ich, sie – war kein Teil davon. Sie waren selbst Kinder, die sich wie Kinder hinsetzen und mit großem Ernst Regeln für die Spiele aufstellen, die sie gemeinsam spielen wollen.

Obwohl – ein Punkt ist dem Kind gewidmet:

5. Höchstens ein Monat (30 Tage) ohne Kind.

Pünktlichkeit ist wichtig. Wann Dinge geschehen und wie lange sie dauern sollen. Wir beginnen hier und enden dort. Wir kommen nicht zu spät. Wir kommen auch nicht zu früh. Als ich klein war, erklärte Papa mir, zu spät kommen sei nur ein *bisschen* schlimmer als zu früh kommen. So etwas wie zu improvisieren ist nicht vorgesehen.

Doch was heißt das. Heißt es, dass keiner von ihnen mehr als einen Monat von mir getrennt sein soll, oder heißt es, dass *Mama* nicht mehr als einen Monat von mir getrennt sein darf? Das Kind wird nicht namentlich genannt. Obwohl ich weder getauft war, noch meinen endgültigen Namen bekommen hatte, nannten sie mich bei einem Namen, weshalb ich denke, dass es bei diesem Punkt möglicherweise gar nicht um mich geht, besagt er vielleicht schlicht, dass sie nicht mehr als einen Monat *voneinander* getrennt sein sollen? Noch eine Beteuerung also, dass die Trennung keine Trennung, das Endgültige nicht endgültig ist, und dass das, was eigentlich vorbei ist, weitergeht wie gehabt.

Vorsichtig öffne ich die Tür zu Papas Arbeitszimmer, in dem alles so aussieht wie immer, der schwarze Ledersessel mit dem Puff steht vor dem großen Sprossenfenster, das dem Meer und den Steinen und einem Wäldchen von Kiefern, verdrehten, windschiefen, zugewandt ist; unter dem Fenster eine Bank oder Bettcouch. Als ich ein Baby war, saß meine Mutter mit mir im Schoß auf dieser Bank. Dazu kam es wohl nur ein einziges Mal. Wenn er arbeitete, wollte er uns nicht im selben Raum haben. Auf der Bank liegt ein Schaffell und eine graue Wolldecke; nachmittags, nachdem der Arbeitstag am Schreibtisch beendet ist, sitzt er in dem Ledersessel, die Beine auf dem Puff, und liest. Er kommt Ende April nach Hammars und fährt Ende September wieder, wenn er von seinem Buch aufblickt und aus dem Fenster schaut, sieht er die Kiefern und den Steinstrand und den Himmel, und weiß genau, welches Datum und welche Uhrzeit es ist, das Licht lügt nicht, selbstverständlich weiß er, welches Datum und wie viel Uhr es ist, Licht hin oder her, in diesem Haus sind überall Uhren, und auf dem Schreibtisch mitten im Zimmer liegt das Tagebuch, oder der Kalender, wie es auch genannt wird, in dem er jeden Tag schreibt. Manchmal liegen Bücherstapel auf der Bank, der Schallplattenspieler steht mit den Boxen im Regal. Vielleicht hat er eine Platte aufgelegt, Mozarts *Zauberflöte*, Tamino fragt, ob es bald hell wird, und der Chor antwortet: *Bald Jüngling, oder nie.*

Es hängen keine Bilder an der Wand, nur zwei gelbe, mit Scotch Tape festgeklebte Zettel.

Ich öffne die Tür ganz, und dort sitzen Mama und Papa nebeneinander an seinem Schreibtisch. Eng zusammen sitzen sie, sie kichern leise, flüstern, schreiben, küssen sich, und dann dreht Mama sich um und sieht mich an. Ich stehe im Türrahmen, Mama sieht mich an, und jetzt lacht sie nicht mehr, oder liegt es nur daran, dass sich das Licht so verändert, heute ist ein solcher Tag, ein typisch nordischer Frühlingstag, Sonne in dem einen Augenblick, bedeckt im nächsten, das Frühjahr 1969 ist mild, aber mit eiskalten Zügen. Sie hat ein Gesicht, das alle Veränderungen im Licht einfängt, und ist so jung, dass sie meine Tochter sein könnte. Ich bin achtundvierzig, Mama ist einunddreißig. Ich glaube, sie fragt sich, wie es uns wohl ergehen wird. Manchmal ließ mein Vater die Kamera eine Ewigkeit auf ihrem Gesicht verweilen.

6. Jeden Sommer sechs Wochen als Familie auf Fårö.

Daraus wurde natürlich nichts. Nicht sie. Nicht wir. Nicht die Familie. Aber ich fuhr jeden Sommer nach Hammars und blieb viele Wochen, vielleicht nicht unbedingt sechs, aber viele, und lange Zeit wusste ich nichts von der großen und umwälzenden Liebe, die mich dorthin geführt hatte.

* * *

In den im Mai 2007 entstandenen Aufnahmen quält er sich und stottert und kämpft darum, Sätze auszusprechen, wie ein sehr kleines Kind darum kämpft, den Kopf vom Boden zu heben. Als ich ein kleines Mädchen war, betrachteten wir einander mit einer Art erschreckter Neugier.

Damit eine Liebesbeziehung funktioniert, sagte er einmal, muss man sicher sein, dass es einem gelingt, zwischen Erwachsenem und Kind zu wechseln. Man kann nicht die ganze Zeit Kind sein, auch wenn es das ist, wozu man Lust hat.

* * *

Als Papa starb, war ich unfähig, mir die Bänder anzuhören: seine Mühen, die Langsamkeit, die Suche nach Worten. Und meine Stimme wie ein übereifriger Blockflötenspieler mitten im Requiem.

* * *

Ich erinnere mich an das, was oft geschah, und an das, was selten geschah. Ich erinnere mich an das, was alltäglich war, und an das, was außerordentlich war. Nicht immer weiß ich, zu welcher Kategorie eine bestimmte Erinnerung gehört. Erinnere ich mich hieran, weil es ständig passierte, oder weil es nur einmal passierte?

Ich erinnere mich, dass Papa mir abends vorlas, ich habe viele Male darüber geschrieben, entsinne mich, dass er die Tür zu meinem Zimmer öffnete, sich auf die Bettkante setzte, ein gelbes Blatt Papier aus der Hosentasche zog oder das Buch auf dem Nachttisch aufschlug, mich anlächelte und JETZT!, sagte, und dann war so viel Erwartung in dem Zimmer, dass die kleinen Blumen in der Tapete aufgingen und JA! JA! JA! riefen. Es ist eigenartig, an all das zu denken, was lebt und aus einer Tapete kriechen kann.

Dass Sterne sich zerfetzten
ich lausche meinem Herz
mein Herz ist

Ich vergesse Namen, Gesichter, Worte, Datumsangaben, Orte, Gespräche, Ereignisse, Geliebte, Abmachungen, Bücher, die ich gelesen habe, Lieder, die ich gehört habe, Filme, die ich gesehen habe, ich vergesse Artikel, die ich selbst geschrieben habe, einmal vergaß ich den Titel eines meiner eigenen Bücher, ein Mann fragte mich, was der Titel meines letzten Buchs sei, und für einen Moment wusste ich nicht, was ich ihm antworten sollte. Ich ging zu einer Ärztin und fragte sie, ob mit mir etwas nicht stimme, sie meinte, das sei nicht der Fall, aber dass ich sicherlich müde und erschöpft und vielleicht auch depressiv sei. Ich habe Menschen mit einem Elefantengedächtnis immer beneidet, ich habe das Gegenteil von einem Elefantengedächtnis, was ist das, ein Wassergedächtnis, ein Schneegedächtnis, deshalb möchte ich bei keinem Quiz mitmachen, als ich ein einziges Mal bei einem Quiz dabei war, wurde ich Zeuge, wie mein Mann Gefallen an einer anderen Frau fand, ich war Zeuge, begriff es aber erst später, wir waren viele, die um einen Tisch saßen, und bei der Frage ging es um ein Zitat aus der Bibel, und die dunkelhaarige Frau mit den schmalen Handgelenken – sie war, natürlich, viel jünger als ich – wusste die Antwort sofort und flüsterte sie, ich weiß nicht mehr, ob sie das Zitat flüsterte oder ob das Zitat Bestandteil der Frage war, und sie wusste, wo es in der Bibel steht, an die Frage selbst erinnere ich mich nicht mehr, ich weiß nur noch, dass es um ein Bibelzitat ging, und mein Mann später an jenem Abend sagte: Ist dir aufgefallen, wie sie die Antwort irgendwie geflüstert hat, nein, sagte ich, das ist mir nicht aufgefallen, doch, erwiderte er, alle waren so laut, und keiner hörte zu, alle fielen einander ins Wort, aber sie saß nur da und wusste genau, wie die Antwort lautete. Da hätte ich es begreifen müssen. Aber sie war vermutlich so verlegen, fuhr er fort, oder so überrumpelt davon, dass alle einander ins Wort fielen, dass sie zu nichts anderem fähig war, als zu flüstern.

* * *

Das Zitat aus der Bibel lautete: *Du warfst mich in die Tiefe, mitten ins Meer, dass die Fluten mich umgaben. Alle deine Wogen und Wellen gingen über mich.*

* * *

Es war 1981. Er war ein amerikanischer Fotograf, und ich traf ihn im Aufzug eines der Gebäude in der West 57th Street in New York. Er sagte, ich müsse mir die Haare noch kürzer schneiden lassen. Ich war fünfzehn. Ich erinnere mich, dass wir uns, mit einem Tisch zwischen uns, von Angesicht zu Angesicht gegenübersaßen, es stand Essen auf dem Tisch, wir waren in einem chinesischen Restaurant, und ich erinnere mich, dass sein Gesicht von einer großen roten Lampe beleuchtet wurde und er mit einem Essstäbchen gegen das Glas schlug.

Hör dir die mal an, sagte er und legte eine Platte von Jimi Hendrix auf. Wir waren in seinem Studio. Du weißt, wer das ist, oder? Ja, sagte ich, denn zwei Jahre zuvor hatte ich mit Papa *Apocalypse now* gesehen und erinnerte mich an das Lied. Und, wie heißt der Song, fragte er. Keine Ahnung, sagte ich. Es ist erstaunlich, dass du so wenig Ahnung von Musik hast, meinte er und legte ein neues Lied auf, was ist hiermit, *erstaunlich*, wenn man bedenkt, dass du die Tochter deines Vaters bist, und dein Vater ist, soweit ich weiß, ein Mann, der Ahnung von Musik hat. Ich hätte mehr wissen, mehr können, mehr gehört haben sollen, vergiss es, sagte ich, das sagte ich immer, wenn jemand anfing, über meine Eltern zu sprechen. Ich war niemandes Tochter, ich war fünfzehn und niemandes Kind.

Eine Weile tat ich alles, was der Fotograf mir sagte, ich zog das weiße Sommerkleid an, das er so mochte, und kaufte mir

Are You Experienced, das war ich damals natürlich nicht (und war das als Frage von Jimi Hendrix an mich gemeint?), ich hörte die Platte immer und immer wieder, und dann ging ich nach der Schule zu seinem Studio und setzte mich auf die schwarze Ledercouch in der Ecke, die mit all den Kleidungsstücken und Taschen und Hüten, dem Strassschmuck, den Feuerzeugen, und trank Cola, während er rauchte und junge Frauen fotografierte und in einem fort redete, eines Abends nahm er mich in das Chinarestaurant an der Ecke mit, wir waren zu zweit, ich weiß nicht, warum er nur mich dabeihaben wollte, aber ich fühlte mich natürlich geschmeichelt, und er schlug dass Essstäbchen gegen das Glas und sagte: Heute ist mein Geburtstag, vierundvierzig, ich bin so verdammt alt, ich könnte dein Vater sein, dein Großvater, rein theoretisch, ich bin so alt, dass ich mich an die Mondlandung erinnere, erinnerst *du* dich an die Mondlandung, und dann lachte er und sagte: Scheiße … Er sah die Mondlandung im Fernsehen und kam nie darüber hinweg, lange hatte er geplant, nach Ohio zu reisen und Neil Armstrong zu fotografieren, ein Bier mit ihm zu trinken, mit ihm ins Gespräch zu kommen, ausnahmsweise einmal etwas Ordentliches zu machen, nicht diesen verdammten Müll, den er in New York und Paris trieb, nichts wirkte mehr, nicht der Alkohol, nicht die Drogen, nicht der Sex, nicht die alten Freunde, mit denen er früher so viel Spaß gehabt hatte, kein verdammter Trip, Models kamen und gingen in sein Studio, halb nackte, junge, willige, austauschbare, und wieder heraus, wie die Zinnsoldaten, mit denen er als Kind gespielt hatte, aber, sagte er, wenn eine ganz normale Frau die Treppe hinaufsteigt und ihr Rock hochrutscht und ich einen kurzen Blick auf ihr Knie werfen kann oder einen Zipfel ihres Schenkels sehe, denke ich manchmal den ganzen Tag daran, an *diese* Frau, verstehst du.

Er war ein ausgebrannter und sehr gefragter Modefotograf, spasmisch, schlaflos, immer high oder down oder breit von irgendeiner neuen oder alten Droge, und es hätte ihm mit Sicherheit gutgetan, in den Wald zu gehen und Pilze zu sammeln, keine Spitzkegeligen Kahlköpfe natürlich, sondern ganz gewöhnliche Pfifferlinge, zum Beispiel, und dann hätte er Hendrix auf dem Walkman oder der Stereoanlage ruhen lassen können und stattdessen John Cages *4'33"* gehört, obwohl ich bezweifele, dass er die Kraft oder Zeit oder Geduld aufgebracht hätte, vier Minuten und dreiunddreißig Sekunden stillzusitzen und sich nichts anzuhören, all das denke ich heute, nicht damals, mit fünfzehn wusste ich nicht, wer John Cage war, der Fotograf hatte recht, als er meinte, ich hätte wenig Ahnung von Musik, also unterhielten wir uns lieber über Filme, Godard, Chabrol, *der tausend Mal interessanter ist als das, was dein Vater so macht*, wir können zusammen ins Kino gehen, sagte er und zog sein Feuerzeug heraus, mittlerweile ist er fast achtzig, ich habe ihn neulich gegoogelt und war überrascht, dass er noch lebt, ich meine, wenn ich an all die denke, die tot sind, die starben, obwohl sie zu jung waren, um zu sterben, die unerwartet und plötzlich starben, oder alt und müde und krank, hungrig oder allzu satt, die in einem der vielen Kriege zwischen damals und heute starben, in einem Feuer, einem Erdrutsch, im Wasser starben, die starben, weil sie sterben wollten, oder weil sie nicht anders konnten, starben, weil sie sich selbst zu sehr hetzten, aus Einsamkeit starben, wenn ich an all sie denke, an uns, ist es seltsam, dass *er* noch lebt, ich war kurz davor, ihm zu schreiben, eine E-Mail zu schicken, *erinnerst du dich an mich*, hätte ich schreiben können, *an das Mädchen mit den kurzen Haaren*? Er neigte zu großer Zärtlichkeit und gewaltsamen Wutanfällen, anfangs sagte er, wir sollten Freunde sein, er war erwachsen, ich war ein Kind, warum sollen ein Erwachsener und ein Kind keine Freunde sein können, wir berührten einander nicht, der Gedanke, ihn zu berühren, kam mir niemals in den Sinn, er war schließlich alt, ich hatte mit Jungen geschlafen, zwei, allerdings in erster Linie, um es getan zu haben, weil ich es so eilig hatte, alle Schwellen zum Leben der Erwachsenen zu überschreiten. Er sah etwas Schönes in meinem Gesicht, das kein anderer gesehen hatte, zumindest ich nicht, sie im Spiegel und sie auf den Bildern waren zwei völlig verschiedene Mädchen, vielleicht hatte er eine neue Art entdeckt, mein Gesicht zu sehen, einen geheimen Winkel, ich weiß es nicht, ich glaube, er und ich verliebten uns ein bisschen in die Bilder, die er von mir machte, in dieses andere Mädchen, wie wir sie nannten, etwas älter als ich und mit einer Abgeklärtheit im Blick, die nicht mit meinem Blick übereinstimmte, an mir war nichts Abgeklärtes, in meinem Gesicht saß nichts richtig an seinem Platz. Er war groß und hatte lange Haare, eine Haut, die einen an etwas erinnerte, was ein Sattler im Hinterzimmer aufbewahren würde, alt, braun, rissig, und bald darauf wollte er mich im Auftrag eines französischen Magazins nach Paris mitnehmen, er wollte mich mit noch kürzeren Haaren und fast ohne Make-up fotografieren, das würde schön werden, vielleicht das schönste, was er seit langem gemacht hatte. Er telefonierte mit meiner Mutter, erklärte ihr, dass er mich nach Paris mitnehmen wolle, und sie sagte nein, sie ist erst fünfzehn, ich kann sie nicht nach Paris ziehen lassen, und ich quengelte, und sie sagte nein, und er rief sie noch einmal an und verdeutlichte, welche Art von Bildern er machen wollte, und wie schön das werden würde, und wie sehr er sie als Schauspielerin in den Filmen meines Vaters schätzte, sie sei die Muse eines großen Künstlers, sagte er zu meiner Mutter, und sie sagte nein, ich sage nein, sagte sie.

Bogdans Zigarettenrauch trieb durch die Räume in der großen, dunklen Wohnung in der West 81st Street, in der wir gemeinsam wohnten, Mama, Bogdan und ich, trieb durch die Räume, zusammen mit Bachs fünfter Cellosuite, die er immer wieder auflegte, Bogdan benötigte genauso lange, um eine Zigarette zu rauchen, wie Casals, um die Gavotte zu spielen. Ich bin so allein, hörte ich Mama sagen, sie suchte nach ihm, fand ihn aber in keinem der Zimmer, der Rauch war da, die Musik auf der Platte auch, wusstest du, dass das Cello von allen Instrumenten der menschlichen Stimme am nächsten kommt, sagte er einmal, das wusste Mama nicht, und nun fand sie ihn nicht, ich bin so allein, sagte sie, vielleicht hatte er sich aufgelöst, war sein eigener Zigarettenrauch geworden, ich bin so allein, kannst du mir nicht antworten ... Mama wollte nicht, dass ich nach Paris fuhr, sie sagte ja, aber unter Druck gesetzt, sie wollte doch gar nicht, dass ich fuhr, sie wiederholte es mehrmals, ging von Raum zu Raum, ich bin so allein, und ich will nicht, dass sie nach Paris fährt, ging von Raum zu Raum, als hoffte sie, Unterstützung von den Wänden, den Teppichen, den Stühlen, den Lampen, dem Zigarettenrauch zu bekommen, der sich an den Wänden entlangringelte wie eine endlose, graue Tapetenborte, immer musste sie solche Entscheidungen ohne Hilfe treffen, nie konnte sie sich mit jemandem beraten, den Vater des Mädchens interessierte es nicht, Bogdan interessierte es nicht, wo war Bogdan überhaupt, wann hatte sie ihn eigentlich zuletzt gesehen, seine Stimme gehört, nicht nur diesen ewigen Rauch in den Räumen, den Klang des Celloquietschens, es gibt noch immer viele schöne Dinge, die in C-Dur gesagt werden können, erklärte Bogdan einmal, er hatte ein Faible für Zitate, Mama wollte über ihre Beziehung sprechen, sie war dreiundvierzig und Alleinverdienerin für Kind und Mann und wusste nicht, was sie tun sollte, es gab niemanden, der ihr bei Entscheidungen half, bei Geld, Mahlzeiten, Briefen von der Schule des Mädchens, weil sie ungewöhnlich oft fehlte und sehr schlechte Noten hatte, jetzt war er nirgendwo zu finden, und dann wiederholte sie, dass sie ja gesagt, aber nein gemeint hatte, sie war unter Druck gesetzt worden, und wer war eigentlich dieser Fotograf?

Am Tag vor der Abreise nach Paris ging Mama mit mir ins Kaufhaus Macy's.

»Wir müssen dir neue Kleider kaufen, die du auf der Reise anziehen kannst«, sagte sie.

Aber du willst doch nicht, dass ich fahre, nein, ich will nicht, dass du fährst.

Ein schöner Rock. Ein warmer Pullover. Zwei Tops. Strumpfhosen. Ein Koffer, der nur mir gehörte. Ich wünschte mir Stiefeletten mit hohen Absätzen.

»Erst wenn du siebzehn bist.«

Mama hatte sich erst kürzlich die Haare schneiden lassen und einen Pony bekommen, einen hübschen Scheitel, nannte sie es und berührte ihr Haar und brach in Tränen aus, wir standen mitten in dem großen Kaufhaus, umgeben von Schaufensterpuppen und Kleidern und Hüten und Gürteln und schlanken Verkäuferinnen, die kamen und gingen, und Regalen und Kleiderständern und Spiegeln, und Mama weinte und sagte, sie vermisse ihre langen Haare und dass es noch um so viel anderes gehe, was sie im Moment nicht erklären könne, und dann nahm sie meine Hand und drückte sie fest. Ich weiß nicht, wann ihre Hände anfingen zu zittern, aber damals bei Macy's fiel es mir zum ersten Mal auf. Wir blieben eine Weile so stehen, in einer der zehn Etagen, ich weiß nicht mehr, in welcher, die Kleidertüten und der neue Koffer standen auf dem Boden. Meine Hand in ihrer Hand.

Im Laufe der Zeit wurde das Zittern auffälliger. Mama kann wegen des Zitterns keine SMS verschicken, sie trifft die Tasten nicht, und wenn sie Tee trinkt, klirrt das Porzellan.

Als Mama nicht mehr weinte, fanden wir einen Stand, an dem wir Bananensplit essen konnten, bei Macy's gibt es alles, Bananen sind Trost, sagte Mama oft, und als ich klein war, zeigte sie mir, wie man Milchschokolade und eine Banane auf einem Teller in die Sonne oder unter eine Glühbirne stellen konnte, und wenn die Schokolade allmählich schmolz und die Banane weich und warm geworden war, nahm man eine Gabel und rührte vorsichtig, es war wichtig, dass die Schokolade nicht ganz schmolz und dass man nicht zu fest rührte.

Später an jenem Tag kaufte sie einen Blazer für mich und einen für sich selbst, wir baten die Kassiererin, unsere alten Strickjacken in eine Einkaufstüte zu legen, damit wir die neuen Blazer sofort anziehen konnten. Sie waren elegant und braun und hatten Taschen an den Seiten, markante Aufschläge und Schulterpolster so groß wie Schildkröten, und waren aus einem ziemlich dicken und dichten Stoff, so dass wir augenblicklich ins Schwitzen kamen. Die Rolltreppen bei Macy's fuhren an jenem Tag nicht, und wir gingen immer weiter aufwärts, ohne das Gefühl zu haben voranzukommen, als träten wir Luft, Mama hatte ein ganz rotes Gesicht und sagte, *Ich glaube, wir kommen heute nicht mehr weiter hoch oder runter*, und *du, diese Jacke ist vielleicht warm*, dann sah ich uns flüchtig in einem der großen Spiegel, überall waren Spiegel, und wir erinnerten an zwei missgestaltete Jungen, Brüder vielleicht, in viel zu kleinen Konfirmationsanzügen.

Als ich nach Paris kam, verlor ich meinen Orientierungssinn. Es war mir immer gelungen, mich zu orientieren, eine Karte davon zu skizzieren, wo ich mich befand, aber in Paris verirrte ich mich praktisch sofort, ich sprach kein Französisch, und als ich versuchte, ein junges Paar um Hilfe zu bitten und der junge Mann sich zu der jungen Frau umdrehte und sagte, *elle est stupide*, brach ich direkt vor ihnen, in der Dämmerung, in Tränen aus, in meiner Erinnerung war die ganze Woche über Dämmerung, Dämmerung oder Nacht, und sie drehten sich um und gingen die breite Avenue hinab, deren Namen ich nicht kannte, und von da an hielt ich mich an den Fotografen, der die Stadt wie seine Westentasche kannte und fließend Französisch sprach. Als wir das erste Mal miteinander schliefen, übergab ich mich hinterher. Es lag nicht an *ihm*, dass mir schlecht wurde, oder an seinem Körper oder meinem Körper, sondern an der Berührung selbst, dem Genuss, wie er mich anfasste, mich küsste, mich leckte, in mich eindrang, und ich wollte mehr und das sagte ich ihm, ich will mehr, sagte ich, und als ich kam, überraschte es mich, die Wucht darin, und es überraschte auch ihn, und er lachte kurz, nicht um sich über mich lustig zu machen, sondern weil er das nicht erwartet hatte, ich war doch immer noch so klein und dünn, und dass ich kam, führte dazu, dass er noch mehr und noch härter wollte, und ich kam noch einmal, und wir kamen zusammen, und seine Haare, die so viel länger waren als meine, legten sich auf mein Gesicht wie tausend Fäden, und als es vorbei war und er mich auf den Mund küsste, legte ich meine Arme um seinen Hals und umarmte ihn, wie kleine Mädchen es tun. Und dann wallte die Übelkeit in mir auf, und ich lief auf die Toilette und übergab mich. Es war schwindelerregend, mit ihm zu schlafen, und ebenso schwindelerregend, ihn zu übergeben. Es waren zwei Seiten derselben Bewegung, ich wusste nicht, dass es so ablaufen würde, ich wollte ihn haben und gleichzeitig loswerden, entstehen und verschwinden und wieder entstehen. Irgendwann wollte er wissen, was ich im Bad machte, und ich sagte ihm, dass ich mich eincremte, seither habe ich mich gefragt, ob er damals hörte, dass ich mich übergab, und ob er sich fragte, warum ich es tat. Am vierten Tag machte er die Bilder von mir, die er mir versprochen hatte.

* * *

Sehen, verstehen. Alles hängt davon ab, wo du stehst. Es war der Renaissanceastronom Giovanni Battista Riccioli, der die Mondmeere, die Krater und Gebirgsformationen benannte. *Mare Tranquillitatis*, das Meer der Ruhe, ist sein Name.

Die Mondkarten – mit all den neuen Namen – wurden von Ricciolis jüngerem Kollegen Francesco Maria Grimaldi gezeichnet. Ihr Leben bestand darin, Namen zu geben. Ich versuche, die beiden Männer vor mir zu sehen, wer sie waren, ich versuche, mir vorzustellen, wie sie arbeiteten.

Ich stelle mir vor, dass Riccioli und Grimaldi Freunde waren, ich stelle mir vor, dass sie sehr gelehrt waren – Grimaldi gab eine Professur in Philosophie auf und ersetzte sie durch eine Professur in Mathematik, weil die Philosophie seine Gesundheit zu sehr angriff –, ich stelle mir vor, dass sie ununterbrochen arbeiteten, schrieben und berechneten und experimentierten und fortschrittliche Instrumente entwickelten und benutzten. So baute Grimaldi ein Instrument, mit dem man die Höhe von Wolken messen konnte.

Manchmal standen sie vielleicht bloß untätig herum und betrachteten den Mond, sie kannten sich schon so lange, beide lebten in der Universitätsstadt Bologna, und so standen sie wohl irgendwo dort, oder sie verließen die Stadt, vielleicht suchten sie sich ein verlassenes Feld, auf dem sie in

Ruhe stehen konnten. Schwiegen sie, hatten sie eine Regel, die besagte, dass sie bei der Arbeit still waren, oder unterhielten sie sich, und ging es dabei um das, was sie am Himmel sahen, oder um andere, ganz alltägliche Dinge wie – ja, was? Was sind alltägliche Gesprächsthemen für zwei katholische Astronomen im siebzehnten Jahrhundert?

Einen Großteil ihrer Arbeit müssen sie in den Nächten erledigt haben, und ich glaube, dass sich zwischen Freunden, Brüdern, Kollegen, Vater und Sohn – ich weiß nicht, wie die beiden Männer ihre Beziehung definierten – nachts andere Gespräche entspinnen als am Tag.

Eine Kopie von Grimaldis Karte vom Mond schmückt den Eingangsbereich im *The National Air and Space Museum* in Washington, das ich mit Ola besuchte, als er noch ein kleiner Junge war, aber wir blieben nicht stehen, um uns die Karte anzuschauen, wir waren beide so hungrig und verfroren, an dem Tag regnete es in Washington, und uns ging es in erster Linie darum, einen Ort zu finden, an dem wir etwas essen und uns aufwärmen konnten.

Ich frage mich, ob die Männer und Frauen, die ihr Leben der Aufgabe widmen, zu kartieren, klassifizieren und Namen zu geben – ob sie nun ihren Blick auf den Himmel oder die Erde richten, ob das, was sie sehen, nun nah ist oder weit entfernt –, früher oder später von ihrer Aufgabe überwältigt werden.

* * *

Als Eva in den Kindergarten ging, spazierte mein Schwiegervater gelegentlich an ihm vorbei – der Kindergarten lag im Frognerpark mit seinen dreitausend Bäumen – und blieb eine Weile unter einer Eiche stehen und beobachtete das kleine Mädchen, das dort umherlief. Er blieb auf Distanz, er war ein großer und kräftiger Mann mit einem Stock und weißen Haaren, der sich nicht so leicht verstecken konnte und nicht stören wollte.

Einmal, auf einem dieser Spaziergänge, fiel er Eva ins Auge, und sie rief den anderen Kindern zu: »Seht mal, unter dem Baum da steht Opa.«

Als sie sechs war, begann Eva zu quengeln, weil sie Ohrlöcher haben wollte. Wir hatten ihr gesagt, dass sie bis zu ihrem zehnten Geburtstag warten müsse, aber dann starb ihre Großmutter, und daraufhin erlaubten wir es, obwohl sie erst acht war. Als sie drei war, starb ihr Großvater mütterlicherseits, als sie vier war, starb der andere Großvater, und als sie acht war, starb die Großmutter, und diesmal eilte es, ich weiß nicht genau, warum es *eilte*, aber als Großmutter starb, in den Tagen nach ihrem Tod, wurde es für Eva sehr wichtig, Ohrlöcher zu bekommen, am liebsten noch vor der Beerdigung. Wir riefen in einem Friseursalon in der Nähe an und sprachen mit einer Frau namens Liv, ich erzählte Liv, dass Evas Großmutter gestorben war und in einer Woche beigesetzt werden sollte, und daraufhin meinte Liv, sie werde Eva vorher dazwischenschieben, so als gäbe es eine offensichtliche Verbindung zwischen diesen beiden Übergangsritualen – eine alte Dame ist tot und soll beigesetzt werden, ein kleines Mädchen soll Ohrlöcher bekommen. Eva und ich gingen in die Stadt und kauften ein neues Top und einen neuen Rock, die sie würde anziehen können, Beerdigungen sind stets mit Kleidereinkäufen verbunden. Selbst große Trauer mündet letztlich in die Frage der Kleider und was man anziehen soll, schrieb Proust. Als mein Vater starb, ging ich mit einer meiner Schwestern in das Kaufhaus NK in Stockholm, wo wir Kleider für die Beerdigung kauften, ich entschied mich für ein teures, eng anliegendes, schwarzes Samtkleid, bei dem ich ein wenig sentimental dachte, dass es Papa gefallen hätte, ich weiß nicht mehr, was meine Schwester sich kaufte, sie mag Cashmere und Seide, weiche Dinge, aber ich erinnere mich, dass wir viele verschiedene Kleider anprobierten und aufgekratzt und heiter waren, ich habe dieses Samtkleid nie wieder angezogen, ich finde nicht, dass es mir steht, mehrmals habe ich es aus dem Schrank geholt, angezogen und anschließend wieder ausgezogen. Am Tag vor Großmutters Beisetzung ging ich mit Eva zu Liv, wir hatten ihre Ohrläppchen mit einer Betäubungscreme eingerieben, was man mindestens eine halbe Stunde vor dem Stich tun soll, ein langhaariges Mädchen, das Eva kannte, hatte die Ohrlöcher ohne Betäubungscreme gestochen bekommen, und das hatte so wehgetan, dass sie sich tagelang das Ohr gehalten und geweint hatte, ein Ohr hatte sich entzündet, es schwoll an und wurde doppelt so groß wie das andere, ich sagte, die Geschichte sei bestimmt übertrieben.

Als Eva und ich fast da waren, blieb sie im Wind stehen. Wir mussten einen großen Platz überqueren, um zu dem Salon zu gelangen, und nun blieb sie stehen. Es war Herbst, und die Blätter fielen von den Bäumen, und sie stand auf diesem großen Platz sozusagen in Herbst und Wind und wirbelndes Laub gehüllt, wie in ihrem eigenen Schneegestöber, und dann sagte sie: »Ich traue mich doch nicht.«

Wenn sie morgens aufwacht, stehen wir für kurze Zeit gemeinsam im Bad, das werden wir auch heute tun, ich werde ihr die Haare bürsten, es ist schwierig, die Bürste hindurchzuziehen, *aua*, schreit sie, *Mama, hör auf*, ihre Haare sind hell und verfilzt, lange dünne Blumenstiele, die zerfransen und sich wieder verheddern, wenn sie im Schwimmbad gewesen ist, bekommen sie einen Stich ins Grüne, ich sammele die Stiele in der Hand und straffe sie, vielleicht beuge ich mich vor, betrachte uns beide im Spiegel und frage sie, ob wir die Haare heute hochstecken wollen, das sieht gut aus, sage ich, sie schüttelt den Kopf und sagt nein, sie will sie offen tragen, ihre Haare werden trocken, wenn die Kälte und der Schnee kommen. Der Herbst ist dieses Jahr warm gewesen, auch im Vorjahr war er warm, dunkel und warm, jeden Morgen eine große, rotierende Dunkelheit, ich hoffe, es schneit bald, die Rosen im Garten haben Anfang November zum dritten Mal geblüht, die Fliegen sind in den Fensternischen zu neuem Leben erwacht, sie dachten, sie wären tot, und dann erwachten sie wieder; Fliegen in Fensternischen, im Waschbecken, sie hatten sich zum Sterben hingelegt, doch nun kommen sie durch die Rohre herauf, eine Fliege schwirrt langsam und allein durch das Zimmer, bevor wir die erste Adventskerze anzünden; hätten die Fliegen singen können, hätten sie vielleicht davon gesungen, wie kalt es ist, aus dem zu erwachen, was sie für den Tod hielten, wir leben im anthropozänen Zeitalter, sage ich zu den Fliegen, und dass ein Zeitalter nach einem benannt wird, ist kein Grund, stolz zu sein, ich sah Eva in dem Spiegel im Bad an, wir sehen uns im Spiegel an, viele erzählen uns, dass wir einander ähnlich sehen, ich sage, dass es vielleicht Zeit wird, die Spitzen zu schneiden, und daraufhin sagt sie:

»Mama, es ist ein *Mythos*, dass man sich die Haare schneiden lassen muss, damit sie lang wachsen.«

»Mag sein«, erwidere ich.

Manchmal kommt sie ganz dicht an mich heran und will mich, aber dann hält sie sich zurück, sie merkt mir an, dass ich *keine Zeit habe*, oder was sage ich dann, *gleich*, sage ich, *nicht jetzt*, oder ich tue nur so, als hörte ich ihr zu, denke jedoch an etwas anderes. Nachts ist ihr Nacken feucht, und sie hat ihre Decken fortgestrampelt, ihr Vater und ich haben jeder zwei Decken, und daraufhin wollte sie auch zwei Decken haben, sie will zwei Decken haben, obwohl ihr nachts warm wird, der Hund liegt auf dem Fußboden und atmet, fast lautlos, manchmal träumt der Hund und winselt so laut, dass ich seinen Namen rufen muss, um dem Winseln ein Ende zu setzen, manchmal holt er tief Luft und schluchzt beinahe, das Geräusch erinnert an das eines Säuglings, wenn er zum Weinen ansetzt, der Hund schläft auf einem Schaffell auf dem Fußboden an meiner Seite des Betts, er steht mitten im Leben, lebt vielleicht noch sechs oder sieben Jahre, er hat nie begriffen, was es bedeutet, ein Hund zu sein, er rät die ganze Zeit, so gesehen ähnelt er meinem Mann und mir, wir und der Hund haben gemeinsam, dass wir nicht wissen, wie wir *wir* sein sollen, es ist ein endloses Ratespiel. Oft erinnert uns der Hund an andere Tiere, an eine Robbe, ein kleines, schwarzes Pferd, ein Schaf – vielleicht auch, weil er in seinem ersten Lebensjahr frei zwischen den Schafen in Hammars herumlief. Mein Mann sagte einmal, der Hund erinnere ihn an ein australisches Schnabeltier. Wenn er sich auf der Couch zusammenrollt, sieht er aus wie eine Riesenschnecke, die Schnauze ist im Verhältnis zum Kopf groß, er mag es, wenn ich mit den Fingern behutsam über ihn streiche. Wenn er frisst, tut er dies mit größter Vorsicht, seine Ohren sind luxuriös weich und glänzend wie kostbarer Stoff, sie erinnern an mein schwarzes Beerdigungskleid, das meinem Vater gefallen hätte, ich glaube, er hätte es gemocht, weil es meine Figur betonte und zugleich sittsam war, *klassisch*, hätte er gesagt. Lange vor seinem Tod, fast dreißig Jahre zuvor, fuhr ich nach München, um Mama und Papa zu treffen, Mama trug ein ausgeschnittenes Seidenkleid, es war lang und blau, auch ihre Haare waren lang und blau, so habe ich sie in Erinnerung – blau –, als hätte jemand eine blaue Glühbirne an der Decke eingeschaltet und Mama unter sie gestellt, Papa öffnete die Tür und zeigte auf den Ausschnitt und sagte:

»Großer Gott, in diesem Aufzug kannst du doch nicht herumlaufen.«

Er mochte keine Hunde, hatte Angst vor ihnen, jedenfalls behauptete er das, aber als wir zusammenlebten, hatten meine Mutter und mein Vater einen Dackel; als sie sich trennten, behielt meine Mutter mich und mein Vater den Dackel, mein Vater sagte, er möge keine Tiere, aber dann sprach er manchmal endlos lange über die Hasen und Vögel in Hammars.

Wenn sie in unserem Bett aufwacht, vergisst Eva nie, um das Bett herumzugehen, sich auf den Fußboden zu legen und die Arme um den Hund zu legen, es ist das erste, was sie morgens nach dem Aufstehen tut, und danach geht sie schlafwandlerisch ins Bad, in die Dusche, dreht das Wasser auf und lehnt den Kopf an die gekachelte Wand, dann ist sie regungslos, nicht ansprechbar, das Wasser aus dem Duschkopf läuft ihren Körper hinab, und sie hebt nicht den Kopf, obwohl ich ihren Namen sage, öffnet nicht die Augen, schläft im Stehen, wie ein Fohlen, ich sage:

»Jetzt musst du die Augen aufmachen, dich waschen und nicht nur herumstehen.« Und kurz darauf sage ich:

»Jetzt musst du aufhören zu duschen und frühstücken kommen.«

Ich werde vorsichtig dabei sein, sie zu beschreiben. Das kann sie selbst tun. Manchmal überrumpelt sie mich mit einem Blick randvoll mit ihr, ganz und gar eine *andere*, mitten in ihrer Kindheit, die so stark prägt und sie ihr ganzes Leben begleiten wird, selbst wenn sie diese verlassen oder diese sie verlassen hat.

* * *

Papa und ich kamen mit dem Buch, das wir gemeinsam schreiben wollten, nicht weiter. Sechs lange Gespräche nahm ich auf Band auf, klare und verworrene, und dann wurde er so verrückt (ist dies das richtige Wort?), dass ich es unpassend fand, weitere aufzunehmen, und dann starb er, und dann war ich unfähig, mir diese Aufnahmen mehr als fünf Minuten anzuhören, und dann verlegte ich das Tonbandgerät, ich schäme mich dafür, dass ich es verlegte, dass ich keine Ordnung halte, ich schreibe ein anderes Buch, dachte ich, über den letzten Sommer, über ihn und mich, über Vater und Tochter, über Väter und Töchter, über den alten Mann, über den Ort, ich glaube, ich trauerte mehr um den Ort als um den Mann – die Dinge, die Steine, die Schatten unter den gekrümmten Kiefern.

Als er noch lebte, wären niemals Schmetterlinge in seinem Schlafzimmer gewesen. Aber er lebte doch. Und es waren Schmetterlinge dort. Er lebte, als er sich ins Bett legte und an die Decke starrte. Ich weiß nicht, ob er sie sah, aber er lebte.

Wann genau in jenem Sommer begann ich, von ihm in der Vergangenheitsform zu sprechen?

Insekten gelangten nicht herein. Was die Fenster anging, war er sehr streng. Sie mussten geschlossen bleiben. Als ich klein war und mein eigenes Zimmer in Hammars hatte, lief ich manchmal den langen Weg von meinem Zimmer zu seinem und legte mich zwischen Ingrid und ihn. Dasselbe Zimmer, dasselbe Bett, dieselbe blassgelbe Bettwäsche, dasselbe Fenster, dieselben Kiefern, derselbe Steinstrand, dasselbe Meer.

Die Schmetterlinge saßen oder standen auf der Wand. Ich lag auf dem Bett, neben ihm, und starrte an die Decke. Auch er starrte an die Decke. Vielmehr, das tat er eben nicht.

Er starrte nach innen.

Ab und zu erzählte er davon, wo er war. Wir sprachen nicht so viel, aber von Zeit zu Zeit sagte er etwas. Ich hatte aufgehört, auf Band aufzunehmen. Die Schmetterlinge erinnerten an Schnee. Kleckse aus Schnee. Schmutziger Schnee. Schnee, der nicht schmilzt. Schnee, der noch am Straßenrand liegt, wenn aller anderer Schnee geschmolzen ist, Aprilschnee, Maischnee, Schnee, der sich weigert zu verschwinden, Haufen und Hügel aus Schnee, Schnee, der ebenso sehr Dreck und Kies und Abgase ist wie Schnee, Schnee, über den Menschen getrampelt sind und auf dem Tiere ihre Notdurft verrichtet haben. Ich weiß nicht einmal, ob es Schmetterlinge waren, auf die ich da starrte, sie waren schwarz und unschön, vielleicht eine Art Motten, aber schwerer, kompakter, große schwarze Flügel, ohne Ornamente.

* * *

Lass etwas Zeit verstreichen, meinte eine Bekannte, auch sie hatte ihren Vater verloren. Es war wie schwanger sein, man sucht den Kontakt zu anderen Schwangeren, sieht überall Schwangere, erkennt einander, eine Schwesternschaft, und dann wird man vaterlos und sucht den Kontakt zu anderen Vaterlosen, liest Bücher und Artikel, verfasst von Schriftstellern, die ihren Vater verloren haben, oder ihre Mutter, auf Anhieb fallen mir mehr ein, die über ihren Vater geschrieben haben als über ihre Mutter. Ich wusste nicht, wie ich um meinen Vater trauern sollte, ich hatte das Gefühl, falsch zu trauern, nicht nur kurz, nachdem er starb, sondern auch in den Jahren danach, und deshalb las ich sehr viele Bücher, geschrieben von Autoren, die ihren Vater verloren hatten, oder ihre Mutter, oder beide Eltern, und dann las ich Bücher von Autoren, die ihren Ehepartner verloren hatten, ich konnte gar nicht genug von Büchern über Trauer, verschiedene Formen der Trauer bekommen.

Als der kleine Vanetsjka, auch Vanja genannt, 1895 an Scharlach starb, schrieb seine Mutter zwei Jahre lang nicht mehr in ihr Tagebuch.

Vorher schrieb sie jedoch über ihre Sorge und die durchwachten Nächte, über die Freude und Erleichterung, als der Junge Anzeichen für den Weg der Besserung aufweist. Danach folgen ein paar Tage mit Alltag und Alltagsproblemen, ehe er plötzlich erneut erkrankt und stirbt.

Die Mutter hieß Sofja Tolstaja. Der Vater war Leo Tolstoi. Es gibt keine zeitliche Unterbrechung in Tolstois Tagebuch, stattdessen findet man darin das Fahrrad. Er nimmt die Anschaffung eines Fahrrads in Angriff. Er ist siebenundsechzig Jahre alt und nie zuvor Fahrrad gefahren. Er schreibt in seinem Tagebuch über das Fahrrad und listet gute moralische Gründe dafür auf, sich ein solches Fahrrad zu gönnen. Er verweist auf das Werk *Wissenschaftliche Kommentare bezüglich des Gebrauchs eines Velozipeds zur körperlichen Ertüchtigung*.

Als Tschechow Tolstoi auf dessen geliebtem Landgut Jasnaja Poljana besuchte, wollte Tolstoi, dass sie gemeinsam im Fluss schwimmen gingen, was Tschechow problematisch fand. Er bewunderte Tolstoi über alle Maßen, wollte aber nicht unbedingt zusammen mit ihm *baden*, was man ja durchaus verstehen kann.

Es gibt eine Fotografie von Tolstoi, auf der er neben dem neuen Fahrrad posiert. Auch Sofja ist auf dem Bild, schwarzgekleidet und mit einem für mich undefinierbaren Gesichtsausdruck. Verzweifelt wegen ihres Sohns? Resigniert wegen ihres Manns? Fest entschlossen, Haltung zu bewahren und ihre Rolle zu spielen. Ich denke an die zeitliche Unterbrechung in ihrem Tagebuch. Zwei Jahre Schweigen. Zwei Jahre mit nichts. Tolstoi ist weißgekleidet, ein großes, weißes Leinenhemd oder eine Tunika und eine weiße Schirmmütze und der große, weiße Bart. Er hat einen leicht gekränkten Gesichtsausdruck. Er hält sein Fahrrad fest und entschlossen, und vielleicht ein wenig furchtsam.

Das Foto von Tolstoi und dem Fahrrad erinnert mich an meinen Vater. Du siehst *eine* Sache und denkst an eine andere.

Tolstoi ähnelt meinem Vater nicht, wenn man von dem Greisenhaften absieht, das beide in ihren letzten Lebensjahren ausstrahlten. Mein Vater hatte keinen Bart, jedenfalls keinen großen und weißen, und obwohl er jeden Morgen nackt in dem eiskalten Schwimmbecken badete, auf das er so stolz war und das er Swimmingpool nannte, zog er es vor, allein zu schwimmen.

Wenn ich die Fotografie sehe, ist es in erster Linie Tolstois Fahrrad, was mich an ihn denken lässt.

Mein Vater auf seinem großen, roten Damenrad.

Ein paar Tage, bevor Tolstoi 1910 starb, floh er von zu Hause und hinterließ seiner Frau Sofja folgenden Brief: »Ich tue, was alte Männer in meinem Alter normalerweise tun; ich verlasse den Tumult und Lärm der Welt, um meine letzten Tage in Ruhe und Einsamkeit zu verbringen.«

Papa hinterließ keinen solchen Brief, wünschte aber auch, den Tumult und Lärm der Welt in Ruhe und Einsamkeit zu verlassen. Es gelang ihm nicht. Bis zuletzt herrschte Tumult und Lärm, wenngleich auf etwas andere Art als bei Tolstoi. Man hofft, dass der Tod friedvoll sein wird, man ordnet seine Angelegenheiten und plant, aber dann kommt alles ganz anders. Nach seinem Tod fand ich zwei gelbe, handgeschriebene Post-its an der Wand seines Büros. Sie hingen hinter der Tür. Dort hatten sie schon länger gehangen. Ich zog sie ab. Wo sie gehangen hatten, war die Kiefernholzlatte heller.

Auf dem linken Zettel stand:
Es ist furchtbar, dem lebendigen Gott in die Hände zu fallen. Doch nur dann findet der Mensch Versöhnung.

Auf dem rechten Zettel stand:
Vielleicht ist es das, was wir ein Leben lang suchen: Die größtmögliche Trauer, um endlich wir selbst zu werden, ehe wir sterben.

* * *

24. Dezember 1998. Es schneite, als ich aufwachte, es schneite in die fast leeren Räume der Wohnung in der Sorgenfrigaten, in der ich zu jener Zeit wohnte, es schneite, als ich auf die Straße hinaustrat und zum Bus lief, schneite, als das Flugzeug auf dem Weg nach Arlanda in Gardermoen abhob.

Papa und ich wollten gemeinsam Weihnachten feiern, und für unser Fest hatte er folgenden Plan skizziert:

15.00: Du kommst zur Wohnung am Karlaplan.
15.30: Wir spazieren zur Hedvig Eleonora-Kirche am Östermalmstorg, an der dein Großvater Erik Bergman dreißig Jahre Pfarrer war.
16.00: Weihnachtsgottesdienst.
18.00: Abendessen. Es gibt Hackfleischbällchen. Wenn du möchtest, kannst du Wein bekommen.
18.30–22.30: *Sitzung*.
22.30: Ende.

Ich war dreißig und geschieden. Mein Sohn würde Weihnachten bei seinem Vater feiern und ich Weihnachten allein feiern. Das hatte ich noch nie getan. Konnte ich eine Schlaftablette nehmen und den ganzen Heiligabend verschlafen? Oder in die Kirche gehen? Aber es gab nicht genug Gottesdienste, um den ganzen Abend zu bewältigen. Mein Vater war achtzig und Witwer. Er hatte die Idee, nicht die, dass wir zusammen ein Buch schreiben würden, die tauchte erst Jahre später auf, sondern die, dass wir gemeinsam Weihnachten feiern könnten. Ein Buch zu schreiben, fiel unter die Kategorie *Arbeit* und bezog seine Legitimität aus diesem Wort. Zusammen Weihnachten zu feiern fiel unter ganz andere Kategorien.

Am Fenster zu stehen, herausgeputzt, das Essen ist fertig, der Baum beleuchtet, und zu dem, der neben einem steht, sagen zu können: *Schau. Da kommt meine kleine Familie.*

Eine Woche zuvor hatten Papa und ich telefoniert und waren im Verlauf des Gesprächs über die Einsamkeit des jeweils anderen gestolpert. Vielmehr – so habe ich stets daran gedacht. Ich habe gedacht, dass wir an jenem Heiligabend füreinander da waren. Doch diese Sichtweise ist nicht ganz zutreffend. Als Ingrid noch lebte, wünschte er an Weihnachten keinerlei Form von Feierlichkeiten. Ich glaube, sie verbrachte den Heiligabend mit Kindern und Enkelkindern – nicht mit ihm. Und nach ihrem Tod verbrachte er den Abend weiterhin allein. Also *stolperten wir nicht über die Einsamkeit des jeweils anderen*, wie ich geglaubt hatte. Er brauchte mich nicht. Ich war es, die ihn brauchte, und er sagte: *Komm nach Stockholm.*

Dies ist meine allererste Erinnerung an Weihnachten. Ich war erst gut ein Jahr alt, und damit ist es natürlich abwegig zu behaupten, dass es eine Erinnerung ist, jemand muss mir davon erzählt haben, jemand muss gesagt haben: Dein Vater wollte nicht Weihnachten feiern und hatte gesellige Weihnachtsfeiern, Geschenke, Weihnachtsgebäck, Weihnachtsbaum, Weihnachtsdekoration und Weihnachtskerzen verboten. Zur Verzweiflung deiner Mutter. Schließlich war es ihr erstes gemeinsames Weihnachtsfest als Eltern. Sie war sehr jung und lebte mit ihm in Hammars, weit draußen auf dem Land. Es schneite und war dunkel, und er bestimmte. Aber sie wollte Weihnachten feiern. Sie wollte nicht einfach so tun, als wäre Heiligabend ein Tag wie jeder andere. Sie hatten ein gemeinsames Kind. Das Kind hatte es jedenfalls verdient, dass sie das taten. Dass dieses Kind nicht alt genug war, um den Unterschied zwischen Heiligabend und anderen Tagen zu begreifen, war etwas anderes. Wenn er arbeitete, verlangte er absolute Ruhe im Haus und bemerkte auch nicht, dass sie das Baby und das Auto nahm und zum Laden fuhr, um Kerzen zu kaufen. Es war weit bis zu dem Geschäft. Die Fähre zwischen Fårö und Fårösund ging nur einmal in der Stunde. Es war Heiligabend 1967. Im Laden kaufte sie einen ganzen Korb voller Kerzen, vielleicht sogar zwei Körbe voll, jedenfalls waren es viele Kerzen. Dicke, weiße Kerzen in hübschen Glaszylindern. Außerdem kaufte sie Sauerkraut in Dosen, tiefgefrorenen, gepökelten Schinken (ohne zu wissen, dass er gefroren war) und Senf. Dann fuhr sie zurück. Er arbeitete immer noch, und sie bewegte sich ganz leicht und still von Raum zu Raum, platzierte die Kerzen auf den Fensterbänken und Tischen, im Wohnzimmer und in der Küche und im Schnee vor dem Haus, und als sie die Kerzen verteilt hatte, war es beinahe märchenhaft. Was sie nicht wusste, und was er ihr an dem Abend vielleicht oder vielleicht auch nicht erzählte, war, dass die Kerzen, die sie gekauft hatte, Grablichter waren. Sie hatte die schönsten Kerzen im Geschäft ausgewählt. Sie wusste nicht, dass sie für die Toten bestimmt waren. Und als er dann endlich aus seinem Arbeitszimmer herauskam, bereit, mit ihr zu essen, aber wie gesagt, nicht bereit, Weihnachten zu feiern, wurde er von brennenden Grablichtern in allen Zimmern und draußen im Schnee empfangen.

Und von einem gefrorenen, tropfenden Schinkenbraten mitten auf dem Küchentisch in der Größe eines Kopfs.

Als ich zu seiner Wohnung am Karlaplan kam, waren wir beide so nervös, dass wir im Eingangsflur stehenblieben und auf der Stelle trippelten, ich zog meinen Mantel aus und er hängte ihn an die Garderobe, und ich setzte mich auf einen Stuhl und begann, meine Stiefeletten auszuziehen, und daraufhin sagte er: »Aber wir wollen doch bald gehen, zur Kirche, meine ich, vielleicht hättest du den Mantel gar nicht ausziehen brauchen«, und ich sagte: »Stimmt, da hast du recht«, und dann zog ich die Stiefelette, die ich gerade ausgezogen hatte, wieder an, stand auf und zog den Mantel an, aber dann sagte er: »Aber es sind ja noch zwanzig Minuten, bis wir gehen, vielleicht ziehst du den Mantel doch lieber aus und kommst herein und setzt dich ein wenig.«

Es schneite nicht mehr, aber als wir zwanzig Minuten später in den Flur zurückkehrten und Mäntel und Schuhe anzogen – diesmal wirklich –, setzte dichtes Schneetreiben ein. Ich konnte es vom Flur aus durch das Wohnzimmerfenster sehen.

»Es schneit«, sagte ich.

»Ja, es hat fast den ganzen Tag geschneit.«

Er öffnete einen Schrank und holte einen grünen Lodenmantel und eine grüne Wollmütze heraus. Ich zog eine

Strickstrumpfhose, Mantel und Mütze an. Dann setzten wir uns in dem engen Flur beide auf einen Stuhl und zogen uns Schuhe und Stiefeletten an. Nie zuvor hatten wir so zusammengesessen und uns Schuhe angezogen. In Hammars streift man die Sommerschuhe einfach ab, ehe man ins Haus geht. Ich hatte hochhackige Stiefeletten, in die ich mich mit Mühe hineinzwängen musste. Als er beide Schuhe *und* Galoschen angezogen hatte, hatte ich nur die rechte Stiefelette an, und er blieb auf seinem Stuhl sitzen und sah mir zu, während ich mit der linken kämpfte. Er sagte: »Ist es nicht dumm, bei so einem Wetter hohe Absätze zu tragen?«

Dann, als wir bereit waren zu gehen, nahmen wir den Aufzug und traten in den Schnee hinaus. Es dämmerte, aber die Straßenlaternen waren angegangen, und aus den Fenstern fiel Licht ins Freie, flüchtig sah ich geschmückte Weihnachtsbäume und Menschen, die sich auf den Abend vorbereiteten, und als ich in ein Fenster nach dem anderen blickte, fiel mir auf, dass die Weihnachtsbäume in Stockholm wesentlich größer waren als in Oslo, aber vielleicht wirkte es auch nur so, weil wir draußen waren und die anderen drinnen, ich ging hier diese breiten, dunklen Straßen entlang, umringt von großen, alten Mietshäusern, und es schneite auf meinen Vater, der neben mir ging. Wir gingen gleich schnell, machten gleich große Schritte, er musste nicht auf mich warten, ich musste nicht auf ihn warten, ich hatte hohe Absätze, und er hatte einen Stock, aber sein Gang war forsch, der Schnee fiel auf seinen Lodenmantel und die Mütze, und das Grüne wurde weiß, und wir sagten beim Gehen nicht sonderlich viel. Als wir uns der Kirche näherten, strich er mir rasch über die Wange, als wollte er mich wecken, und zeigte anschließend auf etwas und sprach zu mir, und da stand sie, die Kirche, groß und gelb, die gewaltige Kuppel von Schnee umwirbelt.

»Hedvig Eleonora hat drei Glocken«, sagte er. »Die kleine Glocke, die mittlere Glocke und die große Glocke, die fast fünf Tonnen wiegt und ursprünglich in Hamlets Stadt gegossen wurde.«

»In Helsingør.«

»Ja, in Helsingør, für Schloss Kronborg im siebzehnten Jahrhundert.«

Und danach sagte er nichts mehr. Wollte er mir etwas über Großvater sagen? Über sich selbst? Über den Jungen, der Pu genannt wurde? Nein, nicht jetzt. Was er sagte, war: »Der Gottesdienst fängt in zehn Minuten an, das gibt uns ausreichend Zeit, die Mäntel auszuziehen und unsere Augen an das Licht zu gewöhnen.«

Ich wandte mich ihm zu und fegte etwas Schnee von seiner Schulter. Draußen war es inzwischen fast völlig dunkel. Er kannte diese Straßen und diesen Ort und diese Kirche und diesen Schnee. Für mich war alles neu. Nie zuvor war ich hier mit ihm gegangen, nie hatte ich ihn im Schnee gesehen.

Als wir nach Hause kamen, aßen wir Hackfleischbällchen, Salzkartoffeln und einen grünen Salat. Eine Frau namens M. arbeitete an zwei Tagen in der Woche für meinen Vater. Putzte, ging einkaufen und kochte, wusch die Wäsche und bügelte sie. Er verstand sich gut mit M., sie war eine ältere Dame, zehn Jahre jünger als er, sie kochte gut und war unsentimental und pünktlich. Was hätte er ohne sie nur gemacht? Während wir in der Kirche waren, hatte M. das Essen zubereitet. Sie hatte den Küchentisch gedeckt und für mich Wein darauf gestellt. Als sie sah, dass alles in Ordnung war und wir uns gesetzt hatten, sagte sie auf Wiedersehen und wünschte uns ein frohes Fest, und wir wünschten ihr ein frohes Fest, und sie meinte, nun freue sie sich darauf, mit

Kindern und Enkelkindern zu feiern, und Papa erwiderte, ja, jetzt ist tatsächlich wieder Weihnachten, und sie erklärte, es sei nur ein kurzer Spaziergang von Papas Haus zur Wohnung ihrer Tochter, aber nun müsse sie sich beeilen, und wir wünschten ihr noch einmal ein frohes Fest und Papa sagte: »Ziehen Sie sich warm an, es schneit draußen, Sie müssen aufpassen, dass Sie sich nicht erkälten.«

Es schneite den ganzen Abend. Die Standuhr, die im Wohnzimmer tickte, schlug jede halbe und volle Stunde. Ich erinnere mich, dass ich zu ihm sagte, Heiligabend seien für mich die Kinder. Er sagte, für ihn seien es die Erinnerungen. Wir saßen dort beide und sehnten uns fort. Sehnten uns heim. Sehnten uns zurück. Später dachte ich, dass es dumm von mir war, dort zu sitzen und mich fort zu sehnen, dieses einzige Mal, dass wir gemeinsam Weihnachten feierten. Später, ehe er alles vergaß, mussten wir oft ein bisschen über uns selbst und darüber lachen, wie unbeholfen wir an jenem Abend gewesen waren und wie unendlich langsam die Zeit vergangen war. Das Taxi war für halb elf bestellt, und wir trauten uns nicht, früher als geplant zu sagen: *Ja, ich glaube, wir machen Schluss für heute Abend.*

Ich weiß noch, ich dachte, dass ich einsam war, dass er einsam war, dass wir so voller schmerzlicher Sehnsucht waren, jedoch nicht nach dem jeweils anderen. Heute denke ich nicht mehr so sehr daran. Heute denke ich eher daran, dass wir nebeneinander durch das Schneetreiben gingen und dass Papa mir über die Wange strich und auf die gewaltige, von Weiß umwirbelte Kirchenkuppel zeigte und sagte: »Schau, mein Herz, jetzt sind wir gleich da.«

* * *

ER Ich werde ja so unsicher ... ich muss ... ich muss ... eine der Frauen bitten, die hier kommen und gehen, wie heißt die, die heute hier ist?

SIE Ann Marie.

ER Ja, Ann Marie. Ich mag sie. Sie singt so schön ... Sie ist Opernsängerin, wusstest du das?

SIE Ja, das weiß ich.

ER Na, jedenfalls muss ich Ann Marie bitten, hereinzukommen und in mein ... wie zum Teufel heißt das ...?

SIE Dein Tagebuch? Deinen Kalender? Meinst du den? Dass Ann Mare hereinkommen und dir helfen muss, in den Kalender zu schauen? Der auf dem Schreibtisch liegt?

ER Ja ... in den ich geschrieben habe ... In den du geschrieben hast ... in den du deinen Namen geschrieben hast und ich meinen Namen geschrieben habe und wir haben Uhrzeiten hineingeschrieben ... also ... obwohl ich hier sitze ... pünktlich ... und darauf warte, dass du kommst, muss ich sie plötzlich bitten ... wie heißt sie?

SIE Ann Marie.

Er versucht, aus dem Rollstuhl aufzustehen. Er umfasst die Handgriffe und versucht, sich hochzustemmen. Er stöhnt und setzt sich wieder.

ER Ich komme hiermit nicht zurecht. Ich kann hier nicht alleine weg.

Er stößt die Räder an.

ER Ich habe keine Veranlassung gehabt, das zu lernen … ich bin ein erbärmlicher, verdammter Kerl.

SIE Nein, Papa, sag das nicht.

ER Ich kann nicht gehen. Ich kann nicht sehen.

Er legt die Hände in den Schoß und sagt längere Zeit nichts.

ER Es ist so beängstigend unangenehm, und ich fühle mich auch so unwohl, es ist peinlich, verstehst du? Ich lande in dieser Kulisse … ich gehe und gehe, und dann lande ich in dieser Kulisse oder in dieser Kameraeinstellung … immer derselbe Hintergrund, immer diese Träume … ich sehe es sofort, wenn es passiert … verstehst du, was ich meine? … Und dann ist es zu spät, um da herauszukommen … Ich will das nicht mehr mitmachen.

SIE Als ich klein war, habe ich dir von meinen Träumen erzählt, und dann hast du mir erklärt, was sie bedeuten. Wenn du dich für einen Moment neben dich stellen könntest, was würdest du dir selbst über diese Träume sagen, die du ständig hast?

ER Ja, aber jetzt hör mir mal zu! Mein Herz! Du und ich haben eine völlig verschiedene Art zu sehen, eine völlig verschiedene Art zu deuten … du hast die deiner Mutter … du hast meine … was ich bekommen habe, ist … ich weiß nicht, was es ist …

Er sieht den Schallplattenspieler an, legt aber keine Platte auf.

ER Ich habe mich so sehr in einem Traumsystem *verheddert*, aus dem ich nicht herauskomme, das ist kein Spaß mehr, ich habe keine unterhaltsamen Träume mehr, nicht einen einzigen, verdammten, unterhaltsamen Traum. Diese … diese Träume haben nichts mit der Wirklichkeit zu tun.

SIE Was *ist* in diesen Tagen wirklich für dich?

ER Das bist du.

SIE Ja, ich bin wirklich.

ER Bevor du gekommen bist, habe ich hier zwanzig Minuten gesessen und war klar zum Gefecht, und plötzlich bekam ich eine solche Angst, dich aus Versehen angerufen und dir abgesagt zu haben, dass du doch nicht kommen würdest … und dann musste ich nach …?

SIE Ann Marie.

ER Ja, nach Ann Marie rufen … sie musste mir zum Schreibtisch helfen, damit ich in meinem Kalender blättern konnte. Ich habe mich so verdammt gefreut. Was ich für einen Traum hielt, oder für etwas, das unsicher war, war ganz sicher … Und dann habe ich da draußen deine Stimme gehört. Gott sei Dank. Du bist hier, ich bin hier. Ja, so kann es gehen, so kann es gehen.

Er nimmt ihre Hand.

SIE Meine Hand ist kalt.

Er reibt sie und beugt sich vor und legt seine Stirn an ihre.

ER Ich habe eine kalte Nase.

SIE Ja, sie ist kalt, das ist ja ein gutes Zeichen.

Er setzt sich wieder zurück.

ER Ist es das?

SIE Ja, jedenfalls bei Katzen und Hunden. (*Legt die Hand auf seine Stirn.*) Deine Stirn ist nicht heiß, aber auch nicht kalt, du hast kein Fieber.

ER Nein, ich denke, ich bin ziemlich gesund und bereit, jetzt zu arbeiten.

* * *

Auch hier hat es angefangen zu schneien. Ich schaue aus dem Fenster, es schneit so viel, dass es leicht sein wird, Eva aus dem Bett zu bekommen, wenn wir sie in zwei Stunden wecken, man braucht nur zu flüstern: Jetzt musst du aber wach werden, es schneit, und sie wird hochfahren, um den Neuschnee zu sehen.

Ich steige die Treppe hinauf und lege mich zu ihnen.

»Wo bist du gewesen?«, flüstert mein Mann von seiner Seite des Betts.

Eva liegt in der Mitte und nimmt den meisten Platz ein, obwohl sie die kleinste und dünnste ist.

»Unten. Mit den Bändern.«

»Es schneit.«

»Ich weiß.«

Eva bewegt sich.

»Ich will schlafen«, sagt sie, »Mama, es ist noch nicht morgen, du musst leiser reden.«

»Ich habe nur geflüstert«, flüstere ich.

Ihre Atemzüge sind schneller als unsere, sanfter, nicht so angestrengt, wenn ich ihr über den Kopf streiche, strömt ihre Wärme in mich, ihre Haare sind strähnig und verfilzt und gleichzeitig klebrig samten, als striche man mit den Fingern durch Puderzucker, sie lässt sie wachsen, sie können irgendwie nicht lang genug werden, findet sie.

Ich streiche ihr das Haar aus dem Gesicht, küsse sie auf die Wange.

Eva hat sich im Bett zusammengerollt wie eine kleine Muschel.

VI // Gigue

Es ist wahrlich ärgerlich,
all das verlassen zu müssen.

AUS SWANNS LETZTEN WORTEN

Die Sargträger haben ihr ganzes Leben auf der Insel verbracht. Sie sind *Fårökällze*. Mein Vater wollte auch Fårökauz genannt werden. Er sucht die Männer einzeln auf und fragt sie. *Wenn ich tot bin, kannst du dann meinen Sarg zu Grabe tragen?*

Er sprach ständig vom Epilog, aber ob er mit dem Wort *Epilog* die letzten Jahre in seinem selbstgewählten Exil in Hammars meinte, als er noch gesund war und in rasendem Tempo mit seinem Jeep herumfuhr, oder ob er das letzte halbe Jahr meinte, das Krankenlager, den Rollstuhl, das blinde Auge, oder ob er die eigentliche Todesarbeit und die Beerdigung meinte – das weiß ich nicht. Was die Beerdigung angeht, so wurde sie mit der gleichen Gründlichkeit geplant wie alles andere, das letzte Kapitel, der letzte *Gig*. Er schrieb sein Testament und änderte es. Er suchte nach einer Grabstelle und fand eine. Er ging über den Friedhof auf Fårö, allein und mit dem Küster, und diskutierte die Vor- und Nachteile, unter einem Baum oder an einer Mauer zu liegen, umgeben von anderen oder in einer Ecke für sich allein. Er wollte, dass Ingrid neben ihm lag, wenn er tot war, und arbeitete daran, die Genehmigung zu erhalten, sie von einem ganz anderen Ort in Schweden überführen zu lassen. Mit der Pfarrerin führte er Gespräche darüber, was sie bei der Trauerfeier sagen oder auch nicht sagen sollte. Er war, wie er immer gewesen war, darauf bedacht, dass sie nichts *Eigenes eröffnen würde*, eine Formulierung, die er für Schauspieler benutzte, die im Laufe der Vorstellungen von der festgelegten Regie abwichen, sozusagen einen *eigenen Laden eröffneten*. Es kann viele Gründe dafür geben, einen eigenen Laden zu eröffnen, man möchte das Publikum zum Lachen bringen, oder es zu Tränen rühren, oder möchte Liebe, oder einfach mehr Applaus bekommen, er setzte einmal eine Molière-Aufführung ab, weil sein von den Kritikern gefeierter Alceste *etwas Eigenes eröffnet hatte*, und nun sah er sich mit einer

Situation konfrontiert, in der die Möglichkeit, die Feierlichkeiten abzusetzen, gelinde gesagt begrenzt war.

Mein Vater kannte mehrere Schreiner und Zimmerleute aus der näheren Umgebung, denn das Haus in Hammars wurde bis zuletzt ausgebaut, es wuchs in der Länge, nicht in der Höhe, die Bibliothek am einen Ende, ein stiller Raum am anderen. Ich nenne ihn *der stille Raum*, er sprach von einem *Meditationsraum*. Dieser Raum, der letzte, den er bauen ließ, war das kleinste Zimmer im Haus, fast wie ein Holzkasten, mit einem Fenster zum Meer und lediglich mit einer Pritsche, einer Kerze und einem Radio ausgestattet. Bevor er an den Rollstuhl gefesselt war, kam er nachts hierher, wenn er nicht schlafen konnte, und zündete die Kerze an.

Er ist vierundachtzig und zieht für immer nach Hammars. Er wird keine Filme mehr drehen. Er bereitet keine weiteren Theaterinszenierungen vor. Er verkauft die Wohnung in Stockholm, die am Karlaplan. Von nun an wird er in dem Haus in Hammars wohnen, er wird dort bis zu seinem letzten Tag wohnen, er wird Schallplatten hören und die Jahreszeiten verfolgen. So lautet der Plan. Er und das Haus haben eine Abmachung. *Wenn du mit deinen Aufträgen fertig bist, kommst du hierher, komm, wie du bist, komm allein und schließ dich in mir ein.* Der Winter ist das wahre Festgewand der Insel. Im Winter ist es dunkel und still. Alles, was rot ist, errötet von seiner eigenen Röte, errötet, bis es verblasst und verwittert, der Mohn ist fort, die wütenden Sonnenaufgänge ebenso, selbst der rote Jeep und das rote Fahrrad verblassen im Winterlicht. Der Jeep steht unter der großen Kiefer auf der Vorderseite des Hauses, das Fahrrad steht im Fahrradschuppen. Morgens sind der Jeep und das

Fahrrad von Raureif und Frost bedeckt – und von Schnee, wenn es geschneit hat. Wenn er die Tür öffnet und hinausgeht, ist alles vollkommen weiß.

Er schaut nicht mehr einen Film pro Tag, und wenn er keinen Film sieht, nutzt er den Nachmittag, um die Fähre nach Fårösund zu nehmen und dort Zeitungen zu kaufen. Wenn er mit dem Auto unterwegs ist, hat er manchmal noch so viel Zeit, bis die Fähre geht, dass er an der Kirche rechts abbiegt, an dem alten Konsum-Laden vorbei, in Richtung Sudersand, statt nach links zum Fähranleger zu fahren. Vor vielen Jahren kaufte er unweit von Sudersand, in Karlberga, ein Haus, das vielleicht schönste von allen, ein weißer Kalksteinhof mit einem üppigen Garten und einer großen Scheune. Nicht lange nach Ingrids Tod wurde es verkauft. Nun denkt er vielleicht, dass er nach Karlberga fahren könnte, um sich das Haus anzusehen.

Die Scheune war dunkel. Und groß. Sie hatte eine hohe Decke. Und war von oben bis unten mit Dingen gefüllt. Mit aufeinandergestapelten Möbeln. Sofas auf Tischen, Stühlen auf Sofas, Teppichen auf Stühlen auf Betten. Vor langer Zeit war ich einmal mit Ingrid in Karlberga, sie ließ die Scheunentür offen stehen, und auf das Ganze fiel grelles Sonnenlicht. Es atmete und dampfte in der Scheune, als bewegte man sich zwischen großen Tierleibern. Ingrid suchte nach einer Nachttischlampe. Sie stand eingeklemmt zwischen einem Tisch und einer Matratze, ein langer, dünner Lampenhals mit einem gelben Lampenschirm aus einem undefinierbaren Stoff. Etwa zehn Bienen, die sich in dem Lampenschirm häuslich niedergelassen hatten, schwärmten nun der offenen Scheunentür entgegen. Als Ingrid die Hände zurückzog, fiel die Lampe zu Boden. Sie wurde nicht gestochen. Sie sammelte ihre Haare in einem Dutt und bückte sich, um die zerbrochene Lampe aufzuheben.

Auf dem Weg fährt er an Dorfschule und Kindergarten vorbei – die Schule auf Fårö soll demnächst geschlossen werden, Jahr um Jahr schrumpft die Bevölkerung der Insel, der Kindergarten wird noch eine Weile überleben –, und am Nachmittag stehen die Kinder an den Fenstern und warten darauf, abgeholt zu werden. Er sieht sie schemenhaft in der Dämmerung, die Gesichter in den Fenstern, drei in einem Fenster, zwei in einem anderen. Die Schule ist ein flacher, langgestreckter Kalksteinbau. Es ist kurz nach drei. Die Kinder sind enttäuscht. Es war nicht sein Auto, auf das sie gewartet haben, das wussten sie sofort, als sie den Motorenlärm hörten, sie können die verschiedenen Geräusche der Autos auf der Straße auseinanderhalten, obwohl sie bei geschlossenen Fenstern im Haus sind, wussten sie es, bevor sie den Jeep an ihnen vorbeifahren sahen, es war nicht *dieser* Wagen, auf den sie warteten, nicht dieses Geräusch. Und der alte Mann mit der Fledermaussonnenbrille winkt nicht. Er winkt nie. Ihnen jedenfalls nicht. Er blickt nach vorn auf die Straße. Die Lämmer stehen still auf den Wiesen, sie drehen sich nicht nach ihm um. Sie blöken nicht. Sie bewegen sich nicht. Sie sehen aus, als hätten sie schon tausend Jahre dort gestanden und würden noch weitere tausend Jahre dort stehen. Nur die dümmsten Besucher kommen zu dem Schluss, dass die Insel Fårö heißt, weil es hier so viele Schafe gibt, die auf Schwedisch *får* heißen. Die Insel hieß jedoch ursprünglich Farøø, also *far* wie in *fahren*. Und in diesem Moment *fährt* er, der mein Vater war, er, der sich Fårökauz nennen wollte, auf der Hauptstraße und fragt sich, ob er es bis halb vier tatsächlich bis nach Karlberga und zum Fähranleger zurück schaffen wird, er wirft einen Blick auf die

Uhr am Armaturenbrett, es ist zehn nach drei, nein, das schafft er nicht, er bremst, setzt zurück, wendet den Jeep und fährt rasend schnell, nun in umgekehrter Richtung, erneut am Kindergarten, den bleichen Gesichtern in den Fenstern, an der Kirche, dem Konsum-Laden, den Wiesen, der Windmühle vorbei, dorthin, wo die Straße endet. Hier, am Fähranleger, erwartet ihn ein großes, gelbes Schild mit fetter, schwarzer Schrift: *Fahrer von Kraftfahrzeugen, die Gefahrgut transportieren, sind angehalten, sich vor dem Befahren des Decks beim Befehlshaber der Fähre zu melden.* Er weiß nicht, dass in meiner Kindheit, wenn ich in meinem Bett in dem Zimmer mit der geblümten Tapete lag und Listen und Hierarchien über Männer aufstellte, die auf der Welt etwas zu sagen hatten, mein Vater weit oben, der *Befehlshaber der Fähre* jedoch ganz oben stand.

Er kommt rechtzeitig an, zwei vor halb vier. Er bremst. Der Schlagbaum hebt sich, und Papa lässt den Jeep langsam über die Rampe rollen. Oben auf der Brücke steht der Fährmann in Südwester und Ölzeug. Er hebt die Hand und winkt.

Im April 2005 sitzt er allein vor dem großen Fernseher in der Videobibliothek und sieht die Beerdigung von Johannes Paul II.

Die Texte aus der Bibel, die gelesen werden, kann er auswendig.

Wahrlich, wahrlich, ich sage dir: Als du jünger warst, gürtetest du dich selbst und gingst, wo du hinwolltest; wenn du aber alt bist, wirst du deine Hände ausstrecken und ein anderer wird dich gürten und führen, wo du nicht hinwillst.

Papa ist inzwischen so dünn, dass er eine Schnur um seine Hose binden muss, damit sie nicht herunterrutscht. Ein Leben in Einsamkeit. Er isst fast nichts. Eine Scheibe Toastbrot und eine Tasse Tee zum Frühstück, Dickmilch zu Mittag und ein Stück Fleisch oder einen Happen Fisch (ohne Gewürze und Gemüse) zum Abendessen. Jeden Tag kommt eine Frau und bereitet sein Essen zu und macht sauber und wäscht und bügelt. Mit der Zeit werden es mehrere. Cecilia schaut mehrmals in der Woche vorbei und hat die Oberaufsicht über alles. Das Essen interessiert Papa nicht sonderlich. Das hat es noch nie getan. Essen ist die Wurzel aller Teufeleien und allen Übels im Magen. Genauso wie Wein. Eventuell ein Glas Bier zum Abendessen. Die Fenster sollen geschlossen bleiben, Essen (das zu Bauchschmerzen führt) soll tunlichst vermieden werden, Wein schmeckt nicht, und man bekommt Kopfschmerzen, keine Exzesse, Zeiten sollen eingehalten werden.

»Ich muss mir eine Schnur um die Taille binden, damit die Hose nicht herunterrutscht«, sagt er am Telefon, »aber ich binde meine Schnur immerhin noch selbst.«

Die Beerdigung des Papstes ist ein grandioses Schauspiel. Große Prozessionen. Prunkvolle Teppiche, purpurrote Mäntel, weiße Kopfbedeckungen, die Farben erinnern an den Film, den er vor langer Zeit gedreht hat, an den über das rote Zimmer mit den weißgekleideten Frauen. »Es kommt vor«, schrieb er damals, »dass Bilder hartnäckig wiederkehren, ohne dass ich weiß, was sie von mir wollen. Dann verschwinden sie und kehren wieder zurück und sehen haargenau gleich aus. Vier weißgekleidete Frauen in einem roten Zimmer. Sie bewegten sich und flüsterten miteinander und waren äußerst geheimnisvoll.« Er kehrt zu den Fernsehbildern zurück. Wenn der Papst beerdigt wird, wissen alle ganz genau, was sie zu tun haben. Keine Improvisationen. Die Choreographie ist symmetrisch und schön. Er denkt an seine eigenen letzten Inszenierungen. *Der Menschenfeind. Ein Wintermärchen.* Er sehnt sich nach dem Theater. Den Schauspielern. Er sehnt sich danach, morgens aufzustehen und sich abends hinzulegen, und danach, dass er zwischen diesen beiden Ereignissen zur Arbeit geht. Das macht mehr Spaß als das hier. Er ist sechsundachtzig, im Sommer siebenundachtzig, und manchmal fragt er sich, ob die Einsamkeit nicht überbewertet wird. Vielleicht sollte er nach Stockholm zurückziehen, sein selbst gewähltes Exil aufgeben, ein Drehbuch schreiben, ein Stück inszenieren, zumindest in Konzerte gehen, dort sein, wo die Musiker sind. Mein Vater starrt den Sarg des Papstes an, ein schlichter Kasten aus Holz inmitten allen Pomps und aller Pracht. *So einen will ich haben*, sagt er sich. Ein paar Tage später setzt er sich in den Jeep und sucht einen Schreiner in Slite auf, der Schreiner ist ein alter Freund. Ich verwende die Bezeichnung hier im weitesten Wortsinn,

Bekannter ist ein besseres Wort, mein Vater umgibt sich jetzt mit dem, was Strindberg *einen unpersönlichen Bekanntenkreis* nennt. Leute, die du bemerkst und denen du vielleicht zunickst, wenn du an ihnen vorbeigehst oder -fährst, Leute, die sich wie du selbst Intimitäten verbitten. Das war es, was er wollte. Das war der Plan. Er wollte seine Ruhe haben. Er wollte in seinem langgestreckten Haus von Zimmer zu Zimmer gehen und nichts zu niemandem sagen. Doch dann ist er, an den milden Frühjahrstagen nach der Beerdigung des Papstes, aufgekratzt und rastlos. Er sucht den Schreiner in Slite auf, zeigt ihm Zeitungsbilder und erklärt. Der Schreiner trinkt einen Schluck Kaffee. Biblisch schwarz ohne Zucker. Er sagt nicht sonderlich viel, lässt den Alten sein Anliegen vorbringen. Mein Vater möchte keinen Kaffee. Er möchte Mineralwasser, und das bekommt er. Der Schreiner beugt sich über die Zeitungsbilder. *Der Sarg des Papstes.* Ein schlichter Kasten aus Holz, sagt Papa. Keine Verzierungen. Tja, sagt der Schreiner. Er trinkt den restlichen Kaffee, steht auf, holt einen Notizblock und einen Bleistift, setzt sich wieder an den Tisch, zeichnet und skizziert, *du weißt schon, dass wir auf Gotland keine Zypressen haben*, murmelt er, ohne eine Antwort zu erwarten, *wir müssen ganz gewöhnliches Kiefern- oder Fichtenholz nehmen*, und dann schiebt er den Block über den Tisch, damit Papa es sich ansehen kann. Papa lehnt sich vor, studiert die Skizze und nickt.

»Ja«, sagt er und schiebt den Block über den Tisch zurück. »Genau so.«

Es gab in dem Haus in Hammars keine Treppen und in den letzten Monaten auch keine Türschwellen mehr. Als mein Vater auf den Rollstuhl angewiesen war, entfernte Cecilia die Türschwellen, damit er sich zumindest theoretisch von einem Zimmer ins nächste bewegen konnte.

Er mochte den Rollstuhl nicht, begriff nicht, wie er sich in ihm und mit ihm bewegen sollte.

Er vermisste es, die kreideweißen Joggingschuhe zu schnüren und am Strand entlangzugehen oder durch den Kiefernwald zu radeln.

Er vermisste den roten Jeep und das Geräusch, das dieser machte, wenn er aufs Gas trat und die schmalen Straßen hinabraste, zum Beispiel von Hammars nach Dämba, um einen Film zu sehen, oder von Hammars zur Kirche, um eine Kerze für Ingrid anzuzünden, oder von Hammars zum Fähranleger, um in Fårösund Zeitungen zu kaufen.

In der letzten Zeit hatte er kein Wort mehr dafür, etwas zu vermissen, er sagte nicht *Ich vermisse* oder *Ich sehne mich*, dass er sich nach seinem Jeep, dem Fahrrad und den Schuhen sehnte, ist nur etwas, was ich denke. Mit *der letzten Zeit* meine ich die letzten Sommermonate vor seinem Tod. Mehrere seiner Kinder waren in Hammars, wir sprachen mit ihm, jeder für sich, aber ich nahm keine Gespräche mehr auf Band auf. Er hatte auch kein Wort für Band. Oder Arbeit. Oder Kind.

In der vorletzten Aufnahme, die wir machten – das war im Frühjahr –, fragt er sich, ob er die Schuhe und den Jeep nehmen und zu einer Reise aufbrechen soll. Ein Leben lang hat er sich nach Hammars gesehnt. Dort bleiben zu können. Nicht jeden Herbst seine Sachen zu packen und nach Stockholm oder München zurückzureisen. Dort zu bleiben. Doch jetzt, da er endlich hier *ist*, überlegt er, ob er fortgehen soll. Vielleicht zurück in die Stadt. Nach Stockholm.

Er reiste nicht gern. Bekam Bauchschmerzen davon, hasste den Gedanken, sich an einen anderen Ort zu begeben, den Gedanken an fremde Straßen, fremde Räume, fremde Gesichter, fremde Stimmen. Das Reisen raubte ihm Zeit von sorgsam geplanten und eingeübten Abläufen und nicht zuletzt von dem, was er seine Berufsausübung nannte.

Viele reisen gern, aber für alle, die ungern reisen, sieht es in etwa so aus: Eine Reise ist nicht nur die Reise selbst, sie ist all die Zeit, die du darauf verwendest, an die Reise *zu denken*, sowohl *bevor* du aufbrichst, als auch, *nachdem* du heimgekehrt bist. Ich weiß nicht, ob denken hier das richtige Wort ist. Gut möglich, dass es dir gelingt, nicht an die Reise *zu denken*, aber du kommst nicht umhin, dich von ihr durchdrungen zu fühlen, die Reise hat sich in dir häuslich eingerichtet, und du musst lange mit ihr leben, bevor du sie antrittst, und lange, nachdem sie beendet wurde – es ist wie eine Grippe.

Nichtsdestoweniger – am Ende seines Lebens sehnte er sich, als er sich noch an das Wort *Sehnsucht* erinnerte, danach zu reisen. Fort von der Insel und zurück in die Stadt.

* * *

ER Ja, ich sehne mich danach, mir irgendwo eine kleine Dreizimmerwohnung zu besorgen, in der Nähe der Hedvig Eleonora-Kirche … Storgatan, Jungfrugatan, Sibyllegatan … ich sehne mich danach, ins Theater zu gehen, in Konzerte zu gehen. Ich finde es schwierig, auf all das zu verzichten.

Er legt die Hände auf die Rollstuhlräder, um ihr zu zeigen, dass die Räder unabhängig davon, wie er die Arme bewegt, stillstehen.

ER Ich hätte gern in dieser kleinen Wohnung gewohnt … erinnerst du dich an die Grev Turegatan? Das war ein idealer Ort für mich. Ich könnte mir wirklich vorstellen, auf meine alten Tage dort zu wohnen. Aber dazu wird es wohl nicht kommen, oder?

Er seufzt übertrieben.

SIE Ich weiß nicht … vielleicht?

ER Vielleicht?

SIE Ja, warum nicht?

ER Ich weiß nicht … bei einer Orchesterprobe dabei zu sein, ich weiß nicht, ob du dir das vorstellen kannst, es gibt nichts Vergleichbares. Du öffnest die Tür und trittst in einen großen Konzertsaal …

* * *

Sieben Jahre später liege ich daheim in Oslo auf der Couch. Mein Mann und meine Tochter schlafen in der oberen Etage. Es ist Nacht oder früher Morgen, und es dauert noch lange, bis es hell wird. Ich höre mich durch die Bänder. Es ist vier Uhr. Ich liege mit dem Mac im Schoß und schreibe alles auf, was wir sagten, und während ich schreibe, übersetze ich aus dem Schwedischen ins Norwegische, was befreiend ist, vielleicht, weil die Stimmen dadurch in meinen Besitz übergehen. Ich habe mir Evas großen, blauen Kopfhörer ausgeliehen. Auf dem Band sagt mein Vater, er habe Lust, nach Stockholm zurückzugehen, in eine kleine Dreizimmerwohnung nahe der Hedvig Eleonora-Kirche, er hat noch zwei Monate zu leben, und obwohl ich mich nicht an das Gespräch erinnere, höre ich meiner Stimme an, dass ich überlege, ob ich protestieren (ja, aber Papa, du kannst jetzt nicht umziehen, du wolltest doch hier sein) oder ob ich ihm nach dem Mund reden soll (ist doch klar, dass du nach Stockholm fährst und in der Stadt in einer Wohnung lebst), heraus kommt ein Zwischending. *Ich weiß nicht*, sage ich, *vielleicht!* Und dann sage ich: *ja, warum nicht?* Wir sprechen nicht viel über den Tod, er ist hinreichend damit beschäftigt, das Leben zu verstehen, das er jetzt führt. Das Vergessen. Die Träume, die kommen und gehen. Die Frauen, die kommen und gehen. All die Fenster, die weit offen stehen. Die Frauen wissen nicht, dass die Fenster geschlossen bleiben sollen. Dazu hat Cecilia nichts gesagt.

Es ist Frühling, und die Sonne scheint. Fliegen schwirren in den Fensternischen. Er spricht oft über sein Auge. Es graut ihm vor der Augenoperation, die am 18. Juni um 15 Uhr im Krankenhaus von Visby durchgeführt werden soll. Es graut ihm vor der Autofahrt. Vor dem Eingriff. Vor dem Krankenhaus von Visby. Von Hammars braucht man ungefähr anderthalb Stunden nach Visby. Er sagte immer, kein Fårökauz lasse sich freiwillig ins Krankenhaus von Visby einweisen.

Liegt man erst einmal im Krankenhaus von Visby, kommt man nie wieder lebendig heraus. Lieber auf seinem Posten sterben als im Krankenhaus von Visby.

* * *

Übersicht über die Anfänge des Herzens:

Der primitive Herzschlauch verlängert sich Mitte der fünften Schwangerschaftswoche und formt zunächst den Buchstaben C und danach ein zusammengepresstes S.

Als ich mit Eva schwanger war, lange bevor ich wusste, dass sie Eva heißen würde, wurde ich eines Nachts von Krämpfen und Blutungen geweckt. Ich war im dritten Monat. Im letzten Jahr hatten zwei Schwangerschaften mit Fehlgeburten geendet. Eine in der zwölften Woche. Eine in der zehnten Woche. Ich war wie die meisten Schwangeren. Ich wusste genau, wie weit ich war, und in dieser Nacht war ich in der elften Woche.

Es war der Sommer 2003, und wir waren seit ein paar Tagen auf der Insel. Wir wohnten in dem Haus in Ängen. Wir hatten den Hund dabei, nicht unseren jetzigen, sondern den namens Brando, der nach Marlon benannt war. Es war ein großer Hund. Ich hatte mich nicht getraut, Papa zu erzählen, dass wir einen Hund dabeihatten. Wenn er uns abends in Ängen besuchte, schlossen wir den Hund in einem der Zimmer in der oberen Etage ein und hofften, dass er nicht bellen oder jaulen würde. Ich wollte nicht, dass Papa wütend wurde und sagte, dass wir den Hund nach Hause schicken oder alle abreisen müssten, dass er uns vor die Wahl zwischen ihm und dem Hund stellen würde, er wolle nicht, dass hier ein verdammter Köter herumlief. Mir war jeden Tag schlecht, und morgens schaffte ich es oft nicht aufzustehen. Mein Mann schrieb vormittags und fuhr nachmittags mit den Kindern zum Strand. In jenem Sommer schrieb ich kein einziges Wort und war beim Nachmittagskino in Dämba so gut wie nie dabei. Ich hatte Sorge, mich auf die grünen Sessel zu übergeben und für immer und ewig von dort verbannt zu werden. Meine Schwestern meinten, so sei das doch gar nicht. Ihr sei es auch immer übel gewesen, als sie schwanger war, sagte Ingmarie. Das liegt in der Familie. Es gefiel mir, dass sie sagte, es *liegt in der Familie*. Du wirst nicht verbannt. Aber wenn du dich ständig übergeben musst, ist es vielleicht ohnehin das Beste, wenn du zu Hause bleibst. Wenn ich allein im Haus war, krabbelte der Hund aufs Bett und legte sich an meinen Bauch, und das half gegen die Übelkeit. Mein Mann hatte im Schlafzimmer einen Fernseher und einen DVD-Player aufgestellt, und so lagen der Hund und ich Tag für Tag im Bett und sahen die komplette erste und zweite Staffel der *Sopranos*.

Mein Vater rief an und hatte eine sanfte Stimme und sagte:

»Kannst du heute nicht kommen? Du bekommst eine Decke für den Bauch. Das hilft gegen die Übelkeit. Wir wollen uns den mit Gregory Peck ansehen.«

»Welchen?«

»Tja, wie heißt er noch? Einen der beiden … den mit Gregory Peck.«

In dem Sommer waren wir zu fünft in Ängen. Mein Mann, mein Sohn und die zwei Kinder meines Mannes. Ich wurde wach und bekam Angst, dass wir das neue Kind verlieren würden. Mein Mann weckte die beiden ältesten und sagte ihnen, dass wir ins Krankenhaus fahren würden, und dass die älteren auf die kleinste aufpassen und darauf Acht geben müssten, dass sie etwas zum Frühstück bekam, außerdem durften sie nicht vergessen, mit dem Hund zu gehen, aber nicht unten bei Hammars, geht lieber in den Wald und zu den freien Flächen hinten an der Mauer, sagte er, und danach fuhren wir mit dem Auto zum Krankenhaus von Visby. Im Wagen sagte ich:

»Lieber auf seinem Posten sterben als im Krankenhaus von Visby.«

Und er sagte:

»Manchmal misst du dem, was dein Vater sagt, ein bisschen zu viel Bedeutung zu.«

Die Fährleute waren informiert worden, sie wussten, wohin wir wollten und in welcher Angelegenheit, und so wartete die Fähre an diesem Morgen auf uns. Die Krankenhausflure waren still, die Hebamme war still, sie flüsterte – so habe ich es in Erinnerung –, flüsterte mir zu, dass wir eine Ultraschalluntersuchung machen würden, und schickte mich und meinen Mann den Flur hinab zu dem Arzt.

Ich lag da, die Hände auf dem Gesicht. Mein Mann stand neben mir. An diesem Punkt waren wir schon gewesen. Blutungen. Krämpfe.

Nach einer Weile berührte der Arzt behutsam meinen Arm.

»Schauen Sie«, sagte er.

Mein Mann nahm meine Hände vom Gesicht.

Der Arzt zeigte auf den Bildschirm und bewegte den Finger vorsichtig darauf, als zeigte er uns eine seltene Karte, und dann, als wir nicht recht glauben wollten, was wir sahen und was er uns erklärte, drehte er den Ton lauter, damit wir das Herz pochen hören konnten.

* * *

Auf der vorletzten Aufnahme sagt mein Vater, dass er in einer Dreizimmerwohnung leben möchte, dann sagt er, dass er in einer Einzimmerwohnung leben möchte, und dann öffnet er die Tür und betritt einen Konzertsaal, der so groß ist, dass darin Vögel fliegen.

ER Und ich öffne die Tür, und da sitzen einhundertfünfzig Musiker, und ich weiß, jetzt erwartet mich ein großes und unanalysierbares ... nicht analysierbares ... unerklärliches Erlebnis. Eine Beethoven-Symphonie. Oder die *Matthäuspassion* mit großem Chor und Orchester. Es ist überwältigend. Und lässt sich unmöglich beschreiben. Es ist das Beste im Leben.

SIE Das ist das Beste im Leben?

ER So ist es. Ja. Das ist das Beste, was man hat.

Dämba besteht aus einem Haupthaus, einem Anbau, einem Kino und einer Windmühle, die zu einer Wohnung mit einer Miniküche im Erdgeschoss, einer steilen Treppe und einem kleinen Schlafzimmer mit einem großen Bett in der oberen Etage umgebaut wurde. Als meine Geschwister und ich jünger waren und mit neuen Geliebten nach Fårö kamen, war die Windmühle für frisch Verliebte reserviert.

»Wenn da ordentlich gevögelt wird«, sagte mein Vater und zeigte auf die vier Windmühlenflügel, die seit hundert Jahren stillstanden, »drehen sich die Flügel wieder.«

Früher lag die Treppe des Anbaus auf der Außenseite des Hauses, um in die erste Etage zu gelangen, musste man also hinaus und hinauf und wieder hineingehen. Später wurde der Anbau renoviert und die Treppe nach innen verlegt.

In dem Kino gibt es vier leicht abschüssige, breite Treppenstufen auf der linken Seite des Raums, eine Treppenstufe für jede grüne Sitzreihe, und im Vorführraum führt eine schmale, steile Treppe zu dem Zimmer hinauf, das zeitweilig als Schneideraum und danach als Archiv und Cecilias Büro genutzt wurde.

Im Haupthaus wird man von einer schwindelerregenden Treppe empfangen, sobald man den Flur betritt. Und außen gibt es, in einer gerade Linie vom Kino, dem offenen Platz, dem Gartentor und dem Garten, eine schlichte Holztreppe mit blaulackiertem Geländer.

In den vierzig Jahren, in denen mein Vater Häuser auf der

Insel besaß, arbeitete er mit örtlichen Architekten, Baumeistern, Zimmerleuten und Schreinern zusammen. Er wurde es niemals leid, die Häuser zu renovieren und umzubauen. Ich las irgendwo, dass der Sargschreiner aus Slite am Bau mehrerer Treppen beteiligt gewesen war.

Mein Mann, unsere Tochter, der Hund und ich zogen im Spätsommer 2008 auf die Insel und wohnten dort ein Jahr. Nun, da mein Vater tot war, wollten wir die Häuser im Auge behalten, bis geklärt war, was mit ihnen geschehen würde. Im ersten Herbst und Winter wohnten wir in Ängen. Eva ging in den Kindergarten. Ich sagte zu meinem Mann und Eva, dass wir *Fåröer* seien, und sie protestierten nicht, aber auf der Insel sah uns sonst niemand so. Wir kamen von außerhalb. Wir gehörten nicht dazu.

Im ersten Herbst, als wir noch in Ängen wohnten, bekam Eva einen Brief vom Vater meines Mannes, dem Universitätsbibliothekar, also ihrem Großvater, der ein paar Wochen später starb. Eva war fast fünf, und der Brief sorgte für große Aufregung, da sie zum ersten Mal etwas bekam, das an sie adressiert war. In dem Umschlag lag ein Foto – ein glänzendes Bild von einem graubraunen Katzenjungen in einem kleinen, blauen Samtbeutel.

Auf der Rückseite stand:

Liebe, liebe Eva,
hier kommt ein norwegisches Mietzekätzchen, um dich zu grüßen! Siehst du, dass sie weiße Pfoten hat? Großvater und Großmutter freuen sich darauf, dich wiederzusehen. Heute bin ich an deinem Kindergarten im Frognerpark vorbeigegangen, aber alle Kinder hatten sich im Haus versteckt, so dass ich nur ihre Stimmen gehört habe.

Nach einem langen Winter zogen wir nach Dämba. Auch der Sommer war lang und still und zu heiß und feucht. An den Abenden trugen wir die Matratzen und das Bettzeug ins Wohnzimmer hinunter, in dem die beiden Flügel standen. Käbi hatte auf diesen Flügeln gespielt, sie übte auf dem einen und spielte auf dem anderen. Jetzt waren sie von schwarzen Überzügen bedeckt, wie Pferde im Winter.

Das Wohnzimmer mit den Flügeln war der kühlste Raum im Haus, und wir legten uns alle zusammen auf den Fußboden, mein Mann, Eva, der Hund und ich.

An einem Vormittag im August nahm mein Mann das Auto und fuhr nach Oslo, er würde zwei Tage benötigen und in Örebro übernachten, und dort würde er sich mit der Frau mit den schmalen Handgelenken treffen. Das hatte er seit langem geplant, aber das wusste ich damals nicht. Ich weiß noch, als er aufbrach, fuhr er den Kiesweg hinab, viel zu schnell, dachte ich, aber er musste schließlich auch zwei Fähren erwischen. Wir wollten nach Oslo zurückziehen. Er hatte den Hund und einen Teil unserer Sachen im Auto. Eva und ich und die großen Kinder würden zwei Tage später fliegen. Als ich das Auto nicht mehr hörte, setzte ich mich auf die Bank vor dem Kino. Den Schlüssel zum Kino hatte ich in der Tasche. In dem Jahr hatte ich alle Schlüssel, zu allen Häusern, und einmal ging ich durch die Räume in Hammars und setzte mich in die Sessel und legte mich auf die Betten, wühlte in den Küchenschränken, trank ein Glas Wasser im Arbeitszimmer und öffnete alle Fenster.

Die Häuser standen zum Verkauf, und ich dachte, dass dies – *Ich gehe in diesen Räumen umher und bin so traurig wie ein aufgegebenes Haus* – nun sicher bald vorbei sein würde.

Ich schloss die rostrote Tür zum Kino auf. An der Wand

hing ein großer Gobelin mit allen Figuren aus der *Zauberflöte*. Als Ola klein war und zur Filmvorführung mitkommen durfte, musste er zu dem Wandbehang gehen und auf sämtliche Gestalten zeigen und ihre Namen richtig sagen. Sarastro, Monostatos, Pamina, Tamino, Papagena, Papageno und die Königin der Nacht. Ich ging die leicht abschüssige Treppe hinauf und in den Vorführraum und stieg weiter hinauf in Cecilias altes Büro. Als mein Vater starb, verließ Cecilia die Insel für immer. *Mein Auftrag ist beendet*, sagte sie, ehe sie fuhr. In dem Büro herrschte ein ziemliches Durcheinander. Papiere und Aktenordner, keiner von uns hatte sich die Mühe gemacht, sie durchzusehen. Wir würden uns wohl erneut zusammentun und Ordnung schaffen müssen. Ich nahm den Staubsauger, ging mit ihm nach unten und saugte die grünen Sessel und den grünen Teppich ab. Überall lagen tote Fliegen. Anschließend trug ich den Staubsauger wieder in das Büro hinauf, löschte das Licht, ging hinaus, schloss die Tür ab und setzte mich auf die Bank.

Als ich Platz nahm, näherte sich auf der Straße ein Mann auf einem Fahrrad. Er mühte sich über das letzte Viehgitter, und ich begriff, dass er nicht von der Insel stammte. Das Fahrrad war weiß, der Mann hatte dunkle Haare, trug braune Shorts und ein großes, schwarzes T-Shirt. Er fuhr auf den offenen Platz und drehte eine kleine Schleife, als wollte er mir auf die Art zeigen, dass er da war, und danach bremste er ab, stieg aber nicht vom Rad.

»Hallo«, sagte er auf Englisch, jedoch mit Akzent.

»Hallo«, sagte ich und sah weg.

Direkt vor mir kam er zum Stehen. Wenn ich den Arm ausstreckte, konnte ich ihn berühren, oder noch besser, ihn vom Fahrrad stoßen.

»Ist das hier das Kino?«, sagte er.

»Ja«, erwiderte ich. »Eigentlich ist es eine Scheune.«

»Das private Kino des Meisters«, sagte er, irgendwie andächtig. Ich sah weg, entgegnete nichts.

»Ich komme aus Deutschland«, sagte er.

»Mit dem Fahrrad«, sagte ich.

Er lachte laut und lange. Dann hörte er ebenso abrupt auf zu lachen, wie er begonnen hatte.

»Nein, das Fahrrad habe ich mir in Fårösund geliehen. Aber ich bin aus Deutschland gekommen … um den Meister zu treffen.«

»Woher in Deutschland?«

»Hamburg.«

»Der Mann, den Sie treffen möchten, ist leider tot«, sagte ich. »Er starb vor zwei Jahren.«

»Das weiß ich, aber ich spüre seine Gegenwart überall. Es ist eine Art Pilgerfahrt, verstehen Sie.«

Der Mann stieg vom Fahrrad, ließ es ins Gras fallen und setzte sich neben mich auf die Bank.

»Ich habe gesehen, wie Sie aus dem Kino gekommen sind«, sagte er. »Sie haben die Schlüssel. Können Sie mir nicht aufmachen und es mich anschauen lassen?«

»Nein«, sagte ich.

Er fiel aus allen Wolken. Und zeigte es. Als hätte ich nicht nein, sondern *Zeigen Sie mir, wie Sie aussehen, wenn Sie aus allen Wolken fallen*, gesagt.

»Nein?!«, sagte er.

»Nein«, sagte ich.

Er starrte mich an.

Ich stand auf, schob die Hände in die Taschen meines Kleids und betrachtete das Fahrrad, das er ins Gras geworfen hatte. Ich zog die Hände wieder aus den Taschen, hob das Fahrrad auf und lehnte es an die Kalksteinwand.

»Aber ich habe doch gesehen, dass Sie gerade erst herausgekommen sind«, sagte er. »Sie haben die Schlüssel.«

»Mag sein«, sagte ich, »aber ich habe jetzt keine Lust, wieder hineinzugehen. Es war ein bisschen seltsam …« Ich unterbrach mich selbst, wollte ihm nicht das Geringste erklären.

Er stand auf.

»Sie haben keine Lust?«, rief er. »Sie haben keine Lust, fünf Minuten Ihrer sogenannten kostbaren Zeit zu opfern, um mir sein Kino zu zeigen?«

»Ja.«

»Ja?«

Er setzte sich und stand wieder auf und sagte fast flehend:

»Aber ich bin sehr weit gereist.«

»Bedauere.«

Er ging zu seinem Fahrrad, stieg auf und trat in die Pedale. Unmittelbar darauf drehte er sich um.

»Sie sind kein besonders netter Mensch«, rief er, »ich begegne ständig Menschen, und sie sind nett, aber Sie sind nicht nett.«

Damit radelte er über den freien Platz und auf die Straße.

»Warten Sie«, rief ich.

Seine Beine, die aus den braunen Shorts lugten, waren blass.

»Warten Sie«, rief ich erneut und lief ihm hinterher.

Er stoppte und wandte sich um, stellte die Füße auf die Erde. Ich lief auf die Straße. Ich stand auf der einen, er auf der anderen Seite des Viehgitters. Er dürfte kaum älter als zwei-, dreiundzwanzig gewesen sein.

»Kommen Sie zurück«, sagte ich mit ruhiger Stimme. »Ich schließe Ihnen auf, dann können Sie sich das Kino ansehen.«

»Nein«, sagte er und verschränkte die Arme.

»Doch, das geht in Ordnung«, sagte ich und ging etwas näher heran. »Es war nur so seltsam, als Sie gekommen sind. Ich saß da allein, und auf einmal waren Sie da und dann …

aber jetzt kommen Sie schon zurück, dann zeige ich es Ihnen.«

»Nein«, sagte er. »Jetzt ist es zu spät. Jetzt habe ich keine Lust mehr.«

Er wandte sich um, setzte die Füße auf die Pedale und fuhr davon, und ich stand auf der Straße und sah ihm hinterher, bis er sich ein letztes Mal umdrehte und rief:

»Ich will nicht. Sie haben es mir kaputtgemacht!«

In jenem Sommer lief ich die Treppe im Haupthaus mehrere Male hoch und runter, um zu sehen, wie oft ich das schaffte, ohne eine Pause zu machen. Ich erzählte Eva von dem Gespenst in der Fliederhecke. Ihr Großvater, an den sie sich kaum erinnern konnte, sagte immer, wenn man von dem Gespenst nicht heimgesucht werden wolle, müsse man Gabeln und Messer auf die Treppenstufen legen, Eva meinte, das müssten wir auch tun, und am Abend fragte sie mich, warum ich ihr die dumme Geschichte von den Gabeln und Messern erzählt hätte, jetzt fürchtete sie sich davor zu schlafen.

Lehrt sie zu vergessen, singt Lou Reed in einem Song über all die Dinge, die du deinen Kindern beibringen musst. Von der Beerdigung meines Vaters ist mir kaum etwas im Gedächtnis geblieben. Ich erinnere mich, dass die Pfarrerin eine Rose in ihren langen, gewellten Haaren trug und ein unverständliches gotländisches Lied sang. Ich erinnere mich, dass der Cellist die Sarabande aus Bachs fünfter Cellosuite spielte. Ich erinnere mich, dass er, der einst Hamlet spielte, zusammenbrach und so weinte, dass er schluchzte. Ich erinnere mich an die roten Blumen auf dem Sarg. Und ich erinnere mich, dass der Tag aus endlosen Prozessionen bestand, in Autos hinein und aus ihnen heraus, in die Kirche hinein und aus ihr heraus und dann, am Ende, der lange Weg über den Friedhof zu dem Grab, das bereitlag, ihn aufzunehmen.

Am Ende des sechsten und letzten Aufnahmetags schmiedeten mein Vater und ich einen Plan. Wir waren mit unserer Arbeit – oder dem Projekt – oder dem Buch recht gut in Gang gekommen, und wenn man gut in Gang gekommen ist, stellt sich unwillkürlich die Frage, wie man weitermachen soll. *How to proceed*. Es ist der 10. Mai 2007. Ich werde nach Oslo reisen.

»Aber«, sage ich.

»Aber«, sagt er.

»Aber«, sage ich, »in gut zwei Wochen komme ich wieder, und dann nehmen wir den Faden wieder auf.«

Das war der neue Plan. Ich reise ab, komme aber zurück. Wir nehmen den Faden wieder auf.

Doch als ich zurückkehrte, war er so krank, dass es nicht länger möglich war weiterzumachen, sich zu verabredeten Zeiten zu treffen, Gespräche auf Band aufzunehmen. Er hatte alles vergessen. Das Projekt. Die Bänder. Mich.

Über die Arbeit, die bereits getan worden war, lässt sich Folgendes sagen: Bei jedem unserer Treffen beenden wir den Tag mit einem Ritual. Erst wiederholen wir mehrmals, dass es Zeit wird, zum Ende zu kommen. Dann reden wir ein wenig über das Mittagessen, und anschließend rolle ich ihn zum Schreibtisch. Dort liegt der Kalender, auch das Buch oder Tagebuch genannt. Ich blättere in den Seiten und suche den Tag heraus, an dem wir uns das nächste Mal treffen wollen, und schreibe eine Uhrzeit hinein. Manchmal diskutieren wir, ob wir uns zu einer anderen Uhrzeit treffen wollen als elf. Die Diskussion endet jedoch stets damit, dass wir uns um elf treffen. Und dann schreiben wir, wie um unsere Abmachung zu besiegeln, unsere Namen auf das Kalenderblatt. Ich schreibe seinen Vornamen, und er schreibt meinen Vornamen. Dieses Ritual dauert ungefähr zwanzig Minuten. Er schreibt langsam, mein Name besteht aus vier Buchstaben, er sitzt im Rollstuhl, ich stehe neben ihm, und er schreibt meinen Namen in den Kalender, seine Hand zittert, ich muss meine Hände in die Taschen des Kleids stecken, um mich daran zu hindern, ihm den Stift aus der Hand zu nehmen und den Auftrag zu beenden, *ein N und noch ein N, so, fertig.*

Rund um die Uhr benötigt er Pflege – oder Hilfe – oder Fürsorge. Sechs Frauen kümmern sich abwechselnd um ihn, aber Cecilia bestimmt. Cecilia, die Filme vorführte, als er noch Filme sah, Cecilia, die ihn im Straßengraben fand, als er von der Straße abgekommen war, Cecilia, die alle Patronen aus dem Gewehr entfernte, als Ingrid starb.

Der Plan für meinen Aufenthalt in Hammars – der bald endet, weil ich nach Oslo reise – sah vor, dass Papa und ich uns täglich treffen würden. Daraus wurde nichts. Wir trafen uns nicht einmal alle zwei Tage. Im Laufe jenes Frühjahrs ging es rasch bergab mit ihm. Ich weiß nicht, ob *bergab* das richtige Wort ist. Alt zu werden ist eine verschlungene Choreographie, eine komplizierte Kombination aus schnell und langsam. Es gibt keine Ruhepausen. Nicht am Tag und nicht in der Nacht. Statt zu reden, hörten wir manchmal Musik. Einmal fragte ich ihn, ob er Lust habe, etwas Blues oder Jazz zu hören, oder wie wäre es mit Gospelmusik? Mahalia Jackson, zum Beispiel? Doch darauf sagte er nur *psst.* Oder er sagte *Bach*. Und dann schüttelte er den Kopf.

Als Pablo Casals gefragt wurde, warum er täglich Cello übe, obwohl er schon über neunzig war, antwortete er: Weil ich Fortschritte mache.

Manchmal war er morgens nicht in der Lage aufzustehen, dann setzte ich mich auf seine Bettkante. Und manchmal rief eine der Frauen an, die ihn umsorgten, und sagte: Er hat nicht die Kraft dafür, dass du heute kommst. Oder: Es passt heute nicht, dass du kommst. Oder: Er möchte nicht, dass du heute kommst. Ich wusste nicht, ob diese Bescheide von ihm kamen oder von den Frauen oder von Cecilia. Ich wusste nicht, ob er wusste, wer ich war, wenn ich nicht da war. Die Tage und Gesichter und Stimmen flossen ineinander. Nebel hing über Hammars und allen, die dort kamen und gingen.

Cecilia mit den langen, dunklen Haaren und dem schönen Gesicht schrieb einen Zettel, den sie auf den Küchentisch legte: *Er will und soll seine Ruhe haben! Komm morgen nicht!*

Cecilia hatte ihren eigenen Plan und ihre eigene Abmachung mit ihm, die sich nicht mit meiner deckte.

* * *

Mein Vater besaß die seltene Gabe, *andere* dazu zu bewegen, sich wie *die Einzige oder der Einzige* zu fühlen. Sich gesehen, gehört, auserwählt zu fühlen. Er nahm deine Hand und sagte *Komm mit mir*, und für einen kurzen oder langen Augenblick dachtest du möglicherweise, dass du die Erste warst, zu der er das sagte. Dass es hieß, du und er gegen den Rest der Welt. Selbst als er uralt und einäugig und hager und vergesslich war und das Geschwür in seinem Mund so groß geworden war, dass es der Zunge im Weg lag, als er kaum mehr als ein Männlein in einem Rollstuhl hinter sieben verschlossenen Türen war, selbst da besaß er diese Gabe.

Komm mit mir. Verlass mich nicht. Du bist die Einzige, die ich an mich heranlasse.

Vielleicht sagte er: Wir sind uns so ähnlich, du und ich. Verlorene Kinder, alle beide. Brüder in der Nacht.

Du wirst geliebt, du wirst nicht geliebt, du hättest geliebt werden können, du wurdest geliebt, du bist die Meistgeliebte. Wenn Papa ein Lied gewesen wäre, dann wäre es – angesichts all der Frauen, all der Brüche, aller Reue und aller Worte – ein Lied mit Anklängen an Blues und Country gewesen, zwei Gattungen, mit denen er sich nicht beschäftigte.

Ich versuche an dieser Stelle, etwas über die Liebe zu verstehen und über meine Eltern, und warum die Einsamkeit eine so große Rolle in ihrem Leben spielte, und warum sie sich, mehr als vor allem anderen in der ganzen Welt, so sehr davor fürchteten, verlassen zu werden.

Die folgenden Zeilen stammen aus einem 1958 geschriebenen Liebesbrief (an Käbi, die vierte der fünf Ehefrauen):

> *Heute habe ich vier äußerst bezaubernde Briefe von einer HOCH GELIEBTEN PERSON erhalten. In einem dieser Briefe fragt sie, warum sie so geliebt wird und warum »ausgerechnet sie«.*
> *Soll ich versuchen zu antworten, oder soll ich der Antwort mit einem Ablenkungsmanöver aus schönen Worten, die mir kinderleicht aus der Feder kommen, ausweichen.*
> *Nun ist das, zu LIEBEN, außerdem ein so eigentümliches und missbrauchtes und tristes Wort, dass ich dich gar nicht lieben will.*
> *Aber ich möchte vielleicht trotzdem versuchen, etwas von*

dem zu erklären, was mich erfüllt und sich in mir hebt und senkt wie ein großes Gewässer.

Als er endgültig nach Hammars zog, gab Cecilia ihrem Arbeitgeber ein Versprechen. Er war nie wie ein Vater für sie gewesen, ich glaube nicht, dass sie so dachten, auch kein Geliebter, kein Bruder, kein Freund – was war es dann? Sie trafen sich regelmäßig zu einer morgendlichen Besprechung, sie schrieben sich gelbe Zettel, die bar aller Gefühle, stattdessen voller Abkürzungen waren – *evt., wg., ifgd., usw., z. B., etc.* Kurze Mitteilungen zu praktischen Belangen. Haushalt, Finanzen, Anstellungen, Reparaturen. Mein Vater war kein praktisch veranlagter Mann, er konnte nicht wie mein Schwiegervater in den Wald gehen und Material für einen Messergriff oder einen Axtstiel finden, aber er verstand den Wert des Praktischen. Einer guten Handwerksarbeit. Wenn Dinge richtig getan wurden.

»Wenn das Praktische nicht geklärt ist, mein Herz, wenn du deine Beziehungen aufbaust und kein praktisches Fundament legst, kannst du alles vergessen. Liebe ohne einen Sinn fürs Praktische ist zum Scheitern verurteilt. Du kannst nicht … wie soll ich das sagen … Du kannst ein Haus nicht aus einer Handvoll Sand und einer Million schöner Worte bauen.«

Mein Vater verlangte Zeit seines Lebens Versprechen von Frauen, die erste war seine Mutter, die dunkeläugige Karin, die letzte war Cecilia.

Was würde mit ihm geschehen, wenn er so alt wurde, dass er nicht mehr alleine zurechtkam?

Er ist voller Energie, die Wohnung in Stockholm ist verkauft, endlich wird er das ganze Jahr über in Hammars wohnen, es ist Frühling, überall sind Buschwindröschen, und er freut sich auf sein neues Leben als Fårökauz, warum fragt er sich das also jetzt?

Ein Mädchen steht an der Reling, ihr Gesicht ist abgewandt, sie starrt in die See hinab, als wollte sie springen. Er ist auf dem Weg nach Fårösund, um Zeitungen zu kaufen. Es regnet in Strömen. Das Mädchen steht vollkommen still. Er will, dass sie sich umdreht und ihn ansieht. Sie ist jung, das sieht er ihrem Rücken an. Die Fähre wummert. Es regnet in Strömen, und er schaltet den … wie war nochmal das Wort? Es hakt. Alles geht weiter, aber in ihm hakt alles. Das Mädchen dreht sich nicht um. Es regnet, das Mädchen starrt in die See, beugt sich weit über die Reling, und er fragt sich, ob sie wohl springen wird und schaltet … tja, wie heißt das denn noch …? Was man einschaltet, wenn man im Auto sitzt und es regnet und das sich hin und her bewegt und wusch-wusch-wusch macht?

Er saß im Jeep, es regnete in Strömen, und ihm fiel das Wort *Scheibenwischer* nicht mehr ein, und was zum Teufel soll nur werden, wenn ich nicht mehr alleine zurechtkomme? Wenn die Hüfte und das Auge versagen, wenn die Sprache verschwindet?

Sein ganzes Leben kämpfte er mit der Sprache, mit dem Schreiben. Die gelben Blätter und die Stifte. Die Tür, die sich hinter ihm schließt. Die strengen Regeln, die er so gerne brechen würde, aber nicht wirklich zu brechen wagt, nicht beim Schreiben, nur am Filmset, umgeben von Schauspielern, Kameramann, Tontechnikern, anderen Technikern – Leuten, die ihre Arbeit beherrschen. Die Kollegen. *Die Arbeitskameraden.* Das schönste Wort der schwedischen Sprache. Aber das Schreiben geschieht ohne sie. Die Einzigen, die sich im Raum befinden, wenn er schreibt, sind Gespenster. Die Lebenden und die Toten. Und der eine oder andere zornige Kritiker (*ich verachte und hasse dich und wünsche dir alles Schlechte, und vor allem wünsche ich mir, dass du wenigstens einmal im Leben deiner eigenen Erbärmlichkeit von Angesicht zu Angesicht gegenüberstehst*). Die Stille im Schreibzimmer ist nicht ungetrübt freundlich. Die Worte kommen nicht, oder sie kommen in der falschen Reihenfolge. Die Sätze winden sich und haben weder Anfang noch Ende. Die Grenzen meiner Sprache sind die Grenzen meiner Welt, schrieb Wittgenstein, doch was geschieht jetzt, fragt der Fårökauz, was geschieht jetzt, da ich dabei bin, die Sprache zu verlieren. Bald sind nur noch Scherben übrig.

Er setzte sich im Bett auf und sagte: Ich lebe in einer *babylonischen Verwirrung*.

Und alles, was man über die Arbeit des Schreibens sagen kann, lässt sich auch darüber sagen, alt zu werden. Um nochmals Strindberg zu zitieren: »Diese fehlende Übereinstimmung zwischen mir und meiner Landschaft, ich spanne mich so an, dass ich zerbrechen und fliehen möchte.« Doch halt, das stimmt nicht ganz. Es kommt vor, dass das Schreiben Spaß macht. Dass es leichtfällt zu schreiben. Es kommt vor, dass ich über alles Mögliche und überall schreiben kann, dass ich auf dem Kopf stehen und schreiben kann. Dass die Welt groß wird. Dass die Welt neu wird. In solchen Momenten, hätte er gesagt, erdreistet man sich, ein Wort wie Gnade in den Mund zu nehmen. Wenn der Tag und das Licht leicht erscheinen.

Doch so ist es nicht, alt zu werden.

Ich finde, dass das Altwerden eine harte, schwere, wenig glamouröse Arbeit mit sehr langen Arbeitszeiten ist.

Von der Wand sieht Strindberg ihn jedes Mal missbilligend an, wenn er den Schreibtisch verlässt und durch seine vielen stillen Zimmer geht, wie ein Tanzsaal mit tausend Fenstern, denkt er.

»Es gibt so viel, was entscheidend wird, wenn man versucht, ein Geschehen im Nachhinein zu studieren und das Fazit ablesen kann«, schrieb mein Vater in einem seiner Romane, einem der drei, die von seinen Eltern handeln. »Ein Geschehen, das außerdem aus wenigen planlos umhertreibenden Scherben besteht. Es kommt darauf an, mit Verstand und eventuellen Eingebungen zu komplettieren. Manchmal kann ich ihre Stimmen hören, aber sehr schwach. Sie ermuntern mich oder sagen abwehrend, *so* war es ja überhaupt nicht. So ist es nun *wirklich* nicht gewesen.«

Eines Tages bestellte er Cecilia zu einer Besprechung zu sich. Hör mal Cecilia, ich verlasse mich auf dich. Ich habe nicht mehr so viele Jahre. Manchmal vergesse ich Dinge. Worte. Zum Beispiel *Scheibenwischer*. Ach, das ist nicht der Rede wert. So etwas kommt mit den Jahren. Ich beklage mich nicht, ich bin vierundachtzig, ich nörgele nicht, bin aber ein bisschen erstaunt: So, so, ich bin also dabei, ein Tattergreis zu werden. Ich empfinde das Ganze als leicht komisch, der Körper, der nicht mitmachen will, die Gebrechen, es gibt viele Formen des Erstaunens, und dies ist eine von ihnen. Das Erstaunen leistet mir Gesellschaft. Aber … (er legt seine große Hand auf Cecilias lange schlanke) … du musst mir versprechen zu tun, worum ich dich bitte und nirgendwohin zu fahren, ehe es vorbei ist, und worum ich dich bitte, ist folgendes:

Ich will in kein verdammtes Altersheim. Ich will in meinem eigenen Haus sterben, in meinem eigenen Bett. Ich will nicht ohnmächtig in die Hände meiner Kinder gegeben werden. Ich will keinen gefühlsmäßigen Tumulten ausgesetzt werden. Um mich herum sollen Ruhe und Ordnung herrschen. Möge mir ein sanfter Tod vergönnt sein.

Als er zum ersten Mal sagte, er wolle zu seiner Mutter in Våroms reisen, entgegnete ich: Aber deine Mutter ist tot, Papa, das weißt du doch, sie starb vor sehr vielen Jahren. Daraufhin wurde er wütend und wollte nicht mehr mit mir reden und bat Cecilia, ein Taxi zu rufen. Ich weiß nicht, ob das Taxi für ihn oder für mich bestimmt war, und Cecilia zuckte mit den Schultern und fuhr mit dem fort, was sie gerade machte, und kurz darauf hatte er das Ganze vergessen. Als er zum zweiten Mal sagte, er wolle zu seiner Mutter in Våroms, sagte ich: Aber ich weiß nicht recht, wie wir dorthin kommen sollen, es ist nicht gesagt, dass sie da ist, und er sah mich lange an, *was erzählst du denn da*, und bat Cecilia anschließend, ein Taxi zu rufen. Als er zum dritten Mal sagte, er würde zu seiner Mutter fahren, wollte ich nicht, dass er nach Cecilia rief, und ich wollte auch nichts mehr von Taxis hören, lieber wollte ich mit ihm nach Våroms fahren.

Hier könnte ich vielleicht liegen, sagte er, oder etwas Ähnliches. Ja, aber warten Sie, sagte der Küster. Eigentlich wählen die Angehörigen die Grabstelle aus, aber das sagte er meinem Vater nicht, wer hat die Verfügungsgewalt über die Leiche, die Lebenden oder der Tote? *Sind* wir unser toter Körper? Wenn es so ist, *sind* wir es nicht sehr lange. Der Körper wird zu Erde, und deshalb spielt es für ihn ja wohl keine Rolle, wo er begraben liegt – solange er begraben wird. Oder verbrannt. Oder auf See verschwindet, wie es im Laufe der Jahrhunderte so vielen auf der Insel ergangen ist. In der Kirche hängen zwei Bilder, ein größeres von 1618, und ein kleineres von 1767, beide zeigen Jäger, die auf einer Eisscholle aufs Meer hinaustreiben, nachdem sie auf Robbenjagd gewesen sind. Ich stelle mir vor, dass der Küster an die Männer denkt, die vor hunderten Jahren dichtgedrängt auf einer Eisscholle standen und froren. Jetzt ist Frühling, die Sonne scheint auf die beiden älteren Herren, aber keiner von ihnen zieht die Jacke aus, gesegnet sei die Erde, die uns seit den Anfängen der Menschheit immer wieder aufnimmt. Mein Vater lässt den Blick über die Grabsteine und den Friedhof schweifen, der von Laubbäumen umgeben ist. Die Männer sagen nicht sonderlich viel. Kommen Sie, sagt der Küster, wenn wir noch ein paar Meter weitergehen, zeige ich Ihnen eine noch schönere Stelle.

Geht man quer über den Friedhof, wie sie es damals, 2005 oder 2006, taten, gelangt man zu einer Steinmauer, und hinter der Steinmauer liegt eine Heidefläche, auf der im Sommer die Lämmer weiden.

Hier, in einer Ecke, an der Steinmauer?

Mein Vater und der Küster blieben dort für einen Moment stehen. Milder Wind strich durch die Kronen der Eschen. Keiner von ihnen sagte etwas. Wie lange standen sie dort? So lange jedenfalls, dass mein Vater, der Geschichte zufolge, seine Entscheidung traf.

Jeden Sommer lag ein gelber Willkommenszettel auf dem Küchentisch – in Ängen oder in Dämba oder in Karlberga.

MONTAG 19 UHR
Geliebte
Jüngste
Tochter!
Sei Wärmstens
Willkommen
Wünscht Dir Dein
ALTER VATER.

Lass morgen gegen elf von Dir hören
– wenn du Lust hast.

Als ich neunzehn war, reiste er nach Hellas, er nannte es eine Zeitreise – zurück in die Antike, er trotzte seiner schwindelerregenden Reiseangst – der Angst vor der Freiheit, dem Fremden, dem Schwerelosen – und flog von Stockholm nach Athen, wo er auf dem Flughafen von einer Delegation wichtiger Personen mit Ordensbändern auf der Brust, Anzügen und Krawatten und Kleidern, Fernsehkameras und Fotoapparaten und Blitzlichtern und einer heiseren Frauenstimme empfangen wurde, die lauter als all die anderen Stimmen rief: *Welcome, Maestro!* Er wollte am Königlichen Dramatischen Theater in Stockholm *Die Bakchen* von Euripides inszenieren und reiste mit seiner eigenen Delegation aus Assistenten, Technikern, Choreograph und Dramaturg an. Sie kamen, um zu lernen. Sie kamen, um zu sehen. Sie kamen, um das Orakel in Delphi zu besuchen und in dem großen Theater in Epidauros umherzuklettern.

Ingrid war dabei und hielt seine Hand. Ich war auch dabei. Papa und ich hatten uns in den letzten Jahren nicht sonderlich oft unterhalten, ich lebte in New York, war viel zwischen den USA, Frankreich und Oslo unterwegs, und im Sommer nach Fårö gereist, wo ich Zeit mit Geliebten und Geschwistern verbrachte, er wohnte in Stockholm, ich war eine Jugendliche, er war *dein alter Papa*, wie er sich selbst die wenigen Male im Jahr nannte, die wir telefonierten, der Altersunterschied zwischen uns war (worauf er selbst bereits hingewiesen hatte, als ich noch ein kleines Mädchen war) groß, es war nicht leicht zu wissen, worüber man sich unterhalten sollte, aber irgendwann schlug er mir – zu unser beider Überraschung, glaube ich – vor, ihn nach Hellas zu begleiten. Ich sollte nach Stockholm kommen und mit ihm und Ingrid nach Athen fliegen. Ich studierte Literatur an der Universität und konnte mich an Diskussionen beispielsweise über Euripides beteiligen. *Tja sieh einer an, sie studiert und spielt sich auf. Bald werde ich wohl erleben müssen, dass sie Kritikerin wird. Davon will ich nichts wissen, das sage ich jetzt schon. Dann enterbe ich sie. Zwei Dinge, mein Herz: Ich möchte nicht, dass du Kritikerin wirst, und ich möchte nicht, dass du schlecht über das Königshaus sprichst. Silvia ist eine wahre Königin. Sieh nur, wie schön sie auftritt.*

Es solle eine Reise zurück in die Zeit der großen Theater werden, sagte er, eine Pilgerreise.

Im Taxi zum Flughafen regte Ingrid sich darüber auf, dass ich eine löchrige Jeans anhatte.

Zu Papa: »Hat sie keine ordentlichen Kleider für die Reise?«

Zu mir: »Hast du keine ordentlichen Kleider für die Reise? Hättest du nicht wenigstens eine Jeans ohne Löcher nehmen können?«

Papa graute es vor der Reise, er hatte Valium genommen. Seine Stimme war auffallend ruhig, allerdings nicht auf eine beruhigende Art. Es war eher, als hätte er sich selbst zu Hause am Karlaplan zurückgelassen und statt seiner einen anderen geschickt, ausgestattet mit seinen Kleidern und Gliedern und markanten Zügen und einer vorab eingespielten Stimme. Er sagte, er sei ganz Ingrids Meinung, aber wisse sie denn nicht, dass junge Frauen heutzutage Jeans mit vorgefertigten Löchern kauften, dass meine Jeans aller Wahrscheinlichkeit nach nicht abgetragen, sondern im Gegenteil nagelneu sei und dass die Löcher und Risse auf dem Oberschenkel, dem

Knie und das Hosenbein hinab kein Ausdruck ungepflegten Auftretens, sondern ein Beweis dafür seien, dass ich versucht hätte, mich schick zu machen?

Er drehte sich zu mir um und lächelte.

Wir flogen erster Klasse. Ingrid und Papa saßen in der zweiten Reihe. Ich saß in der ersten. Auf dem Platz neben mir saß ein korpulenter und aufgeblasener Geschäftsmann. Er war Brite. Er trank Whisky und las die Financial Times. Er starrte missbilligend auf meine löchrige Jeans, ich fror an den Knien, ich fror an den Armen.

Die Flugzeugsitze waren groß, aber ich schmiegte mich an das Fenster und wünschte mir, aus ihm hinauskriechen und verschwinden zu können. Ich sah die Wolken unter mir und hörte Papas Atemzüge hinter mir. Der Geschäftsmann öffnete seine Zeitung und machte sich noch breiter. Ich hatte die Zeitungsseite vor dem Gesicht und seinen Ellbogen in der Seite. Sah er nicht, dass ich auf dem Sitz neben ihm saß? Hatte er die Jeans und die verfrorenen Knie etwa nicht gesehen? War ich unsichtbar? Was war schlimmer? Gesehen oder übersehen zu werden? Sichtbar oder unsichtbar? Was immer ich war, ich hatte den Ellbogen des Geschäftsmannes in der Seite und die Zeitungsseiten vor dem Gesicht. Mein Vater muss dies alles durch den Spalt zwischen den Sitzen beobachtet haben, denn nun stand er auf, lehnte sich über die Rückenlehnen und entfaltete seine Schwingen wie ein Steinadler und sagte in seinem russisch-deutschen Englisch zu dem Geschäftsmann:

»Get your fucking arm away from her seat. And your newspaper too. That is my daughter sitting there beside you. My daughter.«

Und der Geschäftsmann wurde feuerrot und blieb stumm. Faltete die Zeitung zusammen. Zog den Ellbogen fort. Das alles, während mein Vater über unsere Sitze gebeugt stand wie eine finstere Wolke aus dem Himmel hinter den Fenstern.

Der Geschäftsmann begegnete meinem Blick, er tat mir fast leid, und ich errötete, als er sagte:

»I apologize, Miss.«

Mein Vater brachte einen Ton heraus, eine Art Mischung aus einem Räuspern und einem Wiehern, und danach setzte er sich und sagte für die Dauer des gesamten Flugs kein einziges Wort mehr.

340 v. Chr. baute der Architekt Polykleitos der Jüngere das große Amphitheater in der kleinen Stadt Epidauros, Geburtsort von Asklepios, dem Gott der Heilkunst und der Medizin. Das Theater war die wichtigste Arena für alle, die krank waren und gesund werden wollten, groß genug, um über dreizehntausend Zuschauern Platz zu bieten. Die Akustik des Theaters ist so, dass du unabhängig davon, wo du sitzt, hören kannst, was die Schauspieler auf der Bühne sagen. Früher glaubte man, der Wind trage die Töne zu den Zuschauern in den obersten Sitzreihen hinauf, oder dass die Masken, die von den Schauspielern getragen wurden, als eine Art Lautsprecher funktionierten. Später hat man dagegen herausgefunden, dass die Sitze, oder die Treppenstufen, als akustische Polster funktionieren, die Lärm herausfiltern, zum Beispiel den Wind, so dass die Zuschauer ein neurologisches Phänomen erleben, das *virtual pitch* genannt wird und bei dem der Zuhörer die fehlenden Töne selbst ergänzt.

An dem Abend, bevor wir von Athen nach Epidauros fuhren, aßen wir in einem Restaurant. Papa und ich waren außerhalb Schwedens noch nie gemeinsam in einem Restaurant gewesen und nie zusammen mit fremden Menschen, abgesehen von jenem einzigen Mal, als ich noch ein Kind war und Mama und ich uns mit ihm in einem Restaurant in München trafen und er mich nicht umarmen wollte, weil ich nieste. Ich nieste nicht etwa, weil ich erkältet war, wie er annahm, sondern weil ich ihn seit fast einem Jahr nicht mehr gesehen hatte und es anfing, in meiner Nase zu kitzeln, als er den Blick auf mich richtete. Würde er bemerken, dass die Zahnspange fort war? Würde er finden, dass ich hübsch geworden war? Doch hier waren wir in Athen, in einem Restaurant, mit schwedischen und griechischen Leuten vom Theater und der Universität, und Papa saß in seinem karierten Flanellhemd am Tisch und sagte ja, bitte zu Wein, obwohl er keinen Wein mochte, und ja, bitte zu Brot vor dem Essen, obwohl er kein Brot vor dem Essen aß, und mir fiel auf, dass er die Haare so über seinen Scheitel gekämmt hatte, dass es aussah, als wollte er seine *Glatze verbergen*, und dass seine englische Aussprache *komisch* war, und ich fragte mich, ob die anderen dasselbe dachten, und ich fragte mich, ob es stimmte, was er über sich selbst zu sagen pflegte, dass er sich in sehr vielen Situationen fühlte wie sein eigener Cousin.

Er erhob das Weinglas und zeigte auf das Brot und sagte mit einer Stimme, die sich anhörte, als wäre er in der Garderobe des Theaters gewesen und hätte sie sich dort von jemandem geliehen, der einen Flaneur auf den Boulevards dieser Welt spielen sollte: »Ich möchte auf die fantastischen Erfindungen anstoßen, die dieser Wein und dieses Brot sind.«

Darauf stießen alle an. Auch ich. Anschließend sank er ein wenig in sich zusammen. Und als das Essen serviert wurde, fragte er den Kellner, ob er ein Glas Bier bekommen könne.

Es war ein langer Tag mit Führungen und Ausflügen und Vorlesungen gewesen, als mein Vater und ich bis zur obersten Sitzreihe des Theaters in Epidauros hinaufstiegen und uns setzten. Weit unten, auf der Bühne, gingen Menschen umher und unterhielten sich. Wir hörten ihre Stimmen, hörten, was sie sagten, verstanden aber nicht jedes Wort. Einige sprachen Schwedisch, einige Englisch, einige Griechisch. Ein Stück abseits der anderen stand eine junge Frau. Ich konnte ihr Gesicht nicht sehen, sie war jung, ein paar Jahre älter als ich vielleicht. Sie stand ganz still und hob das Gesicht zum Himmel. Sie trug einen großen, schwarzen Sonnenhut und eine schwarze Sonnenbrille. Die Sonne ging langsam unter, das Licht war warm und gleichzeitig grau und rot.

»Ein solches Licht können wir auf der Bühne niemals wiedergeben, egal, was wir anstellen«, murmelte Papa. Ich sah von der Frau direkt zu den grünen Zypressen hinauf und dahinter zu den braunen Berggipfeln. Ein Windstoß wehte heran. Der Sonnenhut der Frau wurde ihr vom Kopf und über die Erde geweht.

Die Stimmen verstummten, alle drehten sich um und schauten zu den Bergen, als fragten sie sich, woher dieser Wind kam.

»Man kann wirklich verstehen«, sagte mein Vater und legte den Arm um meine Schultern …

Er verstummte.

»Was kannst du wirklich verstehen?«

»Ach. Ich weiß nicht. Aber wenn man hier sitzt, macht man sich so seine Gedanken.«

»Ja.«

»Man denkt an die Menschen, die vor mehreren tausend Jahre hier saßen, so ähnlich wie wir jetzt hier sitzen … Das hier, das ist eine große, verdammte Konzerthalle.«

Sein Arm lag immer noch schwer auf meiner Schulter. Ich rückte etwas näher an ihn heran.

»Was ich sagen wollte, ist«, fuhr er fort, »dass man gut verstehen kann, dass sie glaubten, die Götter wären ganz in der Nähe.«

Wir sitzen bei der braungebeizten Bank in Hammars und lassen den Blick über den Platz schweifen. Den Jeep. Das Fahrrad. Die Kiefern. Er bittet mich, seine Schuhe zu holen.

»Welche Schuhe, Papa?«

»Meine Schuhe, die, die im Schlafzimmer im Schrank stehen.«

»Deine Joggingschuhe?«

»Die weißen.«

»Aber die hast du doch an.«

»Das ist gut. Denn jetzt fahren wir los.«

»Wohin fahren wir?«

»Wir wollen zu Mutter in Våroms.«

»Darf ich mitkommen?«

»Natürlich kommst du mit. Ich hatte überlegt, ob wir den Zug nehmen sollen, aber ich habe beschlossen, dass wir den Jeep nehmen.«

»Aber Papa, ich habe keinen Führerschein, ich kann nicht Auto fahren.«

Er rutscht gereizt in seinem Rollstuhl herum.

»*Du* sollst doch auch gar nicht fahren!«

»Dann ist ja gut.«

»Ich fahre!«

»Ja, das habe ich verstanden.«

»Wir brechen bald auf. Nach Våroms. Bist du schon einmal dort gewesen?«

»Nein, nie.«

»Bist du in Dalarna gewesen?«

»Nein.«

»Mein Herz … wo bist du eigentlich gewesen?«

»Ich bin nicht in Dalarna gewesen.«

»Tja, dann hör mir mal zu. Erst holst du meine Schuhe, und dann setzen wir uns in den Jeep, und dann fahre ich. Meinst du, wir sollen an der Kirche kurz halten? Ich denke nicht. Heute ist nicht Samstag, der Sonntag wird also nicht eingeläutet. Keine Glocken. Als ich einmal in ihr saß und darauf wartete, dass die Glocken läuten würden, kam der Glöckner nicht, und es war sechs, und es war fünf nach sechs und zehn nach sechs, und ich saß da und wartete wie ein Idiot ... Ich wollte eine Kerze für Ingrid anzünden ... ich wollte eine Kerze anzünden ... und als es Viertel nach sechs war, nahm ich meinen Stock und marschierte die Treppe zum Turm hinauf und zog selbst an den Glocken. Der Pfarrer kam mir auf der Treppe entgegen und meinte, ich dürfte da oben nicht sein und dass mit der Elektrik etwas nicht stimme, dass *deshalb* heute der Sonntag nicht eingeläutet werde, aber daraufhin sagte ich, dass man verdammt nochmal Seile hat. Pünktlichkeit, mein Herz, Pünktlichkeit. Und jetzt wollen wir hier nicht herumsitzen und reden, du gehst meine Schuhe holen, und dann sehen wir zu, dass wir die Fähre bekommen. Wir werden zwei Fähren nehmen. Erst die kleine und dann die große. Hättest du etwas dagegen, dass wir einen Abstecher nach Uppsala machen? Es ist ein Umweg, aber ich möchte dir gern zeigen, wo ich als Kind gewohnt habe. Bist du schon einmal in Uppsala gewesen?«

»Nein.«

»Also nicht. Das lässt sich nicht ändern. Und dann essen wir zu Mittag. Ich kenne da ein Lokal auf dem Weg, dort können wir Halt machen und uns ein bisschen ausruhen. Es ist eine Übernachtungsgelegenheit mit einer schönen Aussicht auf den See und gutem Essen, aber ich will dort unter gar keinen Umständen übernachten, wir müssen heute Abend ankommen. Wir können eine Weile draußen sitzen und das schöne Wetter genießen, und wenn du willst, kannst du Wein bekommen. Ich möchte ein Mineralwasser. Weißt du, dass man dehydriert werden kann, wenn man Mineralwasser trinkt? Es hat mit dem Sprudeln zu tun. Der Kohlensäure. Dem Salz. Der Arzt hat gesagt, dass ich nicht so viel Mineralwasser trinken soll. Ich müsse klares Wasser trinken. Er sagte, ich sei dehydriert! Nun, wo waren wir ... Für mich war das Sprudeln Gesellschaft ... das wollte ich nur gesagt haben.«

»Ja, aber wenn wir unterwegs sind, kannst du ruhig Mineralwasser trinken, Papa. Das ist schon in Ordnung. Ich erzähle es auch keinem.«

»Wo sind wir?«

»Wir sind auf dem Weg nach Våroms.«

»Wir fahren nach Norden.«

»Nach Norden?«

»Eine weite Strecke nach Norden. Duvnäs ist nicht weit von Borlänge entfernt, falls dir das etwas sagt? In Dalarna.«

»Ich bin nie in Dalarna gewesen.«

»Nein, das bist du nicht. Und hier ...?«

»In Duvnäs?«

»Ja, in Duvnäs ... in Duvnäs ... ein kleines Stück den Hang hinauf, gleich über den Zuggleisen, liegt Våroms. Ich glaube, Mutter steht am Fenster und hält Ausschau nach uns. Es ist spät. Sie schaut auf die Straße. Die große Birke wirft Schatten, und der Güterzug wechselt das Gleis, und der Fluss fließt schwarz, selbst an den hellsten Tagen.«

Cecilia dreht sich zu mir um und sagt mit lauter Stimme:

»Du trampelst hier zu jeder passenden und unpassenden Zeit herein und störst. Er wird unruhig. Verstehst du?«

Sie bittet mich, den Schlüssel zum Haus abzugeben. Sie ist dafür verantwortlich, dass er seine Ruhe hat. So hat er es gewollt. Ich kann nicht einfach kommen und gehen, wie es mir passt.

»Aber er hat mich gebeten zu kommen«, sagte ich.

Cecilia zuckt mit den Schultern.

»Er hat *jemanden* gebeten zu kommen. Ich glaube nicht, dass er dich gemeint hat.«

Der Sommer, in dem er starb, war kühl. Ich besitze ein paar Bilder von ihm und mir aus der letzten Zeit. Wir sitzen neben der braungebeizten Bank. Wir tragen Wolljacken. Er hat eine Decke auf den Beinen. Ich habe einen kleinen, komischen Hut auf dem Kopf, er seine grüne Strickmütze.

Käbi wohnt im Sommer nach wie vor in Dämba. Sie hat Besuch von zwei befreundeten Musikern, die meinen Mann und mich zum Essen einladen. Dabei planen wir das letzte Konzert.

Wir haben uns mit einer der sechs Frauen verbündet, einer, die auch möchte, dass Papa ein letztes Mal Käbis Klavierspiel hören darf. Er ist inzwischen fast verstummt, liegt die meiste Zeit im Bett und starrt an die Decke. Nachts brabbelt er. Die Frau erzählt, dass er an einer großen Übersetzung arbeite, sie denkt, dass es ihm guttun wird, mal herauszukommen, und in dieser Woche arbeitet sie tagsüber. Wir können Cecilia nichts davon sagen, sie hat die Tage nach einem sorgsam ausgearbeiteten Takt durchgeplant, der irgendwann, vor langer Zeit, sicher in Zusammenarbeit mit ihm entstanden ist: aufstehen, anziehen, frühstücken, im Arbeitszimmer sitzen, auf der braungebeizten Bank sitzen, Mittagessen, Abendessen, Radio hören, zu Bett gehen, und am nächsten Tag das Ganze wieder von vorn. Wozu er nicht mehr fähig ist (zum Beispiel aufzustehen), streicht sie von der Liste. Das Einzige, was sie nicht von der Liste streicht, ist das Omelett. Keine Einfälle. Keine Improvisationen. Und nun, ein paar Wochen, bevor er stirbt, planen wir eine große und schwindelerregende Improvisation. Wir holen ihn während der Schicht dieser Frau, ich nenne sie Anna, wir schmuggeln ihn mit Rollstuhl und allem aus Hammars heraus, wir sind ein großes Aufgebot, wir fahren in zwei Autos. In Dämba helfen alle mit, ihn aus dem Wagen und in den Rollstuhl zu bekommen. Anna schiebt den Rollstuhl über den Platz. Sie ist mit allem ausgerüstet, was ein sehr alter und kranker Mann eventuell benötigt, wenn er unterwegs ist, die Ausrüstung liegt in einer großen, schwarzen Tasche, die ich trage. Er ist der erste in der Reihe, im Rollstuhl, sie geht hinter ihm und schiebt, und ich gehe mit der Tasche hinter ihr. Hinter mir geht mein Mann, und hinter ihm gehen Käbis Musikerfreunde, die auch Freunde Papas sind. Wir gehen und gehen. Am Kopfende der Treppe mit dem blaulackierten Geländer steht Käbi und erwartet uns. Sie ist einiges über achtzig. Sie hat sich schön gemacht und das Haar hochgesteckt. Sie lächelt. Die Schönheit einer Frau liegt darin, wie sie steht und sich bewegt. Mein Vater dreht sich im Rollstuhl um und fragt Anna, wo wir sind und wohin wir wollen.

»Wir wollen nach Dämba«, sage ich und eile an seine Seite. »Käbi wird für dich spielen.«

Wir sind gegangen und gegangen, nie sind dieser Platz und dieser Garten so groß gewesen. Wir sind eine kleine Prozession auf einem sehr langen Marsch, wir wollen nach Dämba, wir wollen zu dem Raum mit den zwei Flügeln, wir wollen zu dem kleinsten Konzertsaal der Welt, und Käbi wird spielen.

Als wir eintrafen, kam es zu einem Moment der Verwirrung. Wir standen vor der Treppe mit dem blauen Geländer und fragten uns, wie wir den alten Mann da hinauf und ins Haus manövrieren sollten.

»Kommt«, sagte einer der befreundeten Musiker, »das schaffen wir.«

Die ganze Prozession änderte ihre Formation. Anna stellte sich nach ganz hinten, ich stellte mich neben sie, die Männer postierten sich um den Rollstuhl und dann, auf eins, zwei, drei, packten sie meinen Vater und trugen ihn die Treppe hoch, Stufe für Stufe, und rollten ihn ins Wohnzimmer.

Als alle Platz genommen hatten, setzte Käbi sich an den Flügel, hob einen Arm und eröffnete das Programm mit einer Mazurka von Chopin. Während sie spielte, betrachtete ich meinen Vater, sein Profil, ich weiß nicht, ob er dort sein wollte, ich weiß nicht, ob er in diesem Moment irgendwo sein wollte, er war vollkommen allein, er befand sich auf einer Eisscholle, weit, weit draußen auf dem Meer, und Käbi spielte ihren Chopin, und die Sonne schien zu den Fenstern herein, es war zwei Uhr, und dann war es fünf nach zwei, sie spielte, wie sie es tausend Mal zuvor getan hatte, für ihn und für viele andere, und sie hatte mehr zu bieten, das Programm war bis ins Detail geplant worden, aber als die Mazurka vorbei war und sie die Hände von der Tastatur hob und sich dem kleinen Publikum zuwandte, um etwas zu sagen, vielleicht das nächste Stück anzusagen, hob er, der mein Vater war, den Kopf und sah aus dem Fenster.

»Ich möchte mich für den schönen Abend bedanken, den wir gemeinsam hatten«, sagte er. Er sprach zu allen und keinem, zum Tag und zu der Nacht, zum Nachmittagslicht, das auf die breiten Bodendielen fiel, die an Klaviertasten erinnerten.

Wir hielten den Atem an, so viel und so klar hatten wir ihn seit langem nicht mehr sprechen hören. Und dann sagte er:

»Jetzt bin ich müde, und der Alte will heim.«

Alles war vorbereitet. Es gab nichts mehr zu tun. Die Uhrzeit war festgelegt worden. Die Gäste waren unterwegs. Die Pfarrerin hatte ihre Predigt geschrieben und das Lied geübt und die Rose gepflückt, die sie in ihrem Haar tragen wollte. Das Programm war gedruckt worden. Der Organist wusste, was er spielen sollte, der Cellist ebenso. Die Sargträger hatten Anzüge angezogen. Und die nächsten Angehörigen bereiteten sich darauf vor, ein letztes Mal Adieu zu sagen.

Ingmarie, die älteste von uns Schwestern, hatte jedes einzelne Blumengeschäft in Visby angerufen und erklärt, dass die Familie ausschließlich *rote* Blumen auf der und um die Leichenbahre wünsche, wenn jemand beispielsweise gelbe oder rosa oder lila schicken wolle, müsse dies von dem verantwortlichen Blumenhändler verhindert werden.

Ingmaries Mutter, Else, war die erste Ehefrau des Verstorbenen gewesen. Sie war tot und konnte nicht zur Kirche kommen. Ellen, die zweite Frau des Verstorbenen und Mutter von vier seiner Kinder, war ebenfalls tot. Else und Ellen waren Choreographinnen, Tänzerinnen, Schauspielerinnen und Regisseurinnen gewesen. Gun, die dritte Frau des Verstorbenen und Mutter meines Bruders, des Flugkapitäns, hatte in slawischen Sprachen unterrichtet und als Übersetzerin jugoslawischer und russischer Theaterstücke und Literatur gearbeitet, unter anderem hatte sie Tolstois *Er ist an allem schuld* übersetzt. Auch sie war tot. Die vierte Frau des Verstorbenen, Käbi, die Mutter von Daniel, war in der Kirche anwesend. Das war auch *meine* Mutter.

Meine Mutter und mein Vater heirateten nie, sie kam zwischen Ehefrau Nummer vier und Nummer fünf, aber sie blieben ihr Leben lang Freunde, *Arbeitskameraden*, und einmal sagte er zu ihr, sie seien schmerzvoll verbunden.

Seine fünfte und letzte Frau, Ingrid, die Mutter meiner Schwester Maria, würde aus ihrem ersten Grab überführt werden und bald gemeinsam mit ihm auf dem Friedhof ruhen.

Der Verstorbene wünschte sich eine kleine und bescheidene Beerdigung, im Kreis der Familie und der engsten Freunde, der Mitarbeiter und Bekannten auf Fårö – die Frauen, die sich um ihn gekümmert hatten, und die Männer, die ihm geholfen hatten.

Für die Gästeliste hatte er genaue Anweisungen hinterlassen und sich gewünscht, dass die Schauspieler kommen würden, nicht alle, aber viele, er vermisste sie so sehr, als er das Theater verließ und nach Hammars zog. Und die Schauspieler kamen – einzeln und zu zweit. Herr und Frau Vogler und das kleine Fräulein Åkerblom kamen. Alma und Elisabet kamen. Onkel Carl kam. Die Selbstmörder, die Ritter, die Stutzer, die Musiker und die Clowns kamen. Das Bürgertum kam. Die Königinnen kamen und mindestens ein Prinz. Als der Sarg in die Erde gesenkt wurde, weinte der Prinz so hemmungslos, dass er von der *betäubend schönen* Frau gestützt werden musste, die neben ihm stand.

Auch die Journalisten und Fotografen kamen, allerdings nicht weiter als bis zu der Steinmauer. In die Kirche oder auf den Friedhof ließ man sie nicht. Die Familie hatte drei Wachmänner beauftragt, die während der Zeremonie für Ruhe und Ordnung sorgen sollten, und diese Wachmänner nahmen ihre Aufgabe ernst und erfüllten sie mit solcher Bravour, dass man hätte meinen können, sie trügen schwarze Rüstungen und Helme und bewachten die Tore, die zu Feuer und Wasser führen. Journalisten, die feine Schuhe angezogen hatten, bereuten es bitter, denn rund um die Steinmauer wuchs hohes Gras, und wo man ging und stand, trat man in Schafmist. Die Lämmer hoben nur flüchtig den Kopf, als die ersten Autos ankamen, die meisten lange bevor das Ganze anfangen sollte.

Traditionsgemäß gingen zunächst die Gäste in die Kirche und setzten sich, und erst ganz zum Schluss kamen die nächsten Angehörigen, eine eigene, kleine Prozession, und nahmen ihre Plätze in der ersten Bankreihe ein.

* * *

Ein paar Tage vorher rief ich meine Mutter an. Wir hatten uns eine Weile nicht gesprochen, vielleicht nur ein paar Worte im Vorbeigehen gewechselt. Ich wollte ihr von der Beerdigung erzählen und wie sie ablaufen würde, praktische Dinge – Uhrzeiten und so weiter. Ich erzählte ihr nicht, dass Papa, als er im Sterben lag, jede Nacht gebrabbelt hatte, und dass dieses Brabbeln später in Lallen und Rufen übergegangen war. Ich erzählte nicht, dass Anna, die in den Nächten nach ihm sah, sich über ihn beugte und fragte, was er zu sagen versuchte, und dass er antwortete, er arbeite an einer großen Übersetzung.

Als ich in den letzten Tagen bei ihm war, hörte ich nicht, dass er das Wort *Übersetzung* sagte, ich glaube, dass er das Wort *Übersetzung* vergessen hatte. Aber wenn es stimmt, was Anna sagt, war es ein präzises Wort, um das Ganze abzuschließen. Eine neue Sprache für das Alte zu finden, eine alte Sprache für das Neue; alt zu werden, sehr alt, wie er es wurde, war an sich schon ein Übersetzungsauftrag – er würde das, was war, mit dem übersetzen, was kommen würde.

* * *

In einem seiner Romane über die Eltern schrieb er:

»Ich möchte nicht behaupten, dass ich es in meiner Erzählung mit der Wahrheit immer so genau genommen habe. Ich habe übertrieben, hinzugefügt, weggenommen und umgestellt, aber wie so oft bei dieser Art von Spielen, ist das Spiel vermutlich deutlicher geworden als die Wirklichkeit.«

* * *

Es gibt eine ganz eigene, schwedische Beerdigungssitte für die Bekleidung der Herren – die nur für die nächsten Angehörigen gilt. Die Männer sollen eine weiße Krawatte tragen. Ich bin mir nicht sicher, aber soweit ich weiß, ist Schweden das einzige Land, in dem dieser Brauch praktiziert wird. Die Beerdigung ist ein Theater des Todes, schrieb, glaube ich, Proust.

Diesmal nahmen wir das Flugzeug. Erst von Oslo nach Stockholm. Die Kleider und die Anzüge lagen in den Koffern. Die Kleider in dem einen Koffer und die Anzüge in dem anderen. Wir waren zu sechst: Mein Mann und ich und vier Kinder. Die dreijährige Eva war die jüngste. Wir ziehen den kleinsten Kindern nichts Schwarzes an, und so hatte sie einen weißen Jeansrock dabei, den sie mochte, und ein rosa T-Shirt.

Als wir am Stockholmer Flughafen ankamen, war der Koffer der Männer verschwunden, er war nicht in Oslo geblieben, er war nicht in Stockholm angekommen, er blieb unauffindbar. Wir würden wohl oder übel neue Anzüge kaufen müssen. Wir mussten die letzte Maschine nach Visby erwischen und hatten nur ein paar Stunden Zeit. Es war mein zweiter Abstecher ins Kaufhaus NK in diesem Monat. Erst zusammen mit meiner Schwester, um ein Kleid für die

Beerdigung zu kaufen, nun zusammen mit meinem Mann und unseren Söhnen, um Anzüge für die Beerdigung zu kaufen.

Eine Frau mit Wimpern, die so groß und schwer und schwarz und falsch waren, dass ihr ganzer schmaler, kleiner Körper erforderlich zu sein schien, um sie an Ort und Stelle zu halten, hieß uns in der Herrenabteilung willkommen, und ich sagte ihr, dass wir drei Dresse benötigten.

»Verzeihung?«, sagte die Schwedin.

Ich wiederholte, dass wir drei Dresse benötigten. Ich sprach Norwegisch, kein Schwedisch. Meine Stimme wird schrill, wenn ich Schwedisch spreche, und ich war auch so schon schrill genug.

»Verzeihung?«, sagte die Frau wieder. Sie blinzelte und blinzelte, und mein Sohn starrte die Wimpern an und fragte seinen Stiefbruder, ob er glaube, dass es wehtue, mit solchen Dingern herumzulaufen.

»Verzeihung?«, sagte die junge Frau ein drittes Mal. »Ich verstehe Sie nicht ... Sie möchten ein *Dress* haben ... ein Kleid? Suchen Sie danach? Dies ist die *Herrenabteilung.*«

»Anzug«, rief mein Mann. Er holte tief Luft und wiederholte, etwas ruhiger, wenn auch nicht viel: »Wir brauchen jeder einen ANZUG! Wir müssen zu einer Beerdigung. Wir müssen einen Flug erreichen. Es eilt. Verstehen Sie?«

Ein älterer Herr mit einem seidenen Einstecktuch in der Brusttasche und großen, empfindsamen Nasenlöchern hatte das Ganze mit angehört und stürzte herbei. Er legte die Hand auf den Arm der jungen Frau und nickte sie fort. Er hatte ein Maßband um den Hals, ein Nadelkissen in der Jacketttasche und eine Stimme, in die ich hineinkriechen und von der ich mich wärmen lassen wollte.

»Eine Beerdigung. Mein Beileid. Mein Beileid. Sie werden sehen, wir haben ganz ausgezeichnete Anzüge. Hugo Boss.

Armani. Kenzo. Wir führen auch andere Anzüge, in anderen Preisklassen. Für einen guten Anzug muss man nicht unbedingt sein gesamtes Geld ausgeben. Das kriegen wir schon hin. Sie müssen einen Flug erreichen? Gehören Sie zu den *nächsten Angehörigen*? Wer war der Verstorbene für Sie? Vater, Schwiegervater, Großvater? Ja, gut, dann muss jeder von Ihnen eine weiße Krawatte tragen. Dann wollen wir mal sehen, auf den Schemel hier, einer nach dem anderen, lassen Sie mich Maß nehmen.

* * *

Wir wären fast zu spät gekommen. Es ist die Beerdigung meines Vaters, und ich bin auf dem besten Weg, mich zu verspäten. *Pünktlichkeit, mein Herz, Pünktlichkeit.* Es liegt an den weißen Krawatten. Eva und ich sind fertig angezogen und sitzen im Auto und warten, meine vierzehnjährige Stieftochter geht draußen auf und ab, auch sie ist fertig angezogen, man braucht zehn Minuten, um von Dämba zur Kirche zu fahren, wir wollen uns um Viertel vor zwölf treffen, und jetzt ist es halb zwölf. Ich hatte geplant, frühzeitig da zu sein, an dem alten Konsum-Geschäft zu parken und für einen Moment im Auto sitzen zu bleiben, doch jetzt rückt die Uhrzeit näher, zu der wir fahren *müssen*, wenn wir nicht zu spät kommen wollen. Ich ziehe das Handy heraus und rufe meinen Mann an.

»Kommt ihr?«, zische ich.

»Wir kommen«, sagt er. »Wir haben Probleme, die Krawatten zu binden.«

»Probleme, die …?«

Ich fange an zu schreien. Nicht, weil mein Vater tot ist, sondern weil keiner eine Krawatte binden kann und weil wir zu spät kommen werden.

»Ich habe meine umgebunden«, sagt mein Mann, »und jetzt helfe ich den Jungen bei ihren. Das klappt schon.«

»Das klappt nicht«, schreie ich. »Das klappt nicht. Das klappt nicht. Das klappt nicht. *Sag nicht*, dass es klappt.«

»Wir sind gleich da«, sagt mein Mann. »Versprochen. Wir kommen nicht zu spät. Wir sind gut in der Zeit.«

»Das klappt *nicht*«, heule ich.

Ich lege auf und drehe mich um und sehe Eva auf der Rückbank an. Sie hat knallblaue Augen. Sie sitzt in dem Kindersitz, für den wir zusätzlich bezahlen mussten, als wir das Auto in Visby mieteten. Auch der Kindersitz ist knallblau und ein bisschen zu groß. Eva sieht mich an. Ich streiche mir mit der Hand durchs Haar und will etwas zu ihr sagen. *Entschuldige. Es ist nichts. Mama wollte nicht so laut sein.* Ich will vor meinen Kindern nicht schreien und mich streiten und ein Spektakel veranstalten, aber ich vergesse mich ständig. Ich sage nichts zu Eva. Ich drehe mich von ihr weg und schaue hinaus. Die Sonne scheint, mein Vater mochte Regen.

»Mama«, sagt Eva. Ich drehe mich zu ihr um. Sie pflückt ein Staubkorn von ihrem weißen Jeansrock, anschließend richtet sie ihre knallblauen Augen auf mich.

»Mama«, wiederholt sie. »Das klappt schon.«

Und dort, auf dem Platz, laufen drei schwarzgekleidete Männer auf mich zu, oder vielmehr *ein* Mann und zwei Jungen. Sie laufen und laufen, aber es geschieht unendlich langsam, und es ist windig, und sie laufen, und drei weiße Seidenkrawatten stehen wie aufgespannte Möwenflügel im Wind, und als sie endlich da sind, setzt mein Mann sich auf den Fahrersitz und die Jungen und meine Stieftochter auf die Rückbank, und dann fahren wir mit Vollgas auf der schmalen Straße zur Kirche, um ihn zu begraben, der alt war und nun tot ist.

SIE Jetzt haben wir lange geredet.

ER Aber wir können ruhig noch etwas weiterreden ... Ich habe nichts vor.

SIE Dann möchte ich dich noch ein bisschen nach deinen Theaterinszenierungen fragen.

ER Ja, tu das ruhig. Das Theater ist ja sozusagen meine Hauptsache.

SIE Deine Hauptsache?

ER Ja.

Er lacht laut.

ER Wirklich. In jeder Hinsicht. Nachweisbar. Theater ... und Film ... und Ingrid. Und alle, die mir nahestehen. Aber es gibt keine Abstufung oder Struktur in dem, was man gernhat. Es ist einfach.

SIE Findest du es nicht seltsam, sich mit einer so kleinen Welt zu beschäftigen, wie sie das Theater ist ... ich meine, wenn die große Welt so ist, wie sie ist?

ER Daran ist doch nichts seltsam. Es ist wie ein Herz, das schlägt und schlägt. Alles wird in Bewegung gesetzt. Und wenn es nicht so ist, kannst du das Ganze vergessen.

SIE Tja, ich weiß nicht.

ER Die Gnade ist … sie kann sich einem auf eigentümlichste Weise offenbaren, zum Beispiel in einem Traum … und das ist das Gleiche für dich und für mich.

SIE Was meinst du damit, dass es für dich und für mich das Gleiche ist?

ER Nein, du. Du fragst und fragst. Du weißt, was ich meine. Komm, lass uns essen gehen.

SIE Ja, wir machen gleich Schluss.

ER Wollen wir zu Mittag essen?

SIE Mittagessen gibt es in fünfundvierzig Minuten.

ER Fünfundvierzig Minuten?

SIE Ja, in fünfundvierzig Minuten. Und Papa, da ist noch etwas, was ich dir erzählen muss. Ich fahre kurz nach Oslo, ich komme also erst Ende des Monats zurück.

ER Wohin fährst du?

SIE Ich fahre kurz nach Oslo, wo ich wohne. Und dann komme ich wieder zurück … und dann arbeiten wir weiter. Ich dachte, dass wir einen neuen Termin in den Kalender eintragen könnten.

ER Nein.

SIE Doch, das tun wir.

Sie rollt ihn zum Schreibtisch. Blättert in dem Kalender. Zeigt.

SIE Hier komme ich zurück. Und dann können wir sofort mit der Arbeit anfangen. Am Montag, den achtundzwanzigsten Mai, können wir weiterarbeiten.

ER Ich weiß nicht.

SIE Jetzt muss ich nur noch einen Stift finden, dann schreiben wir es auf.

ER Da ist nur eine Sache, die … ich soll am Auge operiert werden.

SIE Ja, das stimmt, aber das ist erst am achtzehnten Juni. Ich komme lange vorher.

ER Ja.

Sie blättert in dem Kalender, blättert und zeigt.

SIE Die Augenoperation ist *hier*. Und wir treffen uns *hier*.

ER Am achtundzwanzigsten Mai?

SIE Ja. Soll ich zuerst schreiben?

ER Ja.

SIE Schau her. Der achtundzwanzigste Mai. Elf Uhr.

ER Da wollen wir uns treffen?

SIE Ja.

ER Soll ich deinen Namen hierhin schreiben?

SIE Ja.

Lange Stille, während er schreibt.

SIE Und dann schreibe ich deinen Namen hier.

ER Ja.

SIE Dann haben wir eine Verabredung.

ER Sind wir jetzt fertig?

Aus der Ferne mag es aussehen, als tanzten sie dahin. Die Sargträger gehen mit dem Sarg zwischen sich als Erste, dann die Pfarrerin, dann die Familie, dann die Schauspieler, dann die Freunde, dann die Nachbarn und der Bekanntenkreis von der Insel und am Ende die drei Männer vom Beerdigungsinstitut, die Arme voller großer, roter Rosen. Ein kleines Mädchen in einem weißen Jeansrock hüpft zwischen den Reihen nach vorn, auf das offene Grab und die Steinmauer und die Fotografen und die Kammer auf der anderen Seite zu. Eine Frau läuft ihr hinterher, hebt sie hoch und trägt sie zurück. *Wir müssen jetzt zusammen mit den anderen gehen*, flüstert sie. Die Prozession ist in dem grellen Sonnenlicht schwarz und weiß und rot. Unten auf der Straße, zwischen Kirche und Meer, fahren Autos vorbei, nicht sonderlich viele, die Touristensaison neigt sich dem Ende zu, und es dürften vor allem Einheimische auf dem Weg zum oder vom Fähranleger sein. Manche fahren auf Höhe des alten Konsum-Geschäfts langsamer und werfen einen kurzen Blick zu Kirche und Friedhof hinauf. Es mag aussehen, als würden die Menschen in dem Trauerzug sich an den Händen halten und einander in einer langen, langen Reihe vorwärts helfen. Keiner spricht, keiner sagt etwas, trotzdem gibt es hier tausend Geräusche. Die Kirchenglocken läuten, die Kameras klicken, und ein Windstoß erfasst die Kleidersäume und Hosenbeine, die Krawatten, die Seidenhalstücher, die Jackettaufschläge und das weiße Gewand der Pfarrerin. Das kleine Mädchen dreht sich im Wind und lacht.

Literaturverzeichnis

Adams, Henry: *The education of Henry Adams. An autobiography*. New York City: Modern Library 1996.

Beckett, Samuel: *Mal vu mal dit*. Frankfurt am Main: Suhrkamp Verlag 1983.

Beckett, Samuel: *Wünsch Dir nicht, daß ich mich ändere – Briefe 1957–1965*. Berlin: Suhrkamp Verlag 2016.

Berger, John: *Begegnungen und Abschiede. Über Bilder und Menschen*. München: Carl Hanser Verlag 1993.

Bergman, Ellen Hollender/Bergman, Lina Ikse: *Tre frågor*. Stockholm: Leopard förlag 2006.

Bergman, Ingmar: *Bilder*. Köln: Kiepenheuer & Witsch 1991.

Bergman, Ingmar: *Die besten Absichten*. Köln: Kiepenheuer & Witsch 1993.

Bergman, Ingmar: *Sonntagskinder.* Köln: Kiepenheuer & Witsch 1996.

Björling, Gunnar: *Skrifter, band IV*. Norrköping: Eriksson förlag 1995.

Carson, Anne: *Glas, Ironie und Gott: fünf epische Gedichte und ein Essay über das Geschlecht des Klanges*. München, Zürich: Piper 2000.

Carson, Anne: *NOX*. New York City: New Directions 2010.

Cheever, John: *Der Schwimmer: Stories*. München: Heyne Verlag 2011.

Cocteau, Jean: *The Art of Cinema*. London: Marion Boyers Publishers Ltd. 2000.

Dahl, Niels Fredrik: *Norsholmen*, Flamme forlag 2010.

Dass, Petter: *Samlede verker.* Oslo: Gyldendal Norsk forlag 1980.

Du Fu: *Gedichte*. Mainz: Dieterich'sche Verlagsbuchhandlung 2009.

Dylan, Bob/Shepard, Sam: »Brownsville Girl«, vom Album *Knocked Out Loaded* 1986.

Flaubert, Gustave: *Madame Bovary*. München: Carl Hanser Verlag 2012.

Gombrowicz, Witold: *Tagebuch 1953–1969*. In: *Gesammelte Werke. Band 6–8*. München: Carl Hanser Verlag 1988.

Laretei, Käbi: *Vart tog all denna kärlek vägen?* Stockholm: Norstedts 2009.

Linton-Malmfors, Birgit: *Karin – åldrandets tid. Karin Bergmans dagböcker 1952–1966*. Stockholm: Carlsson Bokförlag 1996.

Nickell, William: *The Death of Tolstoy*. Ithaca: Cornell University Press 2010.

Norsk Helseinformatikk, »Hjertets utvikling«. NHI.no

Pessoa, Fernando: *Das Buch der Unruhe*. Zürich: Ammann Verlag 2006.

Proust, Marcel: *Auf der Suche nach der verlorenen Zeit*. Band 5: *Die Welt der Guermantes* 2. Band 6: *Sodom und Gomorra 1*. Frankfurt am Main: Suhrkamp 1979.

Schweitzer, Albert: *Johann Sebastian Bach*. Leipzig: Breitkopf & Härtel Musikverlag 1977.

Strindberg, August: *Einsam*. In: *Werke in zeitlicher Folge. Frankfurter Ausgabe*

in zwölf Bänden: Zehnter Band: 1903–1905. Frankfurt am Main: Suhrkamp Verlag 1987.
Timm, Mikael: *Lusten och dämonerna*. Stockholm: Norstedts 2008.
Ullmann, Liv: *Wandlungen*. Bern, München, Wien: Scherz 1976.
Woolf, Virginia: Über das Kranksein. In: *Der Augenblick*. Frankfurt am Main: S. Fischer Verlag 1996.

Quellennachweise

Die Bibel. Nach Martin Luthers Übersetzung. Lutherbibel. Revidiert 2017. *Das Alte Testament*. Stuttgart: Deutsche Bibelgesellschaft 2017, S. 911.
Die Bibel. Nach Martin Luthers Übersetzung. Lutherbibel. Revidiert 2017. *Das Neue Testament*. Stuttgart: Deutsche Bibelgesellschaft 2017, S. 94, 136.
Rilke, Rainer Maria: *Die Gedichte*. Frankfurt am Main: Insel Verlag 1986, S. 632.
Rilke, Rainer Maria: *Die Aufzeichnungen des Malte Laurids Brigge*. Frankfurt am Main: Suhrkamp Verlag 1973, S. 72.

Alle anderen Zitate in der Übertragung des Übersetzers.

Die norwegische Originalausgabe erschien 2015 unter dem Titel
»De urolige« im Verlag Oktober, Oslo.

Die Übersetzung wurde von NORLA, Oslo, gefördert.
Der Verlag bedankt sich dafür.

FSC
www.fsc.org
MIX
Papier aus verantwortungsvollen Quellen
FSC® C014496

Verlagsgruppe Random House FSC® N001967

1. Auflage
Genehmigte Taschenbuchausgabe November 2019

Umschlaggestaltung: semper smile, München
nach einem Entwurf von buxdesign, München unter Verwendung
einer Vorlage von Egil Haraldsen & Ellen Lindeberg © EXIL
DESIGN, Covermotiv: Linn Ullmann Privatarchiv
Umschlaginnenseiten: © Sarah York
Druck und Einband: GGP Media GmbH, Pößneck
mb · Herstellung: sc
Printed in Germany
ISBN 978-3-442-71894-8

www.btb-verlag.de
www.facebook.com/btbverlag